BESTSELLER

Maurice M. Cotterell es escritor, ingeniero y científico independiente reconocido a nivel internacional que aparece continuamente en la televisión y en la prensa europeas expresando sus puntos de vista.

Adrian G. Gilbert, conocido en forma amplia por el documental que realizó para la BBC de Londres, "La Gran Pirámide, puerta a las estrellas", es coautor del famoso libro *El misterio de Orión* y también ha escrito y publicado otros libros.

MAURICE M. COTTERELL
ADRIAN G. GILBERT

Las profecías mayas

Traducción de
Jorge Velázquez Arellano

DEBOLS!LLO

Las profecías mayas

Título original en inglés: *The Mayan Prophecies*

Primera edición en Debolsillo para estados Unidos: junio, 2010

Traducción: Jorge Velázquez Arellano de la edición de
Element Books, Inc.,
Rockport, MA.

D. R. © 1995, Adrian G. Gilbert y Maurice M. Cotterell

D. R. © 2009, derechos de edición mundiales en lengua castellana:
    Random House Mondadori, S. A. de C. V.
    Av. Homero núm. 544, col. Chapultepec Morales,
    Delegación Miguel Hidalgo, 11570, México, D. F.

www.rhmx.com.mx

Comentarios sobre la edición y el contenido de este libro a:
literaria@rhmx.com.mx

ISBN 978-030-788-181-6

Impreso en México / *Printed in Mexico*

Distributed by Random House Inc.

Índice

Reconocimientos

A manera de reconocimiento, permítaseme agradecer a todos aquellos que prepararon el terreno para esta historia notable, entre ellos: Jeff Mayo y el doctor Hans Eysenck, por su trabajo pionero sobre la dispersión astrológica y observaciones sobre la personalidad; James Van Alien y sus colegas ingenieros y científicos de la NASA, quienes en 1962 construyeron la nave espacial *Mariner II*, la cual a su vez detectó la estructura en sectores del viento solar; al astrónomo Iain Nicolson por sus observaciones conductuales de la interacción del viento solar con la Tierra; al doctor A. R. Lieboff de la Universidad de Oakiand en los Estados Unidos, por su trabajo en los campos magnéticos y las mutaciones en las células, y al doctor Ross Adey, asesor médico de la Casa Blanca, por su dedicación y trabajo sobre los efectos de los campos magnéticos en los organismos vivos. Por último, un agradecimiento especial a mi esposa, Ann Cotterell, por su ardua labor, aliento y apoyo.

Maurice Cotterell

Gracias a Michael Mann, presidente de Element Books, quien propuso que nos uniéramos para escribir este libro; a John Baldock, quien parece haber capturado la esencia de *Las profecías mayas* en un tiempo notablemente corto y lo editó en forma inconsútil; y a todos los demás en Element, sin cuya contribución la obra nunca se habría impreso. Por último, gracias a mi esposa, Dee Gilbert, quien ofreció aliento y apoyo enormes y tomó muchas de las fotografías.

Adrian Gilbert

Prólogo

En la mañana del 12 de septiembre de 1993 me hallaba sentado en la cocina de mi colega Robert Bauval discutiendo los cambios finales a nuestro libro *The Orion Mystery*, próximo a publicarse. Trabajamos estrechamente en este proyecto durante casi un año y acabábamos de asistir a una conferencia con todo el personal de ventas de nuestros editores. Regocijados por la aceptación que tuvimos y aún exhaustos por la falta de sueño, hacíamos nuestro mejor esfuerzo para relajarnos hojeando los periódicos dominicales. Mientras pasaba con rapidez de uno a otro, un artículo escrito por un tal Michael Robotham me atrapó. Fotografías de un palacio derrumbado, una pirámide y una escultura temible de un dios murciélago contextualizaban la leyenda "HA RESUELTO UN MISTERIO CON SIGLOS DE ANTIGÜEDAD". Más abajo, otra imagen mostraba a un hombre como Indiana Jones que, rodeado de jungla, sostenía un bloque de piedra hacia la cámara; había un gran titular: "EL HOMBRE QUE DESCIFRÓ LOS GRABADOS MAYAS". No poco intrigado acerca de lo que significaba todo esto, me acomodé para leer el artículo.

El palacio y la pirámide mostrados en las fotografías se localizan en un área remota del sureste de México en un lugar llamado Palenque. Esta fue una de varias ciudades construidas por los mayas, un pueblo muy talentoso y, sin embargo, su civilización se colapsó de pronto en algún momento del siglo IX d. C. Aunque sus descendientes continúan cultivando los montes más al norte, Palenque y sus otras ciudades bajas fueron abandonadas

9

a la jungla, para perderse bajo una bóveda de enredaderas y árboles de crecimiento rápido. El hombre de la fotografía, el que al parecer había descifrado el "código maya", era un cierto Maurice Cotterell, y el bloque de piedra que sostenía frente a él era una réplica de la tapa de una tumba encontrada en la pirámide. Yo había escuchado antes de este bloque misterioso, la llamada "Lápida de Palenque", conectada en forma principal con teorías de dioses del espacio exterior. Por consiguiente, estaba algo sorprendido al descubrir que Cotterell no proponía ninguna de tales especulaciones absurdas. Su desciframiento de la lápida parecía basarse en un enfoque mucho más científico, tomando en cuenta la mitología maya y ciertas ideas respecto a los ciclos solares. En el artículo exponía un caso plausible de la razón por la que él creía que la civilización maya se había derrumbado de pronto. Esto todavía es un misterio y sus ideas parecían estar abriendo un nuevo camino.

Al leer el artículo me percaté de lo poco que sabía sobre los mayas o en realidad de cualquiera de las civilizaciones precolombinas de América. Como muchas otras personas, había visto, por supuesto, documentales referentes a misterios tales como las líneas de Nazca en Perú, pero no tenía un panorama global de la sucesión de civilizaciones en América Central de la misma forma en que lo tenía de, digamos, Europa, Egipto o Mesopotamia. Tampoco me había dado cuenta de cuan complicados son los templos y pirámides de México. Tras conocer la Gran Pirámide, tendía a pensar en las pirámides ya sea como construcciones muy grandes y simples desde el punto de vista geométrico o montones de escombros derrumbados. Las pirámides de México eran diferentes, más como zigurats babilonios o incluso pagodas chinas que como pirámides egipcias. Sin embargo, como las de Egipto, estaban relacionadas con un culto a los muertos y ahora también parecía que tenían una especie de significado simbólico que las vinculaba con una religión celestial. Encontré intrigante en particular esta última conexión. Robert Bauval y yo estábamos a punto de publicar *The Orion Mystery*, una teoría estelar nueva para las pirámides egipcias. Ahora estaba deseoso de saber si este hombre, Cotterell, podía encontrar conexiones similares con las pirámides mexicanas. El artículo del periódico no llegaba tan lejos como para decir esto, pero tomé nota mental para ver el asunto cuando tuviera más tiempo.

Fue algunos meses después, en mayo de 1994, cuando me encontré conduciendo hacia Cornwail para conocer a Maurice Cotterell en persona. *The Orion Mystery* se había publicado el mes de febrero anterior acompañado por un documental de la BBC titulado *The Great Pyramid*-"Gateway to the Stars" presentando a Robert Bauval y a mí. De la noche a la mañana el libro se convirtió en un *best seller*, a pesar de la fuerte oposición de algunos egiptólogos más antiguos, quienes estaban consternados de que en efecto nos hubiéramos saltado el lento sendero de la academia. Casi me había olvidado de la Lápida de Palenque con la emoción que rodeó tanto al lanzamiento del libro como a la realización del documental, cuando un conocido mutuo me mostró un resumen del trabajo de Cotterell. Me sorprendió el largo alcance y la originalidad que tenía; parecía haber investigado no sólo a México y a los mayas sino también muchos otros temas. Ahora tenía su número telefónico y decidí llamarlo. Estaba reacio a decir mucho por teléfono, pero acordé que iría en el fin de semana y que pasaría el tiempo necesario para examinar a fondo con tranquilidad esta vasta obra. Después de conducir por algunos senderos estrechos, serpenteantes y bordeados por árboles y de pasar una reducida puerta en ángulo recto con el camino de acceso en una pendiente empinada, me encontré frente a una granja pintoresca del siglo XVIII que dominaba el río Tamar. No tuve que tocar, ya que Cotterell había escuchado que me acercaba y abrió la puerta. Tan sólo nos restaba presentarnos y entrar por una taza de té.

Maurice Cotterell tiene alrededor de 40 años de edad, aunque parece algo más joven. De constitución ligera y rápido en su hablar y en sus movimientos, es claro y despierto. Con nuestras tazas de té en las manos de inmediato subimos por las escaleras hasta su oficina y, con la ayuda de un tablero blanco y plumones de fieltro, se puso a explicarme sus teorías. Habló sin parar durante unas seis horas, extendiendo en forma ocasional una gráfica impresa por computadora o demostrando un punto con un trompo infantil como un modelo tridimensional. Conforme pasaban las horas el tiempo parecía no existir en absoluto; tan interesantes y tan novedosos eran los hechos que me explicaba.

Como un espectador absorto por el argumento de una película, yo deseaba escuchar más y sin embargo estaba impaciente por llegar al final.

A veces nuestra conversación se volvía muy técnica y yo me rascaba la cabeza tratando de recordar lo que había aprendido 25 años antes respecto a la diferenciación parcial y a la mecánica ondulatoria. En otras ocasiones jugábamos con copias en acetato de la Lápida de Palenque, colocándolas una encima de la otra para producir imágenes extrañas de dioses y dragones. Su trabajo tenía dos lados —uno el racional y "científico" y el otro el intuitivo y "artístico"— aunque los dos estaban mezclados y tenían puntos de referencia definidos entre sí. Los patrones revelados en los acetatos no carecían de su propia lógica y tampoco estaba la ciencia sin su propia belleza extraña. Los dos aspectos de su trabajo eran como las caras de una moneda o los hemisferios del cerebro; eran dos, aunque uno y lo mismo. Aun cuando parecían diferentes, en el centro de ambas series de estudios estaba el mismo tema abrumador y algo atemorizante: la dependencia total de la humanidad de los ciclos solares. El tema es abrumador en el sentido de que de la misma manera en que uno no puede ver directo al sol sin quedar ciego, así entre más se estudia el tema de los ciclos solares más nos percatamos de cuan ciegos estamos en el planeta Tierra ante las realidades que gobiernan nuestra existencia. Es atemorizante tan sólo debido a nuestra ignorancia.

Con la cabeza girándome como un trompo, salimos de su oficina para disfrutar la cena muy elegante de salmón local preparada por su esposa Ann. Durante el vino y el postre confirmamos lo que ya habíamos decidido, que escribiríamos un libro juntos para poner estas ideas a disposición de un público tan amplio como fuera posible. Como coautor de *The Orion Mystery* estaba muy consciente de cuan difícil es obtener una publicación apropiada para ideas diferentes en forma radical que desafían las ortodoxias científicas de la arqueología. Es demasiado fácil para un profesor usar su autoridad para silenciar todo el debate académico sobre teorías con las que está en desacuerdo. Por consiguiente, no me sorprendió oír que Cotterell, al igual que Bauval, había chocado contra un muro de ladrillo de oposición con el mundo académico. Sus ideas sobre los ciclos de las manchas solares por sí solas merecían una atención apropiada, pero las revistas académicas especializadas responsables rehusaban publicar sus artículos, en gran medida, sospecho, debido a que no era un "experto" reconocido en sentido estricto. Sin embargo, visto de una manera diferente, como el padre de estas teorías y la única persona que conocemos hasta el momento que ha estudiado el tema de esta forma, él es el experto mundial. ¿Quién es el científico?, se pregunta uno. ¿Es el profesor con su hilera de siglas antes de su nombre quien en realidad no hace nada más que sentarse detrás de su escritorio o el intruso que en verdad llega con ideas originales?

Las ideas de Cotterell son radicales y están destinadas a ser controvertidas. Pero tienen una coherencia propia. Sus estudios de la Lápida de Palenque y los ciclos de las manchas solares señalan la necesidad de un replanteamiento radical no sólo acerca de la historia de América Central sino de nuestro propio destino posible. En la actualidad hay mucho temor por el adelgazamiento de la capa de ozono, el calentamiento global, la contaminación, la sobrepoblación y el agotamiento de los recursos. Pero debajo de este temor todavía existe una corriente de creencia fuerte en la capacidad de la civilización moderna para capear la tormenta y vencer cualesquiera contratiempos temporales. Aun aquellos que creen que esta fe es infundada y que deberíamos hacer todo lo que podamos para regresar a un estilo de vida más simple sin los adornos de la sociedad tecnológica, tienen una visión de la humanidad como algo autodeterminado y autodeterminante. Todas nuestras utopías suponen que es posible, al menos en forma teórica, para la humanidad vivir en paz y en armonía con el planeta —aunque en la práctica no lo hagamos—. Pero, ¿qué pasa si esto es una falacia? ¿Qué tal si hay factores cósmicos sobre los cuales no tenemos ni siquiera una posibilidad de control? ¿Qué tal si el surgimiento y la caída de la civilización misma están gobernados, como sugiere Cotterell, por el sol? ¿Deberíamos burlarnos, enterrar nuestras cabezas en la arena o tratar de entender más sobre estas influencias?

Los mayas poseían un calendario complejo y preciso en extremo. Ahora somos capaces de descifrar al menos algunos de sus jeroglíficos, muchos de los cuales resultaron ser fechas. Lo que era de la mayor preocupación para los mayas eran el sol y su creencia en un futuro apocalíptico para la humanidad. Es fácil descartar sus preocupaciones como simples supersticiones, pero, ¿que tal si (como parece sugerir el trabajo de Cotterell) ellos sabían más sobre este tema de lo que sabemos nosotros? Debemos tanto a nosotros mismos como a nuestros hijos hacer lo mejor que podamos para resucitar este conocimiento. Entonces al menos podremos estar preparados para los cambios globales, aunque no podamos controlarlos. De seguro ésta debe ser la actitud responsable de todos los verdaderos científicos y yo primero —aunque no tomo ningún crédito por los descubrimientos de Maurice Cotterell— deseo saber. Sólo podemos confiar en que usted, lector, sienta de la misma forma.

ADRIAN GILBERT

1. Los misteriosos mayas

Perdidos en las junglas de América Central están los restos de un pueblo de lo más misterioso: los mayas. ¿Quiénes fueron?, ¿de dónde venían?, ¿qué mensaje, si es que alguno, dejaron para nuestros propios tiempos? Éstas son algunas de las interrogantes que han puesto a prueba a exploradores, estudiosos y escritores por más de 200 años desde que las ruinas de su ciudad más famosa, Palenque,[1] se redescubrieron en 1773. Esta ciudad sorprendente, la cual todavía no se excava por completo y está amenazada en forma constante por la jungla invasora, es una de las maravillas del Nuevo Mundo. Construida con piedra caliza blanca resplandeciente y con una perfección que habría hecho justicia a los albañiles del Renacimiento, sus pirámides, templos y palacios continúan sorprendiendo a todos. Sin embargo, sólo es hasta la última parte del siglo xx, conforme se han descifrado con lentitud las inscripciones que cubren las paredes de muchas de sus construcciones más importantes, cuando en verdad somos capaces de apreciar esta joya.

El patrón que está surgiendo es el de un pueblo singular. A diferencia de nosotros, los mayas tenían pocas posesiones personales aparte de aquellas para satisfacer las necesidades escasas de la vida. Cultivaban la tierra usando las más simples de las herramientas para cosechar maíz y algunos cuantos productos básicos. Mientras tanto, sus gobernantes, ataviados en forma espléndida, ejecutaban rituales extraños y dolorosos sobre sí mismos para asegurar la fertilidad de la tierra. Era una sociedad

15

estratificada en la que tanto gobernantes como campesinos conocían su lugar, pero había una gran diferencia entre ella y sus contemporáneas medievales de Europa: los mayas eran astrónomos expertos. Creían que estaban viviendo en la quinta era del sol: que antes de la creación del hombre moderno habían existido cuatro razas en sus respectivas cuatro eras. Grandes cataclismos las destruyeron, dejando pocos sobrevivientes para contar la historia. De acuerdo con la cronología maya la era actual comenzó el 12 de agosto de 3114 a. C. y terminará el 22 de diciembre de 2012 d. C. En ese momento la Tierra como la conocemos será destruida de nuevo por terremotos catastróficos.

Se han publicado muchos libros sobre los mayas, pero nadie había sido capaz de explicar, hasta este momento, su notable calendario o lo que los llevó a estas fechas particulares. Aunque se ha escrito mucho sobre la mecánica de su calendario (como se vera con detalle en capítulos posteriores), sus razones para desarrollar estos sistemas complejos para marcar el tiempo, como la Cuenta Larga, han permanecido oscuras. Sólo es hasta ahora, cuando la alarma de su reloj está a punto de sonar, que al fin somos capaces de ver aquello que los impulsaba. Estamos empezando a comprender que tenían conocimiento vital no solo para su propio tiempo sino para la misma supervivencia de toda la raza humana.

Su civilización pudo ser primitiva de acuerdo con nuestras normas —no tenían agua corriente aparte de los arroyos susurrantes, ni automóviles o carreteras y, por supuesto, carecían de computadoras electrónicas —pero estaban dotados en forma rica en otros aspectos. Investigaciones recientes demuestran que desarrollaron sus facultades psíquicas en formas que ni siquiera sospechábamos que fueran posibles.[2] Al igual que los aborígenes de Australia, usaban activamente los sueños como medio para predecir el futuro y entender el presente. También siguieron a los planetas y estrellas con precisión misteriosa aun cuando no tenían telescopios o instrumentos modernos. Sobre todo, eran profundamente religiosos, y creían, como muchos cristianos medievales, en la necesidad de la mortificación de la carne y el autosacrifício si habían de ganar la entrada al cielo.[3]

Desde sus mismos comienzos en el amanecer de los tiempos, pasando por una breve época dorada entre alrededor de 600 a 800 d. C., hasta un periodo posclásico que duró unos cuantos siglos más, produjeron algo del arte más grandioso del mundo. Luego, de forma tan misteriosa como habían llegado, desaparecieron de las páginas de la historia. Debido a algún acontecimiento cuya naturaleza todavía es desconocida, su civilización se derrumbó y abandonaron sus ciudades. Una gran parte del área donde alguna vez vivieron, estudiaron las estrellas y construyeron pirámides fabulosas, regresó a la selva. Mientras los toltecas, y más tarde los aztecas, aumentaban su poderío en las provincias más al norte que rodean la actual ciudad de México, los mayas sobrevivientes se retiraron a los montes en el sur o a las planicies de la península de Yucatán en el norte. El área central, que había sido sitio de su mayor florecimiento, quedó abandonada para siempre.

En 1511[4] la primera de varias expediciones españolas desembarcó en Yucatán, tratando de encontrar sin mucho éxito una fuente de oro. Pero para entonces esta península, el último puesto de avanzada de una cultura híbrida tolteca y maya, había caído en la decadencia. Aunque abandonaron por el momento la conquista de Yucatán, los españoles supieron de una presa mucho más grande y mejor más al norte y al oeste: el floreciente imperio de los aztecas. Pasaría mucho tiempo antes de que alguien pusiera mucha atención otra vez al conocimiento perdido de los mayas.

El imperio de Moctezuma

Los aztecas eran una nación guerrera que llegó al valle de México durante el siglo XIII d. C. (*véase* figura 1). La tradición afirma que venían de un lugar llamado Aztlán, que se cree se encuentra en el norte de México y del cual se deriva el nombre de azteca, aunque ellos se llamaban a sí mismos *mexicas*. Según las leyendas, que relataron más tarde a los cronistas españoles, los mexicas fueron conducidos al valle de México por un vidente llamado Tenoch. En un sueño se le había revelado que él y su pueblo debían continuar su peregrinar hasta llegar a un lugar

17

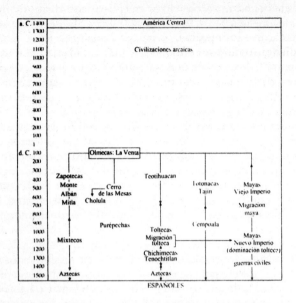

a. C. 1400	América Central
1300	
1200	
1100	Civilizaciones arcaicas
1000	
900	
800	
700	
600	
500	
400	
300	
200	
100	
1	
d. C. 100	Olmecas: La Venta
200	
300	
400	Zapotecas
500	Monte — Cerro
600	Albán de las Mesas
700	Mitla Cholula
800	
900	
1000	Purépechas
1100	Mixtecos
1200	
1300	
1400	
1500	Aztecas

Teotihuacan — *Totonacas Tajin* — *Mayas Viejo Imperio* — *Migración maya* — *Cempoala* — *Toltecas* — *Migración tolteca* — *Chichimecas Tenochtitlan* — *Aztecas* — *Mayas Nuevo Imperio (dominación tolteca?)* — *guerras civiles* — ESPAÑOLES

Figura 1 Cuadro cronológico aceptado de los imperios indígenas de América Central

que reconocerían cuando vieran a un águila luchando contra una serpiente. Cuando al fin llegaron al valle de México, en aquel tiempo constituido en su mayor parte por un gran lago, descubrieron que las tierras de alrededor estaban ocupadas por cinco tribus. Estos pueblos no simpatizaron con los recién llegados y menos estaban dispuestos a ceder su tierra. Conferenciando entre ellos llegaron a la solución del problema: ofrecerían a los aztecas un islote deshabitado en el centro del lago, en el cual podrían establecerse si lo deseaban.

El ofrecimiento del islote era un obsequio tramposo, ya que los nativos del área sabían que estaba infestado de serpientes venenosas, de las cuales esperaban que echaran a los aztecas. Se verían decepcionados. Cuando Tenoch y sus seguidores llegaron al islote vieron la señal que habían estado buscando: una gran águila, luchando contra una serpiente en su pico,

18

parada sobre un nopal. Encantado, declaró que éste era el lugar que le habían dicho en sueños que buscara. Las serpientes no ahuyentaron a los mexicas, ya que en el lugar de donde provenían dichos reptiles se consideraban un gran manjar. Con agradecimiento a los nativos por proporcionarles no sólo un hogar sino también una despensa bien surtida, aceptaron la oferta del islote y comenzaron a construir su ciudad, a la que llamaron Tenochtitlan en honor de su fundador.

En un tiempo muy corto los aztecas se convirtieron en la tribu dominante en el valle de México, y se unieron a sus vecinos para formar una nación poderosa con Tenochtitlan como capital. A su vez, fueron asimilados por los pueblos del valle de México, que les enseñaron mucho sobre las creencias religiosas locales, costumbres y actitudes. En lo principal estas ideas se derivaban de los antiguos toltecas, otro pueblo guerrero que siglos antes había gobernado sobre gran parte de México e incluso en partes de Yucatán.

Los toltecas, cuya capital se localizaba en un lugar llamado Tula, 25 kilómetros al noroeste de Tenochtitlan, eran una raza sanguinaria. Como parte de su religión solar realizaban sacrificios humanos en forma regular. Con cuchillos de obsidiana[5] abrían el pecho a sus víctimas y les arrancaban el corazón todavía latiendo como ofrenda al dios sol. De esta manera lo alimentaban con su comida favorita, fuerza vital humana, lo que aseguraría que el sol continuara saliendo.

Los aztecas —a Tenoch le hubiera horrorizado de haber vivido para verlo— adoptaron estas creencias y costumbres supersticiosas y las llevaron a límites absurdos. El sacrificio humano, y en especial la extirpación de corazones, se convirtió en el misterio central de su religión. Se estima que, sólo para la consagración del templo principal de Tenochtitlan, sacrificaron a unas 20 000 víctimas. Al menos 50 000 desafortunados perecían de este modo cada año. Para abastecer el apetito voraz del sol, que reclamaba corazones humanos, había una casta guerrera completa, organizada en regimientos, cuya tarea era proporcionar víctimas frescas a los sacerdotes. Los aztecas animaban las rebeliones entre los subditos de su vasto imperio, ya que esto les daba la excusa para enviar a su ejército y tomar prisioneros.

No es necesario decir que eran muy temidos y odiados por todos los pueblos vecinos de México, que tenían hacia ellos un profundo resentimiento y anhelaban el derrocamiento de los odiados aztecas. Su única esperanza estaba en una leyenda casi olvidada de que un día un dios rey, un hombre blanco barbado llamado Quetzalcóatl, regresaría a través del mar para liberar a su pueblo y reclamar su reino. Espada en mano, terminaría con la dominación azteca y anunciaría una nueva época de paz, prosperidad y justicia. Como hacía mucho que se había profetizado que Quetzalcóatl regresaría en un año llamado 1 Caña, le causó algo de inquietud a Moctezuma II, rey de los aztecas, enterarse de que hombres barbados y de rostros blancos habían llegado a su reino en ese preciso año.

La conquista de México

El 4 de marzo de 1519 Hernán Cortés, con 11 barcos, 600 soldados, 16 caballos y algo de artillería, desembarcó en la costa de México y de inmediato tomó posesión de la aldea de Tabasco. Antes de ir tierra adentro, fundó una colonia española a la que llamó Vera Cruz, se autopromovió al rango de capitán general y luego, para que no hubiera posibilidad de retirarse, quemó sus naves. Ávido de oro y con nuevos aliados reunidos en la república nativa de Tlaxcala, se puso en camino hacia la capital azteca de Tenochtitlan. Así comenzó una de las aventuras más extraordinarias en toda la historia del mundo: los conquistadores habrían de destruir un imperio de cuyo poder tenían poco indicio cuando desembarcaron por primera vez.

Al principio tanto los aztecas como sus enemigos nativos creyeron que el invasor español Cortés era en efecto el dios Quetzalcóatl,[6] cuyo regreso del este se había profetizado mucho antes. Dios o no, Cortés llegó con una espada en la mano, y en una campaña que duró poco más de dos años destruyó por completo el imperio azteca. El 13 de agosto de 1521 Tenochtitlan cayó, Moctezuma II estaba muerto y su sucesor, Cuauhtémoc, el último emperador de los aztecas, era su rehén.[7] Fue así como uno de los imperios más ricos del mundo, que hasta ese momento era desconocido por completo para los europeos, se convirtió en una provincia de España.

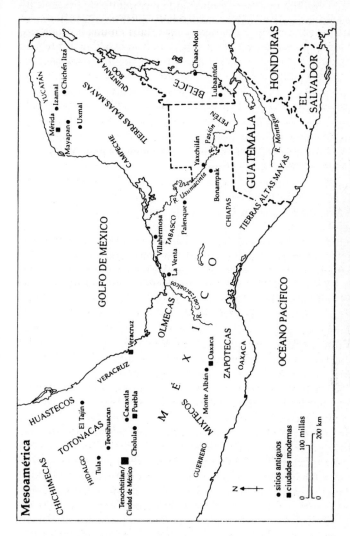

Figura 2 El territorio de los mayas y pueblos vecinos

21

Cuando Cortés llegó a Tenochtitlan quedó sorprendido por lo que vio. Era una metrópoli grande y vibrante con una cultura propia. La ciudad estaba construida en el islote original en medio del lago y rodeándola había una red de canales que daban acceso a una miríada de islas artificiales. En éstas se cultivaban sobre todo maíz, chiles y frijoles, que todavía son productos básicos del México actual.

La ciudad era enorme en comparación con las que Cortés había dejado tras de sí en Europa; tenía, según algunas estimaciones, una población de 200 000 habitantes. Aunque la mayor parte de las casas estaban hechas de varas y adobe, la nobleza y los sacerdotes vivían en magníficos palacios de piedra. También había áreas abiertas de la ciudad en las que se instalaban mercados. Aquí, como en cualquier otra sociedad civilizada, las personas intercambiaban bienes y servicios por comida. En el centro de la ciudad había un conjunto de templos que incluían edificaciones en forma de pirámides escalonadas.[8] Éstas estaban cubiertas con estuco coloreado brillante y a primera vista debieron verse bastante resplandecientes. Sin embargo, un cierto hedor persistía sobre estos monumentos elevados, ya que los sacerdotes realizaban ahí los rituales sangrientos que eran parte esencial de la religión azteca. Después de que los corazones aún latientes de las víctimas se ofrecían al sol, los cuerpos inermes eran lanzados hacia abajo por la escalinata de la pirámide. Los españoles informaron —aunque esto podría ser una calumnia— que los aztecas eran caníbales y que al menos algunas de las víctimas de estos rituales bárbaros terminaban en el perol.

Sea cual sea la verdad sobre esto último, sin duda los españoles se sintieron profundamente impresionados por estos rituales y endurecieron sus corazones contra la ciudad y sus habitantes. Para los españoles, todos los indios eran adoradores del diablo y necesitaban convertirse al cristianismo —por la fuerza, de ser necesario—. Tras derrotar a los aztecas y tomar prisionero a Cuauhtémoc, Cortés ordenó la destrucción total de su capital para que se borrara el recuerdo de su pasado satánico. Tenochtitlan fue arrasada por completo; dinamitaron sus palacios y templos de modo que las piedras pudieran servir para construir iglesias y villas para los conquistadores. A los nativos se les redujo a la servidumbre y se les impuso la ardua tarea de reconstrucción. En un periodo breve la población fue diezmada por el exceso de trabajo, las enfermedades y asesinatos ocasionales. Bajo la amenaza de muerte, se forzó al pueblo de México a convertirse al catolicismo y a abandonar a sus antiguos dioses. Se les prohibió escribir en su propia lengua y tuvieron que aprender el español. Los conquistadores destruyeron todos los registros escritos de los días antiguos que encontraron. Los ídolos y otros objetos grandes que no podían romperse, quemarse o fundirse con facilidad fueron enterrados para eliminar su influencia demoniaca.

Es probable que entre menos se diga de los actos de crueldad aberrante que realizó la Inquisición en nombre del cristianismo, sea mejor. De manera análoga al saqueo que realizaron los chinos en Tibet tras la invasión ordenada por Mao, los españoles se apropiaron no sólo de oro, plata y otros metales preciosos de los pueblos mesoamericanos, sino, lo que es más importante, también trataron de anular su cultura. Por suerte hubo uno o dos individuos más ilustrados en la Iglesia, que hicieron su mejor esfuerzo para registrar al menos algunas de las tradiciones nativas antes de que perecieran por completo.

El primero fue el fraile franciscano Bernardino de Sahagún. En 1529 navegó a México en compañía de varios indios repatriados después de que los habían exhibido en España para diversión de la corte. De ellos aprendió el náhuatl,[9] su lengua nativa. Después viajó por todo México y durante su larga vida adquirió un vasto conocimiento de su cultura popular, la cual registró en 12 volúmenes. Tras consultar a los más instruidos de los indios sobrevivientes, a quienes pidió que le narraran las leyendas de su pueblo lo mejor que pudieran recordar, Sahagún pudo registrar mucha de la historia reciente previa a la conquista.

Durante la ocupación española, tanto la Iglesia como el Estado desalentaron activamente a los estudiosos de publicar cualquier cosa que indicara que antes de la invasión de Cortés México desarrolló una civilización o historia que merecieran ese título. Fue Sahagún quien descubrió gracias a sus amigos indios que, por el contrario, antes de los aztecas había existido una raza más antigua que dominó el valle de México y a la que se referían sólo como "toltecas",[10] un nombre que significa "artista" o "constructor" y que hacía referencia a sus habilidades sorprendentes en estos aspectos. Su capital fue una ciudad legendaria llamada Tollan donde, bajo la guía de un líder inspirado en forma divina llamado Quetzalcóatl,[11] habían desarrollado sus artes y oficios hasta un nivel muy elevado. Como descubrí más tarde, Quetzalcóatl era más que un héroe popular: personificaba el objetivo y propósitos de una religión muy alta y pacífica que en una época —mucho antes de la llegada de los españoles— ejercía influencia sobre la mayor parte de América Central. Al parecer los toltecas también eran hábiles en la astronomía: llevaban la cuenta de los días y un registro cuidadoso de los movimientos de los planetas. Esta época dorada terminó cuando alrededor del año 950 d. C. Quetzalcóatl tuvo que emigrar hacia el este después de una lucha. Más tarde, invadió el valle una sucesión de tribus menos civilizadas del norte, la última de las cuales fueron los aztecas.[12] Éstos conservaron algunos de los conocimientos de los antiguos toltecas, pero mucho se perdió, incluyendo, al parecer, la ciudad de Tollan misma.

Sahagún creía que en efecto había existido una gran civilización en México antes de los aztecas y que debió tener su centro, antes de la construcción de Tollan, en la ciudad abandonada de Teotihuacan. Este sitio, unos 64 kilómetros al norte de la ciudad de México, contiene las impresionantes pirámides del Sol y de la Luna, en esa época ocultas bajo montañas de tierra. Los aztecas heredaron la creencia de los toltecas de que Quetzalcóatl, quien era reverenciado como un dios, regresaría un día para gobernar a su pueblo. También creían que era en Teotihuacan donde Quetzalcóatl había sacrificado a ciertos dioses para asegurar que el sol se moviera por el cielo. Sus videntes y profetas les dijeron que él regresaría a ésta, su ciudad ancestral, y derrocaría al imperio azteca.

Es bastante curioso que fue en el sitio de Teotihuacan donde Cortés y sus hombres sostuvieron una batalla crucial contra los hombres de Moctezuma. Como en el resto de América, las armas nativas probaron no ser rivales para las armas de fuego y armaduras de los europeos. Aun así, los españoles eran pocos en número y debieron ser aplastados. Rodeados por muchos miles de indios con lanzas, los españoles hicieron un ataque desesperado y mataron al comandante militar de sus oponentes, "Mujer Culebra". Ante este mal presagio a muchos de los nativos les invadió el pánico y huyeron del campo, permitiendo con ello a Cortés y a sus hombres restantes escapar para pelear otro día. Un año después regresó con un ejército mucho más grande y capturó la capital azteca de Tenochtitlan.

De las cenizas de esta destrucción habría de erigirse la ciudad de México, capital de Nueva España, la más rica de todas las posesiones del rey de España. Pronto habría de atraer a miles de inmigrantes, casi todos hombres y, sobre todo, aventureros, misioneros y mercaderes. Reconstruyeron la ciudad de México como una capital reluciente al estilo europeo. Edificaron otras ciudades, como Guadalajara, Veracruz y Acapulco, iniciando un mundo nuevo de prosperidad para los inmigrantes —aunque no para los indios nativos, quienes fueron tratados muy mal.

Sahagún investigó a fondo este periodo de la historia y se conmovió por los relatos. En sus escritos suavizó gran parte de lo que los nativos le contaron sobre las atrocidades que siguieron a la invasión, pero aun así no se le permitió publicar su trabajo en forma abierta. Sus libros se conservaron fuera de la vista por una clase dirigente que trataba de promover una imagen positiva de la conquista. Sin embargo, aunque su obra fue censurada y al final se perdió, una copia incompleta del manuscrito salió a la luz durante la invasión francesa de España en 1808. Esta fue publicada por fin en 1840.[13]

Relatos de viajeros

A muy pocos extranjeros, es decir, no españoles, se les permitía entrar a México antes de que se independizara y a aquellos que lo hacían se les vigilaba con esmero. Uno de los que lo lograron fue un napolitano llamado Giovanni Careri. El llegó a Acapulco por la costa occidental en 1697 luego de soportar una travesía agotadora de cinco meses desde Manila, en las Filipinas (entonces también parte de la Nueva España). Viajando extensamente por la colonia, se escandalizó al descubrir cuánta de su riqueza estaba en manos de la Iglesia. Sin embargo, hizo amistad con un sacerdote llamado don Carlos de Sigüenza y Góngora, a quien habían expulsado de la orden de los jesuítas. Por su amistad con los indios, poseía una colección invaluable de manuscritos y pinturas que habían escapado de las quemas masivas 150 años antes. Uno de sus amigos era don Juan de Alva, hijo de un cierto Fernando de Alva Cortés Ixtlilxóchitl y descendiente directo de los reyes de Texcoco. Este Ixtlilxóchitl era un hombre educado y había escrito la primera historia de México en español. Sigüenza le mostró esto a Careri, quien se asombró ante la referencia de un antiguo calendario mexicano que había desaparecido en la época de la conquista. Con la ayuda de este calendario los sacerdotes aztecas habían sido capaces, se decía, de llevar una cronología precisa a lo largo de periodos muy prolongados. Al parecer estaba basado en ciclos de 52 y 104 años, pero también registraba solsticios, equinoccios y los movimientos del planeta Venus.

Sigüenza mismo había investigado mucho sobre la cronología del México antiguo. Como profesor de matemáticas en la Universidad de México y astrónomo agudo, estaba bien calificado para llevar a cabo esta investigación. Usando los documentos raros que poseía y haciendo cálculos cuidadosos para los eclipses de sol y de luna al igual que para los movimientos de cometas y otros cuerpos celestes, fue capaz de reconstruir una cronología india. Fue ésta tan precisa que hasta pudo localizar fechas específicas, incluyendo el comienzo del imperio azteca y la fundación de Tenochtitlan en 1325. También concluyó que antes del dominio de los legendarios toltecas había existido otra raza, los olmecas[14] o "pueblo del caucho", llamados así debido a que vivían en la región de México de donde son naturales los árboles del caucho. Sigüenza creía que habían llegado de la isla mítica de la Atlántida y que eran la raza responsable de la construcción de las pirámides de Teotihuacan. Inició a Careri en este conocimiento extraño y después el napolitano incluyó con deferencia la teoría de la Atlántida al igual que material sobre el calendario en su propio libro, *Giro del Mondo*, el cual escribió cuando regresó a Europa. Apenas estuvo bien que Careri se pusiera a escribir, ya que, después de la muerte de Sigüenza el mismo año, la Inquisición destruyó o dispersó su invaluable archivo. Algunos manuscritos los conservaron los jesuítas, pero también se perdieron (tal vez todavía se encuentren enterrados en alguna biblioteca) cuando esa orden fue expulsada de México en 1767.

Debido a que la mayoría de los europeos eran de la opinión de que antes de la conquista los indios mexicanos eran simples salvajes que apenas podían contar hasta diez con sus propios dedos, el reporte de Careri sobre el calendario azteca en *Giro del Mondo* se recibió con mofa. No ayudó a su causa el hecho de que él mismo fuera un matemático deficiente y no representara muy bien los argumentos de Sigüenza. Sin embargo, al menos había registrado la idea de una Piedra del Calendario Azteca para la posteridad. Pronto otro explorador, quien había leído a Careri, llegaría de Europa y más del pasado de México vería la luz.

El barón Friedrich Heinrich Alexander von Humboldt era una figura bien conocida en los círculos literarios y políticos europeos, y amigo de Goethe, Schiller y Metternich. Había estado a punto de ir a Egipto con Napoleón y sus sabios pero el barco en el que tenía que viajar se había hundido durante una tormenta. Entonces viajó a América para ver qué aventuras le deparaba la fortuna. En 1803 él y varios amigos arribaron a Acapulco provenientes de Ecuador con muchos de los instrumentos científicos más recientes, incluyendo equipo de exploración y telescopios. Después de realizar varias exploraciones del lugar, se dirigieron a la ciudad de México, pasando por la región de minas de plata de Taxco. Aunque protestante, Humboldt fue bien recibido por el virrey, quien de modo inesperado le dio acceso a los archivos clasificados del país. Después de consultarlos, dirigió su atención a cualquier antigüedad que hubiera quedado y que la ciudad tuviera que ofrecer. Una de éstas era una rueda solar de piedra enorme que habían desenterrado sólo unos 12 años antes. El historiador León y Gama la había examinado atentamente. Este hombre había pasado toda su vida estudiando documentos mexicanos antiguos y, como Sigüenza, hablaba el náhuatl, la lengua nativa, con fluidez. Reconoció la piedra como el legendario calendario azteca mencionado por Ixililxóchitl y Sigüenza. Sin embargo, cuando publicó un opúsculo sobre sus hallazgos lo ridiculizó el clero español, el cual insistía en que la piedra era un altar de sacrificios, y afirmaba que su intrincado diseño sólo era decorativo (*véase* figura 3).

Humboldt, tras examinar la piedra todavía apoyada contra el muro occidental de la catedral, cerca de donde se había encontrado, estuvo de acuerdo con León y Gama. Como astrónomo estaba claro para él que la piedra tenía un significado calendárico. Para su ojo entrenado la piedra era evidencia de que los aztecas tenían conocimientos avanzados de astronomía y debieron tener un sistema bastante complejo de matemáticas. No sólo confirmó la opinión de León y Gama de que los ocho triángulos que salen del centro representaban divisiones del día, sino que también vio que muchos de los símbolos usados por los aztecas para denotar sus meses de 18 días eran los mismos que se usaban en Asia Oriental. Concluyó que los dos zodiacos debieron tener una fuente común.

En su viaje a Nueva York, donde visitó a un hermano masón, Thomas Jefferson, Humboldt emprendió la tarea de realizar varios folios grandes sobre sus viajes a través de las Américas. Estos, ya publicados, sorprendieron a los europeos. Parecía que al fin una figura respetable, un hombre de ciencia y reputación,

Figura 3 La Piedra del Calendario Azteca

estaba desafiando el consenso aceptado de que, antes de la conquista, los mexicanos eran salvajes ciento por ciento.

Al mismo tiempo que explotaban la riqueza mineral del país, los europeos tenían muchas ganas de desarrollarlo desde el punto de vista agrícola. Debido a que la mayor parte de la tierra era inadecuada para el cultivo arable, la crianza de ganado era la manera más productiva de hacer uso de ella. Sin embargo, esto significaba desposeer a los indios de sus pequeñas parcelas tradicionales. El crecimiento consecuente de grandes ranchos agregó mayor descontento a los indios rurales ya empobrecidos. Había muchas causas de disgusto y la Revolución Francesa de 1789, con su llamado a la Libertad, Igualdad y Fraternidad, actuó en forma indirecta como un catalizador para el cambio en México, al igual que en Francia. Cuando Napoleón depuso al rey de España y colocó a su propio hermano en el trono, llevó a muchos a cuestionar la legalidad de la continuación del dominio de España sobre México. Al norte los mexicanos ya tenían el ejemplo de los Estados Unidos, que les mostró que una colonia podía quitarse de encima a sus amos europeos, así que no pasó mucho antes de que ellos también iniciaran una revuelta. Los españoles fueron expulsados y comenzó un largo periodo de lucha, material para miles de películas del Oeste al estilo italiano, que habría de durar más de un siglo.

Un efecto secundario de la independencia mexicana fue que se volvió mucho más fácil para los extranjeros, que no fueran españoles, entrar al país. Como resultado, varios exploradores intrépidos, incluyendo a un inglés, William Bullock, los visitaron. Bullock navegó hacia Veracruz desde Liverpool en 1822, siguiendo los pasos de Humboldt de vuelta hasta la ciudad de México. Al igual que Humboldt, quedó muy impresionado por la Piedra del Calendario Azteca, la cual él creía debió formar alguna vez parte del techo del gran templo de Tenochtitlan, de manera parecida al famoso zodiaco egipcio de Denderah, en aquel entonces recién trasladado a la Biblioteca Nacional en París.[15] Luego de sacar modelos en yeso de la piedra, dirigió su atención a otra antigüedad desenterrada por Humboldt y luego vuelta a enterrar con rapidez por las autoridades por lo demasiado horrible que les resultaba su vista.

Se trataba de una estatua enorme de doce toneladas y casi tres metros de altura de Coatlicue, la diosa madre del panteón náhuatl (*véase* figura 4). Bullock registró: "Tuve el placer de ver la resurrección de esta deidad horrible, ante quien decenas de miles de víctimas humanas habían sido sacrificadas en el fervor religioso y sanguinario de sus adoradores enajenados". Tallada en un solo bloque de basalto y con una forma vagamente humana, el ídolo era espantoso en extremo. Su cabeza constaba de dos cabezas de serpientes que se ven entre sí; sus brazos eran serpientes, así como sus ropajes retorcidos, entrelazados con las alas de un buitre. Sus pies eran de jaguar, con las garras extendidas como si estuvieran listas para atrapar a su presa. Colgando encima de sus enormes pechos deformados había un collar esculpido consistente en cráneos, corazones y manos mutiladas unidas todas por entrañas. Singular y aterradora como era, esta imagen de la diosa de la vida y de la muerte, con sus ecos extraños de la deidad hindú Kali, estaba realizada de forma maravillosa. Quienquiera que hubiera ejecutado esta extraordinaria pieza de arte era un maestro de la escultura a la par con los mejores del antiguo Egipto, Europa o el Lejano Oriente. Bullock se dio cuenta de que ahí había una dicotomía extraña ya que, ¿cómo podía haber sido tan increíblemente salvaje una sociedad al nivel de complejidad necesario para producir una pieza tan magnífica como ésta? ¿Por qué personas civilizadas habrían querido sacrificar seres humanos por miles para satisfacer el anhelo de sangre de un pedazo de piedra sin vida, sin importar cuan maravillosa fuera la escultura? Las autoridades mexicanas de principios del siglo XIX no tenían respuestas a estas preguntas y por tanto, para no recordar en forma constante estas contradicciones incómodas, volvieron a enterrar la estatua.

Bullock visitó Teotihuacan antes de regresar a Londres con una colección exótica de flora y fauna además de sus modelos en yeso de Coatlicue y la Piedra del Calendario, sus modelos a escala de las pirámides del Sol y de la Luna y otros trofeos. Estos fueron puestos en exhibición en su "Sala Egipcia" rediseñada en Piccadilly. La prensa británica denominó a la Piedra del Calendario "el reloj de Moctezuma". Aparte de unos cuantos manuscritos raros y los costosos folios ilustrados de Humboldt,

Figura 4 Coatlicue, la diosa de la Tierra

éstas fueron las primeras antigüedades mexicanas que se llevaron a Europa para ser apreciadas por lo que eran y no sólo por
su contenido de plata u oro. Sin embargo, Bullock, un joye-
ro y mercader, tenía otros motivos que no eran sólo filantrópi-
cos. Usó el dinero recaudado por su exhibición en Londres para
comprar una mina de plata en México.

Descubrimiento de los mayas

De manera sorprendente, por más de dos siglos después de la invasión de Cortés ni los intelectuales ni los aventureros pusieron mucha atención en el sur del país. Quizá debido al clima caliente, pero con mayor probabilidad por su carencia de recursos minerales obvios, preferían ir al norte, avanzando hacia Florida, Texas, Nuevo México y California —todo lo cual fue colonizado por los españoles antes de cederlo a los nacientes Estados Unidos—. Como resultado el sur de México continúa siendo hasta el presente más indio puro que cualquier otra parte del país, conservando muchas de sus tradiciones y aun sus tendencias separatistas. Apenas en 1994 se inició una rebelión en el estado de Chiapas contra el gobierno central de México. La ciudad de San Cristóbal de las Casas fue ocupada por la guerrilla "zapatista", llamada así en honor del héroe mexicano y luchador por la libertad Emiliano Zapata. Muchas personas murieron y con cierta dificultad la insurrección fue sofocada por el ejército. El acontecimiento resultó embarazoso en extremo para un gobierno ansioso de impresionar al Banco Mundial en el sentido de que México es un lugar seguro para invertir.

Quienes hicieron esta rebelión eran mayas choles,[16] descendientes de una nación que alguna vez produjo la mayor de todas las civilizaciones precolombinas en América. Poco se conocía de este sorprendente pasado hasta que en 1773 un canónigo del poblado episcopal de Ciudad Real en Chiapas, fray Ordóñez, oyó un rumor de que, oculta en la selva, había una ciudad entera abandonada de proporciones asombrosas. Con un verdadero espíritu colonial, hizo que sus feligreses lo llevaran en un palanquín por casi 112 kilómetros hasta la supuesta ubicación de esta ciudad perdida. Ahí, cubierta por completo con vegetación selvática, estaba una de las ciudades mayas más asombrosas: Palenque.

Dominando el verde terreno aluvial del Usumacinta, esta ciudad abandonada con sus pirámides, templos y palacios hechos de piedra caliza blanca, se yergue al pie de una cadena de montes bajos todos cubiertos con bosque tropical. Ahí loros y aras de colores brillantes vuelan sobre las copas de los árboles y los alaridos de los monos pueden escucharse a distancia. En este escenario magnífico los mayas construyeron su ciudad más impresionante, la cual hasta nuestros días contiene muchos secretos y enigmas para arqueólogos e historiadores por igual. El padre Ordóñez escribió sobre estos hallazgos en una monografía titulada *Una historia de la creación del cielo y de la tierra*. Intentó explicar las ruinas, a las cuales llamó la Gran Ciudad de las Serpientes, en términos de mitos locales. Afirmaba que habían construido Palenque personas que vinieron del Atlántico conducidas por un hombre llamado Votan, cuyo símbolo era la serpiente.

La historia de Votan constaba en un libro maya quiché quemado por el obispo de Chiapas, Núñez de la Vega, en 1691. Por fortuna el obispo copió parte del libro antes de entregarlo a las llamas, y de esta copia fray Ordóñez obtuvo su historia. Según el libro, Votan llegó a América con un séquito de seguidores vestidos con togas largas. Los nativos fueron amistosos y con el tiempo se sometieron a su dominio; casaron a los extraños con sus hijas. Aunque incineró el libro original, el obispo Núñez estaba lo bastante interesado en la historia como para tomar en serio la leyenda de que Votan había colocado un tesoro secreto en una casa subterránea oscura. Buscó el tesoro por toda su diócesis y al fin creyó encontrarlo. Ordenó a los guardianes del supuesto tesoro que lo entregaran, pero resultó ser nada más unos cuantos cántaros de barro con tapadera, algunas piedras verdes (tal vez jade) y algunos manuscritos, que de inmediato quemó en la plaza junto con el libro de Votan.

De acuerdo con la copia que llegó a las manos de fray Ordóñez, Votan hizo cuatro viajes de ida y vuelta a través del Atlántico hasta su antiguo hogar llamado Valum Chivim. Este fue identificado por el fraile como la ciudad de Trípoli en Fenicia. La implicación, entonces, era que Votan sería un marino fenicio que descubrió América quizá dos milenios o más antes que Colón. Según la leyenda, en al menos uno de sus viajes de vuelta a su hogar Votan visitó una gran ciudad donde estaba en construcción un templo que llegaría al cielo, aunque estaba destinado a conducir a una confusión de idiomas. El obispo Núñez, en su libro *Constituciones Diocesanas de Chiapas*, estableció que la ciudad que Votan debía de haber visitado era Babilonia con su famosa torre, dado que Babel era un zigurat y aquélla era la ciudad más grande de la Tierra en la época de los fenicios marineros. Esta era una idea tentadora. Los zigurats de Mesopotamia eran pirámides escalonadas con templos que las coronaban y muy similares en diseño a las pirámides de Palenque, así que ésta no era una sugerencia tan fantástica como parece.

Después del descubrimiento de Ordóñez, se ordenó una exploración oficial de las ruinas y un capitán de artillería, don Antonio del Río, la llevó a cabo. Puso a cuadrillas de nativos a trabajar cortando la selva con machetes para descubrir un edificio extraordinario tras otro. Uno de sus asistentes hizo dibujos de las construcciones y moldes de los relieves de estuco, los cuales eran bellos de manera excepcional. Del Río pensó que las construcciones podrían ser obra de los romanos y citó a otras autoridades que afirmaban que en tiempos antiguos visitaron América del Norte egipcios, griegos, britanos y otros.

El reporte, enviado a Madrid, encontró la oposición del clero y fue enterrado en silencio en los archivos. Sin embargo, no todo estaba perdido, ya que una copia se había presentado en la ciudad de Guatemala. Esta fue editada por un italiano, el doctor Paúl Félix Cabrera, quien en su propio prólogo concluyó que los cartagineses estuvieron en América antes de la Primera Guerra Púnica (264 a. C.) y se unieron a las jóvenes nativas, de donde provendría la raza de los olmecas. Esta versión enmendada del reporte de Del Río al final encontró su camino hasta Londres y llegó a las manos de un librero, Henry Berthoud. El lo tradujo y lo publicó bajo el título de *Description of the Ancient City Discovered Near Palenque*. Este fue el primer reporte publicado sobre las ruinas de Palenque y, como era usual, requirió de un extranjero para llegar a la imprenta.

En los años que siguieron, otros aventureros europeos recorrieron el camino hasta Palenque para investigar las ruinas fabulosas por sí mismos. Maximilien Waldeck, un ex discípulo de Jacques David,[17] hizo finos grabados de las construcciones. Un estadounidense, John Stephens, y su amigo inglés Frederick Catherwood, quien antes había hecho bocetos de antigüedades raras en el Cercano Oriente, midieron los templos y pirámides de Palenque. Trabajando bajo las condiciones más espantosas, enfermos de malaria y bajo el ataque constante de garrapatas y mosquitos, hicieron la primera exploración apropiada del sitio. Al final habrían de publicar sus hallazgos junto con muchas ilustraciones excelentes en lo que se convirtió en uno de los libros más vendidos de su tiempo: *Incidents of Travel in Central América, Chiapas and Yucatán.*

Aunque Stephens y Catherwood habían hecho bastante por llevar a Palenque y a otras ciudades mayas antiguas como Copan, Quiche y Uxmal a la atención del público en general, sin un entendimiento del lenguaje de los mayas ya fuera escrito o hablado, su trabajo no podía ir más lejos. Lo que se necesitaba era un estudioso con el equipo intelectual para romper el código del lenguaje maya, en la misma forma que Champollion había descifrado los jeroglíficos egipcios.

Ese hombre fue el abate Brasseur de Bourbourg, un francés, como Champollion. Se puso en camino hacia América en 1845; fue primero a Nueva York y posteriormente se embarcó hacia México. Allá, por medio de la influencia de amigos poderosos, pudo tener acceso a los archivos del virrey y leer por sí mismo la historia de los aztecas de Ixtlilxóchitl. También hizo amistad con un descendiente de uno de los hermanos de Moctezuma, quien le enseñó náhuatl. Viajó por todo el país en busca de textos antiguos, y rescató varios manuscritos preciosos que languidecían en conventos y bibliotecas. Entre éstos se hallaba el *Popol Vuh*, el cual tradujo después de aprender los dialectos mayas locales del cakchiquel y quiché. Resultó ser una de las más grandes épicas del mundo, un mito poético de la Creación. De regreso a París, lo publicó y luego se involucró en una obra mucho mayor, su *Histoire des Nations Civilisées du Méxique et de l'Amérique Céntrale*. Para entonces estaba en buenos tratos con las autoridades españolas, que le permitieron el acceso a sus archivos en Madrid. Ahí encontró el manuscrito original del obispo Diego de Landa, *Relación de las cosas de Yucatán*. Debido a que contenía dibujos de los jeroglíficos mayas relacionados con su calendario, pudo descifrar su lenguaje, al menos en parte.

Todavía en Madrid, conoció a un descendiente de Hernán Cortés, un profesor llamado Jean de Tro y Ortalano, quien poseía un documento (conocido como *Códice Troano*) que había estado en su familia por generaciones. Este documento de 70 páginas, reunido más tarde con su otra mitad, el *Códice Cartesiano* de 42 páginas y renombrado como el *Códice Tro-Cortesiano*, constituye el manuscrito maya sobreviviente más largo conocido en el mundo. Quizá de manera ingenua Brasseur encontró apoyo en este documento maya para mitos atlantes contados por los nativos de Mesoamérica. Creía que una gran isla continente, Atlántida, se había extendido alguna vez desde el Golfo de México hasta las islas Canarias. Los mayas, pensó él, por tanto, descendían de sobrevivientes de un gran cataclismo, o, más bien, una serie de cataclismos, que hundieron ese continente. También planteó la teoría revolucionaria de que la civilización había comenzado en la Atlántida y no en el Medio Oriente, como se suponía por lo general; que eran sobrevivientes de la Atlántida quienes habían llevado la cultura a Egipto al igual que a América Central. Estas ideas no fueron y todavía no son tomadas en seno por los académicos, pero al menos ofrecieron alguna explicación para ciertas semejanzas enigmáticas entre los alfabetos maya y egipcio antiguo.

Otros documentos mexicanos preciosos fueron copiados e incorporados en nueve volúmenes de gran tamaño con profusas ilustraciones por otro inglés, lord Kingsborough. Él estaba convencido de que los mayas descendían de las tribus perdidas de Israel,[18] y escribió comentarios extensos para este efecto en su obra descomunal. De manera interesante, produjo una ilustración del *Códice Borgia* para mostrar cómo los signos de 20 días del calendario azteca (*véase* figura 3) correspondían con partes diferentes del cuerpo humano, del mismo modo que las descripciones medievales de los 12 signos del zodiaco y sus atribuciones. Al comentar sobre esto en su propio libro *Mysteries of the Mexican Pyramids* y por ninguna razón aparente, Peter Tomkins[19] sugiere que esta ilustración está conectada con una teoría de que la energía vital del sol se dirunde a través de varios planetas hasta las glándulas en el cuerpo humano sobre las que tienen control.

Las primeras fotografías de las pirámides mexicanas las tomó un francés, Claude Charnay, que trabajaba bajo los auspicios del ministro de Bellas Artes de Napoleón III, ViolletleDuc. Charnay realizó más tarde excavaciones en Teotihuacan e hizo moldes de papel maché de los relieves de Palenque; estos últimos fueron enviados a París. Tenía un rival en este campo: un inglés empleado por el servicio colonial, Alfred Maudsley. La exploración meticulosa de Maudsley de las ruinas mayas y sus textos jeroglíficos se publicó por fin en una edición de 20 volúmenes entre 1889 y 1902.[20] Con gran dificultad hizo moldes de yeso blanco de la estela maya, los cuales envió a Inglaterra, donde fueron consignados al sótano del Museo de Victoria y Alberto, en South Kensington, Londres. Se supone que han estado deteriorándose ahí desde entonces.

La Lápida de Palenque

Conforme el siglo XIX dio paso al XX, así los aventureros y viajeros que hasta entonces habían tenido el campo para ellos solos fueron remplazados en forma gradual por una nueva generación de arqueólogos profesionales. Aunque la arqueología del Nuevo Mundo tenía, y aún conserva, una relación escasa con la ciencia europea y del Medio Oriente, poco a poco se fue descorriendo el velo que tenían las ciudades de los mayas. Gran parte de la selva que rodea a Palenque se eliminó, lo que puso al descubierto sus monumentos por primera vez desde que fueron abandonados más de un milenio antes. El descubrimiento de restos que pertenecían a una cultura anterior a la de los mayas, y en especial de enormes cabezas de basalto, dio sustancia a la leyenda de que los olmecas eran la raza civilizada más antigua de América Central. Las técnicas de excavación modernas y un avance en el entendimiento del calendario maya hicieron posible fechar monumentos con precisión, de modo que para la década de los cincuenta había una cronología reconocida para el surgimiento y la caída de las civilizaciones de América Central.

Para esa época los arqueólogos habían encontrado varias tumbas bien surtidas en Palenque, algunas veces en plataformas de los templos e incluso en los palacios. Sin embargo, ninguno de estos descubrimientos alcanzó la trascendencia del que realizó el mexicano Alberto Ruz en 1952.

Entre las ruinas de Palenque hay una construcción notable conocida como el Templo de las Inscripciones. Este edificio, que se yergue sobre una pirámide escalonada de 65 metros de altura, tiene un piso hecho con losas de piedra grandes. La atención de Ruz se dirigió hacia este piso cuando notó que una de estas losas tenía una hilera doble de agujeros en su superficie con tapones de piedra removibles. Supuso que los habían puesto ahí para que la piedra pudiera ser cargada, lo cual procedió a hacer él. Al quitar la piedra descubrió que debajo había una escalera llena de escombros. Le tomó cuatro temporadas de campo limpiar esta escalera, la cual cambiaba de dirección a medio camino hacia abajo, pero en el fondo, casi al mismo nivel de la base de la pirámide, encontró una cámara. En el piso de ésta, bajo los escombros, yacían los esqueletos de seis adultos jóvenes sacrificados. En su extremo más alejado había un pasaje, bloqueado por una losa triangular grande. Al retirarla, los arqueólogos se sorprendieron al descubrir una tumba intacta.

La cámara mortuoria resultó ser bastante grande: 9 metros de largo y 7 de alto. Alrededor de sus muros había figuras de estuco en relieve de hombres con atuendos muy arcaicos que ahora se piensa representan a los Nueve Señores de la Noche de la teología maya. En el piso yacían varios objetos, los cuales al parecer fueron colocados ahí con un propósito: dos figuras de jade y dos cabezas moldeadas en forma bella. Sin embargo, de interés más inmediato era la tumba misma. Estaba cubierta por una tapa rectangular enorme, esculpida ricamente con relieves muy estilizados. Al retirarla, los investigadores se pasmaron por lo que encontraron dentro —un verdadero tesoro de objetos mayas—. Cubría el rostro del cadáver una máscara exquisita de mosaicos de jade. El hombre en la tumba tenía pendientes de jade y madreperla, varios collares de cuentas de jade tubulares y anillos de la misma piedra en sus dedos. Un jade grande estaba colocado en cada mano y otro en su boca —una práctica propia de los chinos, al igual que de los mayas y los aztecas—. Con todo lo espléndido que era el tesoro —y la máscara de jade por sí misma es la más fina que se ha encontrado hasta ahora— el descubrimiento más enigmático era la tapa del sepulcro (*véase* lámina 1).

La Lápida de Palenque pesa alrededor de cinco toneladas y es demasiado grande para sacarla de la tumba, donde se encuentra hasta la fecha. Ha recibido mucha atención de estudiantes y eruditos ansiosos por interpretar sus diseños misteriosos. El más famoso de ellos, el escritor e investigador suizo Erich von Däniken, en su libro *Chariots ofthe Gods*, planteó la hipótesis de que la figura enigmática en el centro de la lápida representa a un astronauta ante los controles de su nave. No es necesario decir que esta sugerencia se topó con la burla de muchos arqueólogos que trabajaban en el campo. Aunque fueron capaces de identificar al hombre en la tumba como un rey de Palenque muy respetado llamado Señor Sol Pacal, quien había muerto en 683 d. C. a la edad de 80 años, no había nada que sugiriera que él o alguien más en México en aquella época hubiera visto alguna vez, mucho menos controlado, ¡una nave espacial! Como las teorías anteriores que vinculaban a los mayas con la Atlántida, el Egipto antiguo y las Tribus Perdidas de Israel, la del astronauta maya de Von Däniken fue rechazada por la corriente principal académica. Sin embargo, estaban a tono con el ánimo de la década de los sesenta y su libro se convirtió en un éxito de ventas internacional. Les gustara o no, los arqueólogos mexicanos fueron enfrentados con un público que estaba demasiado dispuesto a continuar con las teorías de Von Däniken, y la Lápida de Palenque se convirtió en un tótem que representaba todo lo que él sostenía. Entonces causa poco asombro que estuvieran a la defensiva cuando Maurice Cotterell se presentó con otra teoría nueva aunque controvertida sobre la Lápida en su visita a México en 1992.

Hay un gran misterio que rodea a los mayas y todavía no está resuelto. ¿De dónde llegaron? ¿Por qué construyeron sus monumentos? ¿Cómo fue que de pronto desaparecieron, dejando sus ciudades fabulosas para que fueran consumidas por la selva? Estas son las preguntas acuciantes que han dejado perplejas a generaciones de exploradores y visitantes de Palenque y otras ciudades mayas. La arqueología nos ha dado algunas de las respuestas, en particular con el desciframiento del antiguo calendario maya, pero hasta ahora no ha explicado los motivos reales de los mayas. En esto parece que la Lápida es una clave importante —y al menos parece que hemos descifrado su código.

2. Conceptos mayas del tiempo

Recuperación del calendario maya

Es indudable que la destrucción completa del México antiguo fue un daño irreparable. Se perdieron tantos archivos, monumentos e incluso lenguajes durante los primeros años del dominio español, que es probable que haya mucho que nunca se sepa sobre la cultura de los antiguos mayas. Aun así, se han realizado grandes progresos durante los últimos 200 años y se ha recuperado una gran cantidad de información de las cenizas de la historia. La exploración y registro de las ruinas mayas por aficionados comprometidos como Stephens, Maudsley y Charnay fueron sólo parte de ellos. De igual interés y de la misma importancia es el trabajo constante de desciframiento de los textos mayas por otros estudiosos. El primero, y en muchas formas el más importante de éstos, fue el singular Charles Etienne Brasseur de Bourbourg. Ahora despreciado por los académicos en virtud de creer en la anterior existencia de la Atlántida, de hecho fue inteligente en extremo. En su propia época se le tenía en alta estima en los mejores círculos de la sociedad europea e incluso el gobierno francés de Napoleón III le encargó escribir un libro sobre Yucatán. Los grabados que acompañarían al texto de Brasseur los suministraría el conde JeanFrederick Waldeck, quien también se considera sospechoso en extremo en la actualidad por sus opiniones "difusionistas". Creía que la civilización de los mayas no era autóctona, que el conocimiento lo habían traído de otras tierras caldeos, fenicios e hindúes.

Waldeck debió ser muy audaz para pasar un año estudiando y dibujando las ruinas de Palenque, incluso un periodo de cuatro meses que vivió en el sitio en una construcción aún conocida como la Casa de la Cuenta. No hay duda de que él era diferente: a la edad de 100 años se casó con una muchacha de 17. Atribuía tanto su virilidad como su longevidad a una preparación de rábano picante que consumía durante seis semanas cada primavera. También se dice que murió de un infarto después de que una mujer bonita cautivó su mirada cuando caminaba por la acera opuesta al café parisiense donde él estaba sentado.

Aunque estas historias continúan divirtiendo a sus detractores mas rígidos, sus litografías publicadas sólo atrajeron el oprobio por sus imprecisiones obvias. Sus dibujos originales, en la actualidad contenidos en la Colección Ayer de la Biblioteca Newberry de Chicago, son de la mejor calidad, de modo que parecería más que probable que haya embellecido las litografías terminadas para hacerlas más atractivas para un público que deseaba la clase de imágenes románticas contenidas en el famoso *Description d'Egypte*.[1] No llegaría a saber que los mayistas posteriores necesitarían dibujos con precisión científica para descifrar los textos mayas. Aun sabiéndolo, es probable que hubiera replicado que la ciencia no era su preocupación, él era un artista y estaba más interesado en captar el espíritu de lo que veía.

Brasseur nació en Francia en 1814. Hizo una carrera temprana escribiendo novelas de baja calidad antes de darse cuenta, en algún momento cerca de los 30 años, de que si iba a ir a alguna parte en la vida necesitaba mejores conexiones. En consecuencia entro a la Iglesia, al parecer no por algún gran sentimiento religioso sino mas bien como un recurso de progreso propio. En el siglo xix un caballero inteligente podía, sin demasiada dificultad, volverse un abate. Este era un título que a menudo tenía poco que ver con la práctica de alguna clase de ministerio pero todavía tenía cierto sello religioso. Era adecuado en especial para hombres que deseaban ya fuera actuar como tutores de los hijos de la nobleza o, como Brasseur, hurgar en los archivos eclesiásticos. Como se ha visto, era adepto de esto en forma particular y no sólo descubrió el *Popol Vuh* sino que en 1862 sacó a la luz tanto una publicación editada de la *Relación de las cosas de Yucatán* del obispo Landa, como los importantes códices mayas entonces llamados el Troano y el Cartesiano, reunidos ahora como el *Códice Tro-Cortesiano*. El tercer gran códice maya, el *Dresde*, estuvo disponible para él en la edición imponente de Kingsborough que se publicó entre 1831 y 1838.

Con base en la información contenida en la *Relación*, Brasseur se puso a descifrar los tres códices. Antes de que recuperara el libro de Landa, la mayor barrera para interpretar escritos mayas auténticos era que nadie tenía una clave de lo que significaban sus jeroglíficos peculiares. Se suponía que debido a que los mayas y otros indios eran "primitivos", eran incapaces de expresar ideas complejas en forma de escritura. Sin embargo, la obra de Landa habría de convertirse en la Piedra de Roseta[2] de la arqueología maya —y uno no puede más que imaginar la emoción de Brasseur cuando se percató de que esto podría ser así—. Habían pasado sólo 41 años desde que otro francés, Jean François Champollion, publicó su primer desciframiento de los jeroglíficos egipcios tras analizar la Piedra de Roseta, y Brasseur debió tener la esperanza de que podría dar un golpe similar. Para esa época era bien conocido que los aztecas y los mayas usaban dos calendarios, el primero un ciclo repetitivo de 260 días, llamado *Tzolkín*, y el segundo un "año impreciso" de 365 días. Brasseur encontró que en la *Relación* había un cuadro que daba los nombres de los días en el *Tzolkín*, de los cuales había 20, al igual que aquellos de los 19 meses en el año impreciso. Sin embargo, había más información que ésa, ya que junto a cada nombre, escrito en español, estaba el glifo maya apropiado. Con emoción Brasseur se dio cuenta de que tenía ante él un léxico calendárico, la clave de la cuenta del tiempo maya. Ahora podía aplicar esto a los textos contenidos en los códices.

Su primer descubrimiento —aunque él desconocía que se les hubiera adelantado otro investigador, Constantino Rafínesque— fue la manera en que los mayas usaban líneas y puntos para representar números. Los dígitos individuales hasta el cuatro se representaban por puntos y los cincos por líneas. Por tanto, el numero seis era una línea con un punto y el 13 dos líneas con tres puntos (*véase* figura 5).

El funcionamiento de los dos calendarios y sus interacciones son en realidad bastante simples una vez que se han comprendido unos cuantos conceptos básicos. El uso del *Tzolkín* es de una gran antigüedad y parece remontarse al menos hasta la época de los olmecas;[3] todavía se usa en la actualidad con propósitos mágicos en algunas poblaciones mayas. Basado en la cuenta conjunta de 20 nombres de días con los números 1 al 13, sin embargo, el cálculo no se hace en la misma manera secuencial como contamos en nuestro calendario gregoriano con meses de 30 o 31 días, sino con un método por completo diferente. Una forma fácil para entender esto es imaginar contar el ciclo numérico contra los nombres de nuestros propios meses. Se comenzaría con 1 de enero como es usual, pero luego en vez de pasar al 2 de enero, la siguiente fecha sería 2 de febrero, y luego el 3 de marzo, y así en forma sucesiva hasta el 12 de diciembre y luego 13 de enero. El ciclo completo tendría 156 días (12 × 13) y se regresaría otra vez al 1 de enero (*véase* figura 6).

Los nombres de los días se expresaban con jeroglíficos especiales (*véase* figura 7). Por tanto, el ciclo iría 1 Imix, 2 Ik, 3 Akbal...

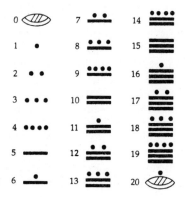

Figura 5 Números mayas

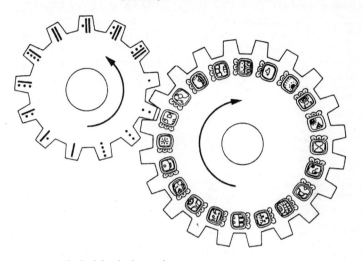

Figura 6 Cálculo del ciclo de 260 días

13 Ben, 1 Ix, 2 Men… etcétera. El último día en la cuenta de 260 sería 13 Ahau, el cual sería seguido por 1 Imix en la siguiente cuenta.

El ciclo entero forma una rueda por sí mismo (*véase* figura 8).

Como ya se ha señalado, los mayas usaban también un año impreciso, o *Haab*, de 365 días (ignorando el cuarto de día extra que da origen a nuestros años bisiestos).[4] Este año estaba compuesto de 360 días divididos en 18 meses con una duración de 20 días más un "mes" corto de cinco días intercalares extras muy temidos.

Los meses de 20 días y el mes corto de cinco días también tenían sus propios signos de nombre (*véase* figura 9). El último de éstos, Uayeb, era el mes intercalar corto de sólo cinco días. Los 20 días de estos meses se contaban desde el cero (llamado el "asiento" del mes) hasta el 19 y se numeraban en forma secuencial: Asiento de Pop, 1 Pop, 2 Pop, 3 Pop… 3 Uayeb, 4 Uayeb y de vuelta al Asiento de Pop.

45

NOMBRES DE LOS DÍAS

Nombres mayas	Traducción
Imix	Dragón marino/Agua/Vino
Ik	Aire/Vida
Akbal	Noche
Kan	Maíz
Chicchan	Serpiente
Cimi	Muerte
Manik	Venado/Asimiento
Lamat	Conejo
Muluc	Lluvia
Oc	Perro
Chuen	Mono
Eb	Retama
Ben	Caña
Ix	Jaguar
Men	Pájaro/Águila/Sabio
Cib	Búho/Buitre
Caban	Fuerza/Tierra
Eznab	Pedernal/Cuchillo
Cauac	Tormenta/Tun
Ahau	Señor

Los signos de los días en las inscripciones.

Figura 7 Nombres y símbolos de los días

El efecto de tener los dos ciclos, el *Tzolkín* y el año impreciso, significa que cada día tenía dos nombres —uno para cada ciclo, por ejemplo, 3 Akbal 4 Cumhú—. Debido a que los dos ciclos eran de longitudes diferentes, cualquier combinación dual específica de nombres de días no se repetía durante 52 años imprecisos o 73 *tzolkines* (52 × 365 =18 980 = 73 × 260). A menudo se hace referencia a este periodo como el Siglo Azteca[5] o Ciclo Calendárico.

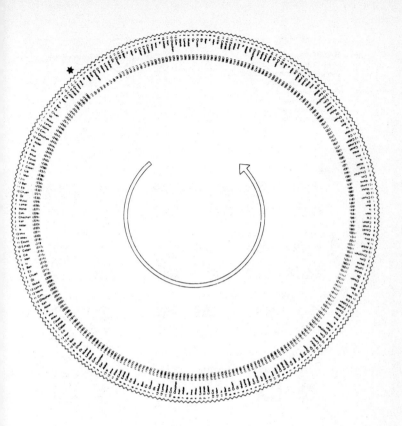

Figura 8 El ciclo Tzolkín de 260 días

En la actualidad, para la mayor parte de los propósitos cotidianos esta forma de registrar las fechas es obviamente refinada. En cualquier caso, el interés principal de los sacerdotes aztecas —quienes continuaron operando este calendario hasta la invasión española— era mágico. Ciertos días, en particular los cinco días intercalares de Uayeb, eran considerados nefastos. La fecha de nacimiento de una persona también tenía un significado enorme: determinaba el curso del resto de su vida, incluyendo el nombre

HAAB

El año de 365 días, o haab, estaba compuesto por 18 meses (uinales) de 20 días cada uno, para formar un año de 360 días (18 X 20 = 360). Cinco días "nefastos", llamados Uayeb, eran agregados para completar el año de 365 días.

Los nombres de los meses eran:

1 Pop	11 Zac
2 Uo	12 Ceh
3 Zip	13 Mac
4 Zotz	14 Kankin
5 Tzec	15 Muan
6 Xul	16 Pax
7 Yaxkin	17 Kayab
8 Mol	18 Cumhu
9 Chen	19 Uayeb (5 días)
10 Yax	

Cada uno tenía 20 días excepto el último que sólo tenía 5.

Los signos de los meses en las inscripciones.

Figura 9 El Haab o ciclo de 365 días

48

y la ocupación. Pero mientras que el Ciclo Calendárico era bastante adecuado para registrar fechas en el pasado reciente, tenía limitaciones obvias. Los mayas soslayaron esto desarrollando una segunda forma de registrar el tiempo llamada la Cuenta Larga.[6]

La Cuenta Larga

Uno de los logros únicos de los mayas, que los hace diferentes de los aztecas posteriores, fue su capacidad para manejar su calendario complicado en extremo. En la actualidad en Occidente se usa el calendario gregoriano (una versión actualizada del juliano) y todas nuestras fechas parten de un acontecimiento específico, el nacimiento de Cristo, en el año teórico 0 d. C. Todas las fechas anteriores a esto son a. C. y todas las fechas posteriores d. C. Usando nuestro calendario somos capaces de dar fechas a cualquier periodo o época en la historia y de ver hacia épocas futuras. Se ha vuelto tanto una parte de nuestra vida diaria el calendario gregoriano que tendemos a olvidar que no es el único que se usa en la actualidad en el mundo y que tampoco era usado en el pasado distante. En Mesoamérica antes de la llegada de los españoles el calendario cristiano era desconocido. Para ellos el comienzo del calendario no era el nacimiento de Cristo sino otro acontecimiento que se remontaba muy atrás en la antigüedad, el nacimiento de Venus. Esto no tiene nada que ver con la hermosa diosa de la mitología europea sino más bien con la "primera" salida (o nacimiento) del planeta Venus. Los mayas eran grandes astrónomos y, como se verá, los movimientos de Venus eran seguidos de cerca, formando la base de un sistema calendárico complejo que se alargaba por miles de años.

El descubrimiento de la clave del calendario de la Cuenta Larga de los mayas se debe mucho a la obra de un bibliotecario alemán de nombre Ernst Förstemann. Era natural de Danzig y hacia 1867 trabajaba en la biblioteca de Dresde. Se podría pensar que no hay nada especial en esto, pero sucedió que la biblioteca estaba en posesión del más importante de todos los documentos mayas: el *Códice Dresde*. En 1880 comenzó a estudiar el códice con avidez, empezando por hacer un facsímil preciso en extremo. Sólo hizo 60 juegos, pero apenas estuvo bien que pasara por tales problemas ya que el original se dañó gravemente por el agua cuando fue almacenado en una bodega de vinos durante la Segunda Guerra Mundial.

Ya en 1882 un estadounidense llamado Cyrus Thomas había alegado, a partir de un estudio minucioso de una fotografía de una inscripción parcial, que los números mayas debían ser leídos de izquierda a derecha y de arriba abajo. Trabajando con el *Dresde* y con una copia de la *Relación* de Landa, Förstemann fue capaz de llevar este trabajo más adelante y dilucidar por completo el funcionamiento del calendario maya. Descubrió que usaban un sistema de base 20 (vigesimal) en lugar de uno decimal como el nuestro y que habían registrado las fechas en la forma de una Cuenta Larga, la cual tenía como su comienzo una fecha del Ciclo Calendárico de 4 Ahau 8 Cumhú miles de años antes.

Para entender esto —y es importante para lo que sigue después— es necesario comprender unos cuantos conceptos simples mas de la forma que tenían los mayas de registrar el tiempo Asi como usaban el *Tzolkín* de 260 días, el año impreciso de 365 días y el Ciclo Calendárico de 52 años, los mayas contaban y agregaban días individuales. Con sólo una variación ligera usaban un sistema vigesimal o de base 20 para hacer esto contando en unidades llamadas uinales, tunes, baktunes y así en forma sucesiva. A primera vista esto parece ser un sistema muy incomodo pero en realidad no lo es, una vez que se ha entendido la idea de contar de 20 en 20. El sistema entero funcionaba asi:

20 kines (días)	= 1 uinal	("mes" de 20 días)
18 uinales	= 1 tun	("año" de 360 días)
20 tunes	= 1 katún	(7 200 días)
20 katunes	= 1 baktún	(144 000 días)

En monumentos como las estelas, las fechas mayas están inscritas en forma de una columna doble de jeroglíficos. Éstos se leen de izquierda a derecha y de arriba abajo. La serie comienza con un glifo introductorio y a menudo termina con datos referentes a ciclos lunares y a cuál de los Nueve Señores de la Noche estaba gobernando en la época en cuestión. Entre éstos se encuentra la fecha, expresada como el número de baktunes, katunes, tunes, etcétera, más la fecha de acuerdo con el *Tzolkín* (cuenta de 260 días) y el *Haab* (año de 365 días). La figura 10 muestra una fecha de Cuenta Larga típica tal como está registrada en la llamada Placa de Leyden. La fecha completa se lee: glifo introductorio, 8 baktunes, 14 katunes, 3 tunes, 1 uinal, 12 kines; 1 Eb O Yaxkín.

Además de redescubrir el sistema de la Cuenta Larga, Förstemann hizo otros descubrimientos en el curso de sus investigaciones en el *Códice Dresde*. Mostró cómo contenía un Cuadro de Venus para calcular los movimientos de ese planeta en su ciclo de alrededor de 584 días y también cuadros lunares para calcular posibles eclipses. En total fue capaz de demostrar que lo que parecía ser nada más que una reliquia pintada en colores brillantes de mero interés histórico, era de hecho una obra de genio. No es de extrañar entonces que los indios se hayan lamentado en forma lastimera cuando obispos ignorantes condenaron sus escritos a la hoguera. Destruyeron algunas de las creaciones científicas más grandes que la mente humana haya logrado jamás y los registros de cientos de años de investigación astronómica.

En sus investigaciones realizadas calladamente en un rincón de una biblioteca alemana, muy lejos de la selva de América Central, Förstemann había encontrado sin lugar a dudas la clave más importante para el sistema de fechamiento maya —pero no había descifrado el código por completo—. Aunque era capaz de leer fechas de Cuenta Larga en su propio contexto del *Dresde*, no podía vincularlas con fechas conocidas en nuestro calendario gregoriano. Para hacer esto se necesitaban más datos, y en particular interpretaciones más precisas de inscripciones de fechas tal como se encuentran en los monumentos mayas. Este logro final, que permitiría que todas las Cuentas Largas mayas fueran traducidas en fechas gregorianas reconocibles, le correspondería a otras mentes. Se hicieron intentos esporádicos de fotografiar monumentos mayas con inscripciones durante finales del siglo XIX, pero esto no era fácil debido a que estaban dispersos, a menudo en lugares inaccesibles, por toda la selva de América Central. Fue hasta que llegó Alfred Maudsley y realizó su exploración detallada cuando por fin se puso a disposición de otros investigadores un compendio de inscripciones completas y pre-

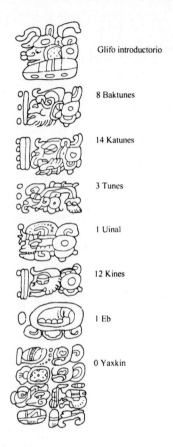

Glifo introductorio

8 Baktunes

14 Katunes

3 Tunes

1 Uinal

12 Kines

1 Eb

0 Yaxkin

Figura 10 Fecha maya de muestra de la Placa de Leyden

cisas. La publicación entre 1889 y 1902 de su *Archaeology* como un apéndice de los cinco volúmenes de la *Biología Centrali-Americana* probó ser otro hito en la investigación maya. Ahora al fin era posible comparar una amplia gama de inscripciones con el texto de Landa y los datos contenidos en los códices.

Quizá sin sorpresa, pero otra vez para consternación de los mayistas modernos, el siguiente gran salto hacia adelante en el entendimiento del calendario maya fue llevado a cabo por el trabajo de otro extranjero excéntrico, Joseph T. Goodman. Era un empresario en la verdadera tradición estadounidense, que se había convertido en periodista profesional a una edad temprana. Para cuando tenía 23 años editaba su propio periódico, el *Territorial Enterprise* de Virginia City. Esta ciudad, cerca de Reno en el estado de Nevada, estaba en auge. Se había encontrado oro ahí en 1859, y la riqueza fácil que produjo esto significó que con rapidez se convirtiera en una ciudad arquetípica del salvaje Oeste. Goodman se montó en la ola, no sólo dirigiendo el periódico local (que de manera incidental dio a Mark Twain su primer trabajo de redacción como reportero) sino chapoteando en las reservas de oro. Pronto se hizo rico y pudo mudarse a la calma relativa de California. Allá comenzó otro periódico, el *San Franciscan*, compró una huerta de pasas en Fresno y se dedicó a un nuevo pasatiempo: los estudios mayas.

Para 1897 estaba listo para publicar los primeros resultados de sus esfuerzos, los cuales se convirtieron en un apéndice al apéndice arqueológico de Maudsley en la monumental *Biología Centrali-Americana*. Ignorando las declaraciones anteriores de Förstemann, cuyo trabajo previo debió conocer, sostuvo que había descubierto la Cuenta Larga y la fecha de inicio de 4 Ahau 8 Cumhú para el calendario. Los mayistas de nuestros días, como Eric Thompson, están convencidos de que no tenía suficiente material genuino a su disposición como para haber resuelto esto por sí mismo y que debió robar la idea de Förstemann.

Sea como fuere, hizo algunas otras contribuciones sorprendentes y muy originales a la mayología. La primera de éstas fue el descubrimiento de que los mayas usaban glifos de "código de encabezado" como una forma alternativa de representar números para el sistema de barras y puntos. Del mismo modo en que nosotros tenemos formas alternativas para escribir los números —como los glifos arábigos, numerales romanos o incluso haciendo señales con muescas—, así también los mayas usaban más de un sistema en sus fechas de Cuenta Larga. Sin embargo, fue de mucha mayor significación un artículo que publicó en 1905 en la revista *American Anthropologist*. Ahí, bajo el título simple de "Fechas mayas", presentó un trabajo que abría brecha y al menos hacía posible correlacionar las fechas de la Cuenta Larga maya con fechas en nuestro propio calendario.

Hasta ese momento todas las fechas de la Cuenta Larga, como cientos de ellas escritas en templos, pirámides y otros monumentos, eran de "flotación libre". Es decir, nadie había sido capaz de establecer el vínculo necesario entre las fechas mayas y nuestro propio calendario. Hacerlo permitiría que todas las inscripciones fueran fechadas de acuerdo con el sistema gregoriano. A partir de un estudio minucioso de la *Relación* de Landa, los códices y varios registros coloniales, Goodman hizo la conexión que al fin permitiría a otros estudiosos reunir una cronología completa para la civilización maya. El trabajo de Goodman sobre la Cuenta Larga se ignoró por muchos años pero al final fue reivindicado y, con una depuración ligera de tres días, su cronología fue adoptada por uno de los más influyentes de todos los mayistas, Eric Thompson[7]. Al final estableció, de una vez por todas, que el fin del último Gran Ciclo y el comienzo del presente correspondían a la fecha gregoriana del 13 de agosto de 3114 a. C. Como se calculó que un Gran Ciclo duraba 13 baktunes —es decir, 1 872 000 días— el fin de la era presente será el 22 de diciembre de 2012 d. C. No falta mucho por recorrer, ya que estamos viviendo en los años finales del presente ciclo.

Astronomía maya

Los mayas, sin embargo, no registraban el tiempo sólo en una forma teórica, contando los días conforme pasaban: también eran astrónomos expertos. Conforme se ha rescatado cada vez más de sus ciudades de la selva, y las han estudiado los arqueólogos, se ha establecido que la orientación de los templos y otras construcciones era de extrema importancia. Los mayas, al igual que los otros pueblos de América Central, estaban muy conscientes de los cielos que los rodeaban y de los movimientos de los planetas. A menudo las puertas o los techos,[8] los cuales son una característica particular de los templos mayas clásicos, eran colocados en tal forma que pudieran marcar la salida, culminación o colocación de estrellas particulares. Estaban interesados en especial en los movimientos del grupo estelar de Las Pléyades así como de los planetas errantes Mercurio, Venus, Marte y Júpiter. No es necesario decir que hicieron observaciones minuciosas del Sol y de la Luna, y esto les permitió predecir los eclipses con precisión.

Förstemann fue el primero en reconocer que el *Códice Dresde* contenía cuadros para la predicción de eclipses. En la actualidad se usaría el álgebra pero, hasta donde se sabe, los mayas no hacían las cosas de esta manera. Usaban una combinación de astronomía de observación y cuadros de referencia para hacer predicciones para el futuro.[9] Los cuadros en el *Dresde* no sólo tenían que proporcionar a los sacerdotes información relativa a los eclipses esperados sino que tenían que armonizarla con el ciclo *Tzolkín* de 260 días que era de suma importancia. Sin entrar en muchos detalles, lograban esto haciendo que su cuadro tuviera una longitud de 11 958 días, lo cual corresponde casi con 46 *tzolkines* (11 960 días), antes de retroceder hasta el principio. Esto es igual con exactitud a 405 meses lunares, lo cual también da 11 960 días. ¡De hecho era tan exacto este cuadro que se ha calculado que da una precisión para la duración de un mes lunar que se queda corto sólo por siete minutos! También se ha encontrado que otro conjunto de cifras proporciona correcciones para el primer cuadro, lo cual le permitiría permanecer preciso con un margen de error de un día en 4 500 años. Este es un logro asombroso.

Sin duda era de importancia la predicción de los eclipses; sin embargo, de igual interés, si no es que mayor, para los mayas era el comportamiento del planeta Venus. Förstemann se dio cuenta de que cinco páginas del *Dresde* estaban dedicadas a cálculos concernientes a Venus. Parece que los mayas no estaban muy interesados en los movimientos cotidianos del planeta sino en su ciclo promedio a través de periodos largos. El año venusino puede ser tan corto como 581 días o tan largo como 587 días, el promedio es de 584 días. Este número y sus múltiplos eran de interés particular para los sacerdotes que diseñaron el cuadro. Sin embargo, lo que ha probado ser de un interés aún mayor es

su inclusión de dos fechas que ocasionan el llamado "supernúmero" del *Códice Dresde*. Éste es 1 366 560 días y relaciona el
comienzo del *Códice Dresde* con el principio de la era presente,
el nacimiento de Venus. Es muy significativo debido a que vin-
cula, en términos integrales, una gama completa de ciclos importantes.

De hecho, 1 366 560 =

260 × 5 256	(número de *tzolkines*)
365 × 3 744	(número de años imprecisos)
584 × 2 340	(número de ciclos de Venus promedio)
780 × 1 752	(número de periodos de Marte promedio)
18 980 × 72	(número de ciclos calendáricos o siglos aztecas)

Fue este número maestro del *Códice Dresde* el que hizo que
Maurice Cotterell se interesara por primera vez en los mayas, ya
que está muy cerca de otro número significativo, 1 366 040 días,
al que había llegado por una ruta por completo diferente: el estudio de los ciclos de las manchas solares. ¿Podrían estar relacionados los dos números —los cuales difieren sólo por exactamente
dos periodos de 260 días? Esto habría de convertirse para él en
un asunto del mayor interés durante los siguientes años y sus
descubrimientos en este campo habrían de ser sensacionales. Sin
embargo, antes de entrar en esto necesitamos volver atrás, dejando a los mayas por el momento, para ver cómo Cotterell llegó a su propio "supernúmero" de 1 366 040 días.

3. Una nueva astrología solar

La astrología es un tema que divide al mundo. La más antigua de todas las ciencias es vista por algunos como el mismo epítome de todo lo que merece el interés humano. Por el contrario, y quizá en mayor grado, al menos entre los científicos, tiene sus oponentes que ven en este estudio de supuestas influencias astrales nada más que una superstición ciega. Superstición o no, no ha sido una obsesión sólo europea o incluso euroasiática. Parece que todas las sociedades civilizadas se han interesado en los movimientos de las estrellas, no menos los mayas. Los códices mayas sobrevivientes, como el *Dresde*, se ocupan sobre todo de asuntos astrológicos, tales como cálculos y pronósticos para el ciclo de 584 días de Venus, además de cuadros para calcular cuando podían esperar eclipses. Ahora se sabe que algunas de las edificaciones mayas, como el *Caracol* en Chichén Itzá, eran observatorios que permitían a los sacerdotes observar el momento exacto de la salida y la puesta de los planetas; su interés principal era astrológico.[1] La complejidad extrema de los métodos mayas para calcular los ciclos de Venus, Marte y otros planetas es una de las muchas características sorprendentes de esta civilización. Pero parece que en la raíz de sus preocupaciones astrológicas estaba la fertilidad humana.

No es sorprendente que la astrología misma atrajera cierto grado de escepticismo dadas las declaraciones disparatadas y fantasiosas que a menudo se hacen en su nombre. ¿En verdad creemos que cuando Júpiter atraviesa el signo de nuestro nacimiento nos traerá buena fortuna? Por el contrarío, ¿una conjunción de Saturno con uno de los otros planetas en un horóscopo natal en verdad es tan desafiante para el sujeto desafortunado como afirman los libros? En la astrología se han entrelazado la ciencia y el misticismo, y durante tanto tiempo, que llegar a una conclusión simple en un sentido o en el otro no es un asunto fácil. Lo que está claro para cualquiera que estudie a las personas es que no puede ser descartada por completo. Hay, como dicen ellos, "algo en ella".

Esta fue también la conclusión de Maurice Cotterell cuando como un joven oficial de comunicaciones en la marina mercante pasaba varios meses en el mar. En los límites reducidos de un barco no podía ignorar cómo la conducta de al menos algunos de sus compañeros variaba de acuerdo con rasgos atribuidos en forma astrológica. Por ejemplo, notó que los hombres nacidos bajo los signos de "fuego", que se supone son más agresivos, en efecto eran más agresivos. Su agresión además parecía ser cíclica, aunque no era obvio de inmediato cómo esto estaba vinculado con la astrología. Intrigado y disponiendo de algo de tiempo, decidió como una cuestión de interés personal hacer sus propias investigaciones sobre el tema. Durante un permiso para desembarcar en su casa, acudió a la biblioteca local y sacó todos los libros que pudo encontrar que parecían tener algo que ver en el asunto. Estos no sólo incluían libros populares sobre astronomía y astrología, sino otros temas al parecer tan desconectados como la cría de abejas —después de todo, el ciclo de vida y el comportamiento de las abejas está ligado en forma estrecha con el sol—. Mientras revisaba todo este material encontró los resultados de un estudio muy interesante realizado en el Instituto de Psiquiatría por el astrólogo Jeff Mayo[2] en cooperación con el renombrado psicólogo y profesor Hans Eysenck.[3] Con base en dos estudios controlados de modo científico llevados a cabo con 1 795 y 2 324 sujetos, respectivamente, fueron capaces de mostrar una correlación entre el signo astrológico del nacimiento y tendencias extrovertidas/introvertidas (véase figura 11).

Esto no podía explicarse estadísticamente porque las probabilidades en contra eran de 10 000 a 1. Como cualquier astrólogo

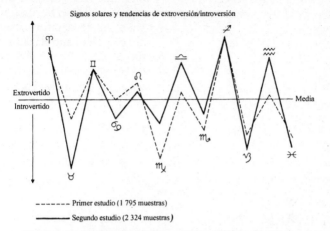

Signos solares y tendencias de extroversión/introversión

- - - - - - Primer estudio (1 795 muestras)

———— Segundo estudio (2 324 muestras)

El anterior es el resultado de estudios realizados por el astrólogo Jeff Mayo y el Instituto de
Psiquiatría, bajo la tutela del profesor H. J. Eysenck. Con base en dos estudios de 1 795
sujetos y 2 324 sujetos, puede verse que los signos positivos (Aries, Géminis, Leo, Libra,
Sagitario, Acuario) son extrovertidos en forma predominante, y los signos negativos alternos
son introvertidos en forma predominante. Las probabilidades en contra de que estos resultados
sucedieran por azar son de 10 000 a 1. La media está apenas por encima de 13.50.

Figura 11 Diagrama de Mayo/Eysenck

podría haber predicho, hay una tendencia estadística definida
para que las personas nacidas bajo los signos llamados de fuego y de aire sean más extrovertidas, mientras que aquellas nacidas bajo los signos de agua y tierra sean introvertidas.[4] Debido
a que los 12 signos de nacimiento se alternan en el orden fuego, tierra, aire y agua, por consiguiente el año se divide casi con
exactitud en meses extrovertidos e introvertidos alternados (*véase* figura 12).

Cotterell estaba consciente de que debido a la precesión (el
cambio lento retrógrado de los puntos equinocciales en el camino del sol a través del cielo), los signos del zodiaco ya no
corresponden en el espacio a las constelaciones que llevan los
mismos nombres. Los cambios precesionales significan que
mientras en la época de la Grecia antigua el sol habría estado
en forma física en la constelación de Aries en el equinoccio de

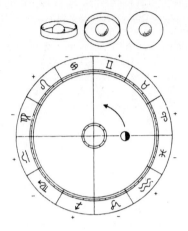

Figura 12 Signos astrológicos de nacimiento alternados

primavera, ahora es enmarcado por las estrellas de Piscis en ese momento. El hecho de que los astrólogos todavía llamen Aries[5] al primer signo de la primavera y no Piséis es una convención que no ha cambiado y es una de las razones por las que los científicos descartan a la astrología por considerarla una seudociencia. Pero los datos de Mayo/Eysenck indican que el ciclo astrológico al parecer fuera de lugar de los signos funciona —las personas nacidas bajo el "signo" de Aries muestran características extrovertidas marcadas aun cuando el sol no esté en la constelación real de Aries—. Sólo podía haber una explicación para esto: lo que era importante en la astrología no era el fondo estelar del zodiaco, el cual de hecho sólo actúa como la carátula de un reloj, sino algún ciclo relacionado con el mismo sol. En otras palabras, *la raíz de la astrología se encuentra en la influencia solar y las variaciones del año solar.*

La cuestión que enfrentaba ahora Cotterell era, ¿qué podría estar haciendo el sol que pudiera causar que las personas fueran extrovertidas o introvertidas de acuerdo con el signo del zodiaco bajo el que hubieran nacido? Como operador de radio él estaba más consciente que la mayoría de la forma en que las ondas de radio son afectadas por el estado de la atmósfera superior de la Tierra y que ésta a su vez es influida por el sol. Sabía además que a veces, cuando hay abundantes manchas solares visibles, las señales de radio se distorsionan y se genera mucho ruido, dificultando la recepción. Le parecía ahora que quizá los efectos astrológicos podrían también estar relacionados de alguna manera con estas variaciones solares, pero no tenía idea de cómo podía suceder esto.

Pecas en el sol

Como el más visible y familiar de todos los cuerpos celestes, el sol es algo que todos damos por sentado. Pero, ¿cuánto sabemos en realidad acerca del padre de nuestro sistema solar, el cuerpo que por tantas culturas anteriores fue considerado como el padre de los dioses? La disponibilidad de telescopios modernos y computadoras significa que el conocimiento referente al menos a la capa externa del sol ha aumentado en forma enorme durante los últimos años. Pero todavía hay mucho que no se sabe y que quizá nunca se sabrá. Cotterell identificó algún ciclo solar como el agente principal en la determinación de los tipos astrológicos, y ahora tenía muchas ganas de ver con exactitud qué era responsable de los efectos registrados. Tenía una corazonada de que podía estar conectado con las manchas solares, pero necesitaba más datos antes de estar seguro de que así era. También necesitaba saber más acerca de la forma en que afectan al campo magnético de la Tierra.

Las manchas solares son áreas de frialdad relativa en la superficie del sol: sólo se ven oscuras debido a que el resto de la superficie del sol está aún más caliente y brillante que ellas. Fueron identificadas por primera vez en 1610 por Galileo, quien usó uno de los primeros telescopios para observarlas. Reconoció que eran manchas en la superficie del mismo sol y no sólo satélites que pasaban enfrente de su disco. Ya que, a diferencia de los planetas Mercurio y Venus, los cuales también a veces pasan a través del disco solar, no son características permanentes sino que siempre están cambiando tanto en cantidad como en posición en la superficie del sol. Algunas manchas sólo duran unas cuantas horas, otras meses, pero todas desaparecen al final. También varían en tamaño, y algunas son lo bastante grandes como para ser observadas a simple vista.[6]

Se ha sabido desde hace mucho que las manchas solares no son fenómenos aleatorios por completo. En 1843 R. Woolf estableció que había un ritmo en la forma en que las manchas solares aparecen y desaparecen que sugiere seguir un ciclo de alrededor de 11.1 años. Al comienzo del ciclo, las manchas aparecen cerca de los polos del sol. Conforme progresa, se manifiestan en forma gradual cada vez más cerca del ecuador. Luego, por lo general antes de que el ciclo por fin se agote, comienzan a aparecer más cerca de los polos. Sin embargo, el ciclo no es regular de modo perfecto y los máximos o apogeos de la actividad de las manchas solares no son todos de la misma intensidad. También hay mínimos extremos tales como los que hubo entre 1645 y 1715, cuando no hubo manchas en absoluto.[7] En esas épocas el sol brillante presentaba un aspecto limpio en el marco del cosmos más amplío que lo rodea.

Causas de las manchas solares

Durante mucho tiempo los astrónomos y físicos por igual no pudieron explicar las manchas solares. Mientras por una parte su naturaleza transitoria daba la impresión de fenómenos atmosféricos como tornados, su periodicidad sugería que eran causados por algún mecanismo más profundo e inexplicado dentro del núcleo del sol. Al igual que la Tierra, el sol rota sobre su propio eje norte-sur. Sin embargo, hay una diferencia crucial entre los dos cuerpos; mientras que la Tierra tiene una corteza dura y rocosa y por consiguiente gira como una masa sólida, el sol está compuesto de gas plasma supercalentado y no rota de manera uniforme. De hecho, el sol rota más despacio en sus polos que en su ecuador, dando lugar a un "día" solar de 37 días terrestres en sus polos en comparación con sólo 26 en su ecuador.[8] Además, como la Tierra y la mayoría de los demás planetas del sistema solar, el sol tiene un campo magnético.

Sin embargo, éste no es un campo simple como el de la Tierra sino que es más complejo. Todavía hay mucho de misterioso sobre el campo magnético del sol, pero en la actualidad se cree que tiene dos componentes: un bipolo norte-sur y un cuadripolo ecuatorial. El campo bipolar norte-sur es algo similar en orientación al campo magnético de la Tierra. El campo cuadripolar parece como cuatro "burbujas" de magnetismo espaciadas a intervalos regulares alrededor del ecuador solar. Estas burbujas son de polaridad alternada: el equivalente a los polos norte y sur de un imán —excepto que aquí hay cuatro "polos" en lugar de dos (*véase* figura 13)—. Ahora bien, debido a que el ecuador del sol gira más rápido que sus polos, sus líneas de flujo magnético se enrollan en rizos, en forma parecida a como se enrollan los espaguetis en un tenedor (*véase* figura 14). Esto tiene el efecto de causar áreas pequeñas de magnetismo intenso debajo de la superficie solar. Se piensa que los rizos magnéticos a la larga salen a la superficie y por tanto producen las manchas solares familiares[9] (*véase* figura 15).

Cotterell sospechaba que estas variaciones en el magnetismo del sol eran responsables de las diferencias astrológicas entre las personas y, por consiguiente, las hizo el centro de sus estudios. La cuestión era: ¿cuál podía ser el mecanismo para dichos efectos?

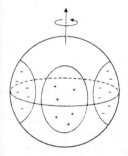

Modelo de la estructura magnética
En estos diagramas esquemáticos, la estructura magnética del sol en la base de la corona está representada como consistente de dos componentes: un patrón de polaridades positivas y negativas alternantes cerca del ecuador (izquierda) y un campo bipolar inclinado en los polos (derecha). Los dos rotan a velocidades diferentes y su suma depende de su fase relativa.

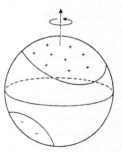

Figura 13 Campos magnéticos solares

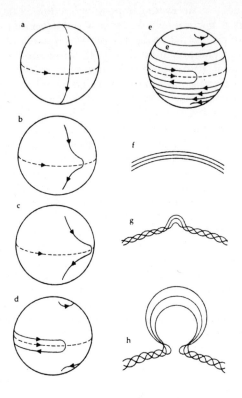

Figura 14 Deformación del flujo magnético solar

Vientos del sol

Nuestro conocimiento del sistema solar se ha incrementado a pasos agigantados desde que se enviaron naves espaciales más allá de la atmósfera terrestre. Es fácil olvidar que apenas en fechas tan recientes como la década de los sesenta fue posible observar el sistema solar desde una perspectiva distinta a la de la superficie de nuestro propio planeta. Sólo es ahora, al final del siglo xx, cuando somos capaces de ir más allá de nuestra

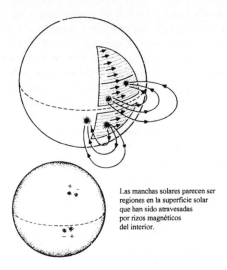

Las manchas solares parecen ser regiones en la superficie solar que han sido atravesadas por rizos magnéticos del interior.

Figura 15 Rizos de las manchas solares

atmósfera y experimentar el espacio no como alguna región imaginaria sino como algo real. Lo que se ha descubierto es que lejos de ser el vacío casi perfecto que se suponía que era aún hace unos cuantos años, está lleno de radiaciones, gases y partículas de polvo. Es cierto que esta materia está muy dispersa, pero ahora se reconoce que hay más de esta materia invisible o "negra" en el universo de la que está contenida en todas las estrellas y planetas visibles. Ahora parece que estos últimos sólo son cuerpos de materia muy condensada flotando en un mar de gas delgado atenuado. Este es un hecho mucho más cercano a la creencia antigua de que el espacio es como un vasto océano a través del cual navega la Tierra como una tortuga, que a las teorías aislacionistas del vacío del siglo pasado.

Nuestra familia de planetas, en un sentido muy real, vive dentro del aura del sol. Nuestra estrella paterna no sólo nos da luz visible sino que irradia a lo largo de todo el espectro electromagnético. Sus emanaciones incluyen ondas de radio, rayos infrarrojos, luz visible, rayos ultravioleta y rayos X. Además de estos tipos de rayos, también proyecta materia al espacio en la forma del llamado viento solar. Esta es una corriente de partículas cargadas, iones, que son lanzados en forma constante desde su superficie hacia el espacio, en particular desde protuberancias y llamaradas. Aunque este "viento" es muy delgado y atenuado en comparación con los movimientos de nuestra atmósfera mucho más densa en la Tierra, no obstante es significativo en extremo. Es la razón, por ejemplo, de que las colas de los cometas siempre se alejen del sol, como mangas de aire. Sin embargo, no sólo se afectan los cometas por el viento solar sino también nuestro planeta. Extendiéndose alrededor de la Tierra y conteniendo su atmósfera como una envoltura está lo que se conoce como la magnetosfera. Esta se extiende hacia el espacio y contiene dos zonas dentro de ella, llamadas, en honor de su descubridor, los cinturones de Van Alien[10] (*véase* figura 16). Donde el viento solar golpea a la magnetosfera la distorsiona, dando lugar a una onda de choque en arco.

El tipo y carga de las partículas que el sol lanza como viento solar varía, pero en lo principal son electrones, como los rayos catódicos dentro de un aparato de televisión, o son protones, núcleos de hidrógeno con carga positiva.[11] Si imaginamos una vista de corte transversal del sol en su ecuador, se verán las cuatro burbujas de su campo cuadripolar (*véase* figura 17). Cuando gira sobre su eje, lanza partículas cargadas al espacio, pero la naturaleza de estas partículas y su polaridad en cualquier punto determinado en el espacio alrededor del ecuador del sol está definido por la polaridad magnética de la burbuja en esa región. Las partículas llevadas en el viento solar de regiones de polaridad negativa están cargadas de manera negativa (electrones), mientras que aquellas de regiones de polaridad positiva están cargadas en forma positiva (principalmente protones). El resultado neto es que, de modo parecido a un aspersor para jardín, el sol lanza partículas en todas direcciones, pero éstas son de tipos diferentes dependiendo de la fuente de emisión (*véase* figura 18). Los datos enviados por una nave espacial interplanetaria (IMP1 1963) han mostrado que esto sucede así en efecto.

Además de causar una onda de choque en arco cuando golpea la magnetosfera de la Tierra, el viento solar es responsable de

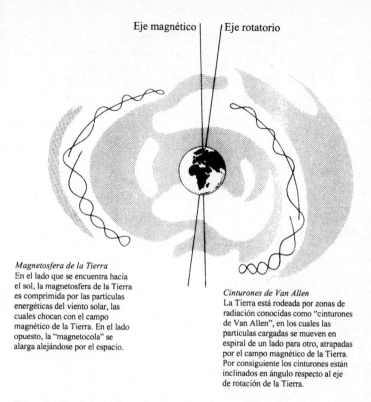

Eje magnético | Eje rotatorio

Magnetosfera de la Tierra
En el lado que se encuentra hacia el sol, la magnetosfera de la Tierra es comprimida por las partículas energéticas del viento solar, las cuales chocan con el campo magnético de la Tierra. En el lado opuesto, la "magnetocola" se alarga alejándose por el espacio.

Cinturones de Van Allen
La Tierra está rodeada por zonas de radiación conocidas como "cinturones de Van Allen", en los cuales las partículas cargadas se mueven en espiral de un lado para otro, atrapadas por el campo magnético de la Tierra. Por consiguiente los cinturones están inclinados en ángulo respecto al eje de rotación de la Tierra.

Figura 16 La magnetosfera y los cinturones de Van Alien

otros fenómenos más dramáticos. Muchas de las partículas cargadas llegan flotando a través de la piel de la magnetosfera de la Tierra y quedan atrapadas en los cinturones de Van Alien. Ahí son aceleradas luego hacia abajo y hacia los polos por el propio campo magnético de la Tierra. El resultado es que llegan chocando a través de la atmósfera superior y, mientras lo hacen, producen las iluminaciones brillantes conocidas como aurora boreal.

El viento solar no sólo da lugar a la aurora sino que a veces puede producir efectos mucho más graves y atemorizantes. Un

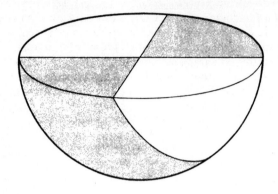

Figura 17 Vista en corte transversal del campo magnético ecuatorial del sol

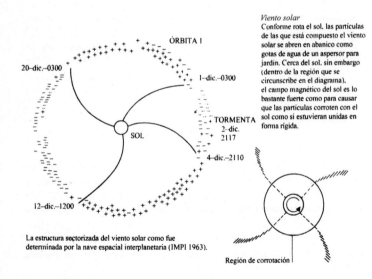

ÓRBITA 1

20–dic.–0300

1–dic.–0300

SOL

TORMENTA
2–dic.
2117

4–dic.–2110

12–dic.–1200

La estructura sectorizada del viento solar como fue
determinada por la nave espacial interplanetaria (IMPI 1963).

Viento solar
Conforme rota el sol, las partículas
de las que está compuesto el viento
solar se abren en abanico como
gotas de agua de un aspersor para
jardín. Cerca del sol, sin embargo
(dentro de la región que se
circunscribe en el diagrama),
el campo magnético del sol es lo
bastante fuerte como para causar
que las partículas corroten con el
sol como si estuvieran unidas en
forma rígida.

Región de corrotación

Figura 18 El sol lanzando partículas como un aspersor para jardín

ejemplo de esto sucedió en 1989. Un reporte del Grupo de Exploración Geológica en Edimburgo mostró cómo, en enero y febrero de ese año, la actividad comenzó a incrementarse en forma esporádica en el disco solar entero. El 5 de marzo a las 13:54 TMG una llamarada de rayos X masiva, que duró 137 minutos, surgió de la superficie del sol. Se cree que fue el más largo de estos acontecimientos en este siglo y sobrecargó los sensores del equipo usado por los científicos para examinarlo. En la región donde había ocurrido la llamarada podía verse con claridad un grupo de manchas solares —evidencia de una conexión entre el evento y el comportamiento magnético del sol—. El 8 de marzo comenzó un evento de protones solares y una gran cantidad de estos iones comenzó a fluir hacia la Tierra en el viento solar; continuó la actividad hasta el 13 de marzo. La llegada de esta corriente de partículas cargadas, los núcleos de átomos de hidrógeno, tuvo un efecto profundo sobre el propio campo magnético de la Tierra. De hecho, el cambio en el flujo fue el más grande visto desde 1952 y produjo una tormenta magnética violenta. Los monitores del laboratorio Lerwick en las islas Shetland registraron una desviación grande en el magnetismo terrestre de 8 grados dentro del espacio de unas cuantas horas. Esto se compara con una desviación normal de sólo unos 0.2 grados por hora. La intensidad de la tormenta fue tal que la aurora boreal pudo verse con claridad en el sur de Inglaterra. En efecto, reportes de observaciones similares llegaron en torrente desde tan al sur como Italia e incluso Jamaica. Los cambios rápidos en el campo magnético de la Tierra también produjeron sobretensiones enormes en las líneas de energía eléctrica, las líneas telefónicas y redes de televisión por cable. En Canadá más de un millón de personas quedaron sin electricidad cuando partes de la red de energía se descompusieron después de la sobrecarga de los transformadores. La ionosfera de la Tierra, una región compuesta de partículas cargadas y contra la cual rebotan por lo general las ondas de radio, se trastornó por completo haciendo imposible la comunicación por este medio. El ruido de fondo también significaba que las comunicaciones vía satélite se afectaron mucho. La radiación fue tan intensa que a los astronautas del transbordador espacial *Discovery* se les prohibió trabajar fuera de su cápsula. Al final su misión se canceló un día antes de lo previsto debido a un mal funcionamiento de una computadora que se cree fue causado por la tormenta. Aun bajo la capa de la atmósfera superior hubo peligros. Un avión Concorde tuvo que ser desviado hacia el sur para evitar someter a su tripulación y a los pasajeros al riesgo de radiación innecesaria. Considerándolo todo, esta llamarada única —por ningún motivo un evento espectacular en términos solares— había causado estragos en la Tierra.

Astrogenética

En 1986 este acontecimiento todavía estaba en el futuro pero Cotterell ya estaba creando una teoría nueva que vinculaba la astrología con el comportamiento solar. Estaba convencido de que las diferencias astrológicas entre las personas obedecían a variaciones en el viento solar que afectaban al campo magnético de la Tierra, el cual a su vez influía en el desarrollo futuro de un feto en la concepción. En otras palabras, un óvulo humano recién fertilizado era marcado en el momento de la concepción con el patrón de la atmósfera magnética prevaleciente, y esto determinaba su tipo astrológico en el momento del nacimiento. Esta teoría de la "concepción" era diferente de modo radical de la sostenida por la mayoría de los astrólogos que creían que las influencias planetarias y estelares ocultas *en el nacimiento* eran las importantes. No obstante, Cotterell estaba convencido de que estaba en lo correcto en este asunto y comenzó a escribir un libro sobre el tema. Sus hallazgos se resumen en los apéndices 1 y 2 pero pueden leerse con más detalle en su libro *Astrogenetics*.

Para mediados del año tenía *Astrogenetics* listo en su primer borrador y lo envió a varias autoridades destacadas en astronomía y astrología, esperando obtener algunos comentarios favorables o bien, fallando eso, al menos alguna retroalimentación positiva respecto a su teoría. En forma deplorable, la mayoría de las personas a las que les escribió no contestaron y él sólo pudo suponer que, o bien estaban en completo desacuerdo con sus hallazgos, o no estaban interesados en la tesis. Sin dejarse intimidar, se enteró de una Conferencia Internacional sobre Astrología en la que iba a ser anfitriona la Sociedad Astrológica Británica y que se realizaría en el Hospital Royal Free en Londres. Informados sobre sus investigaciones, estuvieron de acuerdo en que debería acudir y relatarles a los delegados sus descubrimientos. Es cierto que sólo tendría diez minutos antes del almuerzo para describir dos años de trabajo, pero esto era mejor que nada y al menos le proporcionaría una oportunidad para ventilar en público todo el tema.

Resultó que no lo decepcionaron. De manera predecible, la mayoría de los astrólogos reunidos estaban menos que complacidos con su teoría de que el momento de la concepción, no el nacimiento, fuera lo que importaba. Aceptar esta proposición significaría que los mismos fundamentos de su ciencia tendrían que cambiar. No sólo eso, sino que una proporción significativa de sus clientes potenciales no tenían conocimiento del momento y lugar exacto de su nacimiento aunque supieran la fecha. ¿Cuántas personas podía esperarse que supieran dónde o cuándo fueron concebidas? Aun suponiendo que sus padres pudieran decirles cuándo tuvo lugar el probable acto sexual que resultó en el embarazo, esto todavía no señalaría con precisión el momento de la concepción, la cual podría haber sucedido horas o incluso días después. Dadas estas consideraciones prácticas, era de esperar que sus ideas obtendrían en el mejor de los casos sólo una recepción tibia. Sin embargo, no todo estaba perdido, en vista de que los astrólogos no eran los únicos que estaban escuchando la conferencia. Entre ellos había miembros de otra profesión: periodistas. Cuando las ponencias se comentaron al día siguiente en los periódicos, fue a la nueva teoría de Cotterell a la que se le dio la mayor atención. En el curso de un largo artículo, Diana Hutchinson del *Daily Mail* lo llamó "El mago que hace que los astrólogos vean las estrellas", y añadió que él "... parece probar que hay una base científica para la astrología".[12] Esto fue seguido por entrevistas radiofónicas en los programas BBC World Service, BFPO[13] y una comunicación telefónica de una hora de duración en LBC.[14] Al fin el tema de las manchas solares, el viento solar y su efecto sobre la genética humana se ventilaba en público.

Esto, sin embargo, resultó ser sólo el principio. Dos años más tarde, en 1988, reunió la teoría completa y la publicó bajo el título de *Astrogenetics. The New Theory*. Aunque revistas tales como *Nature* rehusaron reseñarla, la tesis recibió elogios de ciertos académicos más liberales.[15] Mientras, Cotterell había cambiado de empleo y ahora trabajaba en el Instituto Cranfield de Tecnología (ahora Universidad Cranfield). Esto fue de lo más fortuito porque le ofreció una oportunidad de oro para usar una de las computadoras más potentes del país. En la computadora de la universidad, usó un algoritmo dedicado para trazar el comportamiento e interacciones de las tres variables magnéticas implicadas en la rotación de la Tierra alrededor del sol. Esto no se había logrado con éxito nunca antes debido a las complejidades de las ecuaciones involucradas en la síntesis de las tres variables cambiantes: el campo polar del sol (37 días), su campo ecuatorial (26 días) y la velocidad orbital de la Tierra alrededor del sol (365.25 días). Para simplificar las cosas, usó una ecuación basada en instantáneas del campo magnético combinado del sol y de la Tierra cada 87.4545 días. Esto se hizo así porque cada 87.4545 días los campos polar y ecuatorial del sol completan un ciclo mutuo y, al hacerlo, regresan a cero. La computadora perseveró con sus sumas durante varias horas antes de arrojar al fin sus datos vitales en forma de gráfica. Lo que resultó fue sensacional. En una impresión larga de máximos y mínimos dentados, luciendo como algún latido cardiaco errático, podía verse con claridad un ciclo rítmico. Esta gráfica de interacción tenía las huellas de cualquiera que fuera la causa de las manchas solares —ya que lo que podía ser trazado con claridad era un ciclo de 11.49 años marcando periodos de actividad intensa—. Sin embargo, esto no era todo. Era claro que había otros ciclos implicados por las gráficas, abarcando periodos mucho más largos.

Días largos del sol

Cotterell estudió con detenimiento la impresión de la computadora durante meses, desenmarañando lo que resultó ser su descubrimiento más importante hasta la fecha. Los datos, en su estado crudo, representaban los ángulos relativos de los campos magnéticos del sol y de la Tierra tomados como instantáneas a intervalos de 87.4545 días. Sin embargo, al principio estaba lejos de comprender lo que significaba la gráfica.

El registro visual de las manchas solares tal como son vistas por los astrónomos parece señalar un ciclo de 11.1 años. Cotterell ahora era capaz de encontrar evidencia de este ciclo en sus datos generados por computadora. Ahora llamaba a cada porción de tiempo de 87.4545 días, para simplificar, un *bit*. Un periodo de ocho de estos bits, u 8 × 87.4545 días (es decir, casi 700 días), parecía ser muy significativo; a esto ahora le llamaba un *microciclo*. Seis de estos microciclos (es decir, 48 bits) hacían un ciclo más largo de 11.49299 años. Esto era similar en forma extraña al ciclo promedio de 11.1 años de manchas solares observadas. Al fin parecía hallar la correlación que buscaba.

Observando de manera más minuciosa los datos notó que había un ciclo de 781 bits de tiempo antes de que la gráfica se repitiera. A este periodo de 68 302 días (o 187 años) lo llamó el *ciclo de las manchas solares*. Este periodo largo era el equivalente de 97 microciclos, pero un análisis cuidadoso de los datos mostró que mientras 92 de éstos eran en efecto de 8 bits de duración, 5 eran más largos, de 9 bits; parecían contener un *bit de cambio* extra. Esto sugería que aunque el ciclo verdadero debería tener sólo 776 bits de longitud en forma teórica, en la práctica el ciclo de las manchas solares era empujado hacia adelante por 5 bits. Al principio este comportamiento anómalo era muy intrigante. ¿Qué podía causarlo? Regresando a sus libros y estudiando otra vez la figura del campo magnético solar se hizo obvio que de alguna manera involucraba lo que se conoce como la *capa neutral deformada* del sol. Del mismo modo que cualquier otro imán, el sol tiene un área alrededor de su ecuador donde los dos campos magnéticos polares están equilibrados con exactitud de modo que no predomina ni el polo norte ni el polo sur. El resultado es una capa neutral delgada, o superficie de contacto, entre las dos zonas magnéticas que irradian hacia el espacio. Sin embargo, los libros concordaban todos en que debido a la naturaleza compleja del campo magnético del sol, esta capa no es lisa: es retorcida (*véase* figura 19). Parece que la capa neutral cambia un bit cada 187 años y que un cambio de bit particular podría por consiguiente desviarse

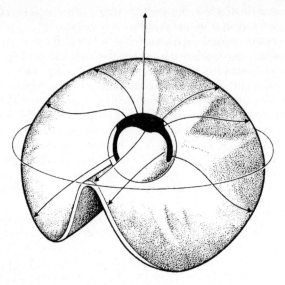

Figura 19 La capa neutral deformada del sol

a través de la secuencia completa de 97 microciclos en un periodo de 97 × 187 o 18 139 años.

Este gran periodo de interacción magnética entre el sol y la Tierra parecía ser el más importante de todos. Sin embargo, estaba dividido en forma desigual en tres periodos de 19 ciclos de manchas solares y dos de 20, haciendo 97 en total. Al parecer, cada vez que uno de estos periodos llegaba a su fin el campo magnético del sol se invertía. Por fin parecía que Cotterell había dado con lo que más tarde comprobó que era un conocimiento muy antiguo.

Una vez más Cotterell intentó poner sus ideas a la consideración de las instituciones científicas, pero de nuevo fue rechazado. La revista *Nature* rehusó publicar un artículo resumiendo su nueva teoría sobre los ciclos de las manchas solares. Cuando escribió a la Sociedad Astronómica Real para ver si podía ser incluido un artículo sobre el tema en su revista trimestral, de nuevo fue rechazado. Le dieron como razón que no se sabía lo suficiente de la forma real del campo magnético del sol para construir un modelo que funcionara, y por consiguiente sus teorías eran inválidas. Sin embargo, en vista de que los datos con los que estaba trabajando Cotterell y que había usado como base para sus argumentos de hecho habían provenido de ellos en primer término, ésta parecía una excusa poco convincente. Por supuesto que el campo del sol y la forma de la capa neutral deformada son más complejos que las formas idealizadas dadas en los libros de texto, pero uno tiene que comenzar en alguna parte y la ciencia está llena de suposiciones y simplificaciones sin las cuales no podría hacerse ningún progreso en el conocimiento. Si estas revistas fueran en verdad los órganos abiertos de la investigación moderna que declaran ser, entonces de seguro desearían presentar estas nuevas ideas a una audiencia amplia y fomentarían la clase de debate que podría conducir a una mayor elucidación. Al leer sus respuestas lacónicas no podía evitar preguntarse si su razón real para rechazar sus artículos no tenía nada que ver con su ciencia sino con que él no era un astrónomo académico reconocido. Sin darse por vencido, siguió adelante con sus investigaciones, las que ahora tomaron una dirección nueva e inesperada.

Las manchas solares y los mayas

Cotterell había recorrido ahora un largo camino desde sus estudios iniciales de astrología y el viento solar. Lo que había comenzado como una teoría relativamente simple concerniente a la conducta humana se había ampliado en un estudio mucho más grande de la mecánica que está detrás del ciclo de las manchas solares. No tenía idea al comienzo de todas sus investigaciones de que éste sería el resultado, pero ahora parecía haber tropezado con algo mucho más emocionante, aunque quizá bastante preocupante. Para resumir, los periodos del sol que parecían importar eran:

a) 87.4545 días (1 bit) = el periodo que les toma a los dos campos magnéticos del sol regresar a sus posiciones iniciales relativas entre sí;

b) 8 bits = 699.64 días (1 microciclo);

c) 48 bits = 4 197.81 días » 11.49299 años;

d) 781 bits = 68 302 días o 187 años (1 ciclo de manchas solares);

e) 97 × 68 302 días = 18 139 años (1 ciclo completo de la capa neutral deformada).

Este último periodo y sus subdivisiones ahora le interesaban cada vez más. Desglosándolo en sus partes constituyentes pudo ver que había cinco periodos incluidos en él que correspondían a cambios en la polaridad del campo magnético del sol y el cambio de la capa neutral deformada. Éstos estaban dados por:

1) 19 × 187 años = 1 297 738 días
2) 20 × 187 años = 1 366 040 días
3) 19 × 187 años = 1 297 738 días
4) 19 × 187 años = 1 297 738 días
5) 20 × 187 años = 1 366 040 días

Era este último periodo de 1 366 040 días el que estaba en la mente de Cotterell cuando leyó por primera vez acerca del supernúmero de los mayas de 1 366 560 días registrado en el *Códice Dresde*. Parecía demasiado similar para ser una coincidencia. Lo que es más, su división del periodo mayor de inversiones de la polaridad del sol parecía reflejar la concepción maya de eras anteriores. Ellos, como los datos de él, indicaban que había habido cuatro eras anteriores a la nuestra. Parecía que de lo que ellos estaban hablando en efecto era del cambio o inversión del campo magnético del sol. ¿Podía ser éste el mecanismo que estaba detrás del colapso de una era y el comienzo de otra?

Leyendo más a fondo en un libro llamado *Early Man and the Cosmos*,[16] se encontró con una referencia curiosa a otro número maya: 1 359 540. Este "número de la suerte", el cual es bastante parecido al contenido en el *Dresde*, se refiere a la fecha de inauguración del Templo de la Cruz en Palenque.[17] Al igual que el "supernúmero" del *Dresde* puede ser dividido por no menos de siete ciclos calendáricos o planetarios, indicando que tenía una significación más ritual que calendárica. Dándose cuenta de que ésta podría ser una clave importante para la conexión entre sus propios números de las manchas solares y el calendario maya, decidió que iría e investigaría el asunto por sí mismo. Ahora, sin dudar que estaba tras de algo, hizo los arreglos necesarios y reservó un viaje a México. Sería un viaje que cambiaría su vida.

4. Maurice Cotterell en México

Una aventura mexicana

La ciudad de México es una metrópoli bulliciosa y floreciente con una población que excede los 25 millones de habitantes. Esto la convierte en la urbe más grande del mundo, con una dimensión de más del doble que Londres o Nueva York, aunque con una fracción de su infraestructura. Todavía es una ciudad de contrastes: aunque su centro se transforma con rapidez con brillantes rascacielos, está rodeada por asentamientos ilegales. Es imposible afrontar el flujo interminable de inmigrantes afligidos por la pobreza, aun con la mejor voluntad del mundo. Tan pronto se incorporan servicios tales como agua potable y electricidad a una ciudad perdida, aparece otra en terrenos baldíos cercanos. Como resultado la ciudad se extiende en todas direcciones, hasta donde puede alcanzar la vista. Cotterell se encontraba ahora en medio de todo este alboroto, haciendo esfuerzos por respirar el aire cargado de humo.

Ansioso de ver lo más que pudiera en el corto tiempo disponible, recorrió el camino hasta la parte antigua, la cual está construida sobre la isla original de los aztecas. Ahí, rodeando la plaza principal o Zócalo,[1] hay muchos edificios españoles, incluyendo el palacio presidencial y la catedral. Esta última, al igual que la mayor parte de las otras iglesias antiguas de la ciudad, se está hundiendo.[2] Sólo se evita que se derrumbe por una red interna de andamiajes, la cual destruye

79

cualquier sensación de belleza o elegancia. El palacio presidencial, con sus murales famosos pintados por Diego Rivera[3] que describen la historia de México, estaba en una condición mucho mejor. Construido con las piedras de las pirámides aztecas demolidas, es uno de los más antiguos de todos los edificios de la ciudad de México pero parece haber resistido los embates del tiempo bastante mejor que la catedral, mucho más pesada. Cerca se encuentran los restos de Tenochtitlan, como la base del Templo Mayor, la más grande de las pirámides aztecas. Cotterell se enteró de que apenas en 1978 se había excavado por completo el sitio, después de que la compañía de energía eléctrica que cavaba una zanja para el cableado encontró una piedra de altar enorme.[4] Los arqueólogos a cargo de la excavación descubrieron que los aztecas habían reconstruido su templo muchas veces, levantando cada pirámide nueva encima de la anterior. Esto se hizo debido a que al final de un Ciclo Calendárico de 52 años todo tenía que renovarse, incluso las pirámides.

Cotterell visitó a continuación el Museo Nacional de Antropología, el principal del país. Es uno de los museos arqueológicos más grandes del mundo, con un escenario elegante adecuado en medio del Bosque de Chapultepec. Inaugurado apenas en 1964 en un edificio moderno espléndido, alberga una colección enorme de piezas precolombinas incluyendo la Piedra del Calendario Azteca y la estatua de Coatlicue, que impresionó tanto a Bullock. Salas diferentes, situadas alrededor de un patio abierto y ventilado, están dedicadas a colecciones de las diversas culturas prehispánicas. Hay una sala completa dedicada a la antigua ciudad de Teotihuacan. En esta sala, junto con muchas estatuas y ollas, hay una reproducción en tamaño natural de parte de una de sus construcciones más famosas, la pirámide de Quetzalcóatl.

Al día siguiente Cotterell visitó Teotihuacan. Este sitio se encuentra a unos 40 kilómetros al noreste de la ciudad de México y es un destino turístico popular debido a su fácil acceso. Por primera vez, alrededor de 1889 el arqueólogo disidente y científico notable Leopoldo Batres[5] excavó en la zona. Las ruinas de Teotihuacan son las más grandes y en muchos sentidos las más enigmáticas de todos los sitios arqueológicos de México.

La ciudad floreció a lo largo del periodo clásico, en la época en que los mayas construyeron Palenque, y fue abandonada, por razones desconocidas, alrededor del 750 d. C. En su excavación Batres encontró evidencia de que la ciudad fue destruida por un gran incendio. A primera vista esto sugería que había encontrado su fin a manos de invasores, ya que ¿quién más habría encendido la antorcha? Pero había otra anomalía curiosa: muchas de las construcciones mostraban también evidencia de que se habían llenado de manera deliberada con escombros y enterradas de modo que hasta las maderas de sus techos estaban todavía intactas. Se pensó que las habían preservado en espliego. Esta debió ser una tarea enorme: implicaba cavar y transportar toneladas de tierra y roca con el único propósito de enterrar una ciudad abandonada. Pero no hay una respuesta clara de por qué los teotihuacanos o sus supuestos invasores habrían hecho esto. Batres sólo podía sugerir que se hizo para proteger los santuarios sagrados de los ojos de los profanos.

En la actualidad Teotihuacan todavía ofrece una vista impresionante, aunque carece de algo de atmósfera. Dispuestos a intervalos regulares a lo largo de la Calzada de los Muertos, de 42 metros de ancho y cuatro kilómetros de largo, hay 23 palacios y templos. Pero éstos son empequeñecidos por la enorme pirámide de la Luna que se yergue en el extremo norte de la calzada, y la todavía más grande pirámide del Sol,[6] la cual se encuentra al este de aquélla y casi a medio camino de la calzada. En el extremo sur de la calzada y del mismo lado en que se encuentra la pirámide del Sol se localiza un cuadrado que contiene a la más pequeña pirámide de Quetzalcóatl. Este edificio es notable, ya que al igual que el Templo Mayor de Tenochtitlan muestra evidencia de sucesivas reconstrucciones, con capas parecidas a las de las cebollas. Esto por sí solo sugiere que la idea de la renovación periódica no era una invención azteca sino que se remonta a épocas mucho más antiguas.

La muerte de los dioses

Por desgracia, a diferencia de los mayas, los teotihuacanos no dejaron textos escritos para explicar la sustancia de sus creencias, aunque se puede recoger alguna idea de las representaciones artísticas de sus dioses. La pirámide de Quetzalcóatl es de particular utilidad a este respecto porque tiene un friso que muestra hileras alternadas de esculturas del dios "Serpiente Emplumada", Quetzalcóatl,[7] y del dios de la lluvia, Tláloc. Es claro, entonces, que estos dos eran venerados en el valle de México mucho antes del tiempo de los toltecas.

El significado verdadero de las pirámides del Sol y de la Luna también se desconoce. Los aztecas así las llamaban y fueron ellos los que le dieron su nombre actual, Teotihuacan, que significa "Lugar donde nacieron los dioses", porque ellos habían asociado su propia mitología con el sitio. Creían que al final de la era anterior los dioses se habían reunido en la oscuridad en Teotihuacan para decidir cuál de ellos habría de convertirse en el nuevo sol para iluminar al mundo. De acuerdo con uno de sus mitos, un dios bastante arrogante llamado Tecuciztécatl se ofreció como voluntario para el privilegio, pero el resto de los dioses eligió al más humilde y anciano Nanahuatzin como segundo contendiente. Se hizo una gran pira funeraria y Tecuciztécatl fue invitado a saltar a ella. Cuando no pudo reunir el valor para sacrificarse de esta manera, se lo pidieron a Nanahuatzin. De inmediato corrió y saltó a las flamas. Viendo esto, Tecuciztécatl se lanzó también a la pira, avergonzado de que lo superara su humilde rival. Sin embargo, como el ave fénix ambos renacieron: Nanahuatzin se convirtió en el nuevo dios sol, Tonatiuh, y Tecuciztécatl, en la luna.[8] Por desgracia, el sol no se movía en el cielo sino que colgaba sin movimiento en el horizonte oriental. Tonatiuh demandó la lealtad y la sangre de los otros dioses antes de viajar a lo largo de la eclíptica. Después de alguna deliberación los otros dioses estuvieron de acuerdo y, uno por uno, dejaron que sus corazones les fueran quitados por Quetzalcóatl. Fortificado por este ofrecimiento de sangre, Tonatiuh se convirtió en Nahui Ollin, el Sol del Movimiento.

Los aztecas usaban esta historia del autosacrificio de los dioses, la cual casi de seguro heredaron de los toltecas anteriores, para justificar su propia religión sangrienta. Razonaban que si los mismos dioses habían tenido que morir para mantener al sol moviéndose en el cielo, entonces los humanos tenían el deber de seguir su ejemplo y asegurar que al dios sol se le alimentara de forma apropiada.[9] La conexión entre este mito azteca y el sitio de Teotihuacan nunca se ha explicado, pero es posible que haya sucedido ahí algo que implicara un gran ritual llameante. La evidencia de que la ciudad fue abandonada después de ser quemada es notable y con certeza para los aztecas se convirtió en un cementerio sagrado.

La montaña del dios murciélago

De la ciudad de México, Cotterell voló a Oaxaca. El valle de Oaxaca tiene una larga historia de asentamientos pero fue conquistada por los aztecas sólo 40 años antes de la llegada de Cortés. La ciudad colonial española que se construyó en las ruinas aztecas previas es en muchas formas la más atractiva de todo México. A una altitud de 1 600 metros tiene un clima agradable, y cuando arribó Cortés se enamoró del lugar e intentó retirarse allá.[10] Pero lo que hace a Oaxaca de interés particular no es tanto su encanto del viejo mundo como las ruinas cercanas de Monte Albán, el sitio más asombroso de todo México. Ahí, en la cima de una montaña que domina el valle de Oaxaca, había un centro ceremonial digno de los mismos dioses.

Fundado por inmigrantes olmecas quizá alrededor de 800 a. C., Monte Albán es una proeza de ingeniería notable. Primero se aplanó en forma artificial la cima de la montaña —en sí misma una labor enorme— y luego un área gigantesca se destinó a campos de Juego de Pelota,[11] tumbas y otras construcciones. En torno a 300 a. C. otro pueblo, los zapotecas, entraron en el valle de Oaxaca. Ocuparon Monte Albán con pirámides, templos y tumbas propias. Como los mayas, los zapotecas tenían un lenguaje escrito, aunque todo lo que se conserva de él son unas cuantas inscripciones que probablemente nunca sean descifradas. Del mismo modo que Teotihuacan, el sitio fue abandonado en forma cuidadosa por los zapotecas, quienes enterraron sus templos y pirámides. Sin embargo, el sitio lo tomaron más tarde sus rivales en el valle, los más militaristas mixtecos. Ellos vaciaron las tumbas zapotecas y las reutilizaron para sus propios muertos. Para la época en que llegaron los aztecas, Monte Albán era sólo la cumbre de una montaña en posesión de sus secretos, hasta que Batres trajo las palas.

Años de trabajo en el sitio dieron dividendos. Una tumba mixteca intacta aportó una gran cantidad de joyería de oro al igual que muchos huesos tallados. En el Museo Nacional de Antropología de México, Cotterell había visto uno de los hallazgos más importantes de Monte Albán, una máscara curiosa de un dios murciélago. Ahora iba a ver muchas representaciones cerámicas de esta misma deidad, quien parecía ser el mensajero de la muerte.

Algo más que atrajo la atención de Cotterell fue un grupo de esculturas famoso conocido como Los Danzantes. Este es un conjunto de relieves, figuras humanas en varias posturas y que, cuando fueron descubiertas, se pensó que representaban a personas bailando. En la actualidad se cree que tienen un significado médico. La construcción en la que se encontraron es una de las más antiguas de Monte Albán y se presume que funcionaba como un hospital. Algunas de las esculturas parecerían representar pacientes con anormalidades obvias; otras parecen estar conectadas con aspectos de la fertilidad.

Cotterell visitó a continuación el sitio zapoteca de Mitla, unos 40 kilómetros adelante. Éste es diferente por completo, está construido casi a ras del suelo. Aquí los zapotecas construyeron un centro ritual que sirvió como cementerio. Esta vez, sin embargo, las construcciones estaban decoradas de una manera más extraordinaria. Mientras que los templos de Monte Albán eran todos de piedra tallada, acomodados en forma de pirámide escalonada con lados inclinados, los de Mitla eran cajas rectangulares decoradas con grandes lienzos de mosaico. Estos tienen un diseño más intrincado, hechos de piezas pequeñas de roca, todo ensamblado con esmero formando cuadrados y diamantes, y unidos sin cemento. Había alrededor de 15 diseños diferentes en total, que al parecer representan cosas tales como los elementos y las estaciones. Una vez más se aprecia la importancia del dios de la lluvia, ya que los diseños favoritos eran un grupo de tres que casi siempre se encontraban juntos, los cuales se interpretan como símbolos de nubes, lluvia y relámpagos.

Dejando atrás el valle de Oaxaca, Cotterell continuó con su viaje volando hacia el este hasta Villahermosa. Desde ahí sólo se necesitaba ir en autobús hasta su destino más importante: la ciudad de Pacal en la selva, Palenque.

La ciudad perdida

En muchos aspectos Palenque había cambiado en forma considerable desde su descubrimiento por el padre Ordóñez en 1773 y la publicación del clásico Incidents of Travel in Central América, Chiapas y Yucatán de Stephens y Catherwood en 1843. Sin embargo, dos cosas que seguían igual eran el calor tropical y los mosquitos. En la selva la atmósfera desafía hasta al más intrépido de los viajeros. Quizá ésta es una de las razones por las que el sitio fue abandonado por sus constructores, ya que en muchas otras formas es la ciudad prehispánica más impresionante en toda América. Pero el área en la que se yergue no siempre fue selva. Entre 600 y 800 d. C., durante lo que ahora se denomina el Clásico Tardío, estaba densamente poblada. De hecho era una entre varias ciudades competidoras en la región central del mundo maya, y son todavía un misterio sus orígenes al igual que su abandono. Aunque no muy grande —en efecto es mucho más pequeña que la famosa ciudad yucateca de Chichén Itzá, que adquirió prominencia más tarde, en el siglo x—, merece respeto por la calidad de sus construcciones. La mayoría de los arqueólogos y visitantes concuerdan en que ésta es la más hermosa de todas las ciudades mayas, combinando la proporción estética con una decoración complicada. Lo que se ve en la actualidad, sin embargo, sólo es una pálida sombra de cómo debió haberse visto alguna vez, porque la mayoría de los edificios estaban cubiertos con frisos de estuco de colores brillantes.[12] Sólo pequeñas porciones de éstos han sobrevivido, así que uno se tiene que basar en los grabados hechos por los primeros exploradores, en particular Catherwood, para entender cómo deben haberse visto antes.

Sólo una pequeña parte de Palenque se ha excavado por completo y muchas construcciones alejadas del centro todavía están cubiertas de vegetación o enterradas bajo montículos de tierra.

La gran cantidad de edificios oficiales que se han encontrado, en comparación con los domésticos, atestiguan que fue un cen-tro ceremonial importante. Sólo se puede adivinar la clase de ritua-les pintorescos que se habrán realizado pero, a juzgar por la ma-jestuosidad de los edificios, deben de haber sido compli-cados. El hombre clave de esta ciudad magnifícente fue por supues-to Pacal,[13] quien ascendió al trono a la edad de 12 años y tenía 80[14] cuando murió en 683 d. C. Los arqueólogos por lo gene-ral concuerdan en que hizo construir su cripta fúnebre de-bajo del Templo de las Inscripciones, aunque el edificio fue termina-do por su hijo Chan Bahlum. Si es así, entonces Pacal también es el responsable de las inscripciones que dan a la pirámide su nombre actual. Queda claro que la pirámide fue diseñada des-de el inicio para ser un templo mortuorio por el hecho de que tanto el sarcófago como la tapa son demasiado grandes para ser movidos de su cripta. Deben de haber sido colocados ahí antes de que la pirámide, con sus inscripciones, fuera construida alre-dedor de ellos. Por supuesto que esto tiene sentido ya que, aun suponiendo que cupieran por la puerta de la cripta, ¿quién hu-biera deseado pasar por el problema de cargar un sarcófago pe-sado por fuera de la pirámide hasta arriba sólo para luego tener que bajarla de nuevo por una estrecha escalera interna? Una con-sideración práctica menor, quizá, pero de se-guro vale la pena tenerla en cuenta.

Es obvio que el señor Pacal era muy inteligente y quiza fue un iniciado en cualquier sabiduría secreta que hayan poseído los mayas. Todas las pruebas reunidas, tanto de su tumba como de otras inscripciones en Palenque, sugieren que durante su vida fue considerado poco menos que un dios. Después de que muño su pirámide fue, al menos por un tiempo, un lugar de peregri-naje y el centro de alguna clase de culto a los antepasa-dos. Esta pirámide encierra aún más secretos que el Templo de la Cruz que ahora deseaba ver Cotterell.

Después de un largo viaje en autobús desde Villahermosa, Cotterell llegó a Palenque y al día siguiente sin pérdida de tiem-po se dirigió al sitio arqueológico. Ante él se alzaba el magní-fico Templo-Pirámide de las Inscripciones. Deteniéndose sólo para recuperar el aliento, escaló este edificio que hasta entonces sólo había podido imaginar. Siguiendo los pasos que había dado

Alberto Ruz 30 años antes, recorrió el camino y descendió por la escalera interna de la pirámide. Era un trecho largo y había una humedad insoportable; las paredes de piedra caliza estaban saturadas con la transpiración de los miles de visitantes que habían hecho el mismo viaje antes que él. A mitad del camino de descenso, la escalera giraba en forma abrupta a la derecha y conducía a una antecámara donde se hallan los esqueletos de seis víctimas de sacrificio para proteger y acompañar a su amo en su viaje al otro mundo. Emocionado, Cotterell bajó con rapidez los últimos peldaños hasta la losa triangular que daba acceso a la tumba de Pacal. A media luz, sintió que un escalofrío recorría su espina mientras se asomaba a la cripta. Ahí, todavía cubriendo la tumba de Pacal, ahora saqueada, estaba la gran Lápida de Palenque.

Ya había visto muchas piezas precolombinas tanto en Monte Albán como en el Museo Nacional de Antropología en la ciudad

figura 20 Pacal con una serpiente en la mano

de México, pero nada lo había preparado para la intemporali-dad misteriosa de esta tumba. La gran Tapa, con su diseño en-trelazado complejo, parecía pertenecer a otro mundo —un lugar donde la lógica y la razón están de cabeza—. Una obra de arte, sí, pero algo más que esto: un enigma. Ahora entendía por qué Von Däniken y otros habían estado tan obsesionados con esta antigüedad, ya que al igual que la máscara de jade de Pacal, con sus labios medio abiertos y su expresión burlona, desafiaba al espectador a explorar sus misterios. Viéndola ahora por prime-ra vez, algo de su magia pareció pasar a él. Cotterell ya no po-día ignorarla ni pretender que era sólo una lápida de piedra con inscripciones: estaba viva, y ahora él tenía que explorar sus se-cretos, casi como si fuera una cuestión del destino. Parpadean-do mientras regresaba a la luz, recorrió con cuidado su camino de regreso afuera de la pirámide. A su alrededor había esparci-dos los restos de otros edificios alguna vez nobles, mientras el sol todavía brillaba, casi derritiendo las mismas fibras de su ca-misa empapada en sudor. Nada de esto parecía importarle; ya no podía preocuparse por esas cosas. En su corazón una puer-ta se había abierto, una que lo atraía hacia adelante para averi-guar más respecto a Pacal y su misteriosa tierra de calendarios.

Lejos de los monumentos, en el pueblo de Palenque, donde los puestos turísticos usuales venden de todo, desde artículos de piel hasta réplicas exactas a escala de la Lápida. Compró una de éstas y luego, buscando con avidez algo que pudiera propor-cionarle más información, compró todo libro que halló sobre el tema de los mayas. Cargado con todos estos trofeos regresó a Inglaterra después de recorrer por las ciudades mayas posclási-cas de Uxmal y Chichén Itzá en el norte de Yucatán. No lo sa-bía entonces, pero estaba a punto de hacer un descubrimiento extraordinario: el señor Pacal y su pueblo poseían un conoci-miento que apenas ahora se estaba comenzando a redescubrir.

El desciframiento del código

De regreso en Inglaterra, Cotterell emprendió la tarea de desen-trañar el misterio de los mayas. Se concentró en los libros que había traído de México buscando claves para los enigmas centrales de la Lápida y el número maya sagrado 1 366 560. Antes de continuar con esta investigación, tenía que dominar los calendarios mayas. Como se ha visto, el más simple de éstos también era usado por los aztecas, zapotecas, toltecas y otros. Estaba basado en la interacción de dos ciclos: un "año impreciso" de 365 días y un "año sagrado" de 260 días. El uso del *Tzolkín* de 260 días es de una antigüedad muy grande. Parece remontarse al menos a la época de los olmecas y todavía es usado con propósitos mágicos por algunas tribus mayas. Aunque sus orígenes son oscuros, a Cotterell le quedaba claro que era muy significativo por encima de cualesquiera connotaciones mágicas que pudieran tener los nombres de los días individuales, ya que el número 260 se podía dividir en forma exacta tanto entre su propio número de 1 366 040 como entre el supernúmero maya de 1 366 560 días, el primero 5 254 veces y el segundo 5 256. Esto parecía significativo. Más importante, mientras trabajaba en Cranfield, Cotterell había hecho un descubrimiento vital. Al analizar la forma en que interactuaban los campos magnéticos polar y ecuatorial del sol, descubrió que se acercaban cada 260 días. Esto parecía confirmar su sospecha de que el sistema de numeración maya estaba conectado con los ciclos magnéticos solares.

Cotterell estaba intrigado en especial por aprender cómo los mayas y otros pueblos entrelazaron sus dos ciclos: a cada día se le daban dos nombres, uno basado en su posición en el *Tzolkín* y el otro derivado del año impreciso de 365 días. Esta combinación se relaciona con el siglo azteca: un periodo ya sea de 52 años imprecisos o 73 cuentas de 260 días, como sea apropiado.

Para Cotterell esta cifra de 260 habría de convertirse más tarde en la clave vital para descifrar el código del sistema de numeración maya. Mientras que otros expertos habían logrado que las fechas en las inscripciones mayas se tradujeran a fechas en nuestro propio calendario, él sabía que no había una explicación satisfactoria de *por qué* los mayas usaban ciclos de 144 000, 7 200, 360 y 20 días de duración. Además, razonó, ¿por qué omitirían los mayas el periodo importante de 260 días en sus inscripciones? ¿Y por qué, como había descubierto, le daban tanta importancia al número 9? Cotterell decidió ahora insertar la cifra "faltante" de 260 días en la secuencia del ciclo. Luego multiplicó cada ciclo por 9, sumando los totales y llegó a un resultado notable: el número mágico maya, el cual era casi idéntico a su propia cifra de las manchas solares de 1 366 040.

$$\frac{\begin{array}{c}144\,000\\ \times 9\end{array}}{1\,296\,000} + \frac{\begin{array}{c}7\,200\\ \times 9\end{array}}{64\,800} + \frac{\begin{array}{c}360\\ \times 9\end{array}}{3\,240} + \frac{\begin{array}{c}260\\ \times 9\end{array}}{2\,340} + \frac{\begin{array}{c}20\\ \times 9\end{array}}{180} = 1\,366\,560$$

Cotterell sintió que había dado en el blanco porque ahora le parecía que los ciclos del sistema de numeración maya eran usados para llamar la atención sobre la importancia del ciclo de 1 366 560 días. Es más, creía que sus teorías sobre el comportamiento magnético del sol le proporcionaban una comprensión única de la importancia astronómica del ciclo de 260 días, teorías sin las cuales el código numérico maya no podría haberse descifrado.

Tras dominar las complejidades del calendario básico, volvió su atención a la famosa Piedra del Calendario Azteca. De acuerdo con un folleto del Museo Nacional de Antropología e Historia mexicano, esta piedra celebraba la creencia azteca en eras anteriores. En el centro de la rueda se halla la imagen de Tonatiuh, el dios sol. La lengua de fuera simboliza que da aliento o vida. Para los aztecas, toltecas y otros, sin embargo, el sol no era algo que pudiera darse por sentado, ni era benévolo por completo. Creían que necesitaba un sacrificio humano constante para seguir moviéndose, para asegurar que no se ocultaría en forma permanente y daría fin a la quinta y última era.

Acomodados alrededor del rostro del dios sol hay símbolos que representan las cuatro eras anteriores. Cada una estuvo bajo el dominio de un dios diferente, y cada uno había terminado al parecer en alguna clase de cataclismo. Para conocer más sobre esto, Cotterell acudió a los relatos tardíos dados a los frailes españoles por descendientes de quienes sobrevivieron a la invasión de Cortés. Obviamente se perdió mucho conocimiento respecto a los detalles de las creencias precolombinas sobre estos asuntos, pero se registró bastante como para dar algún indicio sobre lo que trataba este conocimiento. En la historia transmitida en un manuscrito anónimo de 1558 titulado Leyenda de los soles, al parecer derivado de uno u otro de dos documentos anteriores, el *Códice Chimalpopoca* y los *Anales de Cuauhtitlan*, encontró la creencia en ciclos de tiempo basados en periodos de 52 años —siglos aztecas—. Este relato daba detalles precisos de periodos que eran con claridad de importancia simbólica:

		Duración:
Primer sol	*Nahui Océlotl*	676 años (52 × 13)
Segundo sol	*Nahui Ehécatl*	364 años (52 × 7)
Tercer sol	*Nahui Quihahuitl*	312 años (52 × 6)
Cuarto sol	*Nahui Atl*	676 años (52 × 13)

Según este relato, la segunda y tercera eras —o "soles"— fueron de una duración mucho más corta que el primero y el último. Sin embargo, cuando se suman dan un periodo de 676 años, el mismo que los otros dos. O sea que estos cuatro soles sólo eran tres cuartas partes de un ciclo completo y sería necesaria una quinta era de 676 años para completar una vuelta completa de 52 × 52 años. Aunque interesante desde un punto de vista numerológico, este relato no parece estar basado en periodos de tiempo reales o que tengan mucho que ver con el número mágico maya 1 366 560 días. Más bien parecía enfatizar las limitaciones del calendario azteca que no podía ir más allá de la división de tiempo básica de 52 años.

En el *Códice Vaticano-Latino*, Cotterell encontró un relato azteca mucho más completo y al principio más misterioso de las eras pasadas:

• **Primer sol**
   Matlactli. Duración: 4 008 años. Aquellos que vivieron entonces comían maíz y eran gigantes. El sol fue destruido por el agua. Fue llamado Apachiohualiztli (Inundacióndiluvio), lluvia permanente. Los hombres fueron convertidos en peces. Algunos dicen que sólo una pareja, Nene y Tata, escaparon, protegidos por un viejo árbol que vivía cerca del agua. Otros dicen que hubo siete parejas que se ocultaron en una cueva hasta que las aguas bajaron. Repoblaron la Tierra y fueron dioses en sus propias naciones. La diosa que

presidió esta era fue Chalchiuhtlicue ("La de la Falda de Jade"), esposa de Tláloc.

- **Segundo sol**
  Ehécatl. Duración: 4010 años. Aquellos que vivieron entonces comían una fruta silvestre conocida como acotzintli. Ehécatl (dios del viento) destruyó el sol y los hombres fueron convertidos en monos para que pudieran trepar a los arboles y sobrevivir. Esto sucedió en el año Uno Perro (Ce Itzcumth). Un hombre y una mujer parados sobre una roca se salvaron de esta destrucción. Esta época fue la Edad Dorada y la presidió el dios del viento.

- **Tercer sol**
  Tleyquiyahuillo. Duración: 4081 años. Los hombres, los descendientes de la pareja que se salvó del segundo sol, comían una fruta llamada tzincoacoc. El mundo fue destruido por el fuego durante el día Chicubahui Ollin. A esta era se le dio el nombre de Tzonchichiltic ("Cabeza Roja") y la presidio el dios del fuego.

- **Cuarto sol**
  Tzomlilac. Comenzó hace 5026 años. Esta era, en la que se rundo Tula, fue llamada Tzontlilac ("Cabello Negro") Los hombres murieron de hambre después de una lluvia de sangre y fuego.

Este relato pone las eras en un orden diferente, indicando que hay algo de mcertidumbre entre los aztecas posteriores acerca de lo que debió ser en realidad. Sin embargo, debido a que esta parecía ser una relación más confiable, Cotterell decidió usarla para sus investigaciones posteriores. Pensando en este relato, y en particular en el papel de la diosa Chalchiuhtlicue, de pronto recordó la Lapida de Palenque. ¿No podría ser la diosa el Chalchiuhtlicue, o su equivalente maya,[15] la fígura representada en el centro de la Lapida? Nadie había visto antes esta figura como representación de una mujer, pero parecía encajar. En descripciones de esta diosa se dec.a que además de llevar una falda de jade tema un collar también de jade del que colgaba un medallón de oro. Asimismo, se decía que sostenía una hoja de azucena redonda en su mano izquierda y que fluía agua de sus pies. En la Lápida estaban presentes todos estos detalles (*véase* figura 21). Ahí había una figura de apariencia bastante femenina con las piernas separadas como dando a luz. Sostenía lo que parecía ser una hoja y de ella fluían lo que podía interpretarse como corrientes de agua. Alrededor de su cuello había cuentas y de nuevo lo que parecía ser una especie de medallón. No había duda en la mente de Cotterell: ésta no era la imagen de un astronauta ni la de un hombre cayendo hacia atrás en un mundo del más allá: ¡era la diosa Chalchiuhtlicue!

Tras este descubrimiento, comenzó una búsqueda sistemática en la Lápida de evidencia de otros dioses en su diseño. El primero y más obvio fue Ehécatl —dios del viento y primogénito de los dioses—. En el mismo plano de Quetzalcóatl —conocido por los mayas como Kukulkán—, Ehécatl por lo general era descrito como un ave con una cola larga. Observando la Lápida era claro que la figura en la parte de arriba pretendía ser un ave,

Figura 21 Chalchiuhtlicue, diosa del agua

93

un quetzal, cuyas plumas verdes eran muy apreciadas tanto por los mayas como por los aztecas (*véase* figura 22).

Los otros dos dioses de las eras al principio fueron difíciles de encontrar y requirieron de algo de pensamiento lateral. Luego, al fin se dio cuenta: ¡observar la Lápida desde el otro lado! Volteándola de cabeza de inmediato pudo identificarlos. Primero fue Chaac, el dios de la lluvia, el equivalente maya del Tláloc azteca. Puede verse en la parte inferior de la Lápida con seis dientes parecidos a colmillos (*véase* figura 23).

Debajo o encima de él (dependiendo de cómo se viera la Lápida) estaba el dios Tonatiuh, dispuesto como en la Piedra del Calendario Azteca con la lengua de fuera, simbolizando que daba vida. A diferencia del Tonatiuh azteca, mostrado con una serie completa de dientes en su boca abierta, este dios había perdido la mayor parte de sus dientes. Parecía que se le habían desgastado, implicando el final de su era (*véase* figura 24).

Figura 22 Ehécatl, dios del viento

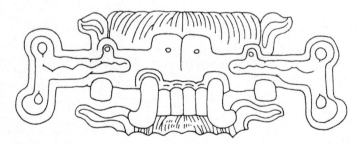

Figura 23 Tláloc, dios del fuego celestial y de la lluvia

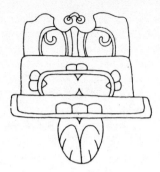

Figura 24 Tonatiuh, dios del sol

Entre las figuras que representan a Chalchiuhtlicue y a Ehécatl había una forma en la Lápida que parecía representar el Árbol de la Vida o árbol de la lactancia. Sin embargo, en el centro de éste había una cruz y Cotterell no tenía duda de que significaba el sol —como lo es en muchas culturas de todo el mundo (*véase* figura 25).

Al esclarecer el significado de las imágenes de los dioses inscritos en la Lápida había descifrado el primer código. La Lápida de Palenque, sin embargo, personal en el sentido de que actuaba como la cubierta de la tumba de Pacal, era universal en su imaginería. *Era un libro de símbolos que pretendía ser leído, y quizá en efecto lo era.* No sólo eso, era un icono cultural que registraba el paso de las eras y por consiguiente similar en significación para los mayas, como la Piedra Calendario lo había sido para los aztecas. Registraba acontecimientos importantes en la historia del mundo que se relacionaban con la mitología de los mayas y en un sentido ¡lustraban su libro sagrado de la Creación, el *Popol Vuh*. Cotterell conocía desde hacía mucho la existencia de este libro sagrado de los mayas quichés, el cual publicó por primera vez en francés Brasseur de Bourbourg en 1861. De su traducción inglesa muy manoseada, Cotterell leyó su primera oración:

El *Popol Vuh*, como es llamado, ya no puede verse más... El libro original, escrito hace mucho, existió alguna vez pero ahora está oculto al investigador y al pensador...

Figura 25 La cruz del sol entre Ehécatl y Chalchiuhtlicue

Ponderando estas palabras se le ocurrió que el autor podría haber hablado en forma bastante literal. Quizá había una versión oculta del libro, guardada donde nadie pudiera encontrarla, mucho menos interpretarla. El nombre *Popol Vuh* significa "Libro del Consejo"[16] y entre sus relatos, parecidos a cuentos de hadas del nacimiento de la humanidad y las actividades de héroes tales como los gemelos Xbalanqué y Hunahpú, había una intención seria. Sin duda lo que se lee sobre este libro en la actualidad, sobre todo en traducciones, sólo es una interpretación superficial de lo que en realidad es una obra de arte muy esotérica. Oculto tras la poesía hay un significado más profundo, un subtexto de catastrofismo encubierto en la mitología. Cotterell comenzó a preguntarse si la Lápida de Palenque no era en sí misma el *Popol Vuh* original: aquel que se había desvanecido y que estaba "ahora oculto del investigador y del pensador". Estaba convencido de que había niveles más profundos de codificación relacionados con la Lápida que podían, si tan sólo se tuviera la clave, ser descifrados. Descifrar este código era ahora su mayor deseo.

Las capas del señor Pacal

Los números del ciclo de las manchas solares, en particular el 1 366 040 días, atrajeron a Cotterell a Palenque, pero su visita a ese sitio antiguo había trasladado su atención a otro ángulo. No eran los jeroglíficos del nacimiento de Venus, 1 366 560, los que llenaban sus sueños al regresar a Inglaterra sino la tumba misteriosa de Pacal con sus decoraciones extrañas. Se sentía seguro de que había algún significado más profundo de todo esto —un mensaje, si se quiere— sellado para las generaciones futuras. Ya había asociado, por supuesto, las figuras principales de la Lápida con el pasaje de las eras solares y no dudaba que esta interpretación fuera correcta. Pero aún tenía este sentimiento persistente de que apenas estaba al principio del misterio, que había una explicación más profunda, más esotérica. Casi con desesperación alejó su atención de los motivos centrales y la dirigió hacia el área del borde que la rodeaba, la cual parecía contener también alguna clase de código.

Alrededor de la Lápida hay un borde curioso que contiene imágenes, algunas de las cuales ahora se reconoce que representan al sol, la luna, planetas y constelaciones. Entre estas imágenes hay caras humanas, colocadas en forma deliberada, al parecer como personajes en alguna historia bien conocida. Cotterell estaba convencido de que al igual que el cuerpo principal de la Lapida tue esculpido con representaciones de los dioses que dominaron las eras, así el borde tenía su propio mensaje Al observarlo, se notaba una cosa de inmediato: faltaban dos de las esquinas (*véase* figura 26). Ahora bien, no hay ningún registro de que la Lapida se haya dañado en la época de su descubrimiento por Alberto Ruz en 1952, y con certeza no de que las esquinas se hayan mellado. Parece, por consiguiente, que o bien fueron rotas cuando se colocó la Lápida en la cámara o que se diseño de esta manera en primer término. En cualquier caso esto parecía muy extraño, ya que todo lo demás estaba en perfecto orden ¿Los mayas habrían cubierto el sarcófago de su rey mas importante con una tapa dañada en forma accidental?, ¿es probable que exactamente el mismo accidente

Figura 26 Bordes de la Lápida

les ocurriera a las dos esquinas? Le parecía más probable que la rotura fuera deliberada y, en efecto, parte del diseño que se pretendía. La pregunta era: ¿por qué?

Cotterell ya había comenzado a ver que a quienquiera que hubiera diseñado la Lápida (tal vez el mismo Pacal) le gustaban los acertijos y disfrutaba jugando con elementos del diseño de tal forma que interactuaran entre sí. ¿Podría haber hecho lo mismo con el borde? ¿La melladura de las esquinas fue intencional para llamar la atención sobre algo? En resumen, ¿había en ésta un mensaje para ser leído?

Razonó que los mayas creían que cada parte del microcosmos era sólo un fragmento del universo macrocósmico y que cada individuo era, del mismo modo, una pieza similar de la Creación. Esta idea se extendía al yo, de modo que cada individuo podía ser comprendido como una pieza pequeña de la unicidad, la que a su vez conducía a la percepción dualista del "yo soy tú" y "tú eres yo". Podía ver que esto estaba compendiado en su panteón de dioses, que representaban las fuerzas oponentes de la naturaleza. Tanto la naturaleza de la tierra física como la de la humanidad se dividían en dualidades que en realidad eran complementarias, tales como el día y la noche, el nacimiento y la muerte. Pero estas naturalezas duales en apariencia tenían un hábito de cambiar en sus opuestos, de modo que la noche se convertiría en día de modo inexorable y el día se volvería noche. De la misma manera, el nacimiento conduciría a la muerte y la muerte al nacimiento. El bien con el tiempo se volvería mal (a través del exceso) como de seguro el mal se convertiría en bien (siguiendo la aversión por el dolor y el sufrimiento).

Esta idea le proporcionó la siguiente clave para el proceso de desciframiento. Porque si yo soy tú y tú eres yo, si la noche se convierte en día y el día se convierte en noche, entonces quizá las esquinas fallantes en realidad no faltaban. Tal vez tan sólo no son visibles a menos que se observen en la forma correcta, para ver cómo lo "faltante" puede convertirse en "encontrado". Ver el problema de esta manera le dio a Cotterell una perspectiva nueva y lo llevó a una línea de razonamiento diferente. Quizá, poniéndolo en forma simple, en efecto había un mensaje: "Complete las esquinas y encontrará algo más".

En el borde de la derecha, el código roto en la parte de arriba debió de consistir en cinco puntos grandes unidos en una cruz en forma de × por puntos más pequeños (*véase* figura 27). Que esto era así estaba indicado por este mismo símbolo a la mitad del borde. El mensaje parecía ser que este símbolo necesitaba ser completado —pero esto dejaba aún la cuestión de cómo—. Observando una representación gráfica de la Lápida completa con su borde, Cotterell conjeturó que si se colocara encima una copia de ella, con los bordes superpuestos, entonces la esquina podría, como lo fue, completarse. La copia, en efecto, suministraría la parte faltante del rompecabezas. En consecuencia, hizo dos copias en acetato y las colocó una encima de la otra. Deslizándolas alrededor, las esquinas concordaron de tal manera que el símbolo roto se parecía al que se encontraba a la mitad del borde del lado derecho. Entonces examinó el resto del borde y se sorprendió de ver que ahora también tenía sentido. Las que habían sido en apariencia imágenes caóticas ahora encajaban con sus segundas mitades y era posible ver lo que también estaban tratando de representar.

En el borde opuesto intentó el mismo proceso de superposición y de nuevo le sorprendió lo que encontró. Lo que habían sido glifos al parecer carentes de significado de pronto cobraron vida. En vez de mitades de figuras, difíciles de ver y apreciar, eran diseños claramente simbólicos que tenían sentido en tér-

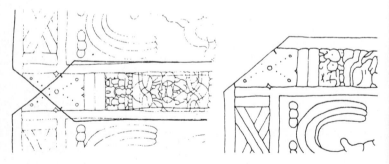

Figura 27 Las esquinas rotas pueden ser superpuestas

minos de la mitología religiosa maya. El más obvio era la figura de un dragón, símbolo de la fertilidad, que ahora podía verse en forma clara en el borde del lado izquierdo (*véase* figura 28).

Figura. 28 Revelación de los glifos secretos en el borde

De modo más sutil, el dragón también contenía la cara de un jaguar, al parecer los dos fundidos. Más abajo del borde había lo que semejaba un mono, con sus brazos extendidos encima de su cabeza como si colgara de un árbol. Debajo del mono había una cabeza de serpiente estilizada —quizá significando la serpiente emplumada del dios Quetzalcóatl—. En resumen, el patrón completo recordaba en forma curiosa la historia de la Creación contenida en la épica maya, el *Popol Vuh*.

Como los aztecas, los mayas creían que existieron otras cuatro creaciones antes de la nuestra. Durante ellas los dioses confeccionaron diferentes razas de personas, primero de barro y luego de madera. Estas primeras razas eran incapaces de cumplir con lo que había de ser el propósito principal de la humanidad, cultivar la tierra y proveer a los dioses de oraciones y sacrificios. Por consiguiente fueron destruidas y quedaron sólo unos cuantos individuos. En el transcurso de la última destrucción los sobrevivientes fueron convertidos en monos, los cuales colgándose de las ramas pudieron escapar a la aniquilación total. Por tanto los mayas, como darwinistas modernos, creían que la raza de los monos precedió a la creación de la humanidad moderna. ¿Podía el código del borde de un mono colgando referirse dé alguna manera a este episodio del *Popol Vuh*? Cotterell estaba inclinado a creer que sí.

En el borde inferior de la Lápida y con la misma técnica de formar una imagen por superposición, encontró algo más. En medio de este borde hay un rostro humano con un "plátano" curioso en la nariz. Era necesario quitar el plátano para juntar las narices de los dos perfiles (*véanse* figuras 29 y 30).

Ahora, en la imagen más grande de la Lápida, hay también un plátano parecido en la nariz de su figura central (*véase* figura 31). ¿Qué sucedería si colocaba dos de estas imágenes juntas de tal forma que los plátanos desaparecieran también en estas imágenes? Manipulando las imágenes con cuidado y girándolas de modo que las dos quedaran frente a frente, las deslizó para eliminar el plátano. Aunque parezca increíble, esto también produjo una imagen significativa. De pronto pudo ver la imagen perfilada de un murciélago revoloteando donde se unían las dos caras (*véase* lámina 5). De hecho eran dos imágenes de murciélagos:

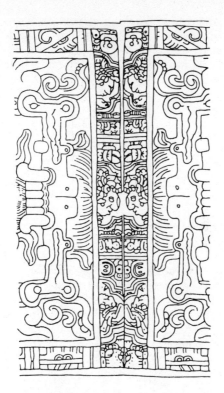

Figura 29 Borde de la nariz con "plátano"

una volando de cara hacia el observador y la otra. vista por detrás y alejándose volando.

Cotterell sabía que el dios murciélago había figurado de manera prominente en la mitología de muchas culturas diferentes de México, incluyendo la de Monte Albán. Cuando visitó el Museo de Antropología en la ciudad de México, le atrajo en particular una imagen de esta deidad hecha con 25 piezas de jade. Al parecer el murciélago, debido a su asociación con la noche y el vuelo silencioso, representaba a la muerte. En el *Popol Vuh* dos de los personajes más importantes son un par de héroes gemelos

Figura 30 Narices de "plátano" juntas

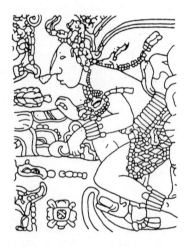

Figura 31 Figura del centro de la Lápida con "plátano" en la nariz

llamados Hunahpú y Xbalanqué, cuya tarea es vencer a los señores del mal del ínframundo. En el curso de la historia un murciélago asesino, Camazotz, arranca la cabeza de Hunahpú, la cual luego es remplazada con una calabaza.[17] Más tarde, por medio de varios trucos de parte de los hermanos, la cabeza es recuperada y fijada de nuevo a su cuerpo en forma mágica. Por consiguiente, no le pareció accidental a Cotterell que la imagen de un murciélago apareciera, oculta como lo estaba, en la Lápida. Ocupaba un lugar importante en la mitología de los mayas.

Otra imagen compuesta que surgió fue la de un jaguar. Éste, decían los mayas, representaba la quinta era de la creación. Cotterell la encontró al colocar el código central del borde de cinco puntos de un acetato sobre otro. El jaguar figura de manera prominente en el arte maya al igual que en el olmeca y fue sorprendente ver surgir este emblema de la quinta era a través del diseño de cinco puntos (véase lámina 6). Le había intrigado que la Lápida sólo mostraba cuatro dioses de eras anteriores mientras que la Piedra del Calendario Azteca mostraba cinco. Ahora sabía por qué: los astutos mayas lo habían ocultado de los ojos curiosos del observador casual.

A continuación observó de nuevo la Lápida, sin usar superposiciones. Era claro para él que la cruz sobre la figura reclinada de alguna manera representaba al sol. El uso de una cruz para simbolizar al sol es casi universal en todo el mundo, lo que indica la gran antigüedad de este signo. Sin embargo, también tiene un segundo significado, el del Árbol de la Ceiba. La versión maya del Árbol de la Vida universal tenía 400 000 pezones en lugar de frutas. Representa, en otras palabras, el Árbol de la Creación del que toda la vida extrae su alimento. Algunos de estos pezones parecían estar representados en la rama en forma de cruz del árbol de la Lápida como ganchos. Lo más interesante es que la cruz sol exhibe rizos. ¿Podían ser símbolos de los rizos magnéticos en el sol que dan lugar a las manchas solares? Si es así, ¿cómo era posible que los mayas conocieran estos fenómenos? Estas eran preguntas para las que no había respuestas.

Con la técnica de superposición, Cotterell encontró más de 100 imágenes e incluso historias que podía relacionar con la mitología maya. ¿Era esto pura invención de su parte o en verdad estaban ahí? No dudaba de su realidad pero ahora deseaba consultar con expertos para ver qué tenían que decir.

Una burla académica

El Museo de la Humanidad es un edificio que poca gente —incluso los londinenses— sabe que existe. Oculto en una calle a espaldas de Piccadilly, se ve más como un politécnico o universidad anticuados que como un departamento del Museo Británico. Por dentro es bastante espacioso, pero lo que asombra más al visitante es su enorme vestíbulo, como si el edificio hubiera sido diseñado en realidad para ser un club de caballeros o la residencia en Londres de algún potentado del país. En el extremo opuesto a la entrada principal hay una escalera flanqueada por dos colosales esculturas mayas de yeso.[18] Atraen al visitante hacia, arriba, en donde se albergan las colecciones principales. Estas incluyen una gama amplia de artefactos etnográficos, desde un Maui de la Isla de Pascua con sus labios fruncidos y sus ojos ciegos, hasta máscaras africanas y lanzas polinesias. Aunque el interés del museo por los valores multiculturales es demasiado claro, es difícil decir por qué se juzga que algunos artefactos pertenecen a este edificio y no a su hermano mucho más ilustre, el Museo Británico. Hasta hace poco, octubre de 1994 para ser precisos, casi no había nada de América, salvo un poste totémico enorme, que se encuentra en el Museo Británico. Esta deficiencia se superó con la apertura de una nueva Galería Mexicana, pero solía ser el caso de que las antigüedades americanas estuvieran ausentes del Museo Británico y tuvieran que buscarse en el mucho más correcto, desde el punto de vista político, Museo de la Humanidad. Esto posee la ventaja de que ahí no hay la misma cantidad de turistas en sus salas y galerías, sino que, por el contrario, se tiene la sensación de que uno se está entrometiendo en un mundo privado, como entrar a una gran casa que sólo está abierta al público de forma nominal.

Cada uno de los grandes museos en Londres tiene una función doble, ser una institución con el deber de proporcionar al público una oportunidad de ver su colección y un cuerpo académico con la responsabilidad de cuidar la colección y realizar investigaciones. Además del ejército de guardias bostezantes, parados o sentados en cada sala a la que tiene acceso el público, los museos emplean a una gran cantidad de estudiosos. En el Museo Británico hay departamentos completos ocultos detrás de puertas de caoba que ocupan grandes segmentos del edificio. El personal que labora en estos departamentos tiene a su disposición bibliotecas e instalaciones de investigación que no están abiertas al público en general, pero se les requiere, bajo los términos de los estatutos del museo, que ofrezcan asistencia y asesoría cuando se les solicite. Del mismo modo en que cualquiera puede solicitar un pase para la famosa Sala de Lectura del Museo Británico, que también está cerrada al público, es posible ponerse en contacto con los integrantes del personal ya sea por carta, por teléfono o en persona y solicitarle información. Este es un derecho muy importante, ya que a fin de cuentas es el público contribuyente quien financia estas instituciones y apoya su trabajo.

Mientras escribía *The Orion Mystery* tuve tratos algunas veces con los egiptólogos del Museo Británico y siempre los encontré corteses y serviciales. Esto no quiere decir que estuvieran de acuerdo con todo lo que se les decía, pero al menos estaban dispuestos a hablar con nosotros. Por tanto, me sorprendió mucho escuchar cómo Maurice Cotterell había tenido dificultades enormes no sólo para que aceptaran sus ideas sino incluso para obtener una cita en el Museo de la Humanidad. En octubre de 1992 telefoneó para arreglar una cita y discutir su trabajo con un conservador asistente en el museo. Ya lo había intentado por carta pero al no recibir una contestación decidió que el teléfono era la única manera de hacer que lo escucharan. Cuando por fin logró comunicarse, fue rechazado sin rodeos. Sin dejarse intimidar, se puso en contacto con la Embajada de México en Londres y habló con su agregado cultural, el señor Ortiz. Se interesó mucho en el trabajo y podía ver su valor, pero ni siquiera él pudo concertar una entrevista con el museo debido a que el personal estaba demasiado ocupado. Dos meses después Cotterell fue a ver al señor Ortiz en persona y esta vez tuvieron más suerte con el museo: una asistente accedió en forma reacia a darle diez minutos de su tiempo. En consecuencia atravesó a la carrera Londres, sintiendo como si le hubieran concedido una audiencia con la reina. Resultó que estaba perdiendo su tiempo, ya que ella apenas si escuchó lo que tenía que decir antes de volverse hacia él y decirle con un tono regañón que se fuera y leyera algunos libros de autoridades apropiadas sobre la materia.

Hasta donde pudo apreciar, la crítica principal a sus teorías era que los mayas no tuvieron acetatos a su disposición, así que cualquier cosa que pudiera haber descubierto usando este método debería ser inválida por consiguiente. A primera vista, éste era un punto válido. Por supuesto que los mayas no tenían copias en acetato de la Lápida para jugar con ellas como lo había hecho él pero, ¿en realidad las necesitaban? Podía haber otra explicación. Si le hubiera dado tiempo, Cotterell podría haber señalado el *Popol Vuh*, el cual dice:

> ... y los reyes sabían si habría una guerra y todo era claro ante sus ojos; veían si habría muerte y hambre, y si habría lucha...

Para Cotterell, el Popol Vuh es el libro del pasado, el presente y el futuro. También contiene una referencia reveladora a la inteligencia superior con la que estaban dotados los padres fundadores:

> Veían, y podían ver en forma instantánea lejos, lograban saber todo lo que sucedía en el Mundo. Cuando observaban, al instante podían ver todo lo que los rodeaba y contemplaban a la vez el arco del cielo y la cara redonda de la Tierra. Las cosas ocultas [en la distancia] las veían todas, sin tener que moverse primero; de una vez veían al Mundo... grande era su sabiduría.

En lo que concernía a Cotterell, los mayas no tenían necesidad de acetatos. Sus escritos y su conocimiento superior de la astronomía, la arquitectura y la ciencia eran prueba suficiente de esto. Aunque no sabía con precisión cómo habían adquirido sus capacidades espaciales tan desarrolladas, creía que tenía evidencia de ellas en las imágenes que había descifrado. Los mayas de seguro estaban más avanzados que sus vecinos, al ser los casi únicos entre las tribus indias de América del Norte en tener un lenguaje escrito. Usaban el calendario de la Cuenta Larga, el cual con su complejidad sobrepasaba al de los aztecas, toltecas o cualquier otra civilización precolombina. Construyeron sus ciudades y templos con la clase de don artístico que se asocia con una gran cultura, y ellos —o al menos sus ancestros— son acreditados en forma amplia con el primer cultivo del maíz como un cultivo básico. Todos estos logros notables señalan una inteligencia excepcional, al menos entre sus gobernantes.

Razonando de esta forma, Cotterell podía suponer cómo produjeron el diseño complejo de la Lápida sin recurrir al invento moderno de los acetatos. La educación occidental tiene muchas ventajas pero también desventajas notables. Esto es más evidente en el uso que hacemos de nuestras mentes. Mientras que en el pasado se pensaba que no era nada aprender largos poemas épicos y recitarlos, en la actualidad apenas si puede presionarse a la persona promedio para que recuerde unas cuantas líneas de Shakespeare. Aunque el aprendizaje de memoria está fuera de moda en Occidente, todavía es la forma en que el conocimiento se transmite en muchos países en desarrollo. Por ejemplo, en los países islámicos se considera normal que los niños aprendan de memoria el *Coran* completo. Los romanos antiguos llevaron a una etapa superior el desarrollo de la memoria al combinarla con la visualización. Cuando un orador tenía que pronunciar un discurso complejo, no confiaba en la mera inspiración para que le proporcionara las palabras que necesitaba en el orden correcto. En vez de ello organizaba sus ideas visualizando un lugar familiar, quizá un teatro, en su mente. Luego colocaba en forma deliberada en su pensamiento símbolos representativos de los temas que necesitaba discutir en varias ubicaciones dentro del teatro. Cuando daba el discurso recordaba la imagen del teatro y, mientras se movía por él en forma mental, recordaba los símbolos de las ideas y conferenciaba sobre los puntos representados por cada uno de ellos.

Este método de entrenamiento del pensamiento fue muy popular también durante el Renacimiento y todavía se utiliza como método para desarrollar el poder mental por magos profesionales (entre otros). Para que funcione es necesario desarrollar la imaginación —es decir, ser capaz de pensar con claridad en imágenes visuales—. Esto no es tan difícil como podría suponerse, ya que es una facultad natural de los seres humanos. Sin embargo, requiere una cierta cantidad de fuerza mental para retener una imagen en forma clara. Por consiguiente, no es inconcebible que en lugar de basarse en superposiciones de acetatos reales para ver los diseños complejos ocultos en el patrón grabado en relieve en la Tapa, quienquiera que la construyó fuera capaz de hacerlo en su mente.

Cotterell no tuvo tiempo de explicar nada de esto en el museo antes de que le mostraran la puerta de manera poco ceremoniosa. Se quedó sin habla por dicha actitud, sobre todo debido al rechazo categórico a proporcionarle alguna carta de presentación para arqueólogos mexicanos cuando dijo que planeaba regresar a México. Lejos de ser alentado en su trabajo, se le obstruía. ¿Por qué? ¿Qué había producido tal arrebato violento? ¿Eran siempre tan rudos con los extraños o sólo se trataba de que él era un intruso proponiendo algo nuevo? Cualquiera que fuera la razón, pronto averiguó que la actitud de la asistente no era aislada. Otros arqueólogos resultarían ser aún más hostiles. Como ahora quedaba claro que no iba a obtener ninguna ayuda por ese lado, decidió que sería mejor hacer sus propios arreglos e intentar obtener algunas citas una vez que estuviera allá. La última vez que había visitado México fue un viaje de aprendizaje nada más, para tener mayor conocimiento sobre los mayas y en particular sobre la tumba en la pirámide de Palenque. Esta vez regresaría con algo propio para mostrar. Pasara lo que pasara, pretendía dar a conocer sus descubrimientos concernientes a la Lápida de Palenque en el país de su origen. Resultaría ser una experiencia fascinante.

Un desayuno mexicano

Era un ordinario día de febrero en la ciudad de México. El tráfico rugía a través de avenidas llenas, las multitudes usuales de vendedores, pordioseros y transeúntes comenzaban a llenar las calles. El aire contaminado dificultaba la respiración. En resumen, todo era normal en la ciudad más grande de la Tierra, la ciudad que se yergue sobre las ruinas de la capital azteca, Tenochtitlan. En uno de los suburbios más ricos de esta gran ciudad, una amiga íntima de la esposa del presidente corrió las cortinas y encendió la televisión. En un estudio al otro lado de la ciudad, dos presentadoras se movían nerviosas, esperando salir al aire tan pronto como terminara el corte comercial. Ambas eran mujeres de entre 25 y 30 años, vestidas y maquilladas con elegancia como cualquier animadora europea o estadounidense. Pero escrito en sus rostros y detrás de la máscara de modernidad estaba la historia atormentada de su país. Una de las mujeres, la de más edad, era claramente de ascendencia española. A su derecha y actuando como intérprete estaba su asistente, igual de hermosa pero con las características inconfundibles de una india maya. Su invitado de ese día, el foco de su atención, era Maurice Cotterell y estaba a punto de revelar sus descubrimientos.

Maurice había traído con él una carpeta grande de notas y copias en acetato de la losa. Bajo la mirada observadora de la cámara y para emoción de las dos mujeres, comenzó a explicar cómo ésta contenía en forma condensada una enciclopedia de conocimiento maya antiguo. Colocando juntos los acetatos les mostró cómo los bordes de la losa contenían imágenes ocultas, tales como un tigre, la versión maya de la constelación de la Osa Mayor y un perro estilizado, el planeta Venus como la estrella de la tarde. Colocando los acetatos uno encima del otro surgieron el dios murciélago de la muerte y Quetzalcóatl. Concluyó su espectáculo mágico afirmando que los mayas eran un pueblo muy inteligente y que era manifiesto que habían labrado la losa para preservar su conocimiento para la posteridad. Esperaba que los arqueólogos mexicanos llevaran adelante este trabajo, ya que creía haber encontrado al fin la clave del misterio de los mayas y de por qué habían desaparecido.

Después de pocos minutos de que el programa había salido al aire, el conmutador de la estación de televisión estaba congestionado. Parecía que la mitad de la ciudad de México estaba pendiente de la pantalla, enterándose por primera vez de una teoría que los arqueólogos ingleses habían hecho su mejor esfuerzo por suprimir. Entre los que llamaron estaba la amiga de la primera dama, esposa de un secretario de gobierno. Tanto ella como la esposa del presidente eran miembros de la prestigiada Sociedad Cultural Voluntaria de la Ciudad de México y resultó que estaban a punto de tener una de sus reuniones bianuales. Emocionada, preguntó si Maurice estaría dispuesto a hablar ante la sociedad acerca de sus descubrimientos.

Dos días más tarde, Cotterell se encontraba en un edificio oficial del gobierno parado frente a un auditorio de unas 40 damas, incluyendo a las esposas de otros secretarios de gobierno. Como no tenían proyector, tuvo que sostener los acetatos contra un fondo blanco mientras les explicaba sus teorías. Aunque el salón estaba atestado y era imposible ver desde atrás lo que se mostraba, esto pareció no importar a muchas de las damas que ya habían visto la entrevista por televisión. Estaban extasiadas con la idea misma de un descubrimiento así respecto a una de las reliquias del pasado más estimadas de su nación y abiertamente lo manifestaron. Algunas lloraban; otras besaban a Cotterell proclamándolo la reencarnación de Pacal. Todas deseaban estrechar su mano y estaban dispuestas a ofrecer cualquier ayuda para que continuara su trabajo. La primera dama, con un gesto que provocó aplausos, lo premió con una medalla con una cinta amarilla —el honor más alto concedido por la sociedad—. También le prometió concertar reuniones con algunos de los más prestigiados arqueólogos mexicanos. En vista de que ésta era una de las razones principales de su viaje a México, Cotterell estaba muy agradecido. ¿Serían diferentes las cosas ahora? Así lo esperaba, pero consciente de que lo sucedido en Londres anunciaba no muy buenos augurios.

Reuniones con la Inquisición

Después de su cita desastrosa en el Museo de la Humanidad, Cotterell sabía que podía esperar poca o ninguna ayuda de los arqueólogos profesionales para promover sus teorías. No obstante, era importante que discutiera sus hallazgos con ellos, aunque fuera sólo como cortesía. También necesitaba retroalimentación inteligente sobre la manera en que sus ideas encajaban en el consenso aceptado respecto a los mayas. Por consiguiente, estaba dispuesto a reunirse con los académicos mexicanos. Cuando llegó a la ciudad de México había intentado, sin éxito, ver al director del Museo del Templo Mayor, quien al parecer estaba fuera del país. Sin embargo, después del programa de televisión y de la publicación de artículos sobre el trabajo de Cotterell en los periódicos, se arregló una cita.

Si la reunión en el Museo de la Humanidad había sido glacial, ésta estuvo llena de fuego. El director resultó ser un hombre en sus cincuenta, rechoncho; su apariencia española dábale el aspecto de un conquistador. Su inglés no era muy bueno pero al parecer no necesitaba que le contaran: ya se había formado la opinión de que las teorías de Cotterell sobre la Lápida de Palenque eran heréticas. Con la cara roja y sacando espuma por la boca, tomó una de las superposiciones de acetato y comenzó a tirar de ella, tratando de romperla. Cuando no lo logró se puso más furioso y casi sacó a Cotterell hasta la calle. Era una representación de bravura que pretendía mostrar el desprecio que sentían las instituciones por un forastero que se había atrevido a cruzar el Atlántico y a desafiar al equipo nacional en su propio terreno. Una vez más Cotterell tenía la sensación de que sin querer había pisado territorio prohibido y ahora sabía lo que los antiguos mayas sintieron cuando el obispo Landa tomó sus libros sagrados y los lanzó a la hoguera. Al parecer algunas cosas no cambiaban.

Al llegar a la ciudad de México, Cotterell había tomado la precaución de contratar a una guía que le mostrara la ciudad y arreglara las presentaciones. Ahora ella le había conseguido una cita con dos miembros del personal del Museo Nacional de Antropología e Historia —el equivalente del Museo de la Humanidad de Londres—. Ahí se reunió con dos jóvenes arqueólogos de alrededor de 30 años de edad, un hombre y una mujer. Fueron muy amistosos; durante unas tres horas lo escucharon atentamente mientras él, etapa por etapa, les relataba su revelación de la Lápida de Palenque y cómo la vinculaba con los ciclos de las manchas solares. Sin embargo, no pudo evitar preguntarse si su reacción más positiva podría deberse quizá a una instrucción directa de la misma primera dama.

Esa noche, bajo la puerta de su cuarto de hotel apareció una tarjeta de visita de un hombre llamado Miguel, director de la Escuela Agrícola Maya. Había algo extraño en la tarjeta y Cotterell sospechó que era un impostor. Por una parte, los números telefónicos en la tarjeta estaban tachados y había escrito un número nuevo en la parte posterior. Además, ¿por qué una tarjeta así sería entregada de esta manera tan curiosa? Habría sido más fácil llamar por teléfono. El mensaje garabateado decía que él, Miguel, había visto el programa por televisión y estaba ansioso de conocer en persona a Maurice para discutir algunas de sus ideas. Arreglaron una reunión para la mañana siguiente, que era sábado, pero por desgracia fue necesario hacerla breve porque Cotterell ya había concertado otra entrevista, por medio del periódico local Novedades, con un arqueólogo del Museo del Carmen.

Miguel resultó ser un hombre mayor de 60 años de edad, apuesto y de ojos penetrantes. Iba acompañado por un joven de unos 20 años que dijo ser su hijo, aunque parecía más probable que fuera su nieto. Una vez más Cotterell tuvo la sensación incómoda de que no era lo que parecía —que el hombre era un impostor o incluso un espía—. Miguel se parecía más al Don Juan de Carlos Castañeda que al director de un instituto. Bueno, quizá lo era. En cualquier caso, la reunión transcurrió de forma muy amigable. Una vez más Cotterell explicó sus teorías, pero esta vez su interlocutor estaba mucho más atento. Al fin hablaba con alguien que conocía y entendía los ciclos de tiempo y que estaba dispuesto a averiguar más respecto al papel de las manchas solares. Hacía preguntas inteligentes, sin dudar de la validez de las superposiciones pero deseando saber si Cotterell pensaba que los ciclos del sol podían haber estado vinculados a las ideas de los mayas sobre la rotación de cultivos.[19] ¿Por qué usaban ciclos de 144 000, 7 200 y 360 días para sus cultivos? En ese momento Cotterell era incapaz de darle una respuesta positiva sobre estos puntos pero prometió que estudiaría el asunto y se pondría en contacto con él de nuevo a su debido tiempo. Al día siguiente telefoneó a los números que había en la tarjeta, pero nadie había oído de su visitante de la Escuela Agrícola Maya. Más adelante le escribió a la dirección que le había dado, pero de nuevo en vano.

Más tarde, ese mismo día, acudió al Museo del Carmen y se reunió con la doctora Yolotos González quien, igual que la dama que había conocido en Inglaterra, estaba en edad de jubilarse. A diferencia del caballero hostil en el Museo del Templo Mayor, ella estaba interesada en el material y estuvo de acuerdo en que Maurice había hallado en definitiva algo importante con su desciframiento de la Lápida. Estaba convencida de que el trabajo merecía una mayor investigación pero le advirtió que habría obstáculos. No todos estarían en favor de lo que estaba diciendo, aunque fuera sólo porque era novedoso. Debía esperar oposición de las instituciones arqueológicas, un cuerpo que desde el tiempo del dictador Porfirio Díaz había tenido una influencia enorme en los asuntos mexicanos. Sin tener claro lo que significaba esta advertencia, Cotterell continuó con su gira. Visitó dos bancos mexicanos importantes así como a varios editores que habían expresado interés en su trabajo como se había bosquejado en la prensa. Ambos grupos le mostraron mucho apoyo y le aseguraron que la publicación de la obra, ya fuera para distribución privada para clientes distinguidos del banco o como una proposición comercial para el público en general, estaba garantizada. Sería una formalidad confeccionar una propuesta concreta y luego habría que redactar los contratos.

Antes de regresar a Inglaterra, Cotterell hizo otro viaje a las pirámides de Palenque. Esta vez notó algo más, algo bastante perturbador. En ocasión de su primera visita había estado tan abrumado por las impresiones generales de México y el misterio total del sitio, que no había puesto mucha atención al estado de los monumentos. Ahora, caminando por el sitio en un marco mental más objetivo y despreocupado, pudo ver cómo estaban sufriendo los efectos no sólo del turismo masivo sino de manera más dañina por el auge del petróleo mexicano. Las otrora prístinas piedras calizas blancas de las pirámides y palacios estaban manchadas de negro por el hollín aceitoso producido por las refinerías que se encuentran sólo a unos cuantos kilómetros al norte en las márgenes pantanosas del Golfo de México.

El auge petrolero de la década de los setenta que siguió al embargo de la OPEP tuvo un efecto devastador no sólo sobre la naturaleza de la región de Tabasco sino también sobre su herencia arqueológica. Muchos restos olmecas tales como las cabezas de basalto, esculturas y un mosaico completo han sido retirados de su sitio original en la isla de La Venta a un parque del mismo nombre en Villahermosa, la capital provincial. Ahí fueron acomodados en una especie de museo arqueológico al aire libre donde los visitantes pueden caminar y ver las esculturas en un escenario semiselvático. Mientras tanto, los sitios de donde fueron tomadas estas obras preciosas son explotados por su petróleo, borradas en el proceso todas las demás huellas arqueológicas.

Es difícil sobrestimar el impacto de la industria petrolera, con toda probabilidad la más poderosa en el mundo y de seguro de importancia crucial para la economía mexicana. Aunque es innegable que ha traído riqueza a lo que una vez fueron pantanos palúdicos, sus efectos colaterales son muy catastróficos. La lluvia ácida se está comiendo en forma constante la piedra caliza de Palenque y ya muchas inscripciones se han vuelto difíciles de leer. Sin embargo, esto va a continuar creciendo —una vez que se ha encontrado petróleo, la historia muestra que no se permitirá que nada se interponga en el camino de su extracción—. En fechas recientes se han hecho perforaciones en Palenque, a unos nueve kilómetros de la Pirámide de las Inscripciones. Cotterell sólo pudo suspirar y rezar por que las cosas no continúen así. Pero con tantas bocas hambrientas que alimentar, no es sorprendente que el gobierno mexicano dé una máxima prioridad a la industria petrolera. Los ingresos del turismo, aunque importantes para la economía, son pequeños en comparación con los generados por el oro negro. Mientras esto continúe, las antigüedades seguirán amenazadas, Con el colapso del peso mexicano y el riesgo de disolución política debida a la corrupción de alto nivel, la amenaza a los monumentos arqueológicos sólo puede hacerse mayor.

Con la resolución fresca de atraer la atención del mundo hacia la situación difícil de los monumentos mayas, Cotterell regresó a Inglaterra. Condensó sus ideas respecto a las superposiciones y la Lápida de Palenque en una obra en dos volúmenes titulada *The Amazing Lid of Palenque*, que publicó a su costa, y de la cual hay un ejemplar en la Biblioteca Británica, como se requiere. Ahora, aunque a los académicos no les gustaran sus teorías, al menos estarían disponibles para investigadores futuros. También pasó sobre las cabezas de las instituciones, al ponerse en contacto en forma directa con el *Daily Mail*, que se entusiasmó con sus ideas e imprimió un artículo largo con el encabezado "EL HOMBRE QUE DESCIFRÓ LOS GRABADOS MAYAS". Fue este artículo el que atrajo mi atención y que de manera indirecta condujo a nuestra colaboración en el presente libro. Sin embargo, no fue ni la Lápida de Palenque ni los descubrimientos de Cotterell con superposiciones de acetatos lo que me atrajo en realidad: fue su trabajo notable de relación entre los ciclos de las manchas solares con el calendario maya y la biología humana.

Había llevado esto mucho más allá de sus primeras etapas registradas en *Astrogenetics* y era. esto más que nada, creía yo, lo que necesitaba llevarse a la atención del público. Con su teoría genética solar parecía haber redescubierto algo que, de ser cierto, es de vital importancia para todos en el planeta Tierra.

5. La tierra de la serpiente

En busca de los mayas

Las teorías de Cotterell respecto a los ciclos del sol y los mayas me sorprendieron tanto por su simplicidad como por su universalidad. ¿Podía ser en realidad que los mayas, viviendo bajo condiciones que en la actualidad igualaríamos con la Edad de Piedra, tuvieran tal conocimiento preciso concerniente a las manchas solares? ¿En efecto recordaban y registraban en sus mitos alguna tragedia devastadora que casi había aniquilado a la humanidad? ¿En verdad habían sido capaces —por medio de la astrología, la numerología, los sueños o cualquier otra cosa— de hacer pronósticos sobre el futuro? Todas éstas eran interrogantes que ahora me ocupaban, y a las que sólo encontraría respuestas en México. Lo que estaría buscando no eran los restos más obvios y tangibles de esta civilización desaparecida sino su atmósfera cultural y, de ser posible, algunos indicadores hacia el lado esotérico de su religión. Ésta, ahora empezaba a comprender, se ligaba en forma estrecha a las enseñanzas del gran dios humano o avatar que los aztecas llamaban Quetzalcóatl y los mayas Kukulkán. Quizá de él habían aprendido sobre los ciclos de las manchas solares o al menos obtenido su conocimiento astronómico. Me sentía seguro de que debajo de los mitos y supersticiones había un ser humano real, un maestro sabio, quien había fomentado alguna vez una religión basada en la autotransformación. Deseaba saber de qué se había

119

tratado esta religión y de ser posible identificar a su maestro y cuándo había vivido.

En diciembre de 1994 tuve la oportunidad al fin de seguir los pasos de Maurice. Para entonces había leído mucho sobre los mayas, aztecas, toltecas y otros, y esperaba con ansia ver las ruinas de esta civilización sorprendente. Mi esposa Dee, quien es la fotógrafa de la familia, arregló ausentarse de su trabajo y venir también. Ella nos había acompañado a Robert Bauval y a mí en mi primer viaje para ver las pirámides de Egipto y estaba ansiosa de ver cómo se compararían con las mexicanas.

En la ciudad de México tuvimos la grata sorpresa de ver un centro todavía muy atractivo y bastantes edificios coloniales antiguos que han sobrevivido a los estragos del tiempo. Aunque los temblores[1] son una realidad siempre presente en esta parte del mundo, la mayor amenaza para los edificios parece ser el hundimiento. Me sorprendió ver que muchas de las iglesias antiguas se han hundido hasta casi tres metros en el suelo suave que hay debajo de ellas y ahora sólo pueden ser alcanzadas por medio de puentes y escaleras. Otros edificios, tales como mansiones coloniales, muestran grandes grietas en los muros mientras también se hunden en el lecho del lago de Texcoco. Con la ayuda de la UNESCO se intenta salvar el tesoro arquitectónico que es la ciudad de México antigua, pero parece ser demasiado tarde. Quizá ninguna cantidad de dinero sea suficiente para contener por siempre a las fuerzas de la naturaleza.

En el Zócalo había una manifestación de indios mayas molestos por el nombramiento de un nuevo gobernador para la región de Chiapas. Apiñados en grupos pequeños bajo tiendas improvisadas de plástico de colores, se veían cansados y desalentados. Parecía que la rebelión zapatista iniciada a principios de ese año laceraba a los mayas.[2] Frente a la plaza se ubica la Catedral Metropolitana, que ostenta una placa grande en el frente adornada con el antiguo símbolo azteca de Tenochtitlan: un águila parada sobre un nopal y devorando a una serpiente. Este símbolo es el escudo de armas de la nación mexicana y se encuentra en todas partes, desde edificios públicos y camisetas hasta en las monedas (*véase* figura 32). Con emociones mezcladas, ya que la Iglesia católica todavía inspira un respeto enorme en todos los niveles de la sociedad, los mexicanos reclaman su

Figura 32 Águila agarrando una serpiente, del exterior del Museo Nacional de Antropología

pasado y este emblema azteca parece representar para ellos todo lo que fue grandioso para su país antes de la llegada de Cortés.

Detrás de la catedral se encuentran las ruinas del Templo Mayor con su sucesión de planos de construcción como anillos de árbol. Me estremecí al pensar en las 20 000 almas a las que se les arrancó el corazón en las ceremonias de dedicación para sólo uno de estos edificios, pero entonces los aztecas —como otros indios— creían en la reencarnación y en que las almas de los que eran sacrificados así irían derecho al cielo. Requerí de un esfuerzo de la imaginación para ver las piedras volcánicas ennegrecidas que había ante mí como la base de la pirámide reluciente, pintada en forma brillante, de torres gemelas que estaba ilustrada en mi folleto guía. Parecían más los cimientos de alguna fábrica de algodón desolada de Lancashire. Luego recordé los escritos de fray Bernardino de Sahagún, el primer misionero que ayudó a los indios y que hizo un registro serio de sus tradiciones. En la última noche del ciclo viejo, aterrados de que el mundo estaba a punto de terminar y que el sol no saldría de nuevo, se iban a las montañas. Ahí estudiaban el cielo, esperando que el grupo estelar de las Pléyades alcanzara el meridiano sur.[3] Cuando se movían (como por supuesto siempre lo hacían) había un gran regocijo, porque entonces sabían que el mundo no se iba a terminar después de todo. Se encendía un fuego nuevo, como una antorcha olímpica, y se enviaban teas por todo el reino en celebración del nuevo ciclo que había concedido el dios sol Tonatiuh. Mientras, rompían la losa antigua y el Templo Mayor era restaurado con una nueva piel. Al parecer los aztecas estaban dispuestos a empezar de nuevo, aunque esto pudiera costarles mucho en términos de tiempo y posesiones materiales.

En el Templo Mayor se observan muchas cabezas de serpientes que salen de la base como gárgolas. No esperaba esto; pensaba que las pirámides mexicanas, aunque escalonadas, eran de lados lisos. De hecho, como habría de descubrir al día siguiente, había un precedente de esto en el sitio más antiguo de Teotihuacan. En el Museo Nacional de Antropología hay una gran cantidad de esculturas aztecas, muchas de las cuales describen serpientes. Algunas de éstas son tan naturales en su ejecución que parece que podían reptar. La conexión entre los aztecas y Teotihuacan se hizo evidente cuando entré en la sala donde unos cuantos años antes Maurice había examinado la réplica de la pirámide de Quetzalcóatl. Colgando en una pared estaba una representación del dios sol ejecutada por los teotihuacanos. Al igual que la representación posterior de Tonatiuh en la Piedra del Calendario Azteca, tiene la lengua de fuera. Pero su rostro no es redondo y carnoso como el de Tonatiuh: es como una calavera. Evidentemente, los teotihuacanos también estaban preocupados por la conexión entre el sol y la muerte.

Al día siguiente visité Teotihuacan y trepé a la cima de la pirámide del Sol. Ofrecía un panorama maravilloso sobre el área que la rodea y pude entender bien el asombro con el que consideraban este lugar los antiguos aztecas. También pude imaginar cómo debió ser cuando Cortés reunió ahí a sus hombres para combatir a las fuerzas bajo el mando del Mujer Culebra. En esa época las pirámides y templos estaban cubiertos con pasto y maleza, pero aun así —o quizá más así— debieron proporcionar cobertura y una posición elevada para que la ocuparan los asediados españoles. La muerte del Mujer Culebra y la huida de los restantes aztecas fue el día en que América se perdió para los indios.[4] Después de eso sólo fue cuestión de tiempo antes de que otros europeos llegaran para completar el trabajo comenzado por Cortés. Parado sobre la pirámide del Sol e inspeccionando la Calzada de los Muertos, me preguntaba cuánto sabía él sobre el mito de Quetzalcóatl. ¿Sabía que los aztecas creían que este hombre dios no sólo se vengaría de aquellos que lo habían expulsado de su reino sino que un día regresaría a Teotihuacan? ¿Cortés condujo allá a sus hombres porque conocía esta profecía y la ventaja psicológica que le daba? Cualquiera que sea el caso, Cortés sobrevivió a la batalla. Un año después cumplió la profecía casi al pie de la letra al vencer a los aztecas y establecer el dominio español.

Bajando de la pirámide y afrontando los ataques violentos no de aztecas salvajes sino de vendedores de recuerdos, me abrí paso hasta la Ciudadela y la pirámide de Quetzalcóatl. A diferencia de la réplica del friso que ya había visto en el Museo Nacional de Antropología, éste había perdido todo su color. Aun así, fue asombroso mirarlo. Bajo una pirámide posterior de aspecto bastante plano, los arqueólogos habían encontrado los restos de una construcción anterior. Esta era más alegre en conjunto, con cabezas alternadas de lo que se creyó habían sido los dos dioses principales del panteón de Teotihuacan, Quetzalcóatl y Tláloc. Las esculturas de Quetzalcóatl, las cuales están acomodadas una encima de la otra en escalones, parecían amalgamar características serpentinas con las de un depredador de dientes grandes, quizá un jaguar, y cada cabeza con un collarín alechugado alrededor de su cuello como los rayos del sol. Es interesante que estas cabezas sean similares en forma notable a las ubicadas en los lados del Templo Mayor. No estaba convencido por completo, sin embargo, de que estas cabezas en efecto representaran a Quetzalcóatl como sugerían los folletos guía: más bien parecían demasiado demoniacas y elementales para simbolizar al maestro sabio.

Las caras de Tláloc eran en conjunto más abstractas, con ojos redondos desorbitados y una piel serpentina. Si los "Quetzalcóatl" eran representaciones de un dios celestial asociado con el sol, entonces Tláloc estaba en definitiva vinculado a la tierra. Me pareció que el par formaba una dualidad, como el yang-tigre y el yin-dragón chinos. ¿Podría ser que hubiera aquí un vínculo oriental? En la suposición de que Quetzalcóatl era, entre otras cosas, un dios asociado con el viento y Tláloc fuera el dios de la lluvia, parecía haber un paralelismo curioso.[5] Incapaz de proseguir la cuestión por el momento, la dejé.

Visité Oaxaca y Monte Albán antes de llegar a Palenque. Ahí todo era casi como lo esperaba, por muchas fotografías del sitio. Sin embargo, verlo fue toda una experiencia. El sentimiento abrumador era de sorpresa respecto a la forma en que un sitio así se construyera, dado el calor intenso y la humedad; trabajar bajo estas condiciones debe haber sido agotador. También me sorprendió la escala del sitio, pues sólo una parte de él se ha excavado. Se alarga hasta la selva que lo rodea. Entrar ahí era como penetrar en los pulmones de alguna bestia primitiva, con su aliento caliente como sauna penetrándolo todo. Hay árboles de 30 metros de alto que son reconocibles para nosotros en Inglaterra como plantas domésticas. Grandes raíces se extendían como tentáculos y un arroyo borboteante se precipitaba colina abajo, en parte para llenar un canal maya antiguo, construido probablemente durante el reinado de Pacal o de su hijo Chan Bahlum.

Conforme caminábamos entre las ruinas comprobábamos el interés que tenían los mayas en el sol y las estrellas. Parado frente al Templo de la Cruz de Chan Bahlum era posible ver cómo estaba alineado con el Templo de las Inscripciones de su padre. Esta línea, si se continúa, señala hacia el atardecer de mediados del verano. La implicación es clara: la muerte de Pacal fue como la puesta del sol, quien de alguna manera pasó la responsabilidad y el poder a su hijo Chan Bahlum, el nuevo gobernante.[6] El sentido de continuidad de la dinastía se enfatizaba en la serie de bajorrelieves, ahora desvanecidos en forma triste, que decoran los santuarios interiores de los templos pertenecientes al grupo de la Cruz. Es claro que la dinastía de Pacal disfrutaba una especie de derecho divino de los reyes, el cual se ha visto estaba vinculado con la numerología sagrada maya.[7]

Dentro del más grande de los edificios del sitio, el llamado Palacio, hay una habitación que ahora se piensa debió servir como una especie de observatorio debido a que tiene un friso cerca del techo con representaciones de ciertos planetas y estrellas. En uno de los muros exteriores de este mismo edificio todavía pueden verse los restos de algunos de los relieves en estuco dibujados por el conde Waldeck.[8] Uno de éstos muestra a un rey joven sentado en un trono con un jaguar de dos cabezas y recibiendo una corona de la figura de un asistente (*véase* figura 33). Esto trajo a mi mente el trono muy parecido de Tutankamón que había visto en Egipto sólo un par de años antes. Me pregunté: ¿qué había respecto a estos felinos moteados que atraían tanto a los reyes que deseaban hacer sus tronos con imitaciones de ellos? ¿Cómo era que un diseño tan parecido

Figura 33 Placa que muestra el trono del jaguar, "Palacio" de Palenque

al trono de Tutankamón pudiera haber surgido a miles de kilómetros y siglos después en el otro lado del Atlántico? Era un misterio.

Caminando por el Palacio llegué a un edificio conocido como la Casa del Conde, al parecer debido a que Waldeck la usó alguna vez como su vivienda. Aquí, protegido por un techo de paja de la luz brillante del sol, había una cara de estuco singular (*véase* figura 34). Estaba ejecutada en un estilo bastante diferente de otra obra de estuco presente en el sitio y, quizá debido a que parece como si usara lentes, ha sido identificada como el dios de la lluvia mexicano, Tláloc. Esto ha sido muy enigmático para los arqueólogos en años recientes porque se considera que está en estilo teotihuacano. La evidencia de fragmentos de vasijas e instrumentos de obsidiana prueba que los teotihuacanos comerciaban con los mayas, pero esta máscara parece indicar además vínculos culturales y religiosos cercanos entre estas razas amerindias muy diferentes.

Figura 34 Tláloc estilo Teotihuacan en Palenque

Posteriormente viajamos al norte para ver algo de la península de Yucatán, donde los mayas sobrevivieron a la gran catástrofe que parece haber sepultado a gran parte de América Central alrededor del siglo VIII. Fue aquí donde en muchas formas el arte maya alcanzó su pináculo. Siguiendo el itinerario de Maurice nos dirigimos primero a Uxmal, desde el punto de vista artístico el más elegante de los sitios de Yucatán. La característica más llamativa es la pirámide del Adivino, un edificio alto con esquinas redondeadas y escalones muy estrechos. Trepar a esta estructura y, más aún, volver a bajar, fue una especie de prueba y no se recomienda a nadie que sufra de vértigo. Junto hay un patio pequeño; observando la pirámide desde ahí se tiene una vista extraordinaria. Lo que desde arriba parecía una cámara normal, algo que podría esperarse en un templo o en una pirámide, desde el nivel del suelo adquiría una especie de apariencia surrealista. La cámara entera y la construcción de piedra que la rodea forman una cara enorme —la del dios de la lluvia Chaac—. Uno sólo puede imaginar qué rituales se ejecutaban en esta cámara, pero es claro que debieron relacionarse con la lluvia. Era obvio, por la cantidad enorme de máscaras esculpidas del dios de la lluvia que se ven por todas partes en las ruinas de Uxmal, que Chaac era un dios muy importante. Las máscaras, colocadas sobre todo una encima de la otra en las esquinas de construcciones importantes, nos recordaban los rostros de Tláloc en la pirámide de Quetzalcóatl en Teotihuacan, excepto porque los mayas parecían tener trompas de elefante curiosas. El propósito de éstas fue un misterio por más de 150 años: John Stephens en su relato de viaje de 1843 comenta:

> El lector debe suponer proyectada esta piedra para entender con claridad el carácter del ornamento presentado. Mide unos 48 centímetros de longitud desde la parte que está fijada a la pared hasta el final de la curva y parece una trompa de elefante, nombre que le ha dado, quizá no inadecuado, Waldeck, aunque no es probable que ésta haya sido la intención del escultor, ya que el elefante era desconocido en el continente de América.[9]

Debajo incluye un diagrama del objeto en cuestión, una forma de gancho curiosa con 10 círculos pequeños esculpidos en ella (*véase* figura 35). Al ver esto de inmediato recordé no la trompa de un elefante (una sugerencia fatua pero típica del romanticismo de Waldeck) sino más bien una constelación de estrellas —tal vez la Osa Mayor o la Osa Menor—. Más tarde pensaría a fondo en esto y vería cómo podría no estar tan lejos de la verdad.

La lluvia era de un interés extremo para los habitantes de Uxmal porque no hay ríos en el área y ni siquiera cenotes, pozos naturales característicos de Yucatán. Dependían por completo de cisternas artificiales (aljibes) para pasar los meses secos del año y necesitaban almacenar tanto como fuera posible de cualquier lluvia que cayera. Por esta razón, los pisos de los patios de los templos estaban construidos con una ligera pendiente de modo que pudieran dirigir el agua de lluvia hasta los depósitos. Habíamos visto algo como esto antes en Monte Albán donde, debido a que los templos están construidos en la cima de una montaña, había una escasez parecida de agua. Aquí en Uxmal, sin embargo, la escala de la empresa era asombrosa y tenía que ver con las condiciones del monzón.

Otro símbolo favorito en Uxmal es el dios de la serpiente emplumada, Quetzalcóatl, en todas sus formas variadas. Había serpientes por todas partes en los templos, algunas veces con cabeza doble, en otras sencilla (*véanse* figuras 36 y 37). Las ser-

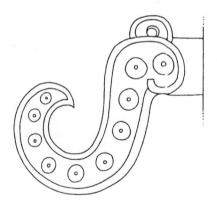

Figura 35 "Trompa de elefante" de Waldeck

Figuras 36 y 37 Frisos de serpiente en Uxmal

pientes emplumadas formaban lo que había sido la balaustra-
da del campo de Juego de Pelota y lucían a lo largo de frentes
de frisos en una colección de edificios ahora conocidos, con
bastante imaginación, como el Convento. Era claro a partir de
todo esto que los cultos gemelos de Quetzalcóatl-Kukulkán y
Tláloc-Chaac eran tan dominantes aquí como lo habían sido
en Teotihuacan. Me preguntaba si pudo haber alguna especie
de conexión entre los dos sitios y, de ser así, qué relación pudieron tener. Los textos de arqueología parecían ser bastante
parcos sobre este tema, refiriéndose sólo a vínculos comerciales vagos entre Teotihuacan y los mayas, pero yo sospechaba
que ahí había algo más profundo. Comparando el arte de Uxmal con el de Teotihuacan, Tenochtitlan y Monte Albán era
claro que ahí, en Yucatán, tuvo su más grande expresión lo
que a falta de un mejor término podríamos denominar la escuela de Quetzalcóatl. El detalle en los relieves de las paredes
y la complejidad del simbolismo implicado hablaban no de una
decadencia posclásica sino de un renacimiento. Parecía que estábamos viendo la obra de un pueblo que, lejos de estar reti-
rándose al olvido, estaba lleno de energía creativa, vitalidad y
creencias intensas. Parecía que nos estábamos acercando a los
orígenes de esta religión extraña.

Al día siguiente llegamos a Chichén Itzá, el más famoso de
todos los sitios antiguos de Yucatán. En la parte más vieja de la
ciudad, como en Uxmal, vimos las mismas imágenes de serpientes y dioses de la lluvia repetidas una y otra vez, el estilo de los
edificios muy parecido a los de Uxmal. Sin embargo, las áreas
principales mostraban un sabor miIltar marcado diferente debido a su historia particular. A diferencia de Uxmal, la cual se
conservó más o menos maya pura hasta su abandono, Chichén
Itzá fue colonizada por invasores del occidente: los toltecas. Estos trajeron con ellos la disciplina miIltar pero también un apetito del tamaño del de los aztecas por el sacrificio humano. Así lo
revelan multiplicidad de relieves de jaguares y águilas comiendo los corazones de las víctimas del sacrificio, al igual que muros enteros cubiertos con cráneos humanos labrados. Cuando
se miran éstos es difícil sentir amor o simpatía por los conquistadores, mucho menos creer que su líder era un hombre bueno
y honorable. Pero las tradiciones afirman que él también era un

Quetzalcóatl. Ahora necesitaba investigar más a fondo esta conexión.

Chichén Itzá y la leyenda de Quetzalcóatl

La ciudad maya de Chichén Itzá al parecer es contemporánea de Uxmal, construida en el periodo Clásico Terminal.[10] Sin embargo, en algún momento del siglo x Yucatán fue invadido desde el mar por guerreros toltecas. Según las leyendas contadas a los españoles en el siglo XVI, eran conducidos por un rey dios llamado Topilzin-Ce-Acatl, quien tomó el título de Quetzalcóatl o Kukulkán. Al parecer éste era el mismo rey mencionado en las leyendas de los aztecas, quien había gobernado una vez a los toltecas de Tula antes de ser derrocado por su rival Tezcatlipoca o "Espejo que Humea". Las leyendas hablan de él como un líder pacífico el cual, tras haber dejado su hogar, llegó a Yucatán y estableció una nueva capital en Chichén Itzá. Fray Diego de Landa comenta al respecto:

> La opinión de los indios es que a los itzáes que fundaron Chichén Itzá los gobernaba un gran señor llamado Cuculcán [sic], como una evidencia de lo cual el edificio principal es llamado Cuculcán.
>
> Dicen que vino del occidente, pero no se ponen de acuerdo sobre si vino antes o después de los itzáes[11] o con ellos. Dicen que era bien dispuesto, que no tenía esposa ni hijos y que después de su regreso era considerado en México como uno de sus dioses y llamado Cezalcohuati [Quetzalcóatl]. En Yucatán también se le reverenciaba como a un dios debido a sus grandes servicios al Estado, como aparecían en el orden que estableció en Yucatán después de la muerte de los jefes, para calmar la discordia causada en la tierra por sus muertes.[12]

Después de decirnos cómo Kukulkán fundó otra ciudad llamada Mayapán, que significa "norma de los mayas", Landa continúa diciendo: "Cuculcán vivió por algunos años en esta ciudad [Mayapán] con los jefes y luego los dejó en paz y amistad completa y regresó por el mismo camino a México".[13]

Los mayistas modernos señalan que hay una ambigüedad y confusión considerables en el relato de Landa toda vez que hubo más de una migración hacia Yucatán. El Quetzalcóatl o Kukulkán descrito debe haber sido un líder tolteca. Los itzáes, sin embargo, fueron un pueblo posterior muy despreciado, que llegó a Chichén Itzá en algún momento del siglo xm y le dio su nombre a la antes ciudad tolteca de Chichén. En cualquier caso, la llegada del primer Quetzalcóatl no pudo ser el acontecimiento pacífico que describen los historiadores. Las inscripciones en el Chichén hablan de una invasión violenta y el derrocamiento de la dinastía maya local. Los murales en el Templo de los Guerreros muestran con detalle gráfico cómo los toltecas tomaron el control de la región, ganando primero una batalla naval contra los mayas locales que acudieron en balsas para tratar de repelerlos y luego pelearon otra gran contienda en una ciudad, quizá Chichén. Tras ganar en el campo de batalla, hicieron esclavos a sus enemigos y sacrificaron a los dirigentes al dios sol.

Me era difícil conjuntar estas escenas de guerra con la imagen del Quetzalcóatl supuestamente pacífico descrito por Landa. No era, al parecer, sólo alguna aberración surgida de las necesidades de la guerra. Quedaba claro a partir de otros edificios, como el Templo de los Jaguares, que el sacrificio humano era parte esencial de la cultura tolteca como lo fue después para los aztecas.

En el Juego de Pelota, el líder del equipo ganador (o quizá perdedor) era decapitado, de modo que su sangre nutriera al sol. Los sacrificios en los que se ofrendaba el corazón también eran una característica regular de su religión. En el Templo de los Guerreros hay evidencia abundante de esto, con pinturas de jaguares y águilas comiendo corazones humanos (*véase* figura 38). Si este Quetzalcóatl era en realidad el dios rey cuyo regreso esperaban los aztecas, entonces quizá Cortés era su reencarnación. Porque parece que mostró tanta indiferencia implacable hacia la vida como Cortés en su deseo de dominar a un pueblo extranjero. Sin embargo, ésta no era toda la historia. Parecía ser que faltaba algo —que sólo fue insinuado por Landa cuando dijo que había desacuerdo respecto a si Cuculcán vino antes, con o después de los itzáes.

Era claro para mí ahora, si no es que lo había sido antes, que el culto de Quetzalcóatl-Kukulkán era algo mucho más grande que este "rey", y con toda probabilidad mucho más antiguo.

Figura 38 Águila comiendo un corazón humano, del Templo de los Guerreros, Chichén Itzá

Como en Uxmal, el culto, en la forma de la serpiente emplumada, era manifiesto en la ornamentación de muchos de los edificios. Esta forma de decoración alcanzó su climax con la extraordinaria pirámide de Kukulkán, a la que se refiere Landa como el "edificio principal" de la ciudad. Sobre ella hace las siguientes observaciones:

> Esta estructura tiene cuatro escaleras dirigidas hacia las cuatro direcciones del mundo; tienen diez metros de ancho, con 91 escalones para cada una que son la muerte para ascender. Los escalones tienen la misma altura y ancho que les damos a los nuestros…
>
> Cuando la vi, al pie de cada lado de las escaleras había la boca feroz de una serpiente, trabajada en forma curiosa en una sola piedra.[14]

Estas cabezas magníficas todavía pueden verse y yo tuve la oportunidad de observarlas con detenimiento. Sin embargo, están lejos de ser únicas y se encuentran al pie de casi todas las escaleras de todos los edificios de alguna significación en Chichén Itzá. Con mayor frecuencia las serpientes están en pares y tienen cuerpos bastante cortos que sirven como pilares de entrada al templo. Siempre están rematadas con una cola en forma de L que incluye un cascabel estilizado. En otras partes de los muros de los templos hay máscaras de cabezas de serpientes emplumadas de las cuales salen cabezas humanas (*véase* figura 39). Me pregunté si esto implicaría que las serpientes estaban dando nacimiento a estas personas, que quizá eran sacerdotes iniciados. Había visto máscaras similares en Uxmal y de alguna manera parecían muy significativas. Supuse que habría vínculos con la religión de Quetzalcóatl, pero hasta el momento no la entendía.

Volviendo a la pirámide de Kukulkán, ahora está bien establecido que, como sugirió Landa, tiene una significación cos-

Figura 39 Serpiente emplumada con una cabeza humana saliendo de su boca

mológica. La elección de 91 escalones para cada lado, con uno extra hasta arriba para alcanzar el templo, no es un accidente: representan los 365 días del año. Además, la orientación de la pirámide hacia las cuatro direcciones cardinales también fue por razones definidas. Landa nos dice en su libro que los mayas de Yucatán solían realizar festivales de Año Nuevo especiales que variaban año con año. Los 20 nombres para los días de sus meses estaban agrupados en cuatro series de cinco. El inicial de cada grupo servía para determinar lo que él llama la "letra dominical" del año y el dios direccional con el que estaba asociado. Escribe:

> Entre la multitud de dioses adorados por esta gente había cuatro a los que llamaban por el nombre de Bacab. Estos fueron, decían, cuatro hermanos colocados por Dios cuando creó el mundo como sus cuatro esquinas para sostener los cielos por temor a que cayeran. También decían que estos Bacabs escaparon cuando el mundo fue destruido por el Diluvio. A cada uno de éstos le daban otros nombres y marcaban los cuatro puntos del mundo donde Dios los colocó sosteniendo el cielo, y también le asignaban una de las cuatro letras dominicales a cada uno y al lugar que ocupaban; además señalaban los infortunios o bendiciones que habrán de suceder en el año que pertenece a cada uno de éstos y las letras acompañantes.[15]

Más adelante relata que era la costumbre en cada pueblo de Yucatán tener dos montones de piedras en cada una de sus cuatro puertas dirigidas hacia los puntos cardinales. En ellos se realizaban las ceremonias para alejar a los demonios antes de recibir el Año Nuevo. Dada la significación calendárica de los escalones en la pirámide de Quetzalcóatl y la orientación hacia los puntos cardinales, parece obvio que se pretendía que este edificio simbolizara el pivote central o eje del mundo alrededor del cual gira el universo. Pero hay otra característica sorprendente que Landa nunca presenció porque fue descubierta después de la restauración del edificio en el siglo. Dos veces al año, en los equinoccios, el sol juega un truco sorprendente, que parecería un milagro para cualquiera no iniciado en sus secretos. A cierta hora de estos dos días, se proyectan sombras en las balaustradas que toman la forma de serpientes que descienden por un costado de la pirámide. Sólo se puede especular sobre lo que simbolizaba, pero quizá le parecía al observador que algún Quetzalcóatl mágico y fantasmal estuviera en cierto sentido volviendo a la vida.

Sin embargo, la serpiente no tiene todo el edificio para sí. Del mismo modo que en Teotihuacan se encontró que la pirámide de Quetzalcóatl contenía una estructura interna completa con cabezas alternadas de sus dos dioses principales, esta pirámide también muestra evidencia de haber sido reconstruida más de una vez. La investigación arqueológica reveló una escalera oculta debajo de la capa exterior actual que conduce en sentido ascendente a una cámara interna. Dentro de ésta hay un trono en forma de un jaguar pintado de rojo con manchas de jade verde. Observándolo fijar la vista a través de ojos de concha blancos, me acordé de nuevo de la placa que había visto en Palenque que describía al rey, Pacal, sentado en su propio trono de jaguar. Parece que los toltecas, quienes construyeron la pirámide posterior, habían tomado prestado este símbolo de poder de los mayas. Pero, ¿de dónde lo habían sacado los mayas?

En Chichén Itzá hay otro edificio interesante: el Caracol. Esta estructura curiosa es circular en corte transversal y tiene una escalera interior en espiral que conduce a una cámara superior —de aquí su nombre—. Sus pequeñas ventanas señalan en varias direcciones, y se cree que servían para realizar observaciones de los planetas, en particular de Venus. Los sacerdotes de Chichén Itzá no sólo estaban interesados en el sol y sus equinoccios sino en observar también otros cuerpos estelares.

Dejamos las ruinas y su calor vespertino sofocante, y nos dirigimos hacia Mérida, la capital de Yucatán. Ahí Francisco de Montejo, uno de los oficiales de Cortés, estableció una base en 1542. De comienzos humildes Mérida habría de convertirse en un poblado próspero, con calles agradables y casas estilo colonial. La fuente de su riqueza fue el henequén, el cual crece en abundancia bajo el caliente sol tropical. De las hojas de esta planta se saca un material fibroso duro en extremo, llamado sisal, que se usa en la fabricación de cuerdas. En la actualidad ya se acabó el auge del sisal: materiales sintéticos más baratos y más resistentes lo remplazaron. Sin embargo, todavía se usa para hacer cordeles, canastos, zapatos, hamacas y sombreros panamá.

Al caminar por Mérida todavía es posible sentir algo del antiguo encanto colonial, pero no es fácil. A lo largo de los últimos 20 años, la ciudad de Montejo ha recibido la inmigración de más de un millón de habitantes —todos los cuales parecen estar en movimiento constante—. Las calles estrechas están atestadas de transeúntes y toda clase imaginable de vehículo motorizado. Aunque la ciudad está trazada de acuerdo con un sistema de retícula y todas las calles están numeradas —una bendición para el viajero que no sabe arreglárselas—, el ruido incesante en algunas calles, la contaminación y la presencia de tanta gente en el centro hacen de las compras una actividad singular.

Buscando literatura que pudiera ayudar a explicar más acerca de los sitios mayas y Quetzalcóatl, tropecé con una serie de folletos muy curiosos. Todos estaban escritos por el mismo autor, José Díaz Bollo, y tenían títulos tales como *Why the Rattlesnake in Mayan Civilization?*, *The Geometry of the Maya and their Rattlesnake Art* y *The Rattlesnake School*. No sólo eran curiosidades sino la clave que necesitaba para explicar por qué todas las civilizaciones precolombinas, y no sólo los mayas, estaban tan obsesionadas con las serpientes. Me quedé la mitad de la noche despierto y los leí todos. Como Díaz Bollo vivía en Mérida, decidí entrevistarme con él al día siguiente.

Reuniones con un hombre notable

Llegué justo después del ocaso. Me recibió con afabilidad en la puerta el mismo José Díaz Bollo, quien resultó ser un hombre mayor de 80 años (*véase* figura 40). Poco ágil, de mente aguda y demasiado dispuesto a hablarme sobre sus teorías concernientes a los orígenes de la cultura maya. Durante unos 50 años ha estudiado el arte y la arquitectura mayas, pero de una forma nada ortodoxa. En el transcurso de su larga vida fue soldado, poeta y músico, al igual que arqueólogo. Pude ver las huellas de esta rica trayectoria en su rostro rocoso y me lo pude imaginar como un hombre joven peleando en las revoluciones que convulsionaron a México durante varios años. La determinación inflexible que le acompañó a lo largo de muchos años dolorosos estaba presente aún; me di cuenta de que no estaba ante un hombre

Figura 40 José Díaz Bolio

ordinario. Como el Don Juan de Carlos Castañeda, tenía una presencia especial. Era un hombre de conocimiento, de sabiduría, que había visto el mundo y que ahora no temía enfrentar la eternidad.

Esparcidos ante nosotros sobre la mesa había más de 20 libros y folletos, todos escritos y publicados por él sin ninguna ayuda de fuentes externas. Contra todas las probabilidades había forzado la divulgación de sus ideas, a pesar de la oposición no sólo de las instituciones —las cuales creían que él de alguna manera estaba deshonrando a México al decir la verdad sobre la civilización maya— sino hasta de sus amigos. Ahora, sentado apaciblemente en su pequeña casa de campo, concentrado en el tema, exponía algo del espíritu de sus ideas. Los conceptos clave eran muy simples de comprender pero sus ramificaciones, muy vastas. De acuerdo con Díaz Bolio, los mayas, y en efecto todas las otras culturas de América Central que merecieran el nombre de civilización, estaban implicadas en forma profunda en un culto a la serpiente. Esto, me aseguró, no era una hipótesis sino un hecho, el cual había probado una y otra vez en su obra durante los pasados 50 años. Esto conmocionó a las autoridades no porque ellas no se hubieran dado cuenta de lo central que era la serpiente en el arte maya sino debido a que, como él lo veía, los mayas casi en forma literal derivaban su conocimiento del mundo "de la boca de una serpiente".

Para entonces, fascinado, escuchaba su tesis sobre las ramificaciones culturales de la serpiente. Explicó cómo en los primeros años de sus investigaciones solía tener serpientes en su casa y estudiar su comportamiento de primera mano. No era suficiente para él leer sobre esto en las enciclopedias o consultar opiniones expertas; deseaba verlas y sentirlas por sí mismo. Junto a nosotros había dos pieles de serpiente en una bolsa de plástico, y me pregunté si podría haber alguna serpiente viva oculta bajo el sofá o en algún otro lugar inaccesible. Me aseguró que en estos días no conservaba ninguna, pero en el pasado a veces las mascotas se escapaban, causando conmoción indecible entre sus vecinos. En estos días, sin embargo, las cosas estaban en calma y se dedicaba a escribir, publicar y dar unas cuantas conferencias privadas a estudiantes interesados.

Para entonces había ya una buena relación entre nosotros y la información comenzó a brotar de él, aunque no de una manera muy ordenada. Hice mi mejor esfuerzo para seguir lo que estaba diciendo, usando una grabadora para asegurarme de no perder nada importante. Mi labor principal fue cuidar que la conversación abarcara el terreno que yo deseaba, ya que estaba convencido de que su concepto de la serpiente era el eslabón perdido en nuestro entendimiento de la cronología maya.

Continuamos de este modo durante varias horas, no obstante el cansancio. Yo tenía que abordar un avión la tarde siguiente pero prometí regresar y verlo de nuevo en la mañana para finalizar ciertos arreglos sobre la distribución de sus libros en Inglaterra. Regresé al hotel para poner un poco de orden en estas ideas nuevas y ponderar su relevancia para el trabajo de Cotterell en torno a los ciclos de las manchas solares.

Las enseñanzas de don José

Al comienzo de nuestra conversación, don José, como lo llamaba ahora, me explicó que en la raíz de la religión maya antigua yacía la veneración de la serpiente. Esto era verdad al menos en parte por las muchas esculturas de serpientes con colas de cascabel que se veían frente a sus templos y pirámides. Sin embargo, iba mucho más profundo que eso —y no se trataba de cualquier serpiente de cascabel antigua—. Parece que la particular e importante para ellos era la *Crotalus durissus durissus* y sus subespecies, a las cuales ellos llamaban *Ahau Can* —"gran señora serpiente" (*véase* figura 41)—. Esta especie sólo se encuentra en la península de Yucatán y en áreas vecinas, pero su significación cultural parece haberse extendido por todas partes desde los Estados Unidos hasta Argentina en América del Sur. Creía que las razones para que la *Crotalus* fuera tan importante para los mayas eran múltiples, pero de manera significativa tenía que ver con el diseño en su lomo.

Muchas serpientes tienen pieles adornadas con dibujos. Sin embargo, la *Crotalus durissus durissus* posee un diseño particular

Figura 41 El Ahau Can, Crotalus durissus durissus

a lo largo de su lomo de cuadrados y cruces entrelazados (*véase* figura 42). Según don José este patrón se refleja en una proporción muy grande del arte y arquitectura de América Central y del Sur —tan grande que podría considerarse la inspiración central de todo el arte amerindio—. Me mostró una fotografía de un templo en Tajín, Veracruz, que concordaba en forma exacta con el patrón de la Crotalus y, al parecer, no por accidente (*véase* figura 43). También recordaba los frisos de mosaico de Mitla y la forma en que estaban compuestos de líneas zigzagueantes hechas con piedras pequeñas. Estas también, ahora me daba cuenta, estaban basadas en el mismo patrón. Las pequeñas piedras labradas que formaban los mosaicos eran como las escamas de una cascabel y concordaban en la forma en que su patrón estaba formado por diamantes de color regulares. La diferencia principal entre los diseños de los zapotecas y el de Tajín es que en este último caso la representación es idéntica a la piel de una serpiente, en tanto que los mosaicos de Mitla son más expresionistas. Los zapotecas tomaron el diseño básico y produjeron variaciones sobre el tema en la forma en que un compositor podría escribir una sinfonía basada en una melodía simple (*véase* figura 44). Don José me aseguró que esto era así y que no sólo era el caso en la arquitectura sino también en todas las demás artes, incluyendo los simples bordados en los trajes de los campesinos. Esta explicación tenía sentido para mí, ya que la pre-

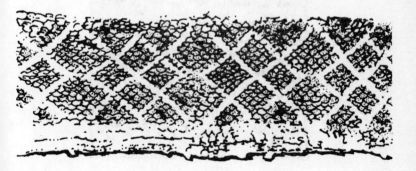

Figura 42 El lomo de una serpiente Crotalus

Figura 43 Diseño arquitectónico basado en la **Crotalus** *en Tajín*

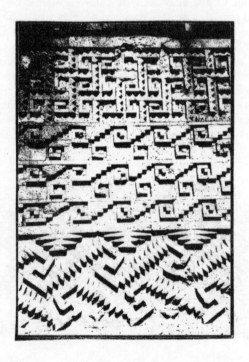

Figura 44 Mosaico zapoteca de Mitla: nubes, lluvia y relámpagos

ponderancia de los zigzags en el diseño indio tenía que deber su origen a algo importante y la inspiración para ello estaría en el ambiente. ¿Por qué no la piel de una cascabel?

Este, sin embargo, sólo era el principio. Don José procedió a mostrarme cómo el patrón de la *Crotalus* está formado de cuadrados individuales entrelazados, cada uno de ellos contiene una forma de cruz. Era este diseño simple de la cruz dentro del cuadrado —el cual denominó patrón *canamayte* (*véase* figura 43)— el que hacía a esta serpiente tan sagrada para los mayas. También era la base de su ciencia, porque les enseñó la geometría.

Estudiando el patrón *canamayte*, podía verse la influencia en el desarrollo no sólo de la arquitectura de los mayas sino de toda la arquitectura india americana. El modo más natural de orientar un cuadrado sería que sus lados señalaran hacia los cuatro puntos cardinales. La cruz se dirigiría también de esta manera. La forma natural de expresar esto en tres dimensiones sería una pirámide, orientada hacia los puntos de la brújula y con una escalera que corriera al centro de cada uno de sus tres lados. Ésta es la forma exacta en la que muchas de las pirámides de los mayas y otros estaban construidas; el ejemplo más obvio es el Templo de Kukulkán en Chichén Itzá. Sitios más complicados, tales como la cima de la montaña de Monte Albán, están diseñados sobre principios *canamayte*, implicando de nuevo la orientación hacia los puntos cardinales con múltiples cuadrados. En sus libros, y en particular en *The Geometry of the Maya and their Rattlesnake Art*, don José suministra una serie de diagramas que muestran cómo el canamayte se usó con toda probabilidad para definir no sólo el plano del piso de las construcciones sino también sus elevaciones. Colocado sobre su costado y en una esquina, el perfil del canamayte, hecho de las escamas de una serpiente, se parece mucho a los escalones de una pirámide de perfil. Otras características arquitectónicas, tales como los cortes transversales de las puertas y la colocación de los techos de los templos, también pudieron derivarse del *canamayte* simple.

Pero de acuerdo con don José no sólo fueron las leyes del espacio las que aprendieron los mayas del *Ahau Can*, su señor serpiente: les enseñó también sobre el tiempo. Una de las cosas curiosas acerca de las serpientes es que mudan sus pieles. Para la *Crotalus durissus durissus* esto sucede una vez al año, a mediados de julio, alrededor de la época en que en Yucatán el sol alcanza el punto más alto en el cielo por segunda vez en el año.[16] Por tanto hay una correspondencia natural entre el sol. y la serpiente, que en forma anual se renuevan juntos. Este vínculo entre el sol y la serpiente fue realzado más por los mayas debido a la forma en que se creía que a *Ahau Can* le crecía un cascabel extra cada vez que mudaba. De acuerdo con la tradición local, es posible decir la edad de una serpiente contando el número de cascabeles que tiene en su cola. Debido a esto, los cascabeles en forma de corazón simbolizan el año y todavía son considerados de buena suerte por los mayas.

Don José iba a revelar información aún más asombrosa que vinculaba el culto de la serpiente con el calendario maya. De acuerdo con él la *Crotalus* pierde y remplaza sus colmillos cada 20 días. Este periodo es, por supuesto, el *uinal* maya. Señaló que el glifo normal para éste parecen las fauces abiertas de una serpiente con dos colmillos muy obvios y prominentes. ¿Podría ser, dijo, que los mayas contaran sus días en periodos de 20 porque reconocían éste como el ciclo básico de renovación para su serpiente favorita? Aun si éste no fuera el caso, tenía que estar de acuerdo en que al menos era una coincidencia muy notable que su calendario encajara tan bien con el ciclo percibido del *Ahau Can*.

Según don José los antiguos mayas se llamaban a sí mismos *chanes* —es decir, serpientes—. Eran devotos en extremo y tenían que ejecutar ciertas prácticas de iniciación en nombre de su religión. Del mismo modo que un niño judío o musulmán tiene que ser circuncidado, o uno cristiano bautizarse, así los niños mayas —o al menos los pertenecientes a la nobleza— tenían que aplanar sus cabezas. Debido a que éste era un proceso muy doloroso que en ocasiones terminaba con la muerte del bebé, no puede haberse hecho (como los antropólogos suelen sugerir) tan sólo por razones de moda; ningún padre sometería a su hijo a tal dolor en forma innecesaria. La única razón convincente es que servía a un propósito religioso. Don José afirmaba que el aplanamiento de la cabeza era para darle al niño lo que llamó una *polcan*, o cabeza de serpiente. De esta manera el niño era iniciado en la familia de chañes, los que eran el pueblo de la serpiente: sus hijos. Para estas personas el *Ahau Can* y todo lo que tiene que ver con él era un emblema religioso y cultural tanto como la cruz lo es para los cristianos. Llenaba sus vidas y proclamaban su adhesión a sus valores en cada oportunidad, ya fuera construyendo un templo o bordando un delantal. De acuerdo con don José había otra iniciación que todavía se practica en algunas partes de Yucatán que incluye a una serpiente viva. En esta la mano derecha es pasada nueve veces sobre la serpiente hacia la izquierda y luego la mano izquierda nueve veces hacia la derecha. Esto se hace para conferir talento artístico, en particular en el bordado.

¿Qué era entonces este culto cuyo tótem era el *Ahau Can* y a quién debe sus orígenes? Don José tenía dos explicaciones, las cuales quizá sean en realidad una y la misma. La primera era que en algún periodo de la antigüedad remota algunos nativos, más inteligentes que el resto, notaron el patrón en el lomo de la *Crotalus* y comenzaron a imitarlo en su arte. De esos comienzos simples tal vez una escuela, usando la geometría del patrón *canamayte* como su inspiración, desarrolló técnicas prácticas de arquitectura y patrones agradables para sus ropas. La serpiente también habría simbolizado la resurrección, con base en su capacidad para mudar de piel y surgir fresca cada año, y por consiguiente la inmortalidad. Como un animal solar cuya vida estaba unida en forma estrecha al ciclo anual del sol, habría sido un proceso de transferencia simple creer que la *Crotalus* estaba dotada de alguna manera de inteligencia solar. De este modo, como en la historia bíblica de Adán y Eva antes de la Caída, la serpiente misma fue la maestra de la humanidad. Como el más sabio de los animales enseñó a los mayas el calendario, las matemáticas y los patrones básicos de su arte. Por virtud del patrón de su piel y su estilo de vida sin querer puso en su lugar los elementos básicos de la civilización. Ésta, si se quiere, es la explicación racionalista, la que tal vez podría encontrar algún apoyo entre los antropólogos. Pero hay otra.

Es una ironía curiosa que la mejor analogía para la segunda explicación sea la historia de san Patricio, quien, según las leyendas, desterró a todas las serpientes de Irlanda poco después de llevar los evangelios cristianos a sus costas. Se dice que Patricio, deseando explicar la doctrina de la Santísima Trinidad a los irlandeses, se inclinó y recogió un trébol de tres hojas, cuyo diseño de tres en uno era un símbolo adecuado para lo que deseaba comunicar. Más tarde el humilde trébol fue reverenciado como algo sagrado e irlandés, de modo que en la actualidad ha llegado a simbolizar no sólo a la Trinidad sino a la misma Irlanda. Sin embargo, no era en realidad el trébol el que enseñó a los irlandeses el cristianismo sino san Patricio, quien lo usó como un símbolo. Al observar los patrones de la piel de serpiente me pregunté: ¿no podría haber sucedido algo similar en Yucatán hace mucho, mucho tiempo? ¿Pudo haber un "san Patricio" que llegó a las costas de Yucatán, que, buscando hacerse entender, usó una serpiente local para enseñar al pueblo que encontró los elementos de una religión avanzada? ¿Podía haberse convertido el patrón *canamayte*, como el trébol, en un icono cultural con base en su asociación con este hombre sabio? Ésta, creía yo, era una explicación más probable que la simple evolución cultural. Comenzaba a sospechar también que este "san Patricio" podría ser el Quetzalcóatl real y ahora iba a averiguar su nombre: Zamná.

En su libro *The Rattlesnake School*, don José da el nombre de zamnaísmo a la religión antigua de los mayas. Zamná (o Itzamná) era la cabeza del panteón maya de dioses y, de acuerdo con don José, el prototipo del Quetzalcóatl posterior. Escribió:

> Zamná, el principal dios héroe maya, parece ser el patrón o modelo original para la deidad tolteca de Quetzalcóatl. Anterior a la invasión tolteca de Yucatán, tenía los mismos atributos que este último. El zamnaísmo era una religión no sangrienta y no violenta. Los sacrificios humanos fueron introducidos en Yucatán por Quetzalcóatl-Topilzin-Ce-Acatl de Tula, quien dejó ahí, como también entre los mayas quichés de Guatemala, la práctica floreciente de hacer que las tribus fueran sacrificadas en su presencia. En su infancia el autor [don José] vio en Izamal, Yucatán, una gran cabeza de estuco de Zamná, destruida después por manos irrespetuosas.[17]

Por fortuna Frederick Catherwood hizo un grabado de esta gran cabeza de Zamná en 1844, de modo que podemos ver cómo era (*véase* figura 45). No se parece a las representaciones posteriores de Itzamná de los códices mayas, las cuales lo describen como un dios anciano. Esta escultura —de escala monolítica— tiene abierta la boca, lo cual indica que está dando voz a alguna

IZAMAL

Figura 45 Grabado de Catherwood de la cabeza gigante de Zamná en Izamal

enseñanza importante. Aunque, como dice don José, la cabeza de Zamná en Izamal desde hace mucho fue presa de los vándalos, vi algo semejante a ella entre las ruinas de Palenque. Al pie del Palacio había otra gran cabeza de estuco. Llevaba un tocado emplumado y miraba en forma meditativa (*véase* figura 46). Que una cabeza de Zamná estuviera ahí de seguro no es una coincidencia, ya que la religión practicada en Palenque estaba relacionada de alguna manera con el culto a Quetzalcóatl-Kukulkán. El nombre Palenque se deriva del español y significa

Figura 46 Cabeza gigante, probablemente de Zamná, en Palenque

"lugar que está cercado" —en otras palabras una empalizada, la cual se presume pudo estar rodeando en algún momento a la aldea española—. Es posible que su nombre original sea Nachán: así fue como la llamó su primer visitante español, fray Ramón Aguilar, cuando fue llevado allá por sus feligreses en 1773. En el libro *Una historia de la Creación del cielo y de la tierra* que escribió después, basado según él en documentos destruidos por el obispo de Chiapas, Núñez de la Vega, se refiere a Palenque como la "Gran Ciudad de las Serpientes".

El libro de Ordóñez se refiere a un líder legendario, Votan, quien trajo a su pueblo a Palenque y cuyo símbolo era una serpiente. ¿Este Votan, quien se dice vino del Atlántico, podría haber sido un profeta de Zamná, un equivalente maya de san Patricio? Ésta, comenzaba a ver, podría ser la historia real detrás del culto maya de la serpiente, así que comencé a dirigir mi mente a estas posibilidades.

Antes de dejar Mérida y regresar a Inglaterra, volví a ver de nuevo a don José, esta vez con Dee, mi esposa. Lo encontramos sentado en su cama en pijama debido a que había enfermado durante la noche. Parecía más viejo y frágil que el día anterior, un recordatorio inflexible de que a los 88 años de edad su cuerpo ya no podía mantenerse al ritmo de su mente. Discutimos sus obras principales, *La serpiente emplumada* y *Mi descubrimiento del culto crotálico*, y la posibilidad de que yo lograra que se publicaran en inglés. Le prometí que haría lo mejor que pudiera, esperando en mi corazón por su bien que pudiera hacerlo rápido. Luego, para nuestra gran sorpresa, comenzó a cantar de pronto. Una voz de tenor potente llenó el aire mientras cantaba extractos de una ópera italiana. Aunque quizá forzando un poco algunas de las notas altas, su voz todavía era afinada y capaz de sostener un tono sin desafinar —algo que yo, con la mitad de su edad, encontraría imposible—. "Es una cosa muy extraña —dijo—, aunque mi cuerpo es viejo y soy incapaz de hacer ahora mucho de lo que me gustaría, todavía tengo voz. ¡Es porque fui entrenado como cantante de ópera!"

Dee y yo nos sentimos llenos de alegría ante la exuberancia absoluta de este espíritu humano que se rehusaba a rendirse ante la ancianidad. Antes de irnos firmó ejemplares de sus libros para mí y prometimos mantenernos en contacto. Luego, en un gesto tanto significativo como oportuno, me dio dos pieles de serpiente para que me las llevara a Inglaterra como recuerdo de nuestra visita. Pasé mis manos sobre ellas nueve veces, en cada dirección. Quizá ahora sería iniciado, al menos en parte, en el culto de la *Crotalus durissus durissus* y con su ayuda averiguaría más sobre el lado esotérico del zamnaísmo.

6. El Fuego Nuevo,
los Chac Mool y el Cráneo
de la Perdición

La sacudida del cascabel

Nuestro viaje a México fue mucho más fructífero de lo que esperaba. Ahora me sentía seguro de que estaba tras la pista de una posible ruta de transmisión para el conocimiento extraordinario de los mayas. A partir de lo que me contó don José resultó claro que el culto de la serpiente era un elemento en extremo importante en su creencia. Pero sentía que esto sólo era parte de la historia. Me parecía que estaba viendo el tema desde una perspectiva bastante ligada a la tierra; había un elemento más cósmico en todo esto que el reptil *Crotalus*. Todo lo descubierto sobre los mayas señalaba que habían sido astrónomos excelentes al igual que numerólogos, y su interés en el cielo parecía estar en la raíz de cualquier cosa que desearan expresar con el término Quetzalcóatl o "serpiente emplumada". Me sorprendí bastante cuando en Palenque nuestro guía manifestó que los mayas seguían los movimientos de la constelación de Orion la cual, dijo, era visible casi siempre de noche en esa latitud.[1] El interés en Orion, sin embargo, parecía de importancia secundaria en comparación con su fascinación por el grupo estelar de las Pléyades.[2] Este pequeño grupo de estrellas es parte de la constelación de Tauro y se puede describir como una versión en miniatura de la Osa Mayor. Se me ocurrió que representaba en realidad "la trompa de elefante" de Waldeck —repetida una y otra vez en los templos de Yucatán—. Sin saber a dónde llegaría, decidí examinar más a fondo esta cuestión.

De regreso a casa, frente a la computadora, comencé a investigar los misteriosos acontecimientos que rodean al grupo estelar de las Pléyades y el festival del Año Nuevo azteca. Los mayas llamaban a las Pléyades *tzab*, "cascabel". Creo que para ellos tenían la misma función que el cascabel de una serpiente, el cual sacude como una advertencia antes de atacar. Si se le da crédito al reporte de fray Bernardino de Sahagún, los aztecas tuvieron una concepción similar. En sus libros un dibujo nos muestra que los aztecas describían a las Pléyades como nueve estrellas contenidas en una especie de cadena de perlas de otras 17 estrellas (*véase* figura 47). Es muy difícil conseguir sus obras traducidas al inglés, pero por suerte don José cita el pasaje relevante en uno de sus folletos, *Why the Rattlesnake in Mayan Civilization*. Debido a que es importante citaré completo el pasaje.

La medición de todos los tiempos que estos indios [los mexicanos] realizaron fue como sigue: la más larga era de 104 años y lo llamaban un siglo; la mitad de este periodo, 52 años, era una gavilla. Este número de años lo han contado desde tiempos antiguos; no se sabe cuándo comenzó, pero creían con bastante fidelidad que el mundo acabaría al cumplirse una de estas gavillas y sus profecías y oráculos les revelaban que los movimientos del cielo cesarían entonces, y lomaban como señal el movimiento de las *Cabrillas* [Pléyades] en relación con la noche de esta fiesta, a la cual dieron el nombre de *Toxiuh molpilli*; ya que en esa noche las Cabrillas estaban en medio del cielo, a medianoche, correspondiendo a esta latitud mexicana.

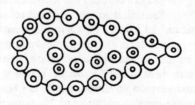

Figura 47 Una. ilustración azteca de las Pléyades; de Sahagún

En esta noche encendían el fuego nuevo y antes de encenderlo apagaban los de todas las provincias, pueblos y casas de toda esta Nueva España, y todos los sátrapas y ministros de los templos acudían en gran procesión y solemnidad. Venían desde el Templo de México [Templo Mayor] temprano en la noche; acudían a la cima de ese monte cerca de Ixtapalapa al que ellos llaman Uixachtécatl; y escalaban hasta la cima cerca de la medianoche, donde había un cu [nombre maya que significa "dios y templo", un término que los conquistadores aprendieron cuando desembarcaron en Yucatán] solemne hecho para esa ceremonia; y si era demasiado temprano, esperaban. Cuando veían que pasaban [las Cabrillas o Pléyades] por el cénit, entendían que el movimiento de los cielos no iba a cesar, que no era el fin del mundo, sino que iba a durar otros 52 años. A esta hora grandes multitudes permanecían en los montes que rodean esta provincia de Texcoco, Xochimilco y Quahtitlan, aguardando ver el fuego nuevo, que era la señal de que el mundo continuaría; y cuando los sátrapas encendían el fuego con gran ceremonia en el cu de ese monte entonces aparecía en todos los montes de alrededor, y cuando aquellos que estaban ahí lo veían, gritaban felices, porque el mundo no acabaría y sin duda tenían otros 52 años.

La última ceremonia fue en el año 1507; la celebraron con toda solemnidad debido a que los españoles todavía no llegaban. En 1559 terminó la siguiente gavilla que ellos llamaban *toxiuh molpilli*. En esta ocasión no celebraron públicamente porque los españoles y sus sacerdotes estaban en la tierra; por consiguiente, hasta 1576 [el año en que Sahagún está escribiendo] han pasado 17 años de la gavilla presente.

Cuando encendían el fuego nuevo y realizaban la ceremonia, renovaban el pacto que tenían con el ídolo, el de servirlo, y renovaban todas las estatuas de él que tenían en sus hogares y se regocijaban; sabían que el mundo estaba seguro. Es claro que este método de medición era la invención del diablo, por lo que renovaban el pacto cada 52 años, atemorizados con la aproximación del fin del mundo puesto que creían que él extendía el tiempo y se los concedía como un don, moviendo el mundo hacia adelante.[3]

Es claro que fray Bernardino de Sahagún, buen franciscano, no dudaba de que el festival del Fuego Nuevo, como casi todo lo demás en la religión de los indios, estaba conectado con la idolatría y la adoración del demonio. Esto no sorprende, dado el predominio de tantas esculturas de aspecto extraño de Tláloc, Coatlicue y otros más, por no mencionar los motivos de serpientes —a ojos de los españoles, emblemas del mismo diablo—. Aun así, debe haberse impresionado por algo que los indios le contaron o no se habría tomado la molestia de registrar la ceremonia con tal detalle. Parece como si sus protestas intensas respecto al diablo se debieran más a razones de conveniencia política que a alguna otra cosa. Es obvio que él mismo estaba fascinado por la significación astronómica de la ceremonia *Toxiuh molpilli*.

Si se lee este relato con más detenimiento, es claro que los indios utilizaron algún sistema complicado, tal vez astronómico, para contar el tiempo. Es evidente que consideraban como crucial el momento en que las Pléyades cruzaban el meridiano sur a medianoche. Sin embargo, no habrían sido capaces de detectar ese momento con la simple observación de estas estrellas. Las Pléyades salen y cruzan el meridiano todos los días, excepto cuando son invisibles durante el día. Sin embargo, sólo hay un día en el año cuando lo hacen precisamente a medianoche y los mexicanos deben haber tenido otros medios para calcular cuál día era éste. Ahora tenía curiosidad de averiguar qué día era ése, así que tomando la fecha de Sahagún de 1507 para la última de dichas ceremonias, intenté investigarla usando el programa para computadora Skyglobe. Los resultados fueron fascinantes —pero antes de pasar a esto hay algunas otras cuestiones.

En la *Relación*, Diego de Landa registra que una ceremonia del fuego parecida la efectuaban los mayas en la ciudad de Maní. Parece que en una época este festival del fuego se había celebrado en forma amplia por todos los mayas de Yucatán, pero después de la destrucción de Mayapán[4] (alrededor de 1450 según Landa) se limitó sólo a Maní. Refiere Landa:

En el capítulo duodécimo fue relatada la partida de Kukulkán de Yucatán, después de lo cual algunos de los indios dijeron que había partido hacia el cielo con los dioses, por lo que lo consideraban como un dios y fijaron un momento en que deberían celebrar un festival para él como tal; esto lo hizo la nación completa hasta que fue destruida Mayapán. Después sólo la provincia de Maní la continuó, mientras las otras en reconocimiento a Kukulkán hacían presentes, una cada año, por turno, de cuatro o a veces cinco estandartes de plumas magníficos, enviándolos a Maní; con lo que continuaron el festival de esta manera y no en las formas anteriores.

En el 16 de Xul todos los jefes y sacerdotes se reunían en Maní y con ellos una gran multitud de las aldeas, después de prepararse con ayunos y abstinencias. Al anochecer salían en una gran procesión, con muchos comediantes [alegradores profesionales], desde la casa del jefe donde se habían reunido, y marchaban despacio hasta el templo de Kukulkán, todo decorado como es debido. Al llegar, y ofreciendo sus plegarias, colocaban los estandartes arriba del templo, y abajo en el patio cada uno ponía sus ídolos en hojas de árboles traídas con este propósito; *luego encendían el fuego nuevo* y empezaban a quemar su incienso en muchos puntos y a ofrecer viandas cocinadas sin sal o pimienta y bebidas preparadas con sus semillas de frijol o calabaza. Ahí los jefes y aquellos que habían ayunado permanecían cinco días y cinco noches, siempre quemando copal y haciendo sus ofrendas, sin regresar a sus hogares, sino continuando en plegarias y ciertas danzas sagradas. Hasta el primer día de Yaxkín los comediantes frecuentaban las casas principales, ejecutando sus números y recibiendo presentes dedicados a ellos y luego llevaban todo al templo. Por último, cuando pasaban los cinco días, dividían los obsequios entre los jefes, sacerdotes y danzantes, recogían los estandartes e ídolos, y los devolvían a la casa del jefe, y de allí cada uno a su casa. Decían y creían que Kukulkán descendía del cielo en el último de esos días y recibía sus sacrificios, penitencias y ofrendas. A este festival lo llamaban Chicc-kabán.[5]

Una nota del traductor de la obra de Landa, William Gates, que nos dice más sobre este festival en Maní:

Es probable que se tenga aquí una supervivencia de un ajuste anterior del calendario, como lo muestran tanto los nombres de los meses como las ceremonias. *Xul* significa "fin", "terminación", y en el 16 creaban un fuego nuevo y continuaban las ofrendas y otras ceremonias durante los cinco últimos días del mes, comparándose con aquellas celebradas en época posterior antes del comienzo del Año Nuevo, el 1 Pop. *Kin* significa "sol", "día", "tiempo", así que Yaxkín significa "tiempo nuevo". Y así incluso en el arreglo cambiado después conservaron al mes de *Yaxkín* para renovar todos los utensilios como preparación para el tallado ceremonial muy sagrado de las imágenes nuevas en el siguiente mes Mol, y lo proseguían hasta Ch'en.

En el tiempo de Landa el 16 de Xul correspondía al 8 de noviembre, el Yaxkín iniciaba el 13 de noviembre y Mol finalizaba justo en el solsticio de invierno, 22 de diciembre.[6]

Se sabe de una parte anterior en la *Relación* de Landa que los mayas usaban las estrellas y los planetas para contar el tiempo. Al respecto escribió:

Para saber la hora de la noche los nativos se dirigían por el planeta Venus, las Pléyades y los Gemelos [Géminis], Durante el día tenían periodos para el "mediodía" y para varias secciones del amanecer al ocaso, de acuerdo con los cuales reconocían y regulaban sus horas de trabajo.[7]

Cuando investigué qué día en 1507 las Pléyades cruzaron el meridiano a medianoche, me sorprendió mucho encontrar que fue el 11 de noviembre (véanse figuras 48 y 49). Este cae justo entre el 16 Xul (8 de noviembre) y el inicio de Yaxkín (13 de noviembre). Sabemos que el festival, con su ayuno, duraba cinco días, así que esto debió ocurrir durante el periodo en que las

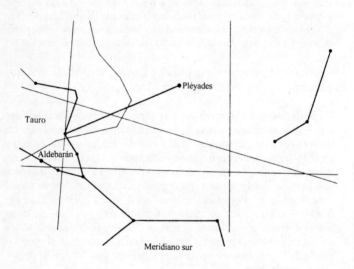

Figura 48 Las Pléyades cruzando el meridiano a medianoche el 11 de noviembre de 1507

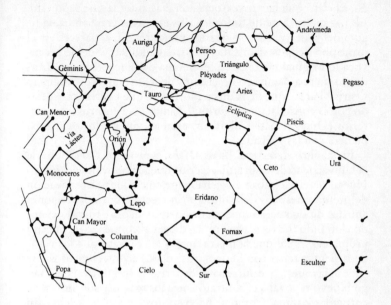

Figura 49 Cielo sur y este a la medianoche el 11 de noviembre de 1507

Pléyades cruzaban el meridiano a medianoche cada día, teniendo el cronometraje más cercano el día central de este periodo. Así, parece que para los mayas la ceremonia del Fuego Nuevo era un suceso anual, aunque para los aztecas era sólo una vez cada 52 años. Es probable que en la época en que era celebrado en forma amplia fuera de Maní, también haya sido realizado en Chichén Itzá. Si esto fue así, el lugar más probable para haber ejecutado el ritual del Fuego Nuevo habría sido el templo en la cima de la pirámide de Kukulkán —el lugar más sagrado para ese dios—. Es notable que los lados de esta pirámide se parezcan a las escamas de una serpiente y que su arquitectura *ad quadratum* esté basada con toda probabilidad, como se ha visto, en el patrón *canamayte*. Una vez más, al parecer, había un vínculo entre el culto de la serpiente maya y las religiones mexicanas posteriores asociadas con Quetzalcóatl-Kukulkán. Sin embargo, es claro que hay una asociación más antigua que todo esto. El mas importante de todos los dioses mayas era Zamná, la figura del padre y maestro de toda sabiduría. Él, al parecer era el prototipo del posterior Quetzalcóatl-Kukulkán y debió ser invocado originalmente en la ceremonia del Fuego Nuevo. Landa se refiere a Zamná como el equivalente maya del dios egipcio Osiris.[8] Parece que de la misma forma en que Osiris era asociado con la constelación de Orion,[9] Zamná y su encarnación posterior (Quetzalcóatl-Kukulkán) estaban vinculados de alguna manera con las Pléyades.

En su libro *Aztec and Maya Myths*, el profesor Kari Taube de la Universidad de California, escribe que los festivales del Fuego Nuevo se relacionaban estrechamente con la idea de renovación del mundo después del Diluvio. En efecto, eran celebraciones anuales de un suceso que se consideraba había ocurrido cuando el mundo fue recreado por los dioses al comienzo de nuestra propia era. Igual que la misa renueva el contrato que los católicos sienten tener con Dios a causa de los acontecimientos que rodean la muerte y resurrección de Cristo, así el festival del Fuego Nuevo renovaba el contrato entre los mayas y sus dioses, en particular Zamná. Como se ha visto, los aztecas lo celebraban al comienzo de cada periodo de 52 años, pero Karí Taube sugiere que los mayas realizaban festivales similares al comienzo de otros periodos importantes de la Cuenta Larga, tales como el inicio de un katún nuevo:

Las fiestas de año nuevo eran representaciones anuales de la destrucción y recreación del mundo. Las gráficas del Diluvio y la erección de arboles del mundo en los tres libros del Chilam Balam revelan que la instalación ritual del Katún y otros periodos de la Cuenta Larga eran considerados en términos muy parecidos.[10]

Ahora comenzaba a entender qae el grupo estelar de las Pléyades tema una función para los indios de América Central semejante a la de Orion y Sirio para los antiguos egipcios. A estos últimos la salida al amanecer de Sirio les anunciaba la inundación del Nilo y el comienzo de su año nuevo. Con este acontecimiento mas que con cualquier otro organizaban su calendario y el día se dedicaba a grandes festividades. Del mismo modo, los mayas y otros parecían contemplar la culminación de las Pléyades a medianoche antes de encender el fuego nuevo y empezar un ciclo nuevo, fuera un año, Ciclo Calendárico o katún. Los aztecas miraban la culminación de las Pléyades a medianoche, lo cual habría sucedido alrededor del 11 de noviembre; yo me preguntaba si este grupo estelar podría haberse estudiado también en otras épocas del año. Otra fecha a investigar era el 12 de agosto, porque en ese día en el año 3114 a. C. había comenzado nuestro ciclo presente. Esta, después de todo, debía ser la fecha del fuego original, cuando los dioses dieron nacimiento al sol y a la luna en piras funerarias en Teotihuacan. Así, puse a funcionar una vez más el Skyglobe en la computadora, tecleé los datos apropiados y ajusté el factor de tiempo a cuando las Pléyades estaban en el meridiano. Una vez más me sorprendí, porque ese día (y siempre alrededor de esa época del año) pasaban por el meridiano justo antes del amanecer. No sólo eso, sino que el sol era precedido por Venus como la estrella matutina (*véase* figura 50). En otras palabras, en este día las Pléyades desempeñaban la misma función que Sirio para los egipcios al anunciar el amanecer, el "Nacimiento de Venus" y el inicio de un ciclo de tiempo nuevo. Lo más elocuente, sin embargo, era que cubriendo el cielo del sureste estaban las constelaciones familiares de Tauro, Orion y Can Mayor que desempeñaban un papel importante en las vidas de los egipcios. ¿Podía haber una conexión? ¿Por qué los mayas habían elegido comenzar su calendario en un momento en que estas estrellas particulares eran tan prominentes? No tenía respuestas definitivas para estas interrogantes, así que dirigí mi atención a otras cuestiones.

Los Chac Mool y la ceremonia del fuego

En 1873 Augustus Le Plongeon, hijo de un comodoro naval francés, llegó a Mérida con su joven esposa inglesa. Aprendió a hablar el dialecto maya local y después se dirigió a Chichén Itzá. En esa época el norte de Yucatán alrededor de Mérida se destino a grandes plantaciones de sisal y la gente era tratada por los grandes terratenientes como poco más que esclavos en su propio país. Debido a su naturaleza amable y al hecho de que

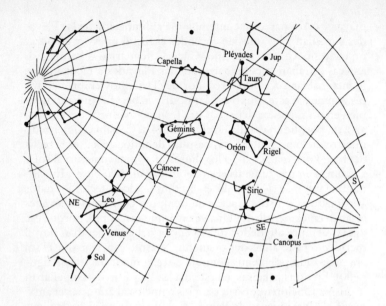

Figura 50 El Nacimiento de Venus antes del amanecer del 12 de agosto de 3114 a. C.

les hablaba en su propia lengua, los mayas locales confiaron a Le Plongeon al menos en parte sus tradiciones. Como Brasseur de Bourbourg antes que él, estaba convencido de que los mayas conservaron el conocimiento perdido de un orden superior. Éste, se le había dado a entender, implicaba magia y adivinación. Buscando entre las ruinas de Chichén Itzá encontró un glifo en el muro de lo que él llamo el Gimnasio, el cual decía "Chac Mool" y señalaba el punto donde debía cavar para encontrar una efigie. Cavo un agujero que al final llego a 7.31 metros de profundidad, encontró una estatua curiosa de un hombre reclinado que veía hacia un lado y sostenía un plato sobre su estomago. Este, decidió, debía ser el Chac Mool que buscaba.

La figura encontrada por Le Plongeon y que ahora se encuentra en el Museo de Antropología de la ciudad de México es una de varias esculturas similares. Todas están modeladas en la misma postura de apariencia incomoda, estirándose sobre sus codos desde una posición reclinada y mirando sobre su hombro derecho como si vieran algo en la distancia. En Chichén Itzá hay una reproducción de un Chac Mool encima del Templo de los Guerreros, entre dos columnas de serpiente, y uno más pequeño a un lado del trono del jaguar rojo dentro de la pirámide de Kukulkán. Hay uno o dos más dispersos por Chichén y otro más en el Museo de Mérida. Pero aun cuando los Chac Mool son algunas de las estatuas que se reconocen con mayor facilidad en todo México y se han convertido en iconos culturales de toda la región de Yucatán, su función verdadera aún es un misterio total. La mayor parte de los folletos guía contienen la misma opinión ortodoxa de que de alguna manera se relacionan con la práctica tolteca del sacrificio humano, quizá como mesas en las cuales eran arrojados los corazones aún palpitantes de las víctimas. Sin embargo, no hay prueba de que tuvieran este proposito; ¿por qué la figura mira sobre su hombro en lugar de hacia la ofrenda? Otras ideas de que actuaban como sillas o sotas son poco convincentes; son incomodas de sólo verlas, ya no digamos sentarse.

Don José tenía sus propias ideas acerca de los Chac Mool y van en contra de la ortodoxia aceptada de que eran usados tan sólo como receptáculos para los corazones de las víctimas. En su pequeño folleto guía de las ruinas de Chichén Itzá escribe respecto al que se encuentra dentro de la pirámide de Kukulkán:

El llamado Chac Mool. Este nombre es escandalosamente falso. El verdadero quizá nunca se conozca. La estatua representa a un sacerdote o deidad que yace sobre su espalda con las rodillas dobladas. Sostiene un cuadrado de cuatro cascabeles con un disco solar en el centro. Expresa la idea del cielo con una serpiente en cada esquina.[11]

Más adelante en el mismo folleto describe la "Tumba del Chac Mool", también conocida como la Plataforma de Venus:

Aquí tenemos dos nombres erróneos para un objeto desconocido. En él fue descubierto [por Le Plongeon] el famoso llamado Chac Mool. La plataforma tiene símbolos de serpientes hermosos y, como una característica, el signo Pop que pertenece al primer mes del calendario maya. Se desconoce el uso de esta plataforma, al igual que el de otros templos.[12]

En otra parte don José revela que el Fuego Nuevo azteca era prendido en un objeto sagrado de madera colocado sobre el pecho de una víctima de sacrificio.[13] Esto me hizo pensar: ¿Los llamados Chac Mool de Chichén Itzá podrían representar a dicha víctima? De ser así, ¿cuál era su propósito? Mi primera conjetura fue que eran dioses del Fuego Nuevo y que en el momento apropiado un fuego era encendido en la pequeña plataforma que cada uno de ellos sostiene sobre su estómago. En el relato de fray Bernardino de Sahagún, reproducido antes, se señala que los aztecas también llevaban con ellos para la ceremonia del Fuego Nuevo algo llamado *cu*, que era tanto un dios como un templo. ¿Este podría ser el equivalente de un Chac Mool, una estatua de un dios del fuego que también actuaba como un altar?

¿Cómo se encendía este fuego? El relato de Sahagún indica que los aztecas encendían su Fuego Nuevo de inmediato después de la medianoche, cuando las Pléyades habían cruzado el meridiano. No dice cómo hacían esto pero presumiblemente golpeaban pedernales o frotaban palos de madera. Sin embargo, no necesariamente fue así en el caso del festival maya del año nuevo; éste continuaba durante cinco días y no hay sugerencia de que los fuegos fueran encendidos a medianoche. Landa manifiesta que los ídolos traídos para estas ocasiones se colocaban sobre un lecho de hojas. ¿Por qué hacían esto?, me pregunté. Puesto que luego dice que una vez que el Fuego Nuevo era encendido, se mantenía incienso quemándose a lo largo del resto de la ceremonia de cinco días, comencé a sospechar que esto tenía relación con los "ídolos" y sus hojas. Parecía probable que los quemadores de incienso se colocaran cerca de los ídolos y se rellenaran cuando fuera necesario de las pilas de hojas fragantes. No obstante, viendo el simbolismo del ritual me pareció probable que los mayas obtuvieran su Fuego Nuevo no de pedernales o palos sino en forma directa del mismo sol. Con facilidad podrían hacer esto usando alguna especie de espejo ustorio para refractar los rayos del sol al amanecer, de modo que prendieran una fogata colocada cerca del "ídolo" o *cu* Chac Mool.

El Cráneo de la Perdición

Un descubrimiento a primera vista no relacionado pero más extraordinario fue hecho en 1927 en lo que entonces se llamaba Honduras Británica y ahora es Belice. Unos cuantos años antes, un arqueólogo eminente, el doctor Thomas Gann —profesor adjunto de arqueología de América Central en la Universidad de Liverpool—, anunció el descubrimiento de una ciudad antigua en el Río Grande, no lejos de la frontera con Guatemala. Este es un sitio de lo más curioso porque tal vez antecede a los mayas y no se sabe quiénes fueron sus constructores. En un artículo contenido en *The Illustrated London News* y fechado el 26 de julio de 1924 escribió:

> Las construcciones consisten en grandes pirámides terraplenadas de piedra, a las que se accede desde un lado por escaleras de piedra amplias. La primera estructura que se limpió de arbustos y humus fue una pirámide truncada de 27 metros de largo por 23 metros de ancho en su base, y 9 metros de altura... La pirámide entera estaba cubierta por completo con bloques de arenisca y piedra caliza cortados con cuidado; muchas piedras en las superficies inferiores con una capa de sílex de casi dos centímetros de espesor adherida. Ninguna argamasa de algún material similar fue usada para unir estas piedras...
>
> Antes de irnos, bautizamos la ciudad Lubaantún —en forma literal "el lugar de las piedras caídas" en el lenguaje maya—. Difiere de todas las otras ciudades mayas conocidas en que no hay palacios y templos de piedra sobre las grandes subestructuras piramidales y en la ausencia total de esculturas de piedra y de los grandes monolitos sobre los cuales estaban inscritas las fechas de su erección, puestas en intervalos de 20 años, y más tarde en intervalos de cinco años, por los mayas a lo largo de América Central y Yucatán.

Gann termina su artículo:

> En las ruinas de Río Grande (Lubaantún) tenemos uno de los sitios mayas más antiguos, que se remonta a un periodo anterior a cualquiera de las ciudades en ruinas conocidas hasta el presente en América Central.

En este lugar, de difícil acceso aun en la actualidad, en 1927 un artefacto bastante siniestro fue descubierto por la hija de 17 años de un personaje pintoresco llamado F. A. Mitchell-Hedges: un cráneo de cristal hecho a la perfección. Ahora se sabe que los indios de América Central eran muy hábiles para trabajar la obsidiana o vidrio volcánico; se han descubierto numerosas herramientas, armas e instrumentos rituales de obsidiana a lo largo de México y en las regiones mayas. Empero, este cráneo es diferente porque está elaborado de cristal de roca y trabajado con tanta perfección que hasta mueve la mandíbula. Pero nadie ha sido capaz de dar una explicación plausible a la forma en que fue hecho el cráneo en los días anteriores a las herramientas de hierro. Se calcula que habría tomado 150 años de trabajo continuo esmerilar el cristal duro casi como un diamante usando abrasivos de arena. Es evidente que el cráneo fue hecho durante o antes de la época de la ciudad perdida de Lubaantún, la cual se dice antecede a todas las otras ruinas mayas. Concluí que si los antepasados de los mayas tenían la tecnología para esmerilar cristal con formas redondeadas, entonces era probable que sus descendientes también la tuvieran. Por consiguiente, no es inconcebible que los mayas fueran capaces de fabricar lentes cóncavos al menos lo bastante bien hechos como para actuar como espejos ustorios. Leyendo más a fondo lo que Mitchell-Hedges tenía que decir, me pregunté si el cráneo mismo pretendía ser uno de tales espejos ustorios.

El Cráneo de la Perdición está hecho de cristal de roca puro y de acuerdo con los científicos debió de haberles tomado más de 150 anos, generación tras generación trabajando todos los días de sus vidas, frotando pacientemente con arena un bloque inmenso de cristal de roca hasta que al fin emergió el cráneo perfecto.

Tiene al menos 3 600 años de antigüedad y según la leyenda fue usado por el Sumo Sacerdote de los mayas para ejecutar ritos esotéricos. Se dice que cuando se deseaba la muerte con la ayuda del cráneo, ésta llegaba de manera invariable. Se ha descrito como la encarnación de todo el mal. No deseo probar ni explicar este fenómeno.[14]

Sin insistir en las supuestas posibilidades macabras de este cráneo de cristal, estaba interesado en señalar que el que afirma una leyenda las asociaba con los sumos sacerdotes mayas y sus rituales esotéricos. Pensé: ¿podría ser uno de estos rituales el inicio del Fuego Nuevo? Sin probar su eficacia sobre este respecto es difícil asegurar que podría haber desempeñado esta función, pero el cráneo redondeado de seguro habría tenido propiedades ópticas. Si es así, creo que fue usado para enfocar los rayos del sol con el propósito de comenzar un fuego.

En el Museo de Antropología en la ciudad de México vi, en la Sala Teotihuacana, una representación del sol como un cráneo dentro de un disco de rayos. Este cráneo saca su lengua en un gesto que se ha manifestado está dando vida, un símbolo contradictorio en forma curiosa. Me percaté de que el sol da vida al mundo por medio de sus radiaciones. Cantidades moderadas de radiación hacen que las plantas crezcan, pero demasiada acaba con la misma vegetación que alimentó una vez. Me parecía que el cráneo de Teotihuacan simbolizaba estos atributos duales del sol como dador de vida y de muerte; siendo la "lengua" los rayos solares (quizá también el viento solar) dirigidos hacia la Tierra. Ahora deseaba ver qué conexión más profunda podría tener esto con el concepto de las eras solares, así que comencé a investigar más a fondo en la mitología azteca.

No tuve que buscar mucho, ya que en el mito azteca asociado con Teotihuacan hay un dios enfermo y viejo, Nanahuatzin, quien tiene que morir en la pira funeraria para poder renacer como Tonatiuh, el dios sol de la era presente. En otro mito, Nanahuatzin es responsable de partir rocas y hacer salir el maíz a la superficie de la Tierra para que pueda proporcionar sustento a la humanidad.[15] Tomando estos dos mitos pude ver que Nanahuatzin debía representar por una parte el poder de la vegetación para proporcionar sustento y por la otra el material leñoso muerto sobrante al final de la cosecha. Al quemar este material (en especial plantas de maíz viejas) se libera energía, la cual los aztecas pensaban que sería reciclada luego como luz solar. Vistas de esta manera, sus fogatas asumen una importancia ceremonial, ya que eran los medios para regresar la vida al sol y por tanto asegurar cosechas futuras. Esto era cierto para los mayas como lo es para los aztecas, porque ellos también asociaban la fertilidad con el fuego. Operaban un sistema de cultivo de cortar y quemar, y sabían que la tierra recién rozada era la más fértil para los cultivos.

Respecto al cráneo de cristal, me pareció que se trataba del mismo simbolismo de la muerte y la vida. A diferencia del cráneo de Teotihuacan no tiene lengua pero es transparente a la luz. En efecto, es esta cualidad la que debió de motivar a sus fabricantes a hacerlo de cristal. Razoné que el cráneo de cristal no necesitaba una lengua porque enfocaba el poder mismo —la luz del sol—. Mitchell-Hedges, quien parecía conocer más sobre el tema,[16] aseguró que el cráneo servía para rituales esotéricos. Cualesquiera que hayan sido estos rituales, parece justo sugerir, dado lo que se sabe del simbolismo de mayas y aztecas, que éstos implicaban al sol. La forma más obvia de usar las propiedades de un cristal redondeado es la refracción de la luz, lo cual sugiere que el sumo sacerdote sostenía el cráneo de tal manera que refractaba una "lengua" de luz solar a través de la boca abierta. En resumen, el "cráneo de la perdición" no era más que un espejo ustorio complicado usado en la ceremonia del Fuego Nuevo.

Otro artículo del doctor Thomas Gann en *The Illustrated London News* del 1 de noviembre de 1924, sólo unos cuantos meses después de su anuncio relativo a Lubaantún, iba a conducirme a mayores discernimientos respecto a esta ceremonia. En esta segunda pieza describe sus investigaciones alrededor de la ciudad maya de Tulum y luego su hallazgo de un sitio nuevo, al cual llamó "Chacmool":

La ciudad en ruinas de Chacmool está situada en una península que divide a San Espíritu de la Bahía de la Ascensión. Nunca había sido visitada antes por europeos y los indios que nos guiaron habían llegado ahí por accidente cuando perseguían a un venado herido. La arquitectura es similar a la de otros sitios costeros del este — construcciones de piedra cubiertas de estuco que se yerguen sobre pirámides de piedra—. Aquí, dentro de un pequeño templo insignificante, descubrimos una imagen del Chac Mool, una figura humana gigante de dos metros y medio de altura, hecha de cemento duro en extremo, reclinada sobre su espalda y codos, los talones subidos hasta las nalgas, los antebrazos y manos extendidos a lo largo de los lados de los muslos y la cabeza levantada y volteada hacia la derecha.

Por puro accidente descubrimos esta estatua, ya que estaba enterrada por completo bajo el polvo y los escombros acumulados por siglos, a través de lo cual se proyectaba la parte superior de las rodillas por unos cuantos centímetros. Al remover los escombros, encontramos un collar de concha, dos cuentas de dionta, un pendiente, fragmentos de los huesos de un tapir y un pequeño incensario de alfarería. Este era un descubrimiento muy importante, porque estas figuras de Chac Mool son de origen tolteca puro y sólo se encuentran en otro sitio maya —es decir. Chichén Itzá, donde, después de su conquista por los tchecas, sus influencias religiosas y artísticas se desarrollaron con mucha intensidad—. Nombramos a la ciudad Chacmool en honor de su deidad tutelar.

Las ilustraciones que acompañan al artículo muestran una figura de Chac Mool típica, igual a las encontradas en Chichén Itzá, al igual que el incensario cuya forma era la de un hombre con la lengua de fuera. La suposición implícita en el artículo de Gann es que este Chac Mool recién descubierto debe haber sido una copia de los de Chichén Itzá. Sin embargo, si, como él dice, tiene dos metros y medio de alto, entonces con certeza es el más grande que se ha descubierto hasta ahora. ¿Por qué, me preguntaba a mí mismo, los toltecas (o quien sea) habrían elegido hacer una estatua de Chac Mool enorme en un sitio remoto en la costa cuando estaban satisfechos con unos de tamaño casi humano en su casa en Chichén Itzá? Esto no tenía sentido. Me parecía mucho más probable que éste fuera el Chac Mool original y que el de Le Plongeon en Chichén Itzá fuera la copia. Por desgracia el doctor Gann no dice si el Chac Mool estaba viendo hacia el mar, pero en cualquier caso el hecho de que fuera un poblado costero parece importante y me hizo pensar de nuevo en los orígenes de los mayas. Don José había insistido en que el culto de la serpiente se originó en Yucatán; el cráneo de cristal (el cual ahora estaba convencido de que pretendía ser usado como un espejo ustorio) fue hallado en Yucatán; todas las figuras de Chac Mool se encontraban en Yucatán. ¿Podía ser que todas estas cosas tuvieran un origen común?; ¿que, como lo habían afirmado Le Plongeon, Brasseur de Bourbourg y otros, la civilización maya fue traída desde otra parte por barco a Yucatán? La importancia de estos sitios costeros parecía señalar en esa dirección y ahora estaba dispuesto a investigar más la teoría de que los mayas de Yucatán, y por supuesto de Palenque, recibieron influencia en su desarrollo cultural por contactos con comerciantes de ultramar.

7. Tradiciones trasatlánticas

Marineros antiguos y los orígenes de los mayas

Desde que el obispo Núñez de la Vega descubrió las ruinas de Palenque en 1691, se ha especulado acerca de quiénes debieron ser los constructores. En la actualidad los arqueólogos no dudan que Palenque sea obra de indios mayas locales que vivieron en la era Clásica entre los siglos VII y IX d. C. Pero otros siempre han pensado que la construcción de pirámides fue una idea traída a América, que aun si las pirámides y templos de ciudades mayas como Palenque fueron construidos por nativos, la inspiración, y tal vez la tecnología, vinieron de fuera. De acuerdo con el padre Ordóñez, el primero que escribió sobre Palenque, esta ciudad la fundó en la antigüedad remota un pueblo que venía del otro lado del Atlántico conducido por un hombre llamado Votan, cuyo símbolo era una serpiente. El padre Ordóñez afirmaba haber leído en un libro maya quiché antiguo, destruido después por el obispo De la Vega, que Votan y su pueblo vinieron por mar de una tierra llamada Chivim. Se detuvieron en el camino en la "Morada de los Trece" (quizá las Canarias) y en otra isla más grande, supuestamente Cuba o La Española. Llegaron a la costa este de México, navegaron por el río Usumacinta y encontraron Palenque. Se afirma que Votan y sus seguidores usaban togas largas y que intercambiaron ideas con los nativos, quienes, al parecer, fueron bastante amigables y les dieron a sus hijas en matrimonio. Así se fundó Palenque. Se dice que el mismo Votan fue el autor del libro original encontrado por el obispo y que hizo cuatro viajes subsecuentes de vuelta a su casa en Valum Chivim, la cual Ordóñez identificó como la ciudad libanesa de Trípoli. Durante uno de esos viajes, Votan visitó otra gran ciudad en la cual estaban construyendo un templo que se pretendía llegara al cielo. El obispo Núñez, en una publicación propia titulada *Constituciones Diocesanas de Chiapas*, sugiere que esta ciudad debió ser Babilonia.

Los arqueólogos académicos no están impresionados con la historia de Votan, la cual consideran pura ficción. Sin embargo, cuando la tumba de Pacal fue abierta y se encontró que la cara estaba cubierta por una máscara de jade hubo un poco de sensación. Viendo los relieves de estuco de Pacal y su Hijo Chan Bahlum, los cuales los describen con narices del Oriente Medio y labios generosos, no es difícil ver por qué Ordóñez creía que la dinastía era de ascendencia africana. No sólo eso sino que al parecer Pacal era muy alto comparado con el maya promedio, como el del hombre cuyo esqueleto se encontró en otra tumba abierta hace poco.[1] Ante esta evidencia, uno tiene que preguntarse si después de todo podría haber alguna sustancia en la historia de Votan. En efecto, ¿podría Pacal descender de Votan? Es curioso que mientras la opinión académica entre los arqueólogos en la actualidad sea una roca sólida tras la hipótesis de "no interferencia" para la civilización india —es decir, que las civilizaciones de América anteriores a Colón eran autosuficientes por completo—, esta teoría es atacada por especialistas en otras disciplinas.

Cronistas y exploradores tan antiguos como Carlos de Sigüenza y su amigo el viajero y escritor italiano Giovanni Careri, también concluyeron que la idea de la construcción de las pirámides viene de fuera de América. Aunque Sigüenza aceptó que la mayoría de los indios descendían de tribus provenientes del noroeste y es probable que de Asia antes de eso, estaba convencido de que al menos algunos inmigrantes habían venido en bote a través del Atlántico. Estas personas, creía él, habían traído la costumbre de construir pirámides, así como muchas otras ¡deas culturales. Careri, en su libro *Giro del Mondo*, hace eco de estos sentimientos, pues señala que incluso Aristóteles sabía que los cartagineses viajaban más allá de las Columnas de Hércules (el Estrecho de Gibraltar).

La conexión cartaginesa habría de ser un tema recurrente en muchos de los libros que siguieron, y no fue una elección al azar. La ciudad mediterránea de Cartago estaba muy bien ubicada en la costa de África del Norte, cerca de la actual Túnez. Estaba bien protegida, tenía muelles resguardados y, debido a que la rodeaba tierra agrícola buena, era autosuficiente. Sin embargo, como la Venecia medieval, su prosperidad dependía del comercio ultramarino. Los cartagineses descendían de emigrantes fenicios y, como el resto de su raza, eran grandes marineros. Fue registrado por Herodoto, por ejemplo, que los cartagineses circunnavegaron África unos 2 000 años antes que Vasco da Gama. También eran dueños de estaciones de comercio en muchas tierras y ciudades incluyendo Menfis (la capital del Egipto antiguo), Jerusalén y Babilonia. Como mercaderes tenían un monopolio sobre el suministro de muchas materias primas, incluido el estaño, y para mantener esto conservaban sus rutas de comercio más allá de las Columnas de Hércules como un secreto muy bien guardado. De hecho controlaban todo el comercio en el Mediterráneo occidental: a los barcos extranjeros se les prohibía ir al oeste de la isla de Cerdeña. Para proteger esta zona de exclusión requerían de una armada poderosa —y por supuesto que contaban con ella—. Por desgracia su postura contra el libre comercio los llevó a un conflicto con su vecino más poderoso: Roma.

El imperio cartaginés no era poca cosa y en su apogeo incluía zonas de España, la mayor parte del noroeste de África y las Islas Baleares. Más allá de las Columnas de Hércules tenía una colonia en la isla de Madeira y otras frente a la costa africana en las Islas Canarias. Además los cartagineses navegaban hasta Gran Bretaña en forma regular, ya que en tiempos antiguos ésta era la fuente más importante de estaño. Este metal, que ahora se utiliza para fabricar las latas donde se almacenan los frijoles cocidos, entonces, era necesario para hacer el bronce. Debido a que este metal servía para la manufactura de armas y armaduras, es probable que este comercio más que cualquier otro haya provocado el conflicto entre Cartago y Roma.

Aunque en la actualidad los cartagineses y su antigua ciudad capital están olvidados casi por completo, con una población enorme de alrededor de un millón de personas, fue, en el siglo

III a. C., el rival más poderoso de Roma. Una hazaña memorable tuvo lugar durante las inevitables guerras púnicas, porque Aníbal, quien condujo a su ejército, incluyendo elefantes, a través de los Alpes hasta Italia, era un general cartaginés. Su derrota final ante Escipión en 202 a. C. fue el aviso de muerte para el imperio cartaginés y el comienzo de la hegemonía romana en el Mediterráneo occidental.

Los cartagineses no fueron los primeros en ir más allá de las Columnas de Hércules en busca de estaño y otros metales preciosos. Mucho antes de su aparición, el comercio internacional entre el Mediterráneo y más allá fue dominado por sus antepasados, los fenicios. Sus puertos principales estaban en Canaán, en la costa de lo que ahora es Líbano e Israel. Un pueblo semita, como los israelitas que fueron sus vecinos, suministó gran parte del material necesario para construir el famoso templo de Salomón en Jerusalén. Según la Biblia también les proporcionó los artesanos, en particular carpinteros, necesarios para construir el santuario interior de madera de su magnífico templo en Jerusalén. Dada su pericia en la construcción de barcos de madera, estaban preparados para la tarea. Como su tierra original sufría una presión creciente de los imperios del este —primero Asiria, luego Babilonia, Persia y por último Grecia—, el centro de gravedad de su mundo cambió hacia el oeste a Cartago, la cual ascendió para ser la más grande de todas las ciudades fenicias.

Aun antes de la aparición de Cartago, sin embargo, hubo colonias de los fenicios más allá de las Columnas de Hércules. La más importante de éstas se ubicó en el suroeste de España, en la región del moderno puerto de Cádiz y se llamaba Tartesos. La ciudad de Tharsis, a la que se hace referencia en la Biblia, era el puerto para una flota de navios de alta mar mucho más grandes que los ligeros barcos costeros que por lo general no se apartaban de la costa del mar Mediterráneo. Los barcos de Tharsis, con sus tripulaciones muy hábiles, eran bien conocidos en el mundo antiguo ya que suministraban muchos bienes lujosos. En particular llevaban plata de las minas en el noroeste de España, al igual que marfil y esclavos de la costa occidental africana. El lugar de donde provenía todo era un misterio para sus clientes en el este del Mediterráneo, porque mantenían en secreto esta información.

En realidad no sorprende que los barcos de Tharsis, los grandes buques mercantes de la Edad del Bronce, vinieran de España, dado que su función principal era navegar por los mares agitados del Atlántico y no por el Mediterráneo. Cádiz o Tharsis es un puerto ideal para explorar el mundo más allá de los confines del sur de Europa. Porque del mismo modo en que la antigua Troya se erguía como la puerta entre Europa y Asia, Tharsis daba acceso al mundo más amplio del Atlántico. Esto dio riqueza y reputación a un lugar que se encontraba en los límites del mundo conocido.

En vista de la naturaleza de comerciantes marinos y su deseo de explorar los mares y buscar suministros y mercados nuevos, sería extraño que los capitanes de los barcos de Tharsis nunca hubieran pensado cruzar el Atlántico. Esto, de hecho, no habría sido más difícil para ellos de lo que fue para Colón, ya que como él eran capaces de usar los vientos y las corrientes. Si consideramos que las personas cruzan hoy el Atlántico casi de manera rutinaria en navíos pequeños —cualquier cosa desde botes de remos hasta hidropedales—, es absurdo sugerir que los marineros antiguos fueran incapaces de tal hazaña. Tenían barcos trasatlánticos a su disposición y es posible que al menos algo de la plata del mundo antiguo proviniera de México.

Con el tratado de paz que siguió a la derrota de Aníbal en 202 a. C., Cartago perdió su flota y todas sus posesiones fuera de África. Para una nación comerciante fue éste un desastre absoluto y no es del todo inconcebible que al menos algunos de sus capitanes y almirantes, al oír lo que estaba sucediendo, decidieran ir al oeste para formar una colonia nueva lejos del poder emergente de Roma. Como se verá más adelante, hace poco surgió la sorprendente evidencia de que esto pudo haber sucedido. La historia de Votan puede no ser un mito después de todo —quizá fue un emigrante cartaginés.

Esto, sin embargo, no podía ser el fin de la historia en relación con los mayas. Aun si Votan, el supuesto fundador de Palenque, fuera un cartaginés, libio, celta o tal vez romano, esto no explicaría la naturaleza extraordinaria del calendario maya ni su fecha inicial de 3114 a. C. Todos estos imperios del mundo antiguo son mucho más recientes, y se remontan sólo a alrededor del primer milenio antes de Cristo. Sin embargo, otra potencia comercial hizo sentir su presencia a lo largo de todo el Mediterráneo y más allá, en una época muy anterior al surgimiento de Fenicia: Egipto. Los textos y murales inscritos en los muros del mausoleo de la reina Hatshepsut (dinastía XVIII, *circa* 1400 a. C.) describen un viaje comercial a una tierra distante. Por lo general se asume que ésta fue Somalia, en el cuerno de África, pero pudo ser en el sur de Arabia o incluso en India. Nadie sugeriría que esta tierra misteriosa debió ser América, pero estos murales al menos indican que los egipcios no veían tanto hacia adentro como muchas personas piensan. Desde muchas generaciones antes de Hatshepsut, en la era de las pirámides (*circa* 2700-2200 a. C.), los egipcios eran capaces de construir botes según las normas más altas. No sólo se ven ilustrados en los muros de muchas de sus tumbas sino que los arqueólogos han encontrado botes de tamaño natural enterrados en fosos junto a la gran pirámide de Giza. Uno de éstos, en notable conservación, fue reensamblado y ahora se exhibe en un museo especial en el lado sur de la pirámide. Aunque los botes encontrados cerca de las pirámides parecen haber sido para uso fluvial y no habrían sido adecuados para navegar en mar abierto, son una prueba más —si se necesitaran pruebas— de que artesanos que vivían en la época en que se construyeron las pirámides poseían técnicas para construir barcos grandes de madera.

Durante la época de las pirámides, los egipcios contaban con otras embarcaciones además de barcos de madera. En los muros de tumbas que se remontan al menos a la mitad del tercer milenio antes de Cristo, hay ilustraciones de botes hechos con manojos de tallos de papiro. Ahora bien, mientras que Egipto estaba, y está, escaso de madera, el papiro crecía en abundancia. Principalmente era utilizado para hacer rollos, o papiros, de los que se deriva la palabra moderna *papel*, pero esta planta versátil tenía otros usos. La propiedad que más interesaba al constructor de barcos era que los tallos de papiro flotan en el agua. Al atar manojos de papiros era posible hacer balsas capaces de transportar cargas por el Nilo. Para la época en que las pirámides fueron construidas, el diseño de los botes de papiro se había desarrollado y refinado hasta el punto en que eran capaces de navegar en mar abierto. Los dibujos tallados en los muros de las tumbas cerca de las pirámides muestran a estos barcos equipados con mástiles, aparejos, timones y camarotes. También tenían proas y popas elevadas, lo que indica que no sólo eran navios fluviales sino que se pretendía que se las arreglaran con las olas.

La teoría de que fuera posible para los egipcios antiguos cruzar el Atlántico hasta América en barcos de papiro fue puesta a prueba en 1970. Con siete amigos, el escritor y explorador noruego Thor Heyerdahl navegó desde África occidental en un bote así —basado el diseño de su navio, lo más cercano posible, en las pinturas de las tumbas egipcias—. En un viaje anterior, que registró en su famoso libro *The Kontiki Expedición*, Heyerdahl probó que era posible navegar desde América del Sur hasta la Isla de Pascua[2] en balsas hechas de madera. Durante este proyecto descubrió que los indios peruanos del lago Titicaca usaban botes de papiro. Se dio cuenta de que eran muy similares en diseño a otros que había visto usar a miembros de una tribu en el lago Tana en la fuente del Nilo Azul. Como sospechaba que éste era un caso de transferencia de tecnología, Heyerdahl deseaba probar que era posible que hubieran cruzado el Atlántico en el pasado remoto y distante. Creía que los egipcios antiguos habían venido al lago Titicaca trayendo consigo no sólo la tecnología de construir botes de juncos sino también la idea de edificar pirámides.

En su segundo intento, Heyerdahl y su tripulación lograron cruzar sin ayuda desde África hasta la isla de Barbados en las Antillas en sólo 57 días (una distancia de más de 6 000 kilómetros). No sólo eso, sino que su navio, el *Ra II*, resultó casi ileso después del viaje. Habían probado que, usando sólo los materiales y la tecnología de la época, era posible, desde el punto de vista técnico para los marineros egipcios del tiempo de las pirámides, cruzar el Atlántico.

La evidencia de América del Norte

Heyerdahl probó que los egipcios pudieron haber navegado por el Atlántico en tiempos antiguos, pero la cuestión seguía siendo: ¿lo hicieron? En su fascinante libro *América B. C.*, publicado por primera vez en 1976 y revisado en 1989, el profesor de Harvard Barry Fell presentó la sorprendente evidencia de que en efecto América había sido visitada en repetidas ocasiones y colonizada por gente de Europa continental y África desde tiempos tan remotos como el 5 000 a. C. hasta tiempos relativamente recientes (unos 1 000 años antes que Colón). Por desgracia, muchos arqueólogos e historiadores, por razones que tienen que ver más con el orgullo nacional que con la ciencia, rehusan reconocer la evidencia creciente de que así ocurrió. Por ejemplo, aunque han sido descubiertas ánforas romanas en la bahía de Guanabara, en el fondo del mar frente a la costa de Brasil, las autoridades se han rehusado a permitir que se realice una investigación completa.[3] Del mismo modo, se han encontrado monedas romanas que datan de alrededor de 375 d. C. en una playa de Beverly, Massachusetts,[4] pero los arqueólogos continúan insistiendo en que debieron pertenecer a un coleccionista moderno desconocido quien, si se les ha de creer, fue excepcionalmente descuidado. En 1972 se encontraron más ánforas púnicas (es decir, cartaginesas) frente a la costa de Honduras en América Central.[5] De nuevo fue negado el permiso para investigar el naufragio del que provenían, esta vez porque se pensó que reconocer algo así era una afrenta a la memoria y reputación de Cristóbal Colón. Debido a esta clase de actitud en los círculos académicos, no es de extrañar que nuestro conocimiento de los contactos antiguos entre el Viejo y el Nuevo Mundo sea tan escaso.

Igual de discutibles son los hallazgos de inscripciones cartaginesas y célticas en América. De acuerdo con el profesor Fell (un experto reconocido en epigrafía, el estudio de las inscripciones), hay escritos en púnico en bastantes sitios de los Estados Unidos. El y sus amigos de la Sociedad Epigráfica han identificado numerosas piedras sepulcrales, montones de piedra y "bases de sótanos" hechos de piedra que datan de la Edad del Bronce y que han sido construidos por marineros europeos. También hay textos breves en ogham, el lenguaje escrito de los celtas. En tiempos prerromanos estos pueblos habitaron Francia y España. Fell opina que, como el mismo Julio César reporta en sus escritos, los celtas atlánticos eran marineros de primera clase, con navíos capaces de resistir los embates de las grandes olas del Atlántico. Fell ha hallado inscripciones americanas que parece confirman esto, incluyendo registros concernientes a barcos de Tharsis. En *América B. C.*, Fell traduce una de éstas, del púnico (artesiano en el que estaba escrito el original. Bajo el bosquejo labrado del casco de un barco el texto dice: "Viajeros de Tharsis, esta piedra proclama".[6] La piedra en cuestión marcaba el punto donde los barcos de Tharsis atracaban en forma regular para intercambiar cargas con los pobladores, quienes trabajaban en minas de plata tierra adentro o atrapaban anímales para usar sus pieles.

Lo de mayor interés para mí fue que en 1976 se hizo otro hallazgo importante, esta vez en México. Mientras excavaban las ruinas de la ciudad maya de Comalco en la costa del Caribe, arqueólogos descubrieron que muchos de los tabiques usados para construir la ciudad tenían inscripciones. Aunque la mayor parte de las inscripciones descubiertas en estos tabiques eran (como podría esperarse) mayas, se hallaron dos escritas en una letra neopúnica en libio antiguo. Uno de los tabiques mostraba un calendario burdo, con los meses marcados por sus letras iniciales. El otro contenía una figura con la inscripción "Yaswa Hamin", que significa "Jesús protector". Por consiguiente podían ser fechados como provenientes de algún periodo entre el tiempo de Cristo y el siglo III d. C. y añadieron algún apoyo a la leyenda de Votan.[7]

Los artefactos e inscripciones egipcios primitivos son más difíciles de conseguir, quizá porque siendo más antiguos se han desgastado o probablemente porque nadie los ha reconocido aún como lo que son. Sin embargo, textos reconocibles en el estilo hierático posterior y menos formal se han encontrado en Long Island y en una estela de Davenport, Iowa.[8] Pero lo que parece muy "egipcio" es el concepto de edificar pirámides escalonadas para funcionar como tumbas. ¿El concepto de la construcción de pirámides llegó a América Central por medio de egipcios, cartagineses u otros marineros? Aunque es demasiado fácil mofarse de tal proposición con base en que las pirámides que se conocen en el Nuevo Mundo son mucho más recientes que sus equivalentes en África, esta idea —como se ha visto— no carece de partidarios. No obstante, el lugar más obvio para comenzar a buscar evidencia de una conexión no está dentro de las tierras mayas sino más al oeste, en la más grande de todas las ciudades precolombinas: Teotihuacan.

Teotihuacan y la conexión egipcia

Las grandes pirámides del Sol y de la Luna en Teotihuacan, al norte de la ciudad de México, han sido comparadas, con justicia, con las pirámides de Giza. De tamaño colosal, es difícil que sus constructores fueran capaces de erigir esos monumentos enormes con las herramientas primitivas de que se disponía entonces. Pero el sitio de Teotihuacan contiene mucho más que esas dos estructuras impresionantes. El área vasta que abarca la ciudad significa que debió ser, en su tiempo, la metrópoli más grande de toda América. En efecto, incluso en el Viejo Mundo había pocas ciudades que la igualaran.

Teotihuacan, como la ciudad de México en la actualidad, fue construida con un sistema de calles en retícula. Sin embargo, su característica más imponente, además de las grandes pirámides, es una gran avenida de unos diez kilómetros de largo que culmina en una plaza frente a la pirámide de la Luna. A ambos lados de esta avenida hay templos pequeños y plataformas escalonadas, muchas de las cuales servían como tumbas para la nobleza. Aunque se sabe poco acerca de los orígenes o prácticas espirituales de los constructores de Teotihuacan, creo que para los aztecas, quizá en reconocimiento de la función original de esta parte de la ciudad como una necrópolis, esta avenida era conocida como la Calzada de los Muertos.

La idea completa de una necrópolis, o ciudad de los muertos, es muy egipcia. Ahora se sabe que las grandes pirámides de Egipto de la dinastía IV no fueron hechas poco a poco sólo para satisfacer los caprichos de faraones despóticos sino también siguiendo un plan definido. Al igual que Teotihuacan, Giza fue levantada para representar algo muy definido. Las pirámides de Giza no sólo son los edificios más imponentes de la Tierra, también simbolizan una religión estelar sorprendente. Como descubrió Robert Bauval y documentamos en nuestro libro *The Orion Mystery*, fueron erigidas para representar el Cinturón de Orion, la constelación más reconocible en el cielo. Los egipcios concebían a la Vía Láctea como una contraparte celestial de su propio río, el Nilo. Cada año esperaban la crecida del Nilo que era tanto una bendición como motivo de preocupación. Necesitaban el fango fértil que el río arrastraba de las tierras altas de Etiopía y que los campos fueran irrigados, pero temían que el río creciera demasiado e inundara sus hogares. Pensaban que la crecida anual era controlada por los dioses, y en particular por los patronos de Egipto, Osiris e Isis. Les parecía que el desencadenador aumento de agua, que ocurría a mediados del verano, era la primera aparición de la estrella de Isis, Sirio, después de su periodo anual de invisibilidad. Esta se anunciaba por la salida anterior de Orion y por consiguiente observaban las estrellas de esta constelación, que limita con la Vía Láctea, con una anticipada ansia.

Pero había otro aspecto. Los egipcios creían en otro mundo celestial al que esperaban sus almas irían después de la muerte. Los Textos de la Pirámide, labrados en los muros de algunas de las pirámides posteriores, dan abundante evidencia de que concebían que dicho mundo celestial se encontraba en la constelación de Orion. Todos los funerales se llevaban a cabo en la ribera occidental del Nilo la cual, con sus campos de pirámides, representaba la región de Orion en las riberas de la Vía Láctea. En el lenguaje del ritual, la conducción de un cadáver a través del Nilo para su funeral era visto como algo conectado con el cruce del alma por el Nilo celestial, la Vía Láctea, para alcanzar el paraíso celestial de Orion, donde Osiris reinaba. La Vía Láctea, entonces, era un río de los muertos —la Estigia original sobre la que los muertos debían cruzar para alcanzar el otro mundo—. La función de las pirámides egipcias, hasta donde entendemos, era ayudar al faraón en su viaje usando la ciencia de las correspondencias: como arriba, así abajo. Al cruzar el Nilo, efectuando ciertos rituales, y ser enterrado en una pirámide, se creía que el alma del faraón no solo iba a las estrellas de Orion sino que se convertía en una estrella. Esta, en resumen, era la teoría de la transformación que subyacía a la religión egipcia y continuaba siendo su misterio interior mucho después de que las pirámides fueran abandonadas.

La relación entre las pirámides egipcias y la Vía Láctea es muy clara para cualquiera que desee estudiar la materia.[9] Sin embargo, lo que también es significativo es que hay una conexión similar con al menos algunas de las pirámides mexicanas. Entre muchas de las tribus de América del Norte se cree que la Vía Láctea es un camino a través del cielo que los muertos deben recorrer en su camino a los cielos superiores. A menudo se concibe con una puerta en cada uno de sus extremos, donde cruza la eclíptica. Uno de estos puntos de intersección o "puertas" se encuentra entre las constelaciones de Géminis y Tauro —junto a Orion (*véase* figura 51)— y la otra está en el lado opuesto de la eclíptica, entre las constelaciones de Escorpión y Sagitario (*véase* figura 52). La Tierra tiene una ligera fluctuación cuando gira, lo que causa que la forma en que se ven los cielos cambie de manera cíclica en un periodo de unos 26 000 años. Esta fluctuación es conocida como precesión y uno de sus efectos más notorios es cambiar el signo del zodiaco que sale en el equinoccio de primavera cada 2 160 años. En la actualidad estamos al final de un signo, Piscis, y a punto de entrar en el siguiente, Acuario. Empero, la eclíptica o camino del sol a través de los cielos siempre intersecta a la Vía Láctea en los mismos puntos a pesar de los cambios procesionales.

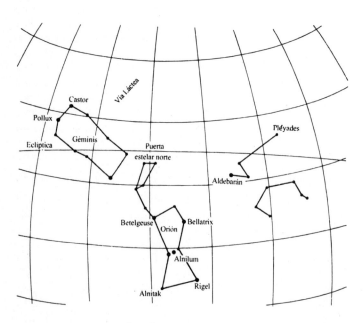

Figura 51 La "puerta estelar" de Géminis

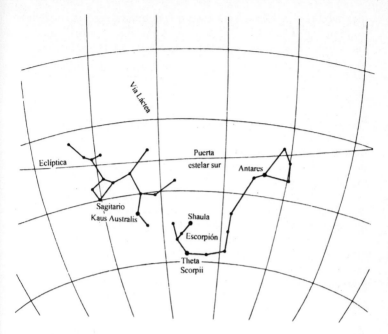

Figura 52 La "puerta estelar" de Escorpión

La idea de que la Vía Láctea tiene dos puertas no está confinada a América sino que también fue parte de la tradición pitagórica y órfica. En su notable ensayo sobre la precesión, *Hamlet's Mill*, el finado profesor estadounidense Giorgio de Santillana y su colega alemana Hertha von Dechend siguieron esta tradición en ambos lados del Atlántico. Citan a Macrobio,[10] quien da una explicación bastante clara de las "puertas". Al parecer él, y se presume que al menos algunos otros romanos paganos, creía que las almas ascendían por el camino de Capricornio y luego, para renacer, regresaban de nuevo por la puerta de Cáncer. Esta puerta se ubica en Géminis; sólo se debe a los cambios procesionales que Macrobio la denomina Cáncer.[11] De Santillana y Von Dechend llaman la atención sobre los mitos amerindios de Honduras y Nicaragua que hablan sobre su "Madre Escorpión" que habita al final de la Vía Láctea y la equiparan con la "estrella espíritu" (Antares-Alfa Scorpio). Esta estrella muy brillante se encuentra en la intersección sur de la eclíptica y la Vía Láctea, y marca la puerta sur. Señalan que los mayas también tenían una diosa escorpión antigua, como por supuesto también los egipcios y los babilonios.[12]

Todas estas correspondencias y paralelos entre las cosmologías del Viejo y el Nuevo Mundo pueden, por supuesto, ser solo coincidencia, pero es más probable que las dos tradiciones tengan un origen común. Los mayas concebían a la Vía Láctea de dos maneras, quizá derivadas de tradiciones diferentes. Por una parte la veían como un cocodrilo, su cabeza hacia abajo y el cuerpo extendiéndose hacia el cielo; y por la otra era una ceiba gigante que sostenía al cielo como un mástil de tienda. También parecería que los mayas, en común con los egipcios antiguos, creían que al menos uno de sus reinos o cielos del otro mundo estaba cerca de la Vía Láctea. Su interés en las salidas del grupo estelar de las Pléyades, al cual asociaban con su culto solar a la serpiente, indica que se creía que la puerta al cielo estaba en alguna parte de la misma región que Tauro y Orion. ¿Aprendieron esto, de manera directa o indirecta, de los egipcios? De modo alternativo, ¿ambas civilizaciones, en lados opuestos del Atlántico, tienen un origen común? En resumen, ¿tenía razón Brasseur de Bourbourg cuando sugirió que la historia de la Atlántida (que muchos piensan dio sus civilizaciones tanto a Egipto como a América Central) no era mito sino la verdad? Este era el tema que deseaba investigar.

8. Los olmecas y la Atlántida

De cabezas de basalto y hombres barbados

En nuestro camino de Palenque a Mérida, Dee y yo nos habíamos desviado para visitar Villahermosa, la capital de Tabasco. Esta moderna ciudad bulliciosa, debido a su industria petrolera, estaba mucho más norteamericanizada que cualquiera que hubiéramos visto hasta entonces. En la actualidad es muy prospera, pero antes del descubrimiento del "oro negro" debió ser un lugar desesperadamente difícil para vivir. El área que rodea a la ciudad es un pantano en el que todo parece hundirse, totalmente inadecuado para la agricultura. Antes, cuando salimos de Palenque, tuvimos que esperar varias horas para que bajaran de nuevo el puente al nivel de la carretera. Al parecer esto ocurría por lo común, pero ello no disminuyo nuestra ansiedad cuando en la noche con cautela cruzamos sobre el río negro y lustroso, que estaba unos 15 metros abajo. No obstante, en esta ocasión no tuvimos problemas y después de un viaje sin incidentes, aunque caluroso, llegamos a la ciudad con un sol brillante. Nuestra meta no era la ciudad en sí —la cual por la cercanía de la Nochebuena lucía grandes nacimientos en casi cada esquina y árboles navideños de Canadá que llenaban los mercados sofocantes—, sino más bien las afueras. Porque ahí, como un pequeño oasis tropical y en desafío al ruidoso tráfico de vehículos, se encuentra el famoso parque de La Venta.

Había leído sobre La Venta antes de dejar Inglaterra y deseaba mucho conocerla. Creada en la década de los cincuenta por el poeta, antropólogo y coleccionista Carlos Pellicer, conserva en un escenario más o menos natural 31 de las esculturas más extraordinarias y antiguas que se han visto en América. Su hogar original, la isla de La Venta, es una porción húmeda de pantano tropical en el río Tonalá. Sin embargo, entre 1200 y 600 a. C. este pedazo de tierra nada prometedora fue la ciudad capital del "pueblo del caucho" u olmeca,[1] que habito la región de Tabasco y construyo las pirámides más antiguas encontradas hasta la fecha en América. Los orígenes de esta civilización se pierden en las brumas del tiempo pero se remontan al menos al 3000 a. C. A los olmecas se les atribuye muchos de los desarrollos culturales más importantes de América Central, incluyendo el primer cultivo apropiado del maíz y la invención del famoso Juego de Pelota que parece haber tenido en los tiempos clásicos tanta fascinación para los antiguos mexicanos de todas las razas como el fútbol la tiene en la actualidad. Debido a que las pirámides olmecas se construyeron con tabiques de adobe, apenas si quedan de ellas montículos de tierra, la mayor parte de los cuales todavía tienen que ser excavados. Pero debido a que hicieron sus esculturas de basalto —una piedra volcánica dura—, éstas han sobrevivido en mucho mejor condición.

La influencia de los olmecas se extendió a lo largo de gran parte de América Central: hasta la tierra de los mayas en el este y el valle de Oaxaca en el oeste. Por desgracia, y desconocido para ellos, su capital estaba situada encima de uno de los mantos petrolíferos más grandes de México. Cuando en 1937 se descubrió esto en el curso de unas excavaciones arqueológicas, se planteó un dilema: ¿cómo podía explotarse el sitio en forma comercial sin destruirlo para la arqueología? Se vio que poco podía hacerse si México había de aprovechar al máximo su nuevo recurso. Lo mejor que podía lograrse era remover todo lo que pudiera transportarse a un área de seguridad relativa. Por esto el parque de La Venta en Villahermosa se convirtió en el nuevo hogar de las invaluables estatuas olmecas.

Al llegar al parque hay que atravesar un pequeño zoológico hasta la Laguna de las Ilusiones, donde se encuentran las esculturas. La primera en darnos la bienvenida fue El Caminante, una pieza de basalto de unos 61 centímetros de altura que luce un relieve de una figura barbada que está dando una zancada grande y lleva una bandera, debajo de la cual hay tres jeroglíficos apenas legibles (*véase* figura 53). Para mí El Caminante se parece mucho al Orion egipcio, excepto que en lugar de sostener un bastón tiene una bandera. Por consiguiente, no me sorprendió que se me dijera que uno de los tres símbolos representaba una estrella. Sin embargo, no había explicación acerca de por qué era barbado.

Hay bastantes esculturas barbadas de los olmecas y de otros pueblos anteriores, incluyendo algunos de los "danzantes" de Monte Albán. En vista de que es un hecho genético que a los amerindios de raza pura no les crece la barba, ésta es una cuestión que continúa desconcertando a los arqueólogos. Se han hecho intentos de explicar las barbas como mandíbulas deformadas, pero es claro para cualquier observador imparcial que los individuos representados así no eran amerindios. Al parecer, justo al inicio de nuestro recorrido por la selva nos topamos con evidencias de contactos precolombinos.

Un poco más adelante llegamos ante la primera de las famosas cabezas olmecas. Se han descubierto hasta la fecha unas 18 y son desenterradas nuevas en forma regular en toda la región de

Figura 53 Escultura olmeca El Caminante

Tabasco. Labradas en bloques enormes de basalto, estas cabezas pueden medir unos tres metros de altura y casi lo mismo de ancho. Las que están aquí en el parque no son de ninguna manera las más grandes, pero son impresionantes. Las cabezas tienen una presencia pesada y amenazadora, como boxeadores gigantes hundidos hasta el cuello en el lodo. Al igual que con El Caminante, no se sabe cuál era su función y proposito verdaderos, pero se supone que representan ya sea gobernantes poderosos o jugadores renombrados del Juego de Pelota ubicuo.[2] Esta especie de basquetbol se juega con una pelota de caucho dura en campos en forma de pesa con lados inclinados, y tenía un significado ritual. En Chichén Itzá hay flechas que salen del Caracol hacia las estrellas y hacia los campos de juego. Debido a que ahora se sabe que este edificio se usaba como un observatorio para el planeta Venus, se ha sugerido que esto se hizo así para que el juego ritual pudiera realizarse de acuerdo con fenómenos celestes. Se cree que el capitán del equipo ganador era decapitado al final del encuentro para que su espíritu volara y ascendiera hasta lo más alto del cielo. Si éste es el caso en realidad, tal vez los bloques gigantes de basalto de alguna manera representan a estos capitanes de basquetbol ahora deificados. Sea este el caso o no, las cabezas con sus labios gruesos y narices achatadas se ven muy africanas, lo que apoya de nuevo la teoría de que América fue visitada por forasteros mucho antes que Colón.

Además de las cabezas y El Caminante, el parque de La Venta contiene otras esculturas de basalto del periodo olmeca. Sobresalen Varios "altares". Estos se elevan alrededor de un metro del suelo y por lo general está labrado enfrente de ellos un "sacerdote" en postura de semiloto. De cerca, pude observar que algunas de las figuras usaban insignias de serpiente y tocados de jaguar, lo que indica la importancia de estos dos cultos incluso en una época tan remota. Otros detalles eran menos fáciles de entender. En uno de los altares el sacerdote sostenía un bebé como si invocara una bendición sobre él. A los lados del mismo bloque había representaciones de otros adultos que sostienen niños de una manera protectora, como si los escudaran de algo atemorizante. Es imposible decir qué pudo ser esto, pero los pequeños parecen seguros con los adultos, quienes es probable que representaran a los padres de los niños y quienes una vez más usaban insignias de serpiente y jaguar. Viendo este altar me pregunté si este énfasis en la infancia y la necesidad de protección tendría alguna conexión con los comienzos cataclísmicos de la era presente. Había una sensación, difícil, de que los adultos estaban protegiendo a los niños de las fuerzas de la naturaleza. Las piedras enigmáticas permanecen mudas sobre este punto pero al menos dan alguna idea del mundo extraño del pueblo del caucho, la civilización más antigua conocida de América.

Los olmecas no limitaban sus actividades, por supuesto, a la costa del Golfo; algunos de ellos migraron hacia el oeste hasta el valle de Oaxaca. Ahí construyeron la extraordinaria ciudad de Monte Albán que impresiono tanto a Maurice en su primera visita. Dee y yo también habíamos visitado esta aguilera en la cima de la montaña antes de ir a Palenque y pudimos disfrutar su fantástica vista panorámica sobre los valles circundantes. Es claro por su ubicación que éste debió ser alguna vez el centro ceremonial más importante en el área, pero de igual interés es la habilidad y labor que se requirieron para su edificación. Antes de construir la ciudad, los olmecas nivelaron primero el sitio, eliminando la cima de la montaña. Ésta debió ser una tarea ardua en extremo —pero fue solo el preludio a la construcción de un complejo de templos piramidales alrededor de una plaza central del tamaño de dos campos de fútbol—. En un extremo de este "estadio" se encuentra el edificio donde se hallaron las figuras labradas de los danzantes.

Parece que los olmecas ocuparon el altiplano de Monte Albán alrededor de 800 a 300 a; C., antes de ser sustituidos por el pueblo de los zapotecas. Éstos construyeron sobre las antiguas estructuras olmecas y erigieron más pirámides, algunas de las cuales están unidas por pasajes subterráneos. También inventaron un sistema complejo para recolectar agua de lluvia inapreciable —una consideración importante cuando se vive en la cima de una montaña—, creando una inclinación ligera hacia la plaza central de modo que el agua fuera dirigida hacia cisternas. Sin embargo, otros logros muestran a los zapotecas como avanzados en su civilización. El primero de éstos es un conducto vertical estrecho encontrado en el templo llamado Edificio P por los arqueólogos. La excavación al pie de este conducto resulto infructuosa y por mucho tiempo su proposito siguió siendo desconocido. Con el tiempo se dedujo que su función era astronómica, ya que dos veces al año (en mayo y de nuevo en agosto), cuando el sol brilla directo por encima de la cabeza, se iluminaba una losa en el fondo del conducto.

Este aspecto quizá bastante sorprendente se explica por el hecho de que el sitio se encuentra entre el Trópico de Cáncer y el Ecuador. A diferencia de ubicaciones en latitudes más al norte, tales como Europa y los Estados Unidos, gran parte de México es subtropical. Esto significa que el sol, en lugar de alcanzar su punto más alto en el cielo en el solsticio de verano, de hecho tiene dos cénits. En estos dos días del año el sol brilla directo por encima de la cabeza: al mediodía un palo colocado en forma vertical en el suelo no proyecta ninguna sombra. Entre estas dos fechas y durante el periodo del pleno verano, el sol pasa al norte en el cielo y a mediodía iluminaría, de hecho, la cara norte de un edificio tal como una pirámide, proyectando una sombra hacia el sur. A lo largo de América Central los dos días de cénit se consideraban las fechas más importantes del año y se ha sugerido que el símbolo de la serpiente con dos cabezas, como el que se ve en la piedra del Calendario Azteca por ejemplo, representa esta idea. Cuando visitamos Monte Albán en diciembre de 1994, el guía que nos mostraba el lugar era de la opinión de que el cénit de mayo era el más importante.

Otros dos logros zapotecas tienen correspondencia con otro edificio que se ubica dentro del área de la plaza y al que se le da el nombre bastante carente de imaginación de Edificio J. A diferencia de todas las demás estructuras en el sitio, ésta no es rectangular ni está orientada hacia los puntos cardinales.[3] De hecho, ningún par de lados o ángulos de este edificio son iguales, y su forma es bastante parecida a la proa de un barco. La dirección en la que el "barco" navega es alrededor de los 45° —corriendo de sureste a noroeste—. Algunos observadores han señalado[4] que si un sacerdote se parara en los escalones de este edificio, mirando hacia el sureste, podría observar la salida de la estrella brillante Capella (Alfa-Aurigae) de manera directa a través de la puerta de otro edificio. Podría ser que la primera aparición de Capella, después de su periodo de invisibilidad, fuera usada como un cronometro y una estrella heraldo para el primer paso por el cénit del sol, el cual habría ocurrido más tarde el mismo día. De nuevo uno piensa en los egipcios antiguos y su observación de la salida al amanecer de Sirio como el inicio de su año. Parece que los zapotecas comenzaron su año con este primer regreso al cénit del sol y tuvieron una comprobación doble del día apropiado con la estrella Capella y el conducto estrecho en el Edificio P. También se ha sugerido que la orientación curiosa del Edificio J podría estar de alguna manera vinculada con el polo norte magnético, debido a que parece señalar en la dirección del polo en la época en que fue construido.[5]

El otro hallazgo importante en el Edificio J es una serie de pictogramas que consiste en fechas de jeroglíficos. No se han traducido por completo y, en ausencia de otros ejemplos de escritura zapoteca, es probable que nunca lo sean. Pero este descubrimiento ha inducido a algunos arqueólogos a decir que los zapotecas fueron los inventores no solo del calendario sagrado sino también de la escritura jeroglífica del Nuevo Mundo. En vista de que existen otros jeroglíficos no traducidos en algunas de las piedras olmecas de La Venta, parece que esta afirmación es infundada. La conexión de los olmecas con Oaxaca y Monte Albán le sugeriría a cualquier observador imparcial que los zapotecas heredaron su calendario y el arte de escribir de estos pobladores antiguos. De nuevo esto señala la naturaleza avanzada de la cultura olmeca/protomaya. Pero, ¿de dónde obtuvieron los olmecas su conocimiento? Este es un tema tabú en lo referente a la mayología ortodoxa debido a muchas alusiones culturales o incluso racistas como para ser discutido en una forma racional. Pero, como se ha visto, hay evidencia persuasiva de que los olmecas debieron de entrar en contacto con egipcios antiguos u otros marineros. Sin embargo, pudo haber una respuesta aún más extraña, y algunos dirían más disparatada, para los orígenes de la civilización de América Central: el continente perdido de la Atlántida.

Atlántida, el mito antediluviano

Como se ha visto, un tema recurrente de muchos de los primeros libros relativos a los mayas fue su posible nexo con la llamada civilización perdida de la Atlántida. Un tema popular entre esotéricos. La misma idea provoca risas de mofa entre aquellos que declaran saber más acerca de la arqueología de América Central. Pero, ¿puede ser descartada la Atlántida como un simple mito o hay algo concreto detrás de la leyenda? Sentí que podría haber algo y me preparé para dar una mirada fresca a la evidencia.

El relato más antiguo de la Atlántida es el de Platón, quien en dos de sus últimos diálogos, *Critias* y *Timeo*, da un breve bosquejo de la historia. Esto le fue contado a Solón, el gran legislador de Atenas, cuando visitó Sais, en Egipto. Critias, uno de los personajes de Platón, narra la historia a Sócrates como se la contó su abuelo, también llamado Critias. En palabras que recuerdan mucho la creencia maya en las destrucciones periódicas de la Tierra, un sacerdote egipcio le explica a Solón que ellos saben mucho más sobre la historia del mundo que los griegos:

> Ustedes [los atenienses] recuerdan sólo un diluvio[6] aunque ha habido muchos… Tú y tus compatriotas descienden de los pocos sobrevivientes que quedaron, pero todo esto les permaneció oculto porque muchas generaciones subsecuentes no dejaron ningún registro por escrito.[7]

De acuerdo con el relato de Platón, hubo una vez una gran isla continente en medio de lo que ahora es el océano Atlántico y fueron los griegos de Atenas quienes detuvieron una invasión de Europa y África por gente de esta isla.

> Nuestros libros nos refieren cómo destruyó su ciudad [Atenas] una formidable escuadra que avanzaba insolente desde su base en el océano Atlántico para atacar las ciudades de Europa y África. Porque entonces el Atlántico era navegable. Había una isla del lado opuesto al estrecho que ustedes llaman, en su lenguaje, las Columnas de Hércules, una isla más grande que Libia y Asia combinadas; los navegantes pasaban de esta isla a otras y de éstas al continente entero opuesto que rodea lo que en verdad puede ser llamado el océano.[8]

Lo sorprendente acerca de este relato, escrito alrededor de 350 a. C., es que no sólo presenta el primer registro conocido relativo a la existencia de la Atlántida sino que indica que los egipcios al menos sabían de América. Afirma en forma categórica que había *un continente entero opuesto que rodea lo que en verdad puede ser llamado el océano*. Aun si se descarta la existencia del antiguo continente de la Atlántida, ofrece apoyo poderoso para los contactos precolombinos entre el Viejo y el Nuevo Mundos porque, ¿de qué otro modo habrían sabido los egipcios que existía otro continente del otro lado del océano Atlántico? El relato de Platón continúa:

> En esta isla de la Atlántida ha surgido una dinastía de reyes poderosa y notable, quienes gobiernan toda la isla y muchas islas así como partes del continente; además controlaban, de este lado del estrecho, Libia hasta los límites con Egipto y Europa hasta la Tyrrenia [Toscana].[9]

Según esto la Atlántida era un imperio naval muy poderoso que gobernaba no sólo Europa occidental, gran parte del norte de África y las islas del Atlántico, sino también partes del continente del que nos acaba de hablar —es decir, América—. No contentos con este logro, parece que el imperio atlante estaba dispuesto a adentrarse más al este y tomar el control de los países del este del Mediterráneo, incluidos Grecia y Egipto. Se formó una alianza para resistir a los invasores, pero al final le correspondió sólo a Atenas rechazar a estos enemigos marítimos y rescatar a todos los habitantes del Mediterráneo, este y oeste, de la esclavitud. Platón nos dice:

> En los tiempos sucesivos ocurrieron terremotos e inundaciones de violencia extraordinaria y en un solo día, en una noche fatal, todos los guerreros suyos [atenienses] fueron tragados por la tierra, y la isla de la Atlántida fue del mismo modo tragada por el mar y desapareció; éste es el motivo de que el mar en esta área sea hasta hoy impasable para la navegación, la cual es obstaculizada por el limo que hay justo debajo de la superficie, restos de la isla sumergida.[10]

En el otro relato, *Critias*, Platón nos dice que han pasado 9 000 años desde la declaración de guerra entre aquellos que vivían afuera y los que vivían dentro de las Columnas de Hércules. No se sabe cuánto duró esta guerra, pero se infiere que comenzó antes de que los atlantes tomaran el control de Libia y Europa hasta Toscana. En vista de que el relato de Platón fue escrito *circa* 350 a. C., se debe buscar una fecha de al menos 9500 a. C. para el comienzo de esta guerra. Esa es una fecha increíble, muchos miles de años antes de los comienzos aceptados de la historia griega o egipcia y cuando Europa apenas estaba saliendo del último periodo glaciar.

Aceptar a pie juntillas el relato de Platón le plantea problemas enormes y al parecer insuperables al investigador; hay demasiadas preguntas sin respuesta. Si en realidad había una isla continente del tamaño de Libia y Asia (se refiere supuestamente a Asia Menor o Turquía) que se hundió debajo de las olas, ¿por qué no hay rastros de ella en la actualidad? No solo eso, sino que de acuerdo con Platón los egipcios de su época todavía contaban con registros de acontecimientos que ocurrieron en su país en aquel tiempo. Pero la egiptología moderna nos revela que prácticamente la civilización egipcia comenzó apenas alrededor de 3100 a. C. con la primera dinastía. De acuerdo con los textos modernos, en el tiempo especificado por Platón los egipcios eran nómadas paleolíticos que pasaban su tiempo cazando leones, cabras, cocodrilos e hipopótamos, y todavía no llegaban a domesticar el ganado.[11] ¿Es posible que un pueblo así haya guardado cualquier clase de registro concerniente a una guerra mundial de la escala descrita por Platón?

Esta es la dicotomía en la que nos encontramos nosotros mismos. Por una parte tenemos a Platón, un filósofo reputado, narrando una historia que incluye información importante que él no podría haber conocido (es decir, la existencia de América del otro lado del Atlántico), y por la otra está la ciencia moderna, la cual desmiente el mito de la Atlántida. ¿Hay alguna forma de salir de este callejón sin salida? ¿Qué implicaciones tiene, si es que hay alguna, para nuestra comprensión de la fundación de la civilización maya en América?

El continente perdido

El tema de la Atlántida ha engendrado cientos de libros. El relato de Platón se ha tergiversado en todas direcciones poniendo en tela de juicio hasta la geografía del continente perdido. Desenmarañar todo esto no iba a ser un asunto fácil. La idea más extraña —aunque por alguna razón la más aceptable desde el punto de vista arqueológico en la actualidad— es que la civilización mítica de la Atlántida de la que habla Platón en realidad era la de Creta. Por lo general, ahora se piensa que la civilización cretense (o minoica) tuvo un fin abrupto cuando la isla vecina de Thera (Santorín) explotó en una erupción violenta en algún momento alrededor de 1400 a. C. Las enormes marejadas que resultaron de esta catástrofe local habrían sido suficientes para devastar las regiones costeras de Creta, así se afirma, y podría haberle dado un golpe tal a la civilización minoica que nunca se recuperó. Dado que los minoicos eran enemigos tradicionales de los atenienses (como lo indica la historia de Teseo y el Minotauro de Creta)[12] se tiene, de acuerdo con esta teoría, la sustancia del mito de la Atlántida colocada en un marco de referencia local manejable.

El único problema con este argumento es que Platón afirma de manera categórica que la Atlántida se encontraba más allá de las Columnas de Hércules y dominaba Europa occidental y Libia. En ninguna parte sugiere un vínculo con Creta, el Minotauro o cualesquiera dificultades locales con habitantes del este del Mediterráneo. Sugerir otra cosa es una idea intrigante y astuta —y también puede ser cierto que la explosión de Santorín destruyó el poder del imperio minoico en 1400 a. C.—, pero de seguro tiene poco que ver con la Atlántida, mítica o real. Para obtener la verdad se tiene que cavar más hondo.

De los cientos de libros sobre el tema de la Atlántida, el más influyente sigue siendo Atlantis the Antediluvian World. Fue escrito por Ignatius Donnelly, un congresista estadounidense, y de inmediato se convirtió en uno de los más vendidos. En su edición revisada, editada por Egerton Sykes en 1950, todavía es leído y citado ampliamente por personas interesadas en el tema. Lanzando lejos su red, Donnelly pasó por miles de piezas fragmentarias de evidencia circunstancial en su búsqueda de la prueba de la existencia del continente perdido. Como John Michell habría de escribir en 1984:

Donnelly había recopilado un catálogo impresionante de semejanzas entre los mitos, tradiciones populares, antropología y artefac tos, así como las formas de vida animal y vegetal, de los continentes que bordean el océano Atlántico. Su prueba de la realidad de la Atlántida descansaba en el efecto acumulativo de toda esta evidencia y no en cualquier pieza aislada de ésta.[13]

Estaba seguro de que el continente de la Atlántida estaba donde Platón había dicho, más allá de las Columnas de Hércules, y buscó hallar evidencia —mitológica, geológica, religiosa y lingüística— para probar que así era. También, como Brasseur de Bourbourg antes que él, opinaba que la civilización maya procedía de la Atlántida y para demostrarlo comparó los nombres de ciudades mayas con los de Armenia. Se hallaba en un terreno lingüístico más fuerte cuando comparó la Atlántida con el jardín de las Hespéridos [itálicas mías]:

> De acuerdo con las tradiciones de los fenicios, los jardines de las Hespéridos estaban en *el oeste remoto*. Atlas vivía en estos jardines. Atlas, como se ha visto, era rey de la Atlántida. Se ubicaba a Campos Elíseos por lo común en *el oeste remoto*… Atlas era descrito en la mitología griega como "un gigante enorme, que se paraba en los *confines occidentales de la tierra* y sostenía los cielos sobre sus hombros, en una región del oeste donde el sol seguía brillando después de que se había puesto en Grecia".[14]

A Donnelly le gustaba mucho la semejanza entre los nombres de Atlántida y Atlas, y siguió el rastro, buscando una posible etimología:

> Platón nos cuenta que la Atlántida y el océano Atlántico fueron nombrados en honor de Atlas, el hijo mayor de Poseidón, el fundador del reino.
>
> En la parte del continente africano más cercana al sitio de la Atlántida se encuentra una cadena de montañas, conocidas desde los tiempos más remotos como las montañas Atlas. ¿De dónde este nombre de Atlas, si no era el nombre del gran rey de la Atlántida? Y si éste no es su origen, ¿cómo es que lo encontramos en el rincón más al noroeste de África? ¿Y cómo sucede que en la época de Herodoto vivía cerca de esta cadena de montañas un pueblo llamado *atlantes*, probablemente un remanente de una colonia de la isla de Solón?
>
> …¡Mírenlo! Una montaña "Atlas" en las costas de África; una aldea "Atlan" en las costas de América; los "atlantes" viviendo a

lo largo de la costa norte y oeste de África, y el pueblo azteca de Aztlán, en América Central; un océano agitado entre los dos mundos llamado "Atlántico"; una deidad mitológica llamada "Atlas" que sostiene al mundo sobre sus hombros, y una tradición inmemorial de una isla de la Atlántida. ¿Pueden ser todas estas cosas un accidente?[15]

Es claro que Donnelly no lo creía así y dedicó otras 200 páginas de su libro para insistir en el punto con todo argumento posible a su disposición. Aun así, queda una duda. ¿Cómo podría una civilización elevada, una que dejó detrás palabras tales como Atlas, atlantes, Poseidón y otras, tener tan pocos vestigios físicos? En efecto, ¿hay algún rastro físico de la Atlántida?

En estos días mucho de lo que escribió se consideraría racista, ya que estaba dispuesto a probar los orígenes de pueblos diferentes.

Sin la Atlántida, ¿cómo explicar el hecho de que los primeros egipcios fueran descritos por sí mismos como hombres *rojos* en sus propios monumentos? Y, por otra parte, ¿cómo explicar la representación de negros en los monumentos de América Central?

Le Plongeon[16] dice: "Además de las esculturas de hombres con barbas largas"vistas por el explorador en Chichén Itzá, había figuras altas de personas con cabezas pequeñas, labios gruesos y cabello cono ensortijado o lanoso, considerados como negros. Siempre los vemos como llevando estandartes o parasoles, pero nunca librando una guerra real".[17]

El lenguaje de su tiempo —exponente de la dominación europea sobre casi todo el globo— continúa:

Como los negros nunca han sido una raza marinera, la presencia de estos rostros entre las antigüedades de América Central prueba una de dos cosas: la existencia de una conexión terrestre entre América y África *vía* la Atlántida, como se revela por los sondeos del fondo del mar del *Challenger*, o relaciones comerciales entre América y África por medio de los barcos de los atlantes o alguna otra raza civilizada, por lo cual fueron traídos los negros a América como esclavos en una época muy remota.[18]

Pocos en la actualidad estarían de acuerdo con su lógica de que los negros eran incapaces de hacer un viaje tan largo por sí mismos y que, por consiguiente, fueron traídos a América desde África como esclavos. Este es el lenguaje del siglo xix. Sin embargo, señala como punto interesante que hay muchas esculturas en las regiones mayas de América Central que exhiben características negroides —no se quedan atrás las cabezas olmecas que, aunque pueden representar a indios de cara redonda y nariz chata, igual podrían haber sido negros—. De manera más expresiva cita a continuación al *Popol Vuh* como prueba para la aparición remota de hombres blancos y negros en América.

> Y se encuentra alguna corroboración de esta última teoría en el singular libro de los quichés, el Popol Vuh, en el cual, después de describir la creación de los primeros hombres *"en la región donde nace el sol"* y la enumeración de sus primeras generaciones, se nos dice: "Todos parecen haber hablado una sola lengua y haber vivido en gran paz, *hombres negros y hombres blancos juntos.* Aquí aguardaron la salida del sol y oraron por el Corazón del Cielo".[19]

Donnelly estaba convencido de que la Atlántida fue habitada por razas blanca y negra y que había sido desde ahí, hacia el este o hacia el punto donde nace el sol visto desde el continente de América del Norte, que la civilización llegó a la tierra de los mayas. Sin embargo, aún había un gran problema con esta teoría: si en realidad la Atlántida fue un gran continente situado en medio del Atlántico, ¿por qué hasta hoy no se ha encontrado rastro de él en el lecho marino? De hecho, ocurre lo opuesto. Cualquier explorador que registre las profundidades del Atlántico Norte no encontrará una plataforma continental sino aguas muy profundas. Es verdad que en la región de las Azores se ubica el dedo largo de la Dorsal del Atlántico Norte, la cual en algunos lugares sólo tiene 200 metros por debajo de la superficie del océano. A primera vista no es muy esperanzador para encontrar una Atlántida sumergida, debido a que marca el sitio en el que se están separando dos placas tectónicas. Un análisis más detallado, sin embargo, revela algo más prometedor.

En su libro *The Secret of Atlantis*,[20] un autor alemán, Otto Muck, afrontó el desafío de hallar el continente perdido. No dispuesto a aceptar que la teoría de la deriva continental, en su forma simple, destruía toda posibilidad de que haya existido la Atlántida, revisó de nuevo la evidencia. Le sorprendió que mientras los contornos de los continentes de América del Sur y África correspondían casi a la perfección, no ocurrió así con los del Atlántico Norte. Y no sólo eso, sino que una evidencia paleontológica de Europa indicaba que la razón de que durante la última glaciación un glaciar pudiera avanzar tan al sur como el paralelo 52 (en las afueras de la actual Londres, de hecho) era que no había corriente del Golfo que se opusiera a ello. Si la corriente del Golfo hubiera llevado agua caliente a las costas del norte de Europa, como acontece en la actualidad, entonces el hielo no podría haber avanzado tan al sur. Propuso que la razón de que no hubiera corriente del Golfo era que hasta alrededor de 10000 a. C. había estado bloqueada por una masa de tierra en medio del Atlántico. Fue sólo hasta que ésta se hundió (la catástrofe de la Atlántida) que la corriente del Golfo alcanzó las tierras que flanquean el Atlántico Norte. Venció la inevitable crítica a su teoría —si en efecto ése había sido el caso, ¿dónde quedaron los restos del continente sumergido?— volviendo a la teoría geológica básica. Afirmó que mientras la deriva continental sola podía explicar las formas y posicionamiento de los continentes sureños de África y América del Sur, había un "agujero" en el Atlántico Norte. No era posible que los continentes que bordean al Atlántico Norte encajaran, a menos que fuera agregada una "pieza" extra al rompecabezas. Él creía que ésta era la Atlántida, el continente perdido. En cuanto a las razones para la destrucción y hundimiento súbitos de la Atlántida, volteó a los cielos. Afirmó que esto había sido provocado por el impacto súbito de un asteroide que chocó contra la Tierra en la región del Atlántico. Este acontecimiento catastrófico, que según él marcó el fin de la era Cuaternaria, dejó atrás dos grandes agujeros en el piso oceánico y ocasionó la destrucción del continente perdido.

Las teorías de Otto Muck, las cuales no son por completo nuevas, trajeron un ímpetu fresco a la investigación atlántica en la década de los ochenta. Pero ya se había seguido durante algunas décadas otra línea de investigación, basada en premisas por completo diferentes: la reencarnación. Estaba centrada en el trabajo de un hombre singular, un predicador sureño de Hopkinsville, Kentucky.

El profeta durmiente

Nacido en marzo de 1877 en un medio humilde, Edgar Cay ce se convirtió, de manera accidental, en el clarividente más famoso del siglo xx. La historia dice que a la edad de 23 años contrajo una ronquera de la voz. Ninguno de los médicos que consultó su familia fue de alguna ayuda y, conforme las semanas se convirtieron en meses, se le diagnosticó como incurable. Parecía que nunca más hablaría por encima de un murmullo. Por último, la desesperación lo llevó a aceptar la sugerencia de algunos amigos de la familia de que intentara la autohipnosis. Se descubrió, para asombro de todos los presentes, que mientras dormía en forma profunda era capaz de conversar con su voz normal. Les informó de las causas de su condición y de lo necesario para curarlo. Casi de inmediato su voz mejoró y fue capaz de llevar una vida normal. Más importante aún, descubrió una técnica para conectarse con el inconsciente colectivo mientras dormía y ahora era capaz de ayudar a los demás a encontrar curas para sus malestares.

Durante más de 40 años en sesiones de sueño dos veces al día asesoraba a quienes lo consultaban. Cuando se despertaba no tenía idea de lo dicho hasta que le era leído por su taquígrafo. Doctores, sacerdotes y abogados estaban confundidos. Nunca antes habían visto algo similar —un hombre simple recetando remedios a menudo extraños para pacientes, a muchos de los cuales ni siquiera conocía, mientras estaba dormido—. Pero lo que silenció a los muchos escépticos fue que una y otra vez probó estar en lo correcto. Las hierbas, remedios populares y fármacos a veces desconocidos que recomendaba, por lo general eran efectivos para curar a sus enfermos.

Sin embargo, la ayuda a los pacientes a menudo iba mucho más allá de encontrar curas físicas para cualquier malestar. En su estado de sueño era capaz de diagnosticar también problemas psicológicos y espirituales. Estos, al parecer, a menudo se producían no a partir de condiciones actuales ni hereditarias, sino que se relacionaban con vidas pasadas. Reveló que el alma de cada uno de nosotros es eterna y ha vivido muchas veces en el planeta Tierra. De acuerdo con él, la Tierra es como una escuela, y aunque podemos olvidar lecciones pasadas, su huella queda marcada en forma indeleble en el inconsciente. Parece que el residuo de estas vidas anteriores nos afecta en el presente en la forma del *karma*, porque como dice la Biblia: "Cosecharás lo que siembres". Se conectó con el inconsciente colectivo y encontró que era capaz de revelar las fallas y las ventajas de cada uno de sus pacientes y ayudarlos a cumplir con su destino en su vida presente.

Esto fue importante para las personas interesadas, pero había otra dimensión en el trabajo de Cayce. Las lecturas individuales que daba a sus enfermos y otros fueron conservadas y almacenadas con cuidado. Hay unas 2 500 de éstas y formaron la base para una biblioteca de investigación de lo más extraordinario. Debido a que muchas de las lecturas se referían a sucesos en las vidas pasadas de los individuos —a menudo con detalles gráficos—, es posible construir una especie de historia del mundo basada en relatos de testigos oculares. Muchas de las lecturas explican vidas en tiempos y lugares tan bien conocidos como las antiguas Roma y Grecia, pero una cantidad significativa relata acontecimientos históricos desconocidos en el reino mítico de la Atlántida de Platón. Creo que la mente del profeta durmiente era capaz de llenar la brecha dejada por la pala del arqueólogo y encontrar al fin la certeza del continente perdido. Al analizar y hacer referencias cruzadas de las lecturas de la Atlántida es posible deducir mucho sobre este antiguo continente y las causas de su destrucción.

La descripción de Cayce de la Atlántida —o al menos lo que se recogió de sus reportes de sueños— es la de una civilización avanzada que cayó presa de la tentación. En palabras curiosamente aplicables al presente, traza la forma en que la civilización de tecnología avanzada (al parecer con aeroplanos, láser y otras maquinarias modernas) se alejó de Dios y se sumió en los deleites del materialismo. Luego, en una serie de cataclismos originados por el mal uso de las fuerzas naturales por parte de los atlantes, su isla paraíso hizo erupción y fue en viada, como relata Platón, a las profundidades del océano Atlántico. Esta es en esencia la historia de la destrucción de la Atlántida, reconstruida por investigadores de las lecturas y publicada por los hijos de Cayce en un pequeño libro titulado *Edgar Cayce on Atlantis*.

Pero, como documentan en esta pequeña obra, hay otra versión: la historia tipo Noé de las muchas personas que sobrevivieron a la catástrofe. De acuerdo con las lecturas de Cayce, no todos los atlantes murieron cuando su tierra natal se hundió bajo las olas. Muchos escaparon en botes, mientras que otros —anticipándose a lo que iba a suceder— emigraron a ultramar. Como podría esperarse, llegaron sobre todo a las tierras que bordean al Atlántico: África del Norte (Libia), España, Portugal, Francia e Inglaterra. Este fue el origen de la gran invasión del Mediterráneo relatada por Platón. Parece que los colonos atlantes no pretendían tanto establecer puestos avanzados nuevos para su imperio sino escapar de lo que sabían era un continente condenado. Sin embargo, esto no era todo. Según Cayce, los pobladores atlantes fueron a Egipto y, en forma significativa, a América Central.

El continente perdido y el Salón de Registros

Como se ha visto, el tema de los atlantes en Egipto no es nuevo, pero los registros de Cayce añaden un nuevo giro a la historia. Si creemos en sus reportes de sueños, la época en que la Atlántida se hundió bajo las olas (según su cálculo alrededor de 10600 a. C.) fue un periodo de gran agitación en el mundo en general. Tal vez Egipto, debido a su ubicación geográfica, era uno de los pocos lugares seguros en el mundo, por lo que fue invadido no sólo por los atlantes del occidente sino además por otros pueblos del este. Los recién llegados eran arios de piel blanca procedentes de la región del monte Ararat en lo que ahora es el este de Turquía. Debido a que los habitantes originarios del valle del Nilo en ese tiempo eran negros y los atlantes eran sobre todo rojos, Egipto se convirtió en una especie de crisol racial. De las razas, es evidente que los atlantes eran los más avanzados des-

200

de el punto de vista cultural y trajeron con ellos algo de su tecnología —incluyendo la capacidad de levantar rocas grandes y construir pirámides—. Sin embargo, los invasores del este, de acuerdo con Cayce, eran los más dominantes desde el punto de vista miIltar y fueron ellos quienes, bajo su rey Osiris, se hicieron cargo de la tierra. Quizá de esta extraña mezcla surgió una civilización nueva con una religión nueva: una amalgama del antiguo animismo de la población negra nativa, la religión de los atlantes y la de Osiris y sus seguidores.[21]

Algo de esta misma historia es conservado en el relato bíblico del Diluvio, aunque de una forma desvirtuada. Si Moisés, el supuesto autor del *Génesis*, nació, creció y se educó en Egipto, es probable que registrara la versión egipcia de la leyenda del Diluvio universal. En el *Génesis* se manifiesta que el arca de Noé llegó al monte Ararat y que él tenía tres hijos, Shem, Ham y Japhet, los progenitores de tres razas. Si comparamos a Noé con Osiris (según Cayce un inmigrante de la región del monte Ararat), entonces sus "hijos" bíblicos pueden verse como las tres razas fundadoras de Egipto: los atlantes de piel roja, los araratianos blancos y los egipcios negros. Esto coincide con el relato de Cayce, quien expresa que Osiris gobernó sobre un remo multirracial unido.

Esto, sin embargo, no era todo lo que tenía que decir el "Profeta Durmiente" sobre el asunto de los atlantes: En varias de sus lecturas afirmó que los sobrevivientes del continente perdido habían llevado con ellos registros relacionados con su historia anterior. Éstos, señaló, fueron enterrados con cuidado en una cámara secreta en algún lugar cerca de la Gran Esfinge, la cual monta guardia como un centinela sobre las pirámides de Giza. Una segunda serie de estos registros fue tomada, dijo, por otros sobrevivientes del desastre para ser enterrados en alguna parte en el área de Yucatán en México. Cayce declaró que antes de la destrucción de la Atlántida, un sacerdote llamado Iltar, con un grupo de seguidores de la casa real de Atlan, dejaron Poseidia (la isla principal) y se abrieron paso al oeste hacia Yucatán:

Entonces, con los restos de la civilización de la Atlántida (de Poseidia, de manera más específica), Iltar —con un grupo de seguidores de la casa de Atlan, los seguidores de la adoración del Único unos diez individuos— dejó esta tierra Poseidia y se fue hacia el oeste, y llego a lo que ahora sería una porción de Yucatán Entonces comenzó, con los pueblos de ahí, el desarrollo de una civilización que surgió casi de la misma manera que en la tierra atlante...[22]

...Los primeros templos erigidos por Iltar y sus seguidores fueron destruidos en el periodo de cambio en forma física en los contornos de la tierra. Los que se han encontrado ahora, y una porción ya descubierta deteriorada por muchos siglos, fueron entonces una combinación de aquellos pueblos de Mu, Oz[23] y Atlántida.[24]

Esto es lo más cercano que descubrí para un escenario de "san Patricio" y pienso que Iltar (para darle su nombre atlante) es el gran profeta que los mayas reverenciaron después como su maestro Zamná. Según Cayce, además de los registros ocultos cerca de la Esfinge en Egipto, había otros traídos a Yucatán por Iltar y una tercera serie todavía está en el corazón mismo de la Atlántida. Si sólo pudiéramos poner nuestras manos en esos registros, entonces quizá sabríamos con certeza la verdad sobre los orígenes de la civilización maya y la manera en que llegaron a comprender tanto sobre los ciclos de las manchas solares.

9. El sol, su energía e influencias

El legado de los mayas

Al mismo tiempo que desarrollaba sus teorías respecto a la Lápida de Palenque, Cotterell retinaba sus ideas concernientes a los ciclos de las manchas solares y su correlación con los calendarios azteca y maya. Como los mayas, los aztecas creían que el tiempo actual fue precedido por cuatro eras. Entre cada una hubo una catástrofe en la que la vida fue casi destruida. En el centro de la Piedra del Sol azteca hay una cara con la lengua colgando hacia afuera que representa a Tonatiuh, el dios sol actual.[1] Está rodeado por glifos que a un nivel de interpretación representan a los dioses de las eras anteriores.[2] La cuestión es: ¿cómo encajaba todo esto con el calendario de la Cuenta Larga de los mayas y, más en particular, podría arrojar alguna luz sobre la declinación súbita de los mayas? Para responder a esta interrogante, Cotterell necesitaba datos precisos sobre cómo se había comportado el sol en el pasado. Esto parece al principio imposible de obtener, pero por fortuna se ha realizado un trabajo considerable en este campo en relación con la dendrocronología.

Como todos sabemos, el crecimiento de las plantas depende de la luz. Pero el sol da más que sólo luz visible —irradia en todo el espectro electromagnético, incluyendo aquellos rayos de longitud de onda muy corta llamados rayos cósmicos—. Estos rayos potentes, que acabarían con toda la vida sobre la Tierra si no existiera el escudo protector de la atmósfera, tienen el poder de transformar los átomos. El carbono ordinario tiene un peso atómico de 12 y es muy estable. Junto con el oxígeno en forma de bióxido de carbono está presente en toda la atmósfera y es fundamental para la vida. Sin embargo, la mayor parte de la atmósfera está formada por nitrógeno, el cual en su forma ordinaria es inerte en comparación. Los rayos cósmicos del sol causan reacciones nucleares en la atmósfera: pueden transformar los átomos de nitrógeno en una forma pesada (isótopo) de carbono que tiene un peso atómico 14 (C_{14}) en lugar del usual 12.[3] Estos átomos pesados se comportan igual que el carbono ordinario y se combinan con facilidad con el oxígeno para formar bióxido de carbono; la gran diferencia es que el C_{14}, comparado con el C_{12}, es radiactivo.

Todas las plantas, incluidos los árboles, toman el bióxido de carbono y lo usan para elaborar compuestos orgánicos más complejos, devolviendo el oxígeno a la atmósfera en el proceso. En forma inevitable, una proporción pequeña del bióxido de carbono que absorben contiene algunos átomos pesados de C_{14}. Por tanto, todos los seres vivos (hasta los animales, que de forma directa o indirecta se alimentan de la vegetación) contienen una pequeña cantidad de C_{14}. Cuando muere cualquier organismo, deja de tomar bióxido de carbono y contiene una proporción de C_{14} a C_{12} que es igual a las de los dos isótopos de carbono en la atmósfera en ese momento. Debido a que los átomos pesados del C_{14} están sujetos a una desintegración progresiva radiactiva y se descomponen para dar C_{12}, esta proporción cambia con el tiempo.[4] Así, conforme un pedazo de madera, por ejemplo, se hace más viejo, el porcentaje de C_{14} —y por consiguiente su radiactividad— se reduce. En otras palabras, entre menos radiactivo es, más viejo debe ser el pedazo de madera. Esta es la base del fechamiento con radiocarbono —posiblemente el desarrollo más importante en la arqueología en este siglo.

Cuando se introdujo en la arqueología, el fechamiento por radiocarbono se recibió con entusiasmo. Al fin había una herramienta disponible que proporcionaría fechas precisas para objetos de madera, tela, hueso o cualquier otro material orgánico. Sin embargo, no mucho después se dieron cuenta de que gran cantidad de las fechas obtenidas así eran imprecisas cuando se comparaban con otras técnicas de fechamiento aceptadas, tales como el uso de la alfarería. ¿Qué podía estar mal? Debido a que el ritmo de desintegración progresiva de C_{14} a C_{12} era bien conocida e invariable, no podía ser la causa de las anomalías. La posible respuesta sólo era que la cantidad de C_{14} en la atmosfera no permanece constante durante periodos largos —es decir, los organismos vivos en el pasado no contenían las mismas proporciones de los isótopos de carbono diferentes al morir de las que tienen en la actualidad.

Al principio todo indicaba que esto podría ser el final del fechamiento con radiocarbono como herramienta de diagnóstico para el trabajo arqueológico, pero entonces se creó una serie de cuadros de corrección usando otro método de fechamiento: la dendrocronología. Ésta se basa en la simple observación de que conforme crecen los árboles se cubren con una capa fresca de corteza cada año. Si un árbol se tala es posible averiguar su edad contando el número de anillos de crecimiento en su tronco. Los anillos individuales pueden decirle mucho a los científicos acerca del clima en la época en que el árbol estaba creciendo, pero es de mayor importancia el que conserva un registro paleontológico del equilibrio de C_{14} en la atmósfera en la época en que se formó el anillo. Al estudiar árboles muy viejos y troncos de árboles, los dendrocronólogos han sido capaces de conseguir datos sobre los niveles de C_{14} atmosférico tan remotos como hace 9 000 años. Esto significa que los arqueólogos han sido capaces de hacer la corrección necesaria a sus fechas de C_{14}. Pronto se dieron cuenta de que la razón de que los niveles de C_{14} varíen de esta forma es el comportamiento del sol —los rayos cósmicos afectan a los átomos de otra manera estables de nitrógeno y los convierten en C_{14}—. La proporción de átomos de C_{14} a C_{12} en los especímenes arqueológicos puede usarse como un indicador de actividad solar alta o baja.

También es claro que la radiación solar es el factor mas importante en los cambios climáticos, y Cotterell fue capaz de encontrar una gráfica que correlaciona los niveles de radiocarbono con la actividad solar, el clima europeo y el avance y retroceso de los glaciares alpinos (*véase* figura 54). La correspondencia fue exacta, pero con una peculiaridad: parece que los

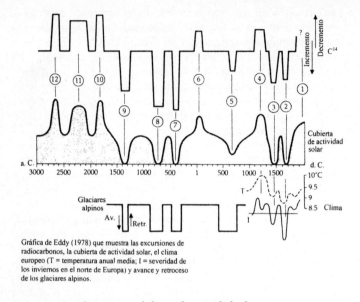

Gráfica de Eddy (1978) que muestra las excursiones de
radiocarbonos, la cubierta de actividad solar, el clima
europeo (T = temperatura anual media; I = severidad de
los inviernos en el norte de Europa) y avance y retroceso
de los glaciares alpinos.

Figura 54 La relación entre el clima y la actividad solar

niveles altos de C_{14} tenían que ver con disminuciones en la actividad solar. ¿Cómo podía ser esto? Los científicos no tenían respuesta, pero conjeturaron una explicación simple. Cuando el sol está muy activo genera una gran cantidad de manchas solares y éstas a su vez provocan que importantes volúmenes de partículas cargadas sean lanzadas al espacio. Esto significa que existen nubes de partículas cargadas entre el sol y la Tierra y hay un engrosamiento de los cinturones de Van Alien (*véase* figura 55). Como resultado, la atmósfera inferior está protegida por la radiación cósmica y se produce menos C_{14}. Por el contrario, cuando la actividad solar es baja, hay pocas manchas solares, si es que hay alguna, y menos iones entre la atmósfera y el sol para proteger de los rayos cósmicos (*véase* figura 56). Por tanto más nitrógeno es convertido en C_{14}. Todo esto significa que hay una correlación inversa entre los niveles de C_{14} en la atmósfera y la actividad de las manchas solares. Al consultar

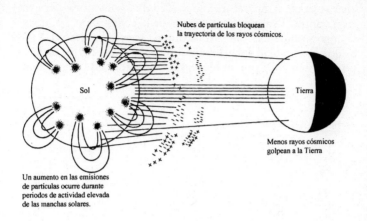

Figura 55 La actividad elevada de las manchas solares reduce la radiación cósmica que choca con la Tierra

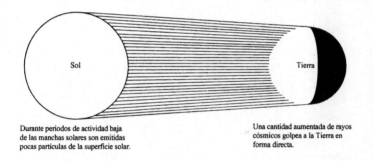

Figura 56 La actividad baja de las manchas solares incrementa la radiación cósmica que choca con la Tierra

el registro de los anillos de árbol es posible ver cómo debió de variar en el pasado el comportamiento de las manchas solares.

Llevando el trabajo un paso más adelante, Cotterell comparo ahora las gráficas de actividad solar (es decir, cantidad de manchas solares), temperaturas, severidad de los inviernos y glaciación contra el surgimiento y caída de la civilización. De nuevo la correspondencia fue extraordinaria (*véase* figura 57). Parece que la actividad solar intensa (es decir, niveles bajos de C_{14} y por consiguiente, por su hipótesis, cantidades grandes de man-

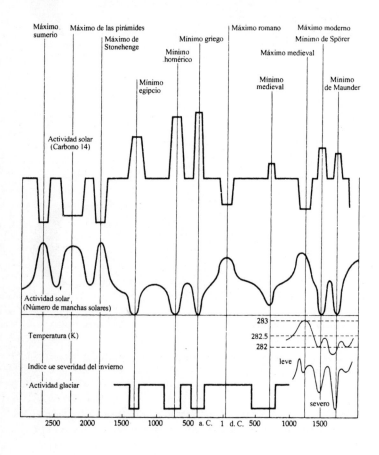

Figura 57 Las civilizaciones y la actividad solar

chas solares) se correlacionó en forma exacta con el crecimiento de civilizaciones poderosas y complejas. La actividad baja de las manchas solares tal vez está vinculada con "épocas oscuras" periódicas, las cuales están marcadas por una declinación general en el nivel de logro cultural que ha coincidido con la caída de civilizaciones importantes. Debido a que uno de estos periodos bajos ocurrió entre alrededor del 440 y el 814 d. C., Cotterell se preguntó si esto podría tener algo que ver con la desaparición de los mayas más o menos en la misma época. Es claro que el cuadro era más complicado de lo que implicaba esta simple correlación, pero ahora se estaba acercando al porqué de la desaparición repentina no sólo de los mayas sino de otros pueblos de América Central.[5] Regocijado por este descubrimiento, regresó con renovado ánimo a los calendarios y a la sorprendente Cuenta Larga maya.

Nacimiento y muerte de Venus

Por lo general se coincide en que la Cuenta Larga comenzó con un acontecimiento conocido como el nacimiento de Venus el 12 de agosto de 3114 a. C. Este suceso fue tan importante para los mayas que lo utilizaron como la base de su calendario en forma parecida a como se usa el nacimiento de Jesús para el nuestro. Förstemann, el librero de **Dresde**, y otros, han mostrado que los mayas se basaban en ciclos de Venus para llevar la cuenta de periodos largos. Efectuaron esto de una manera bastante complicada, pero el ciclo completo contenido en los Cuadros del *Dresde* era de 1 366 560 días. Esto eran exactamente 5 256 de sus *tzoikines* y 3 744 de sus años imprecisos (de 365 días). Más importante, cuando se cuenta hacia adelante desde el inicio del calendario maya, este ciclo de tiempo nos lleva al año 627 d. C. —el centro exacto del cambio magnético solar y periodo de actividad baja de las manchas solares que Cotterell vio como factores cruciales en la declinación de los mayas—. Sin embargo, Cotterell sabía por sus estudios de los ciclos de las manchas solares que hay periodos más cortos que estas grandes eras que también debían tener un impacto sobre la vida humana, y esto se vinculaba con otra área de estudio en la que había trabajado: la conexión entre los ciclos solares y la fertilidad humana.

En sus primeros estudios, documentados en su primer libro, *Astrogenetics*[6] planteó una teoría concerniente a la relación entre el viento solar y la producción de hormonas humanas. En este trabajo también desarrolló la tesis de que el tipo astrológico fundamental de una persona no es determinado por la posición del sol en el nacimiento en relación con el zodíaco sino más bien por el campo magnético ambiental de la Tierra en el momento de la concepción. Debido a que la energía solar causa variaciones en este campo mes con mes, estos cambios reflejan las posiciones del sol, signo por signo. De acuerdo con esta teoría, el nivel y polaridad del viento solar ambiental también afecta los niveles de la hormona melatonina, que segrega la glándula pituitaria y da cuenta de la regulación biorrítmica y la conducta extrovertida e introvertida. (*Véase* apéndice 3.)

Descubierto el vínculo entre el ciclo del sol y la producción de la hormona melatonina, Cotterell ansiaba ver si estaba relacionado con la secreción de otras hormonas. Con bastante sorpresa, encontró otra correlación directa con la hormona estimulante del folículo (FSH), también producida por la glándula pituitaria (la cual se encuentra en la base del cerebro) en respuesta a la estimulación química de su vecino, el hipotálamo. Hay una conexión directa entre esta hormona y la fertilidad humana. En los hombres, la FSH controla el desarrollo de células espermáticas en los testículos; en las mujeres determina la maduración y liberación de los óvulos.

Colocando las gráficas del ciclo solar contra la elevación y la caída de los niveles de hormona femenina, Cotterell pudo mostrar que había un vínculo directo entre el ciclo menstrual y la carga de las partículas transportadas en el viento solar. Parece que de alguna forma estas partículas, o quizá el efecto que tienen sobre el propio campo magnético de la Tierra cuando atraviesan los cinturones de Van Alien, influyen en el hipotálamo. Éste parece ser el mecanismo determinante que influye en la producción de FSH y por lo tanto en la fertilidad femenina.

Una vez más le pareció a Cotterell que había hecho un avance científico significativo, aunque con implicaciones muy preocupantes. Si la producción de FSH podía ser encendida y apagada por cambios en el campo magnético causados por los cambios en la polaridad del viento solar, razonó que asimismo podía ser encendida y apagada por cambios en la capa neutral magnética solar. Primero notó que la capa neutral cambió de polaridad alrededor del 3114 a. C. —la fecha inicial del calendario maya— y nuevamente alrededor del 627 d. C. Concluyó que el campo magnético modificado en esa época dio un descenso en los índices de fertilidad y la declinación de os mayas.

Más adelante, Cotterell conjeturó que la disminución actual en la fertilidad detectada en los países en desarrollo no se debe a cambios en el estilo de vida, la contaminación química o hasta la contracepción efectiva, sino una vez más a un campo magnético cambiante. Ahora, empero, ello no es causado por la fase cambiante de la capa neutral solar sino por la polaridad alteradora de la cubierta del ciclo de manchas solares a largo plazo, la cual, en el transcurso de los anteriores 50 años, ha pasado su máximo y ha invertido su tendencia. Pero lo que en realidad intrigaba a Cotterell sobre la declinación de los mayas era que supuestamente ellos habían anticipado la inversión magnética y la declinación consecuente en la fertilidad, ya que su número mágico corresponde a los 1 366 560 días del periodo de alteración magnética. Además, cuando ocurre una variación en el campo magnético de la Tierra penetra radiación solar más dañina a la atmósfera, causando mutaciones genéticas y un aumento de la mortalidad infantil. Como sugiere Cotterell, lo último proporciona una explicación convincente de los relieves enigmáticos de los "Danzantes" en Monte Albán. También podría demostrar la preocupación de los mayas por los rituales de fertilidad, que implicaban a menudo sangría sacrificial del pene y la lengua. Quizá al castigarse a sí mismos de esta forma (y parece que era voluntario), esperaban asegurar su propia fertilidad al igual que la de su tierra.

No obstante, ésta no era toda la historia. Cualquier declinación en la fertilidad humana alrededor del siglo ix —si suponemos que así sucedió— habría sido mundial, pero es claro que otras civilizaciones no se extinguieron. Creo que hubo factores más locales que afectaron a la América tropical. Uno de éstos fue que la inversión magnética solar debió afectar la magnetosfera de la Tierra, lo que permitió una penetración aún mayor de rayos cósmicos. Un incremento así habría sido más marcado en las regiones ecuatoriales entre los 10° y 20° Norte y Sur debido a la incidencia perpendicular de los rayos sobre la superficie de la Tierra en esta área. Otro factor fue que se estaba volviendo más seca.[7] Cotterell cree que también esto puede atribuirse a la disminución en la actividad de las manchas solares, porque con ella vino un "miniperiodo glaciar" (*véase* apéndice 5) durante el cual hubo menos evaporación de agua de los océanos. Esto a su vez condujo a una sequía. Es notorio que las personas sobrevivientes a esta catástrofe o se movieron hacia el sur a las tierras altas, donde la lluvia era más abundante, o hacia el norte hasta Yucatán, donde había corrientes subterráneas. La región central, la cual hasta hace muy poco estaba casi cubierta por selva tropical, es probable que entonces fuera bastante árida. La gran ciudad de Palenque, lejos de ser arrollada por la selva, debió estar rodeada por una especie de desierto.

Estas ideas nuevas de Cotterell pusieron un matiz fresco sobre todo el misterio de los mayas y su desaparición súbita. Su casi obsesión por los ritos de la fertilidad y la necesidad de hacer ofrendas de sangre personales al sol y a la Tierra podrían explicarse por su índice de natalidad disminuido y sus preocupaciones por la reducción de la precipitación pluvial. Es notorio además que a lo largo de la América Central precolombina el dios de la lluvia, fuera llamado Chaac, Tláloc o con algún otro nombre, siempre fue de la mayor importancia. Esto sugiere también que el agua dulce era escasa.

Si seguimos el ciclo hasta la época actual, todo indica que ya se han experimentado cambios climáticos similares y una mayor desertificación de la superficie planetaria. En México estos efectos ya son muy claros. Durante los pasados diez años el valle de Oaxaca no ha recibido la lluvia esperada y se está volviendo árido con rapidez. En vista de que el calendario maya señala la fecha del 22 de diciembre de 2012 como el fin de nuestra era —cuando, de acuerdo con los mayas, se puede esperar alguna clase de catástrofe—, ¿es esto una anticipación de lo que vendrá?

Teorías de la catástrofe y la destrucción

El relato maya de las catástrofes que ocasionaron un dramático fin a cada una de sus cuatro eras no es único: las tradiciones mitológicas del mundo están llenas de historias similares de desastres globales que sirven para explicar cómo logró la Tierra su forma actual. Como señala Cotterell, la cuestión de si la forma actual de la Tierra fue alcanzada por medio de un azar caótico o un proceso de evolución gradual y consistente ha sido la fuente de debate tanto emotivo como racional. Si en efecto la Tierra ha evolucionado de manera gradual, como nos hacen creer los uniformistas, los geofísicos deberían ser capaces de medir el magnetismo o la estructura geológica de la superficie de la Tierra y extrapolar datos cronológicos que nos permitieran calcular la edad del mundo y la manera en que llegó a ser como en la actualidad. El punto de vista opuesto, el de los catastrofistas, sostiene que el mundo de ahora fue moldeado por desastres cataclísmicos, con quizá una medida de actividad uniforme también.

Las técnicas de fechamiento geológico y geomagnético han permitido la reconstrucción de la evolución geofísica de nuestro planeta, comenzando hace unos 200 millones de años, cuando todas las masas continentales que se reconocen hoy eran parte de una sola masa continental gigante conocida como Pangea (*véase* apéndice 6). Durante los siguientes millones de años, esta masa enorme se rompió y los pedazos individuales se apartaron conforme las grandes cortezas de la superficie de la Tierra se movían sobre el núcleo interno fundido del planeta. Como consecuencia de las escalas de tiempo enorme, ha sido necesario subdividir la prehistoria en periodos que representan épocas geológicas diferentes (*véase* figura 58).

Mientras catalogaban las escalas de tiempo cronológico midiendo el magnetismo en las rocas, los científicos notaron varias anomalías. Por ejemplo, descubrieron que el campo magnético de la Tierra, el cual por lo general es una barra magnética con orientación hacia los polos, se había invertido de manera repetida durante la historia del planeta. Ahora por lo general es aceptado que el campo magnético de la Tierra ha cambiado en muchas ocasiones sin ninguna razón obvia, aunque algunas

La escala de tiempo fanerozoica (por el QJGS, 1964, y York y Farquhar, 1972)			
	m.a.		m.a.
CENOZOICO		PALEOZOICO	
Cuaternario		*Pérmico*	
Pleistoceno	1.5-2?	Superior	240
Terciario		Inferior	280
Plioceno	c. 7	*Carbonífero*	
Mioceno	26	Superior	325
Oligoceno	37-38	Inferior	345?
Eoceno	53-54		
Paleoceno	65	*Devónico*	
		Superior	359
MESOZOICO		Medio	370
Cretáceo		Inferior	395?
Superior	100		
Inferior	136?	*Silúrico*	430-440?
Jurásico		*Ordovícico*	
Superior	162	Superior	445?
Medio	172	Inferior	c. 500?
Inferior	190-195		
		Cámbrico	
Triásico		Superior	515?
Superior	205	Medio	540?
Medio	215	Inferior	570?
Inferior	225		

Figura 58 Épocas geológicas

teorías sugieren que una combinación de factores que representan un escenario del peor de los casos son responsables de las inversiones o "coletazos" magnéticos.

Además, se sabe que los casquetes polares magnéticos se han desviado en forma periódica y al hacerlo han modificado sus posiciones geoestacionarias. Estos acontecimientos son conocidos como excursiones magnéticas o desviación polar aparente, la causa de los cuales —como de las inversiones— sigue sin determinarse (*véase* figura 59).

A fin de entender estas variaciones y lo que implican para nosotros, es preciso primero revisar más de cerca el campo geomagnético de la Tierra. Se cree ampliamente que el campo magnético de la Tierra se parece a una barra magnética alineada

Curvas de desviación polar para muestras de diferentes continentes. Movimiento polar desde el precámbrico, relativo a varias masas continentales. Las curvas sólidas han sido trazadas donde los datos paleomagnéticos de tres niveles o más en tiempo geológico siguen una secuencia bastante consistente. Las posiciones polares individuales son relativas a: ■, China; ●, Groenlandia; ▲, Madagascar. Las letras se refieren a: (Pє), precámbrico; ε, cámbrico; O, ordoviciaco; S, siluriaco; D, devónico; C, carbonífero; P, pérmico; Tr, triásico; J, jurásico; K, cretáceo; LT, MT, UT, terciario inferior, medio y superior. Proyección polar azimutal del hemisferio norte actual. (Garland, 1971.)

Figura 59 Desviaciones polares magnéticas

entre los dos polos. Siguiendo un principio similar al de una dínamo, se piensa que este campo se genera dentro del núcleo de la Tierra, resultando de la rotación diferencial del manto fundido y de la corteza exterior (*véase* figura 60).

En 1958 Charles Hapgood, un historiador estadounidense, sugirió en su libro *The Earth's Shifting Crust* que la corteza terrestre sufrió desplazamientos repetidos y que los conceptos geológicos de deriva continental y el corrimiento del lecho marino debían sus vidas secundarias a la naturaleza primaria del cambio en la corteza. De acuerdo con Hapgood, la alteración en la corteza se hace posible por una capa de roca líquida situada unos 160 kilómetros debajo de la superficie del planeta. Por tanto, un cambio en los polos desplazaría la corteza de la Tierra alrededor del manto interno, por lo que las rocas de la corteza son expuestas a campos magnéticos de una dirección diferente (*véase* figura 61).

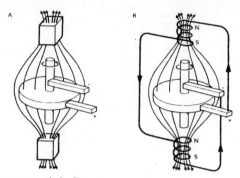

El principio de la dínamo

Un modelo simple de una dínamo en disco consiste en un disco de metal que rota en un campo magnético entre dos magnetos permanentes (A). El campo produce una fuerza en los electrones libres en el disco, empujándolos hacia el centro. Como resultado hay una diferencia en el potencial eléctrico entre el borde y el centro del disco, el cual producirá una corriente si el circuito es cerrado. En una dínamo autoexcitatoria (B) esta corriente es usada para impulsar una bobina electromagnética, la cual reemplaza a los magnetos permanentes originales. El sistema resultante genera un campo magnético en tanto el disco se mantenga girando. Por tanto el modelo demuestra cómo la energía mecánica puede ser convertida en energía magnética; se piensa que algún proceso análogo es responsable de crear campos magnéticos planetarios.

Figura 60 El camo magnético de la Tierra en comparación con la dínamo

Figura 61 Cambio polar, según Hapgood

216

En su exitoso libro *Earth in Upheaval*, el historiador Imma-nuel Velikovsky explicó lo que podría ocurrir si la Tierra se in-clinara sobre su eje:

En ese momento un terremoto haría estremecerse al globo. El agua y el aire continuarían moviéndose por inercia; huracanes azotarían a la Tierra y los mares se precipitarían sobre los continentes, aca-rreando grava y arena y animales marinos, y arrojándolos a la tie-rra. El calor aumentaría, las rocas se fundirían, los volcanes harían erupción, la lava fluiría a través de las fisuras en el suelo roto y cu-briría áreas vastas. En las planicies surgirían montañas y se treparían y viajarían sobre las estribaciones de otras montañas, causando fa-llas y grietas. Los lagos se inclinarían y se vaciarían, los ríos cambia-rían sus lechos; grandes áreas de tierra con todos sus habitantes se hundirían bajo el mar. Los bosques se incendiarían y los huracanes y los mares enfurecidos los arrebatarían de la tierra en la que crecie-ron y los apilarían, ramas y raíces, en montones enormes. Los ma-res se convertirían en desiertos, y sus aguas se redistribuirían lejos.

Y si un cambio en la velocidad de la rotación diurna [disminu-yendo la velocidad del planeta] acompañara al cambio del eje, el agua confinada en los océanos ecuatoriales se retiraría a los polos por la fuerza centrífuga y grandes marejadas y huracanes se preci-pitarían de polo a polo, llevando a renos y focas a los trópicos y a leones del desierto al Ártico, moviéndose del ecuador hasta las cordilleras montañosas de los Himalayas y bajando hasta las selvas africanas; y rocas desmoronadas desprendidas de las montañas hen-didas se dispersarían sobre distancias enormes; y rebaños de ani-males serían barridos de las planicies de Siberia. El cambio del eje modificaría el clima de todos los lugares, dejando corales en Terra-nova y elefantes en Alaska, higueras en el norte de Groenlandia y bosques exuberantes en la Antártida. En el caso de un cambio de eje rápido, muchas especies y géneros de animales terrestres y marinos serían destruidos, y las civilizaciones, si las hay, reducidas a ruinas.[8]

Velikovsky continúa:

Es abrumadora la evidencia de que las grandes catástrofes globales han sido acompañadas o causadas por un cambio del eje terrestre o por una perturbación en los movimientos diurno y anual de la Tie-rra... El estado de las lavas con magnetización invertida, cientos de veces más intensas de lo que podría impartir el campo magnético terrestre invertido, revela la naturaleza de las fuerzas que estaban en acción... Muchos fenómenos mundiales, para cada uno de los cuales la causa se buscaría en vano, son explicados por una sola causa: los cambios súbitos de clima, la transgresión del mar, actividades volcánicas y sísmicas vastas, formación de cubierta de hielo, crisis pluviales, surgimiento de montañas y su dislocación, elevación y sumergimiento de costas, inclinación de lagos, sedimentación, fosilización, la procedencia de animales y plantas tropicales en regiones polares, conglomerados de animales fósiles de latitudes y habitáis variados, la extinción de especies y géneros, la aparición de especies nuevas, la inversión del campo magnético de la Tierra y muchos de otros fenómenos mundiales.[9]

En resumen, Velikovsky sugiere que la Tierra puede ser destruida por fuego, agua, viento y lluvia volcánica, proporcionándonos un escenario que tiene una semejanza sorprendente con el fin de cada una de las cuatro eras de la mitología maya. A partir de sus estudios de la actividad de las manchas solares y el calendario maya, Cotterell ha concluido que la profecía maya del fin de la quinta era se refiere a una inversión del campo magnético de la Tierra. Esto y su cataclismo asociado, cree él, ocurrirán alrededor del 2012 d. C.

Durante su vida Velikovsky fue expuesto a la vergüenza pública de manera injusta por las instituciones científicas que en esa época, durante las décadas de los cincuenta y los sesenta, todavía creían en la tecnología como la panacea de todos los males del mundo. Su teoría de que un cometa se había acercado mucho al mundo en tiempos de los egipcios fue recibida con mofa, aunque mucho de lo que expuso ha resultado cierto. Fue el primero, por ejemplo, en afirmar que los cometas no eran objetos rocosos sino que estaban hechos en su mayor parte de hidrocarburos y hielo, algo que ahora se sabe que es cierto. Apenas hace poco Júpiter fue golpeado por los restos de un cometa. Las características del impacto resultante fueron fotografiadas por astrónomos y nos dan una demostración gráfica de la vulnerabilidad de los planetas. Sólo después de que ocurrió esto, lo cual con facilidad podría haber implicado a la Tierra en lugar de a Júpiter, los científicos espaciales han vuelto su curiosidad al fin de la especulación frívola acerca de una posible "gran explosión", en los lugares recónditos del espacio y del tiempo, a los peligros de explosiones mucho más pequeñas cerca de casa. La investigación subsecuente revela que hay literalmente miles de cometas en órbita alrededor del sol, cualquiera de los cuales podría ser desviado por algún encuentro al azar hacia una trayectoria amenazadora para la Tierra. Aunque es probable que se pueda hacer poco al respecto, los científicos ahora están al menos tomando en serio las advertencias de Velikovsky acerca del peligro de colisiones con cometas. Esperamos que las ideas planteadas en este libro se encuentren con una pared de críticas similar —aunque sea como una acción refleja de parte de las instituciones científicas—. Sin embargo, no tenemos 40 o 50 años para esperar antes de que sea reconocido el riesgo para la raza humana de los ciclos de las manchas solares. Sabemos que la investigación realizada por Maurice Cotterell sólo es el principio y no el fin de la historia. Lo que pedimos, y lo que el público tiene derecho a esperar, es que nuestros críticos tomen el desafío y prosigan con este trabajo. Quizá podamos entonces estar mejor preparados para enfrentar el desafío del 2012.

10. El cataclismo de la Atlántida

La historia de las cinco eras

Después de comparar los relatos de la Atlántida de Cayce con lo que don José Díaz Bolio me platicó respecto a los orígenes del culto a la serpiente en Yucatán, ahora podía extraer algunas conclusiones. Empezaba a entender cómo había ocurrido el proceso de transferencia cultural en América Central y, de mayor importancia, cómo el surgimiento y la caída de las civilizaciones correspondía con las eras del sol de Maurice Cotterell. Tenía la seguridad de que Maurice estaba en lo correcto al ver el relato azteca de las eras anteriores, que se encuentra en la *Leyenda de los soles*,[1] como algo más que un mito. Cada una de las eras del sol podía interpretarse en términos de acontecimientos históricos —incluyendo, al parecer, la historia de la Atlántida—. Ahora estaba dispuesto a juntar todo esto y resumir la posible secuencia de acontecimientos en México a lo largo de las cinco eras.

Si se acepta que hubo una vez una civilización poderosa en un conjunto de islas en el Atlántico, entonces no es irrazonable suponer que esta Atlántida debió de estar ubicada en —al menos en parte— lo que ahora llamamos las Antillas. El mismo Cayce afirmó que la isla principal de la Atlántida, que él llamó Poseidia,[2] había existido en la región de lo que ahora es el atolón Bimini. Este par de islas pequeñas se encuentra en el lado opuesto de los estrechos de Florida en Miami. También están en el extremo noroeste del banco de las Grandes Bahamas, un área extensa de aguas poco profundas al norte de Cuba. Si se acepta el relato de Cayce, las islas de Bimini son sólo cimas de montañas de lo que una vez fue una isla mucho más extensa que abarcaba este banco al igual que otras islas y aguas poco profundas adyacentes. Si éste es el caso, Poseidia fue al menos una isla tan grande como Cuba (*véase* figura 62).

La caída de Poseidia ocurrió, según Cayce, en una fecha alrededor de 10500 a. C. (unos cuantos siglos más o menos) e, inundada por el mar su tierra natal original,[3] algunos emigrantes se trasladaron al oeste hasta la región de Yucatán en México. Estos sobrevivientes, dice él, eran de la casa real de Atlan y los conducía un sacerdote llamado Iltar. Iltar y sus seguidores no tuvieron que navegar mucho para hallar Yucatán —tal vez se detuvieron en Cuba—. Entonces eligieron continuar navegando hacia el oeste hasta la bahía de Campeche o ir al sur a lo largo

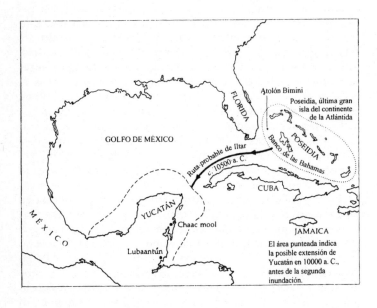

Figura 62 Mapa de la posible "Poseidia"

de la costa este, quizá para desembarcar en Lubaantún o en la ciudad de Chacmool de Thomas Gann.

Todo esto encaja bien con la historia del Diluvio contenida en el *Códice Vaticano* de que el primer sol (o era) de la diosa del agua Chalchiuhtlicue fue destruido por un diluvio. Hay una gráfica interesante de la versión maya de esta misma historia en la página 74 del *Códice Dresde* (*véase* figura 63). Aquí Chac Chel (una diosa anciana y claramente el equivalente maya de la Chalchiuhtlicue azteca) derrama agua de un jarro. Debajo hay un guerrero en cuclillas, quien probablemente representa al planeta Venus. Arriba de ella hay un caimán cósmico que lleva las insignias de los planetas Venus, Marte, Mercurio y Júpiter, que tal vez represente a la Vía Láctea, y abre su boca para derramar una inundación. El propósito es claro: el mundo es destruido por un diluvio por órdenes de la diosa de la lluvia. Esta destrucción tiene significado astral, quizá debido a que los planetas han completado un gran ciclo.

En el clásico maya quiché *Popol Vuh*, que como se ha visto fue llevado por primera vez a Europa por Brasseur de Bourbourg, se dice que las primeras personas creadas por los dioses eran imperfectas. Fueron hechas de lodo y pronto perdieron su forma, y al final se disolvieron en el agua. Aunque hay algunas diferencias obvias en los detalles entre el mito de Yucatán como se ilustra en el *Dresde* y el mito quiché contenido en el *Popol Vuh*, es claro que la intención es la misma: la primera destrucción fue por agua.

La narración de la forma en que la humanidad sobrevivió al Diluvio es un poco confusa en el *Códice Vaticano* pero tenemos que recordar que está escrita en el lenguaje de la mitología, no de la historia. Debemos penetrar en el mito y ver de qué se trata. Primero se dice que las personas fueron convertidas en peces y luego que o bien una pareja protegida por un árbol o siete parejas que se ocultaron en una cueva pudieron esperar hasta que las aguas bajaron. Pienso que ambos relatos se refieren al escape de la Atlántida, que no fueron "convertidos" en peces sino capaces de irse al océano *en* peces, es decir, barcos. Si éste es el caso, muy probablemente se refugiaron en una cueva cuando llegaron por primera vez a su nuevo hogar en la península de Yucatán.

Al parecer los inmigrantes trajeron con ellos no sólo el recuerdo de la aniquilación de Poseidia sino también una gran

Figura 63 Pagina 74 del **Códice Dresde** *que muestra el Diluvio*

Lámina 1 Lápida de Palenque

Época 2 AIRE La segunda época es representada por Ehécatl, dios del Viento. Durante este periodo la raza humana fue destruida por vientos fuertes y huracanes, y los hombres fueron convertidos en monos (lo que les permitió colgarse de los árboles y escapar del viento).

Época 1 AGUA Representada por Chalchiuhtlicue, esposa de Tláloc. La destrucción llegó en forma de lluvias torrenciales. Los hombres se volvieron peces para no perecer ahogados.

Época 3 FUEGO El dios sol Tonatiuh representa aquí la destrucción de la tercera época por medio del fuego.

Época 4 TIERRA (lluvia de lava) La cuarta época es representada por Tláloc, el dios de la lluvia y el fuego celestial. En esta época todo fue destruido por una lluvia de fuego y lava, y los hombres fueron convertidos en aves para sobrevivir a la catástrofe.

Lámina 2 Cuatro eras cosmogónicas en la Lápida de Palenque

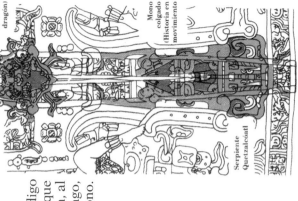

Dios Jaguar
Dios
Murciélago
(Dentro de la
boca del
dragón)

Mono
colgado
(Historia en
movimiento)

Dragón
(Fertilidad)

Serpiente
Quetzalcoatl

Izquierda, lámina 3 Los dioses de los mayas en la Lápida de Palenque.

Derecha, lámina 4 Código compuesto del borde que muestra al dragón, al jaguar, al murciélago, a la serpiente y al mono.

DIOSES DE LOS MAYAS

EHÉCATL Dios del Viento

CHALCHIUHTLICUE Diosa del Agua

TONATIUH Dios Sol

TLÁLOC, Dios del Fuego Celestial y de la Lluvia

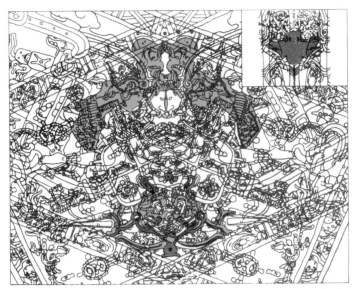

Arriba, lámina 5 Dios murciélago superpuesto con el correspondiente código del borde.

Abajo, lámina 6 Superposición del dios jaguar.

Lámina A1 Los paraísos.

ol de la lactancia tenía
raíces en Tamoanchán.
n lugar de frutas tenía
400 000 "pezones".

CINCALCO (descrito
or semillas de maíz) se
entra al oeste. "Hogar
naíz." Las mujeres que
orían durante el parto
venían aquí.

TONATIUHCAN. El
ar del sol se halla en el
. Aquellos que morían
n batalla y a través del
sacrificio venían aquí.

OMEYOCAN. El
lugar de la dualidad.
Aquí vivía la pareja
divina original Ometéotl
(Hunab-Ku), dios y
diosa de la Creación.

TAMOANCHÁN. "Nuestro
hogar ancestral." Sólo los
bebés muertos regresaban
aquí. Podían alimentarse
con la leche de los pezones
del árbol de la lactancia y
así obtener fuerza suficiente
para reencarnar.

TLALOCAN. Se encuentra al sur. Éste era el hogar
de Tláloc (Chaac), dios de la lluvia. Aquí vivía con su
esposa Chalchiuhtlicue, diosa del agua. Era un lugar
lleno de flores, arroyos frescos y cantos de pájaros. Éstos
cantan fuerte para mantener despierto a Tláloc y no
olvide enviar la lluvia para hacer fértil a la tierra.

Las cabezas de dragón a ambos lados de la cruz representan la fertilidad. Las colas de dragón con cuentas representan el cascabel de la serpiente y la muerte. La cola a la izquierda de la cruz pertenece a la cabeza de la derecha y la cola a la derecha de la cruz pertenece a la cabeza de dragón de la izquierda.

Lámina A2 La casa de la Destrucción Cosmogónica.

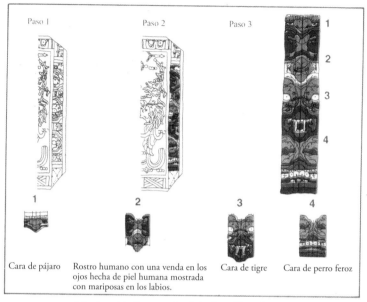

Paso 1   Paso 2   Paso 3

1

2

3

4

1   2   3   4

Cara de pájaro | Rostro humano con una venda en los ojos hecha de piel humana mostrada con mariposas en los labios. | Cara de tigre | Cara de perro feroz

Lámina A3 Tercer nivel de desciframiento.

Lámina A4 El murciélago se acerca (escenas 1 y 2). Se puede ver la aparición de un murciélago pequeño en la parte central inferior de la lámina. El murciélago es visto luego más cerca de las garras abiertas listo para aterrizar o "atacar" a su víctima.

Lámina A5 El murciélago muy próximo (escena 3). El murciélago aterrizando (llegada de la muerte).

La asombrosa lápida de Palenque; el Señor Pacal muriendo (nueva decodificación, de 2006 aproximadam

1 de más de 100 imágenes secretas codificadas en el borde o cenefa en la lápida de su sarcófago

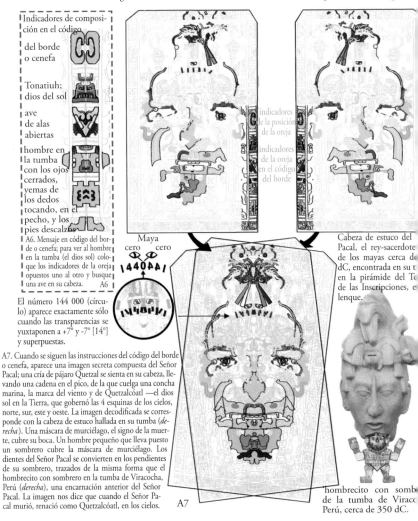

Indicadores de composición en el código

del borde o cenefa

Tonatiuh; dios del sol

ave de alas abiertas

hombre en la tumba con los ojos cerrados, yemas de los dedos tocando, en el pecho, y los pies descalzos

A6. Mensaje en código del borde o cenefa; para ver al hombre en la tumba (el dios sol) coloque los indicadores de la oreja opuestos uno al otro y busque una ave en su cabeza.　　A6

El número 144 000 (círculo) aparece exactamente sólo cuando las transparencias se yuxtaponen a +7° y -7° [14°] y superpuestas.

A7. Cuando se siguen las instrucciones del código del borde o cenefa, aparece una imagen secreta compuesta del Señor Pacal; una cría de pájaro Quetzal se sienta en su cabeza, llevando una cadena en el pico, de la que cuelga una concha marina, la marca del viento y de Quetzalcóatl —el dios sol en la Tierra, que gobernó las 4 esquinas de los cielos, norte, sur, este y oeste. La imagen decodificada se corresponde con la cabeza de estuco hallada en su tumba (*derecha*). Una máscara de murciélago, el signo de la muerte, cubre su boca. Un hombre pequeño que lleva puesto un sombrero cubre la máscara de murciélago. Los dientes del Señor Pacal se convierten en los pendientes de su sombrero, trazados de la misma forma que el hombrecito con sombrero en la tumba de Viracocha, Perú (*derecha*), una encarnación anterior del Señor Pacal. La imagen nos dice que cuando el Señor Pacal murió, renació como Quetzalcóatl, en los cielos.　　A7

Maya cero cero

indicadores de la posición de la oreja

indicadores de la oreja en el código del borde

Cabeza de estuco del Pacal, el rey-sacerdote de los mayas cerca de dC, encontrada en su t en la pirámide del Te de las Inscripciones, e lenque.

hombrecito con somb de la tumba de Viraco Perú, cerca de 350 dC.

144 000, el número de aquellos que serán salvados cuando el mundo se acabe (Apocalipsis VII, 3-4), apa en la frente del Señor Pacal (círculo), pero sólo cuando se invierte una trasparencia y se sobrepone c otra, yuxtapuesta a 7° y 7° (14°). No obstante, la figura perfecta de corazón, contenida dentro de la im compuesta del hombrecito con sombrero, solamente se puede ver cuando cada una de las transparen están yuxtapuestas a 14.4° (7.2° y 7.2°) —como se muestra aquí. Estos mensajes tomados en conjunto dicen que sólo los puros de corazón se convertirán en uno de los 144 000, como el Señor Pacal.

cantidad de conocimiento práctico en astronomía, geometría, agricultura y medicina. Podemos suponer que, como san Patricio en Irlanda, Iltar intentó impartir lo mejor que pudo su conocimiento atlante avanzado a la población protomaya nativa y para hacerlo utilizó una serpiente local, la *Crotalus durissus durissus*, para ilustrar lo que estaba diciendo. Para los habitantes mucho más atrasados de Yucatán, los atlantes debieron parecer dioses, su líder Iltar fue nombrado Zamná por ellos y reverenciado como el padre de los otros dioses.

El siguiente o segundo "sol", el cual siguió a la destrucción de la Atlántida y duró unos 4 000 años, fue una época de oro. Fue, de acuerdo con la *Leyenda*, gobernada por el dios del viento, Ehécatl —un aspecto de Quetzalcóatl simbolizado por un quetzal—. Esto sugiere un vínculo entre Iltar-Zamná y Quetzalcóatl-Kukulkán como dioses de la civilización. Sin embargo, todas las cosas buenas tienen un fin, y como la era anterior, este sol también pereció. Cómo ocurrió esto es menos claro, pero de acuerdo con Cayce la ciudad original de Iltar en Yucatán con sus templos fue destruida algún tiempo después del hundimiento original de Poseidia. Ésta podría ser la segunda devastación referida en la *Leyenda*, ya que en este relato se cuenta que a esta era le dieron fin los vientos. Dado que la palabra *huracán* se deriva del nombre caribe para el dios del viento, es claro que se está hablando de vientos huracanados. Como sabemos ahora, los vientos erráticos al igual que la elevación de los océanos son un síntoma de calentamiento global. Esto implica que en ese tiempo (probablemente alrededor de 7000 a. C.) hubo otra época, quizá más localizada, de inundaciones y vientos que afectaron a Yucatán. La leyenda de que "el hombre fue convertido en mono para trepar a los árboles y sobrevivir", refleja con probabilidad una retirada temporal a las áreas boscosas de Chiapas y Tabasco lejos de la península de Yucatán, más expuesta. Entre los bosques densos del interior al menos hubo algún refugio contra los feroces vientos.

La tercera era de Tleyquiyahuillo que siguió a esta destrucción también es un misterio. Al parecer duró desde alrededor del 7000 a. C. hasta *c.* 3100 a. C. y precedió a lo que dio origen a la primera civilización maya. La gente de la tercera era, saliendo de la protección del bosque, sobrevivió a la segunda catástrofe

233

y reconstruyó su mundo. De acuerdo con los arqueólogos, los primeros cultivos tuvieron lugar en el valle de Tehuacán cerca de Oaxaca alrededor del 7000 a. C., lo cual correspondería con los imperativos de esta era. Debido a que esto fue antes de la introducción del maíz, el relato en la *Leyenda* de que en ese tiempo las personas comían algo llamado *tzincoacoc* (similar a una masa de almendra) en lugar de las frutas silvestres de las eras anteriores parece coincidir. La ciudad de Lubaantún también se erigió durante esta era y, de acuerdo con Cayce, con ayuda de otros inmigrantes de Perú. Tan poco ortodoxa como puede parecer esta idea al principio, al menos explicaría por qué Lubaantún es diferente a cualquiera de las ciudades mayas posteriores de la región y, también, por qué sus muros fueron levantados usando bloques de piedra grandes sin argamasa —una técnica de construcción típica de Perú.

Se dice que la era siguiente fue gobernada por el dios del fuego y esto podría explicar la presencia del cráneo de cristal entre las ruinas de Lubaantún. Como se ha visto, el uso más probable para el cráneo fue actuar como un espejo ustorio muy complicado; fue, con toda probabilidad, un agente mágico del mismo dios sol. La capacidad del cráneo para iniciar fuegos habría parecido en verdad asombrosa a personas no instruidas en la física de la luz.

Las ceremonias del fuego posteriores de los aztecas y los mayas se vinculaban con ideas de regeneración, ya que la naturaleza del fuego es tal que vuelve a la materia orgánica a sus elementos primarios, liberando calor y luz en el proceso. Es claro que los antiguos mesoamericanos veían al fuego de manera diferente a nosotros, y lo consideraban el medio para regenerar al sol. Por consiguiente, al final de un periodo, fuera de un año, 52 años o un baktún de 144 000 días, sentían que era necesario tener una ceremonia, quemar lo viejo y hacer lugar para lo nuevo. De esta manera, sentían ellos, alimentaban al sol liberando el calor dador de vida atrapado en la materia muerta. Parece probable que esta idea se originara en la tercera era del fuego.

Con la llegada de la cuarta era, *c*. 3100 a. C., estamos en terrenos más reconocibles. De acuerdo con el registro arqueológico, fue justo antes del inicio de esta era, alrededor del 3200 a. C., cuando el maíz se cultivó por primera vez. También es el inicio del calendario de la Cuenta Larga maya en 3114 a. C.

El acontecimiento más importante conectado con esta era es, se nos dice en la *Leyenda*, la fundación, por el "dios" Quetzalcóatl, de la legendaria ciudad de Tula la cual fue, al decir de todos, un lugar de gran belleza al igual que de santidad. Ahora bien, ha habido mucho debate arqueológico y desconcierto respecto a la ubicación de esta ciudad. El nombre se aplica en la actualidad a las ruinas de Tula en Hidalgo, la capital tolteca más bien pequeña construida apenas en el siglo ix d. C. Esta, sin embargo, no puede ser toda la historia. Una clave de la confusión parece ser que el nombre de Quetzalcóatl era usado por los mexicanos prehispánicos como un título dado a ciertos líderes religiosos muy sagrados, así como para referirse a un dios que había vivido hacía mucho tiempo. Al igual que en Egipto, todos los faraones vivientes eran considerados como reencarnaciones del dios Horus y se les daba este nombre. Así, en América Central a los sumos sacerdotes de los toltecas y mayas se les daba de igual modo el título de Quetzalcóatl (Kukulkán). Se creía que eran personificaciones del dios, así como el Dalai Lama es considerado como el Buda viviente por sus seguidores en la actualidad. Sin embargo, la evidencia sugiere que hubo un individuo particular llamado con este nombre, que en verdad fue sobresaliente y considerado como el profeta de la cuarta era. Parece probable que la Tula que fundó este hombre no sea la capital tolteca descubierta por Charnay sino casi con certeza la ciudad más grande y sagrada del México de la preconquista: Teotihuacan.[4]

En el relato de la *Leyenda* se dice que después de que la tercera era llegó a su fin por el fuego en algún momento antes del 3100 a. C., algunos sobrevivientes de esta catástrofe se abrieron paso desde las regiones costeras de Yucatán y Tabasco hasta el altiplano. Estas personas, conducidas por un Quetzalcóatl, formaron un asentamiento llamado Tula, el cual es probable que sea identificado con Teotihuacan. Para el 100 a. C. esta ciudad había crecido hasta albergar a unos 200 000 habitantes y dominaba la mayor parte del sur de México. Alrededor del 100 d. C. los teotihuacanos trazaron las plazas principales y levantaron las enormes pirámides del Sol y de la Luna. También construyeron la igual de grande Ciudadela que contiene a la pirámide de Quetzalcóatl más pequeña. Estos cubrieron los sitios de los edificios anteriores, mucho más modestos, erigidos por Quetzalcóatl y sus camaradas. La ciudad continuó prosperando, ejerciendo su influencia tan lejos que llegó hasta Palenque, pero alrededor del 750 d. C. la cuarta era llegó a su fin. Una reducción en las manchas solares y un aumento en la radiación solar directa condujo a una reducción de la fertilidad en las personas. La catástrofe empeoró con la sequía general que causó la pérdida de las cosechas y hambre. Los sobrevivientes, tal vez percatándose de que era el fin de una era solar, enterraron gran parte de la ciudad sagrada de Teotihuacan y luego le prendieron fuego al resto para que la energía de la ciudad regresara al sol. Sólo especulo, pero es tentador pensar que al menos algunos de sus líderes —quizá incluido un anciano enfermo llamado Nanahuatzin— se arrojaron a las llamas, pues creían que con este último sacrificio desesperado el dios sol sería fortificado y sus descendientes prosperarían. Posiblemente este acto de autoinmolación era recordado por los posteriores aztecas como la muerte de los dioses. De seguro el incendio de la ciudad fue la última ceremonia del fuego y así terminó en forma simbólica la cuarta era en lo que a los aztecas y toltecas se refiere.

De las cenizas de Teotihuacan nació el quinto "sol" azteca, Nahui Ollin. Sobrevivientes de Teotihuacan, reforzados por inmigrantes del norte y bajo la dirección de otro líder, de nuevo con el título de Quetzalcóatl, se mudaron a un valle diferente para construir una ciudad nueva. Esta Tula —en Hidalgo—, aunque mucho más pequeña, habría de convertirse en la capital de los toltecas y éstas son las ruinas descubiertas por Charnay. De acuerdo con las leyendas aztecas y toltecas, este Quetzalcóatl era alto, blanco, barbado y erudito en todos los asuntos espirituales. Como rey gobernó con justicia y equidad sobre el pueblo durante lo que más tarde se vería como una época de oro. Sin embargo, su hermano y gobernante conjunto en Tula, el dios de la guerra Tezcatlipoca, se volvió celoso en forma malsana. Quetzalcóatl fue forzado a irse, acompañado por un gran contingente de amigos y seguidores. Se dirigió hacia el este hasta la costa y abordó una balsa de serpientes. Pero antes de zarpar, en dirección al sol naciente, prometió que un día regresaría a restablecer el imperio de la ley y del conocimiento. Era esta profecía la que tanto atemorizaba a los gobernantes aztecas, ya que sabían en sus corazones que sus antepasados habían usurpado el imperio tolteca y temían el regreso de Quetzalcóatl. Tal vez por esta razón continuaban honrándolo y enterraban a sus muertos en el sitio antiguo de Teotihuacan, el lugar del sacrificio supremo. Al parecer no dudaban de su santidad como la ciudad original del dios benigno Quetzalcóatl, ya que los toltecas les enseñaron que ahí nació el quinto sol. Esta capital de la cuarta era, con sus pirámides y templos ahora enterrados bajo capas de tierra y vegetación, seguía siendo un gran lugar de peregrinaje para los mesoamericanos hasta la llegada de los españoles.

Mientras, más al este, en Chiapas y Yucatán, una civilización maya separada se desarrolló en forma paralela con el surgimiento de Teotihuacan. Los primeros orígenes de esta civilización permanecen en el misterio pero deben tener desarrollos paralelos a los de Teotihuacan. Para el 1000 a. C., como "olmecas", los mayas construyeron ciudades en la costa de Tabasco antes de extenderse hasta Oaxaca. También inventaron un sistema de jeroglíficos, que más tarde enseñaron a los zapotecas, y el método de la Cuenta Larga para registrar fechas con referencia al inicio de la era en 3114 a. C.

Para el 600 d. C. los mayas de Chiapas erigían ciudades tales como Palenque y habían desarrollado un estilo arquitectónico propio muy complicado. Como en todas partes, en Mesoamérica edificaban templospirámides para que sirvieran como centros de culto y como tumbas para gobernantes tan ilustres como Pacal. Conservaron el conocimiento de sus ancestros y absorbieron mucho de sus contactos con la lejana Teotihuacan. De acuerdo con reportes españoles creían que descendían, al menos en parte, de personas provenientes de ultramar conducidas por un hombre llamado Votan. También se afirmaba que eran blancos y realizaron varios viajes de regreso a su antigua tierra natal. En uno de éstos al parecer visitó una gran ciudad con una torre alta. Como los relieves de los muros de Palenque muestran narices grandes y parecen bastante semíticos, podemos pensar que Votan fue un egipcio o un cartaginés.

Como Teotihuacan, Palenque y las otras ciudades del área maya central fueron abandonadas hacia el 800 d. C., debido a los mismos factores que habían influido en la disminución de la población en el occidente de México. Los mayas dejaron sus ciudades de las tierras bajas y se mudaron a las regiones altas, donde había mayor precipitación pluvial. Nunca regresaron, y ciudades como Palenque, Bonampak y Yaxchilán fueron devoradas con rapidez por la selva. En el norte de Yucatán les iba bastante mejor. Por los depósitos de agua subterráneos, no eran tan dependientes de la lluvia constante y hubo un nuevo florecimiento de la cultura maya en sitios tales como Uxmal, Chichén Itzá y Mayapán. Más tarde la provincia fue invadida por los toltecas de la segunda Tula, guiados por otro Quetzalcóatl (el conocido como Topilzín), y un elemento miIltarista nuevo fue agregado a la que había sido, hasta entonces, una civilización pacífica en su mayor parte.

Parece que este escenario predominó en el curso de la historia en América Central desde el tiempo de la Atlántida hasta la llegada de los españoles en 1519. Cómo se habrían desarrollado las cosas si Cortés y sus hombres no hubieran pisado en forma fatídica esta tierra, es la conjetura de todos. Parece, sin embargo, que la civilización indígena ya declinaba para entonces. La guerra incesante, los sacrificios humanos, la enfermedad y el trabajo excesivo de la tierra fueron factores que contribuyeron a esta decadencia. No obstante, por encima de todo esto hubo una pérdida de visión. Las tierras de Quetzalcóatl-Kukulkán necesitaban un insumo fresco de ideas y energías, porque las personas perdieron su comprensión. Que esto haya sucedido en una forma tan brutal como la conquista española con su Inquisición concomitante me parece que ha sido una de las grandes tragedias de la historia, ya que es claro que el esperado "regreso de Quetzalcóatl" iba a ser un acontecimiento pacífico. Ahora ansiaba explorar el lado más profundo y esotérico de la tradición de Quetzalcóatl y, con bastante sorpresa, iba a encontrar muchas resonancias con el cristianismo gnóstico.

Quetzalcóatl, el dios bueno

La participación de Quetzalcóatl en el sacrificio en Teotihuacan es un enigma en sí mismo, ya que tal vez originalmente el nombre de Quetzalcóatl (o Kukulkán, para darle su nombre maya) era de un dios celestial. Uno de los cuatro hijos de la pareja divina primaria, Ometéotl (Hunabkú en la tradición jnaya), gobernaba el cielo en el oeste, y era de color blanco. Este, como podría esperarse, significaba pureza, bondad y sabiduría. Del mismo modo era identificado con Venus, que es blanco y el más brillante de todos los planetas. Quetzalcóatl como Venus era una especie de fénix, el ave de fuego mítica que se autosacrifica. Ya que de acuerdo con los *Anales de Cuauhtitlan* se inmoló a sí mismo en la Tierra de los Negros y los Rojos (identificada como Xicalanco y Acallan en la frontera maya), y su corazón, quemándose hasta la incandescencia, se elevó para convertirse en el planeta Venus. Se lee:

> Cuando llegaron al lugar buscado, ahora de nuevo él [Quetzalcóatl] se lamentó y sufrió. En este año 1 Venado (así se ha contado, así se ha dicho), cuando había llegado a la costa del océano, el borde del cieloagua, se paró, lloró, tomó su atavío y se puso sus plumas, su preciosa máscara. Ya vestido, por su propio acuerdo se quemó a sí mismo, se dio al fuego. Así que donde Quetzalcóatl se quemó es llamado el Lugar de la Incineración.
>
> Y sus cenizas se levantaron y todo tipo de ave preciosa apareció y volaron hasta el cielo… Y después de que se transformó en ceniza, el corazón de un pájaro quetzal se elevó; podía verse y se supo que entró en el cielo. Los ancianos dirían que se convirtió en Venus; y se cuenta que cuando la estrella apareció Quetzalcóatl murió. Desde ahora es llamado el Señor del Amanecer.

Una vez más se ve la correspondencia familiar entre una ceremonia del fuego y un nacimiento nuevo, el comienzo de otra era. Como se ha mencionado, el Nacimiento de Venus tiene connotaciones calendáricas fuertes, ya que marca el inicio del calendario de la Cuenta Larga maya en 3114 a. C. Para los aztecas esta era terminó con la destrucción de Teotihuacan y la fundación de Tula alrededor del 750 d. C. El escritor de los *Anales de Cuauhtitlan*, deseando vincular el nacimiento mítico de Venus con el comienzo de la quinta era, encontró su manera de ligar el mito de Venus con el vuelo del posterior Quetzalcóatl-Topilzín. Lo que también es de interés en esta historia es el establecimiento del año 1 Venado, porque en un año así el imperio azteca fue invadido con rudeza no por un Quetzalcóatl benévolo sino por Cortés y sus caballeros.

Sin embargo, hay mucho más en el mito de Quetzalcóatl-Kukulkán que astronomía o historia. Como un arquetipo, representa todo aquello a lo que debe aspirar un ser humano. El nombre de serpiente emplumada indica su naturaleza doble: las plumas simbolizan su naturaleza etérea y espiritual (el Padre) y la serpiente su conexión con la creación física (la Madre). Era, por supuesto, la estatua de Coatlicue, la madre tierra azteca, con sus faldas y cabeza serpentinas que disgustaron tanto a las autoridades españolas que la enterraron. En un nivel más profundo y más místico, el símbolo de la "serpiente emplumada" indica la manera en que el hombre ilustrado necesita unir los dos aspectos opuestos de su naturaleza, el espiritual y el material.

En las tradiciones espirituales del Occidente la serpiente (o en ocasiones dragón), al igual que simboliza el camino del sol a través del cielo y representa al yo inferior. De acuerdo con las tradiciones gnósticas, cada uno de nosotros nace como una serpiente y constreñido a una vida de reptar en el polvo de la tierra. Al igual que la serpiente se renueva al deshacerse de su piel y desarrollar una nueva, así nosotros vivimos una vida tras otra, muriendo y renaciendo, pero todavía incapaces de elevarnos de la tierra. En este estado de inconsciencia estamos aislados de los mundos superiores del espíritu y seguimos como la progenie desamparada de la gran Serpiente Solar. Por esto los hijos caídos de Adán y Eva estamos prisioneros en nuestras "pieles" renovables y constreñidos a vivir una vida tras otra y a experimentar muerte tras muerte en el mundo material. Es así que Coatlicue, como su equivalente hindú Kali, tiene un collar de cráneos y manos desmembradas, ya que la madre tierra toma la vida al igual que la da. Pero, las tradiciones gnósticas hablan también de un destino cósmico, de la posibilidad inherente en los humanos como almas de dejar la tierra física para viajar hacia nuestro verdadero hogar en planos superiores no materiales. Esta es la esencia de las enseñanzas espirituales de todos los grandes maestros incluyendo a Jesús, Buda, Mahoma y, podemos presumir, el original Quetzalcóatl-Kukulkán.

Mas todos ellos enseñan, si leemos sus palabras con cuidado, que para obtener la libertad se requiere una transformación de nuestro ser. Si usamos otra metáfora, el humano ordinario vive como una oruga en la hoja de col de la vida. Ahí vive y muere miles de veces sin percatarse siquiera de la posibilidad de un desarrollo mayor. Pero así como la oruga potencialmente puede ser transformada en una bella mariposa, del mismo modo los humanos cuentan con la posibilidad de una metamorfosis superior. No tenemos que permanecer en la etapa de la oruga de la vida para siempre: también podemos volvernos ángeles —aun cuando todavía vivamos en un cuerpo físico.

La aplicación práctica de esta filosofía esotérica es el yoga e implica elevar la "energía de la serpiente" por la columna vertebral y unirla con las fuerzas del "águila" espiritual en la cabeza. Hacer esto requiere un acto de autosacrificio supremo conforme la voluntad del individuo —la serpiente— es puesta en linea con la Voluntad de Dios más grande manifestada por el águila. El individuo debe "morir" en forma bastante literal para sí mismo a fin de "renacer" y vincularse con la conciencia cósmica. Esto no es fácil, como sabrá cualquiera que haya estado implicado en un trabajo espiritual. Porque entre el aspirante a iniciado y el destino más grande está el yo personal y éste teme de manera mortal abandonar su identidad ilusoria. Pueden pasar años de preparación antes de que un individuo esté listo para enfrentar esta pruebasuprema y entonces, absolutamente solo, buscara encontrarse con Dios. Si tiene éxito en la empresa, experimentará una apertura del corazón con el resultado de que la energía pura del amor incondicional se dará a raudales. Este amor no sólo llena al individuo interesado sino que fluye hacia el mundo, que, por lo tanto, es capaz de participar de este sacrificio viviente. El hombre o mujer iniciado se vuelve por tanto un "Quetzalcóatl" en la lengua del antiguo México y recibe Jo que quienes seguimos la tradición cristiana llamaríamos los "dones del Espíritu Santo". Una lengua de fuego ha descendido, quemando la escoria de la vida ordinaria y, como las estrellas, el o ella resucita a la eternidad.

Al decir de todos, Tenoch, quien condujo primero a los aztecas hacia el valle de México, era, en términos de los nativos americanos, un hechicero. Desde luego usaba los sueños para pronosticar y al menos poseía una idea de la significación de la dualidad águilaserpiente. Podemos imaginar que el mismo Tenoch sabía que el matrimonio místico del águila y la serpiente era el símbolo místico de Quetzalcóatl aun si él mismo no lograba dicha unión. Es probable que la historia del águila y la serpiente en el mito de la fundación de Tenochtitlan haya sido deliberada, de modo que este ideal elevado no se olvidara. En la actualidad este símbolo supremo de la transformación humana es usado como emblema del Estado moderno de México, y se encuentra en edificios gubernamentales, iglesias, museos e incluso aviones.

Pero mucho antes de la llegada de Tenoch al valle de México, "Quetzalcóatl" había fundado Tula. Asimismo, se le adora en Teotihuacan antes de que la ciudad fuera incendiada y como Kukulkán inspiró a los mayas. Nunca se sabrá si el último Quetzalcóatl en realidad era un hombre alto, barbado y blanco. Lo que importa, no obstante, no es el individuo sino las ¡deas religiosas que representa. Esto no tenía nada que ver con la práctica supersticiosa de arrancar los corazones vivos a las víctimas del sacrificio. Este barbarismo era un malentendido completo de la tradición religiosa verdadera de Quetzalcóatl, la cual implicaba el sacrificio de la voluntad, no del cuerpo —mucho menos de los cuerpos de otros—; porque es el corazón vivo de un hombre santo, uno elevado de los "muertos" de la vida terrenal y unido con la Voluntad cósmica de Dios, el alimento real del universo.

Los mayas de Palenque entendieron esto mejor que los toltecas y los aztecas, quienes erróneamente creían que sacrificar prisioneros era un sustituto para la transformación personal. Aunque los mayas no carecían de defectos y para nuestras normas su sociedad era rígida en forma opresiva, al menos conservaban viva la idea del sacrificio personal en los sufrimientos que se infligían a sí mismos en nombre de la religión. Quizá Pacal mismo tuvo éxito en dar el gran salto de transformación y unió su yo serpiente con el águila o pájaro quetzal para convertirse en Quetzalcóatl, el más alto de los dioses. La historia de esta notable transformación es descrita en una de las imágenes descifradas por Cotterell de la Lápida de Palenque, titulada "Muerte del Señor Pacal".

Excavaciones recientes en Palenque han desenterrado cantidad de figurillas de personas en extremo naturales, algunas de las cuales se parecen a Pacal. Entre éstas hay una de un hombre con una cabeza de águila, la cual posiblemente fue esculpida en deferencia a que Pacal se convirtió en un ser humano transformado y alcanzó la categoría de Quetzalcóatl (Kukulkán). Ésta entonces pudo ser la fuente del extraordinario conocimiento de los mayas. Como un hombre transformado Pacal habría alcanzado la clarividencia y por lo tanto era capaz de hacer pronósticos para el futuro. Él, u otros como él, quizá anticiparon el surgimiento de la Atlántida como el acontecimiento culminante de nuestra era actual.

La resurrección de la Atlántida

Toda la cuestión sobre la Atlántida está teñida de controversia para arqueólogos y exploradores. Como se ha visto, la ubicación del continente perdido en el centro del océano Atlántico Norte es muy problemática. No sólo no coincide con las teorías modernas de la deriva continental sino que en su mayor parte el agua es muy profunda ahí. Una posición más probable para el continente hundido parece ser la región de las Antillas, donde además de la presencia de muchas islas, el mar es poco profundo. Ahí al menos es posible postular que el "hundimiento" de la Atlántida fue en realidad una "elevación" del mar, producida por el derretimiento de glaciares cuando el último periodo glaciar llegó a su fin en *c*. 10500 a. C. La razón de que se encuentren pocos restos, si es que algunos, de esta civilización en las Antillas es porque lo que en la actualidad son islas, entonces eran cimas de montañas. Las ciudades y poblados perdidos de la Atlántida se habrían ubicado cerca de la costa y por consiguiente desaparecieron al subir las aguas. Lo que quedó de esos pueblos debe estar, después de 12 500 años, en el fondo cubierto con arena y lodo.

Los relatos de la Atlántida efectuados por Cayce durante sus sueños no terminan con su destrucción ni incluso con la historia de cómo algunas personas escaparon a Egipto y Yucatán. Profetizó que la Atlántida surgiría de nuevo. Este proceso, dijo, sería gradual, y comenzaría en 1968-1969. Realizó esta profecía extraña el 28 de junio de 1940:

> Una porción de los templos [de la Atlántida] puede todavía ser descubierta bajo el fango de eras de agua marina —cerca de lo que se conoce como Bimini, frente a la costa de Florida.[5]

Como murió en 1945 no habría de saber que esta predicción iba a ser confirmada, ya que en 1968 fueron descubiertas algunas ruinas submarinas extrañas frente a la costa del atolón Bimini, en el área precisa en que él dijo que sucedería.

Estos curiosos restos arqueológicos fueron hallados por el doctor J. Manson Valentino mientras buceaba en la costa de Bimini. Lo que encontró, a una profundidad de sólo unos seis a nueve metros de agua, fue un muro largo y recto de grandes bloques rectangulares. Otros buceadores confirmaron este descubrimiento y de inmediato comenzó la controversia sobre si era hecho por el hombre o no. El tamaño total de los bloques (algunos de ellos de tres a cuatro metros y medio de longitud) implica que si no son naturales, entonces quienquiera que los colocó ahí debe haber poseído alguna tecnología muy avanzada.

Al parecer se trata de los restos de un sistema de defensas costeras contra la invasión del mar. Todo esto le brinda apoyo a la afirmación de Cayce de que Bimini era parte de la antigua isla de Poseidia. Es de suponer que conforme se elevaba el nivel del mar, así los poseidianos intentaban contener las aguas con muros —grandes diques hechos con bloques de piedra—. El cataclismo final debió suceder cuando éstos ya no pudieron contener al mar y Poseidia fue inundada. Sólo las cimas de las montañas más altas permanecieron por encima del nivel del mar y los sobrevivientes tuvieron que emigrar.

Con todo lo emocionante que es sin duda el descubrimiento del muro submarino, Cayce profetizó algo aún más notable: cuando sea el momento correcto, se encontrará una cámara secreta en Bimini. También predijo que dos cámaras parecidas se encontrarían en otra parte —una cerca de la Esfinge en Egipto y la otra entre las ruinas del templo de Iltar en Yucatán—. Ninguno de estos tres salones de archivos han sido descubiertos todavía —o si lo han sido no se ha reportado—, así que sólo se puede especular sobre lo que podrían contener. Sin embargo, Cayce fue inflexible en que en los tres hay registros relacionados con la historia de la Atlántida y su destrucción final alrededor del 10500 a. C.

Investigación reciente sobre la Gran Esfinge de Egipto indica que esta estatua enigmática bien podría tener más de 12 000 años de antigüedad. A partir de los patrones climáticos, el autor John Anthony West y su colega el geólogo doctor Robert

Schoch aseguran que la Esfinge misma y el Templo del Valle debieron labrarse en una época en que Egipto estaba sujeto a lluvias fuertes. Otros datos geológicos indican que esto pudo ocurrir en c. 9000 a. C.[6] Su trabajo respalda la evidencia presentada por Robert Bauval y yo mismo en *The Orion Mystery*. Como se señala ahí, los egipcios mismos hablaban de la fundación de su reino en algún periodo en el pasado remoto que llamaban *Tep Zepi*: el Primer Tiempo. Éste era considerado por ellos como una época de oro en que los dioses fraternizaban con los hombres. Usando el programa para computadora Skyglobe para recrear la forma en que se habría visto el cielo alrededor del 10450 a. C., Bauval encontró que la constelación de Orion habría estado entonces en el punto más bajo de su ciclo.[7] Es más, el reflejo de la constelación de Orion en el cielo con las pirámides de la Necrópolis Menfita (el tema principal de *The Orion Mystery*) parece corresponder más con esa fecha. Concluyó que *Tep Zepi* debe corresponder con el comienzo de lo que ahora llamamos una Era de Orion.

Regresando a las fechas dadas en el *Códice Vaticano*, si se toma el comienzo de la cuarta era (Tzontlilac) como 3114 a. C., entonces parecería que la primera era de los mayas y aztecas (Matlactili) terminó 8 091 años antes —es decir, en 11205 a. C.—. De manera significativa, se dice que esta era terminó con una gran inundación (Apachiohualiztli) producida por la diosa Chalchiuhtlicue, esposa de Tláloc. Los relatos psíquicos de Cayce sobre la destrucción de la Atlántida indican que esta inundación fue un proceso gradual, que abarcó muchos siglos. La primera etapa del hundimiento dejó muchas áreas montañosas del antiguo continente de la Atlántida asomando por encima del nivel del mar como islas. Más tarde, la mayor parte de éstas también se inundaron. La fecha de 10500 a. C. marca el final de este proceso. En términos amplios hay, por consiguiente, una correlación notable entre los relatos de una destrucción mundial por inundación que se dan en Platón (*c.* 9500 a. C.), Cayce (antes de 10500 a. C.) y el *Códice Vaticano* (11205 a. C.). Parece probable, entonces, que ésta sea en efecto la época en que los atlantes emigraron tanto a Egipto como a Yucatán.

Los registros de Cayce tienen más que decir acerca de la migración a Yucatán del sacerdote Iltar. En una de sus lecturas le dijo a un cliente que durante una vida anterior había vivido "...en tierra atlante durante un periodo migratorio antes de la destrucción final, y viajó a América Central, donde algunos de los templos se están descubriendo en la actualidad [1935]".[8]

En este contexto es notable que el doctor Thomas Gann realizara la primera excavación de las ruinas de la ciudad de Lubaantún sólo 11 años antes, en 1924. Los encabezados que reportaron su trabajo en *The Illustrated London News* hablaban de Lubaantún como "una ciudad perdida de la civilización más antigua de América". Tres años más tarde, Mitchell-Hedges —aventurero, teosofista y miembro del Comité Maya del Museo Británico— descubrió el cráneo de cristal en el mismo sitio. Sin embargo, Lubaantún no parece ser el lugar al que Cayce se refería cuando hablaba sobre "templos que se están descubriendo en la actualidad". El 10 de febrero de 1935, menos de tres meses antes de la lectura en cuestión, se publicó un artículo de Mitchell-Hedges en el *New York American* sobre su descubrimiento de algunos rastros de una civilización perdida en las Islas de la Bahía, frente a la costa de Honduras. El encabezado que acompañaba al artículo era "La Atlántida no es un mito sino la cuna de las razas americanas, declara Hedges". Es probable que Cayce viera este artículo y que fueran estos descubrimientos los que lo emocionaron. De ser así, podría ser ahí, frente a la costa de Honduras, donde se debería comenzar a buscar el templo perdido de Iltar.

Conforme se aproxima el año del juicio final de 2012 que los mayas antiguos profetizaron, sólo se puede sentir aprehensión por el futuro de nuestra Tierra. El inicio de la última era maya fue el Nacimiento de Venus, la estrella Quetzalcóatl, el 12 de agosto de 3114 a. C. En el último día de la era, 22 de diciembre de 2012, las conexiones cósmicas entre Venus, el sol, las Pléyades y Orion se harán patentes una vez más. Porque del mismo modo en que Venus "nació" en la primera fecha, y su salida se anunció justo antes del amanecer por las Pléyades en el meridiano, ahora así "muere" en forma simbólica. El programa Skyglobe revela que justo antes de que el sol se ponga el 22 de diciembre de 2012, Venus se hundirá en el horizonte occidental y simultáneamente las Pléyades se elevarán sobre el este. Mientras el sol se pone en realidad, Orion sale, significando quizá el inicio de un ciclo precesional nuevo y dando nacimiento en forma simbólica a una nueva era del mundo. Solo podemos suponer lo que significará esto para nosotros físicamente en términos de la geología de la Tierra —pero podría implicar al continente perdido.

Edgar Cayce no solo predijo que la Atlántida surgiría de nuevo sino que habría otros "cambios terrestres" significativos conforme nos aproximáramos al milenio. Como Maurice Cotterell, creía que habría un cambio del polo magnético que provocaría un trastorno a escala mundial. Mucho de esto parece de naturaleza cíclica, ya que a lo largo de toda la historia de la Tierra se han dado cambios y movimientos topográficos. Sin embargo, nunca antes había estado el mundo poblado en forma tan densa y, si sus predicciones se cumplen, ésta será la catástrofe más grande para la humanidad, que se haya conocido. Pronostica que grandes áreas a lo largo de las costas este y oeste de América desaparecerán como la Atlántida bajo las olas del mar invasor. Al mismo tiempo el clima de Europa, un "continente" que sufrirá inundaciones costeras similares, cambiará casi de manera instantánea para volverse mucho más frío. Esto podría deberse a que la emergencia del antiguo continente de la Atlántida interrumpirá la corriente del Golfo y le cortará a Europa su "calefacción central". El cambio en el polo producirá, dice Cayce, otras alteraciones climáticas de modo que las que ahora son regiones polares y tropicales se volverán más templadas. Todas estas predicciones parecen encajar bien con la creencia maya de que la presente era del mundo terminará más o menos al mismo tiempo: 2012 d. C. Lo que Cayce no dijo fue cuáles son los mecanismos por los que podrían darse los cambios en la Tierra. Ahora, con las nuevas teorías de las manchas solares de Cotterell, tenemos al fin una teoría causal. Es el campo magnético solar el que produce inversiones en el campo magnético de la Tierra y cataclismos asociados. Queda por verse como enfocaremos estos acontecimientos, pero no podemos decir que no hemos sido advertidos.

El México moderno es en muchas formas un microcosmos del mundo actual. Personifica todas las ansiedades que sentimos acerca de la sobrepoblacion, la destrucción de la selva tropical, la contaminación, el cambio climático, la corrupción política y la explotación. Pero pese a tales problemas enormes que los acosan, los mexicanos son un pueblo ingenioso y alegre. Más que eso, son religiosos de manera profunda —en una forma católica más que azteca—. A través del culto relativamente reciente de la virgen de Guadalupe, tienen un sentido intenso de conexión con lo divino. Aunque se necesitará un milagro para que México pase a salvo al siguiente milenio, uno siente que dada su fe intensa, ésta no es una imposibilidad. Este país notable que encanto a Careri, Brasseur de Bourbourg, Humboldt, Stephens, Catherwood, Le Plongeon y cientos de otros viajeros sobrevivirá de alguna manera y es probable que proporcione un refugio seguro para otros inmigrantes que huyan de su mundo cambiante. En la nueva era que está por llegar bien podría ser que México, con su larga historia de tolerancia y fertilización transcultural, juegue un papel significativo.

Notas

Capítulo 1

[1] El nombre Palenque, que significa "estacada" en español, se deriva de la aldea vecina de Santo Domingo del Palenque. El nombre original maya de la ciudad en ruinas se desconoce pero pudo ser Nachán.

[2] De acuerdo con el eminente mayólogo, Michael D. Coe, se creía que un señor maya tenía un *alter ego* llamado *uay*. Este tomaba la forma de un animal (cualquiera, desde un jaguar hasta un ratón) con el cual podía ponerse en contacto por medio de los sueños. También sugirió que algunos de los edificios en las ciudades mayas fueron lugares para dormir donde los reyes mayas podían buscar a estos espíritus en una "búsqueda visionaria". Véase *The Maya* por Michael D. Coe, pp. 200-201.

[3] Estas prácticas incluían perforación del pene con una lanza ceremonial. Esta lanza se muestra sostenida por el rey Chan Bahlum en un friso dentro del Templo de la Cruz en Palenque. Las sangrías de esta forma parecen haber sido una práctica frecuente también en Yucatán y son descritas por fray Diego de Landa en su libro *Relación de las cosas de Yucatán*.

[4] Según Landa, los primeros españoles que desembarcaron en Yucatán fueron Gerónimo de Aguilar y sus compañeros en 1511. Sin embargo, John Stephens en su *Incidents of Travel in Yucatán* dice que Juan Díaz de Solís con un compañero

del mismo Colón, Vicente Yáñez Pinzón, llegaron antes en 1506. Estas primeras expediciones no tuvieron éxito y no fue sino hasta 1542 cuando Francisco Montejo pudo subyugar a los indios y fundar Mérida.

5 La obsidiana es un vidrio volcánico natural que puede ser cortado para hacer instrumentos afilados como cuchillos y puntas de flecha. Se extraía en el valle de Teotihuacan y se distribuía en toda Mesoamérica. En la actualidad se usa para hacer artesanías.

6 El nombre Quetzalcóatl (en maya Kukulkán) significa "serpiente emplumada" y se aplica en forma bastante confusa a vanas concepciones diferentes pero relacionadas de dioses. El Quetzalcóatl que esperado habría sido una encarnación del dios inmortal que tenía el mismo nombre, de igual modo en que Gautama era una encarnación de Buda.

7 Cuauhtémoc fue llevado como rehén por Cortés a Guatemala donde, una vez que ya no le fue necesario, fue asesinado. Es probable que él no esperara otra cosa.

8 La más famosa de estas pirámides escalonadas era el Templo Mayor la cual, en el estilo azteca único, estaba coronada por templos gemelos dedicados a los dioses Tláloc y Huitzilopochtli. Había otras diversas pirámides en Tenochtitlan, incluyendo una de forma elíptica con una torre redonda.

9 El náhuatl era la lengua del Estado azteca y se usaba ampliamente como un lenguaje comercial a lo largo de gran parte del sur de México en la época de la conquista. Los mayas, sin embargo, tenían varios lenguajes propios muy diferentes.

10 Se piensa que los toltecas llegaron al valle de México alrededor del 850 d. C. y fueron el poder dominante hasta alrededor del 1250 d. C.

11 El nombre de Quetzalcóatl se usaba como un título tanto para un líder como para uno de los dioses principales.

12 Se piensa que los aztecas entraron en el valle de México en el siglo XIII d. C.

13 Una copia incompleta de la obra principal de Sahagún, *Historia general de las cosas de Nueva España*, fue publicada en 1840 por Carlos M. Bustamante y traducida al inglés un siglo más tarde. Por lo general se hace referencia a ella como el *Códice Florentino*.

¹⁴ El término "olmeca", aunque todavía en uso general, ya no se emplea en los círculos académicos. El término preferido y más preciso es "protomaya".

¹⁵ El zodiaco de Denderah es un mapa celeste astrológico tomado del techo de un templo en el Alto Egipto. Data del periodo ptolemaico tardío (siglo i a. C.) y representa las constelaciones en forma figurativa. Fue llevado en 1820 a la Biblioteca Nacional en París y ahora está en el Louvre.

¹⁶ Los mayas están divididos en varios grupos lingüísticos que se cree derivan todos de la misma raíz protomaya. Los grupos más importantes son el yucateco de la península de Yucatán, el chontal de la región central y el quiché de manera principal, más al este, en Belice y Guatemala.

¹⁷ Jacques Louis David (17481825) fue uno de los pintores franceses más importantes de la Revolución. Un ferviente revolucionario, pintó en el estilo clásico. Nombrado pintor por el emperador Napoleón I ejecutó dos pinturas notables, *La Coronación* (de Josefina) y *La distribución de las águilas*. Cuando regresó el poder a los borbones fue exiliado y se retiró a Bruselas.

¹⁸ El reino de Israel original, gobernado por el rey David de Jerusalén, fue dividido en dos después de la muerte de Salomón. Conducidas por la tribu de José, diez de las 12 tribus originales de Israel formaron un Estado disidente con su nueva ciudad capital en Samaría. Se "perdieron" después de que este nuevo reino de Israel (Samaría) fue invadido por los asirlos y su pueblo enviado al exilio. Fueron remplazados por no israelitas, referidos como samaritanos en la Biblia. Las dos tribus restantes del reino de Judea en el sur, Judá y Benjamín, quedaron para ser conocidos como judíos. El paradero de los descendientes de las tribus perdidas es asunto de debate desde entonces.

¹⁹ Peter Tomkins, un autor estadounidense, es conocido mejor por su *Secrets of the Great Pyramid* (1971) y por *The Secret Life of Plañís* de la que fue coautor con Christopher Bird. Su *Mysteries of the Mexican Pyramids* (1976) detalla la historia de la investigación de las pirámides en México y las muchas teorías, a menudo extrañas, propuestas para explicarlas.

[20] *Biología Centrali-Americana, Archaeology*. Texto más cuatro volúmenes de láminas.

Capítulo 2

[1] La *Description d'Egypte* se publicó en París entre 1809 y 1822; consta de nueve volúmenes de texto y 11 volúmenes de ilustraciones. Fue escrita por los *savants* de Napoleón, como eran conocidos los eruditos de la *Commission des Sciences et des Arts de 1'Année d'Orient*, quienes lo acompañaron en su invasión a Egipto. Monumental en tamaño al igual que en erudición, la *Description* causó revuelo en toda Europa, en particular por sus maravillosas ilustraciones.

[2] La Piedra de Roseta, que fue encontrada cerca de Alejandría en 1799 por un oficial del ejército de Napoleón, probó ser la clave para interpretar los jeroglíficos egipcios. Esto se debe a que registraba la misma porción de texto en tres lenguajes: griego, demótico (una versión posterior de escritura egipcia) y jeroglífico. Asumiendo que el lenguaje del antiguo Egipto era similar al copto moderno, fue posible hacer una conjetura instruida de las letras y sonidos que representaban los jeroglíficos y, por consiguiente, comenzar el proceso de desciframiento del egipcio antiguo. La Piedra de Roseta está ahora en el Museo Británico, en Londres.

[3] Es posible que hasta el 3000 a. C.

[4] Los mayólogos parecen no ponerse de acuerdo respecto a si los mayas entendían que el año era un poco más largo de 365 días. Por una parte hablan siempre del "año impreciso", pero por la otra indican que los mayas eran capaces de hacer mediciones de tiempo a largo plazo precisas. Mientras estaba en México, un guía me dijo que los mayas solían ajustar su calendario 13 días cada 52 años, el equivalente a poner 13 días intercalares corridos.

[5] Con mayor propiedad debería ser llamado medio siglo porque los aztecas también usaban un periodo de 52 años doble de 104 años.

[6] Es probable que la Cuenta Larga la inventaran los olmecas.

[7] Sir Eric Thompson, quien murió en 1975, mereció una opinión ecléctica de sus antiguos colegas. Por una parte, se elogió su trabajo para fijar las fechas del calendario de la Cuenta Larga, pero también se condenó por la forma en que ocultó la investigación sobre el desciframiento de los jeroglíficos mayas.

[8] Las crestería, como se conocen, son un recurso maya especial que parece tener una función doble. Por una parte, al proporcionar presión vertical una crestería estabilizaría un arco en ménsula y, por otra, si se le hacen agujeros podría proporcionar una forma conveniente para observar el tránsito de las estrellas y los planetas.

[9] Los mayas no estaban tan interesados en la flecha del tiempo —pasado, presente, futuro— sino en ciclos de repetición. Los movimientos del Sol, la Luna y los planetas eran cíclicos y sus relaciones mutuas formaban periodos de duración mayor. Fueron estos ciclos a largo plazo, expresados en forma numerológica, los que formaban el núcleo de su ciencia astronómica.

Capítulo 3

[1] Véase, por ejemplo, Evan Hadingham, *Early Man and the Cosmos*, pp. 226-227.

[2] Jeff Mayo es en la actualidad uno de los astrólogos principales del mundo y autor de varios textos sobre el tema.

[3] El profesor Hans Eysenck es conocido mejor por su trabajo sobre la inteligencia humana.

[4] Los astrólogos dividen los 12 signos del zodiaco en cuatro grupos de tres que representan los elementos fuego, aire, agua y tierra, en orden de densidad. El fuego y el aire son considerados elementos activos, mientras que el agua y la tierra son pasivos.

[5] Hay una confusión considerable en este punto pero en realidad es simple. Conforme la Tierra realiza su peregrinaje anual alrededor del sol, este último parece pasar seis meses en el hemisferio norte y seis en el sur. La fecha en que el sol cruza del sur al norte es el equinoccio de primavera y, sin tener en cuenta el cielo estrellado, es llamado 0° Aries.

6   No en forma literal. Nunca se debe ver de manera directa al sol debido a que puede causar ceguera; la imagen del sol debe ser proyectada, usando un telescopio, en un trozo de cartulina blanca.

7   En 1995 estuvimos en un periodo de actividad baja de las manchas solares.

8   Véase *Atlas of the Solar System*, Mitchell Beazley, 1985, p. 33.

9   Este mecanismo teórico para el comportamiento magnético solar es conocido como el modelo BabcockLeighton.

10 James Van Alien, un distinguido científico estadounidense.

11 El sol está compuesto en su mayor parte de hidrógeno, el cual en su estado atómico normal está compuesto de un protón y un electrón.

12 *Daily Mail*, 16 de diciembre de 1986.

13 Estación de radio de la BBC para las Fuerzas Británicas Destinadas en Ultramar.

14 Una estación de radio independiente para Londres.

15 Estos incluyen al profesor H. J. Eysenck, al Dr. Geoffrey Deán y al Dr. Michael Ash.

16 *Early Man and the Cosmos* por Evan Hadingham, William Heinemann Ltd.

17 El Templo de la Cruz es el más grande de un grupo de tres templospirámide que se cree fueron erigidos por Chan Bahlum (Serpiente Jaguar), el hijo de Pacal. Obtiene su nombre de su friso principal (el original se encuentra ahora en el Museo de Antropología de la ciudad de México) el cual describe a Chan Bahlum y a Pacal a cada lado de una gran cruz.

Capítulo 4

1   *Zócalo* significa "base" o "pedestal". Antes de la Independencia había una estatua de Carlos IV en la plaza. La base permaneció por muchas décadas y legó su nombre no sólo a esta plaza sino a muchas otras plazas en ciudades de todo el país.

2   El hundimiento constante de iglesias y otros edificios notables es una causa de gran alarma y añade una sensación de

impermanencia en una ciudad que también está amenazada por terremotos.

3   Diego Rivera (1886-1957) es el más famoso exponente del muralismo mexicano, una forma de arte que se remonta a la época de los mayas. Sus obras maestras en el cubo de la escalera del palacio presidencial describen la historia dolorosa de México desde la fundación del imperio azteca y la llegada de los españoles hasta las guerras revolucionarias.

4   Este altar de piedra describe a la diosa azteca Coyolxauhqui en un estado desmembrado. Se ha sugerido que representa a la Vía Láctea (Kari Taube, *Aztec and Maya Myths*, p. 47).

5   Leopoldo Batres fue un miIItar del régimen de Porfirio Díaz. También fue el primer arqueólogo de nacionalidad mexicana y combinó un interés científico profesional en el pasado de México con su propia cacería de tesoros. Estuvo entre los primeros que reconocieron el potencial turístico de Teotihuacan y por consiguiente emprendió su restauración, no siempre en forma comprensiva.

6   La pirámide del Sol es la segunda más grande de México (la antecede en tamaño la Gran Pirámide de Cholula). Mide 65 metros de altura y en una ocasión tuvo un templo en su cima, con el que alcanzó los 75 metros. Su base cuadrada tiene lados de 225 metros —casi igual que la Gran Pirámide de Giza en Egipto, la cual tiene lados de 230 metros.

7   Las "serpientes emplumadas" tienen cabezas más bien en forma de jaguar con grandes dientes, así que tal vez serpientejaguar sería una mejor descripción.

8   Véase Kari Taube, *Aztec and Maya Myths*, pp. 41-44.

9   *Ibid.*, p. 44.

10 El rey de España le dio a Cortés el título de marqués del Valle de Oaxaca.

11 Los campos de Juego de Pelota se encuentran por toda América Central e incluso en el sur de los Estados Unidos. Las reglas establecían golpear una pelota de caucho con codos y caderas para pasarla a través de un anillo de piedra montado en un muro. En épocas tardías, si no es que antes, el juego terminaba con la decapitación ritual de algunos de los participantes como un sacrificio al dios del sol.

[12] Cuando Stephens y Catherwood visitaron el sitio en 1840, gran parte del trabajo en estuco estaba todavía intacto. Por desgracia el tiempo, los vándalos y los cazadores de recuerdos han hecho lo peor, así que en la actualidad queda poco.

[13] Pacal significa "escudo" y fue uno de los primeros jeroglíficos que se interpretaron. Su título completo es Makín Pacal, lo que significa "Gran Escudo del Sol". Véase Michael D. Coe, *Breaking the Maya Code*, Penguin Books, 1994, pp. 188-191.

[14] Los restos de Pacal lucen como los de un hombre alto bien proporcionado que murió alrededor de la edad de 40 años. Pero de acuerdo con la evidencia jeroglífica vivió hasta la avanzada edad de 80 años y 158 días. Su juventud aparente es otro enigma para la arqueología.

[15] Tal vez la diosa Chac Chel.

[16] Dennis Tedlock (trad.), Popol Vuh, Touchstone, 1986, p. 23.

[17] *Ibid.*

[18] Es probable que dos de éstas hayan sido enviadas a Londres por Maudsley al final del siglo y depositadas en el Museo de Victoria y Alberto.

[19] Los mayas practicaban un sistema de rotación de cultivos de tala y quema. Esto implica limpiar un área de selva, cultivarla por dos o tres años y luego dejarla barbechar por otros 20 años o más. Ahora se está viendo que, lejos de ser primitivo, éste es el único modo de cultivar estas áreas de gran precipitación pluvial tropical sin destruir en forma permanente la fertilidad de la tierra.

Capítulo 5

[1] En nuestro segundo día en la ciudad de México hubo un temblor leve que alcanzó unos 5.2 grados en la escala de Richter.

[2] La rebelión zapatista parece ser sólo un aspecto de un ciclo mucho más amplio de descontento en México que se centra en el presente en la corrupción política.

[3] El meridiano es una línea imaginaria trazada en el cielo que corre de norte a sur. Conforme la Tierra gira, todos los cuer-

pos celestes parecen salir por el este y ponerse por el oeste. Alcanzan su declinación máxima cuando cruzan el meridiano.

4   La forma en que Cortés y unos cuantos cientos de españoles pudieron vencer a miles de aztecas, todos guerreros hábiles, es uno de los misterios de la historia. Aunque tuvo aliados de otras tribus, parece que los aztecas ya estaban resignados a su destino y esto lo ayudó mucho.

5   *Feng-shui*, en forma literal "Viento y agua", es la ciencia china de la geomancia que determina dónde y cómo construir edificios. En el Lejano Oriente, los practicantes de este arte son llamados como asesores por arquitectos y otros clientes para que den consejo respecto a la decoración e incluso la posición del mobiliario. En su raíz subyace la filosofía taoísta del *yin* y el *yang*.

6   Véase Evan Hadingham, *Early Man and the Cosmos*, pp. 214-215, para una discusión sobre este punto.

7   Los frescos en los templos del Grupo de la Cruz parecen referirse de manera principal a los derechos de sucesión de Chan Bahlum como el hijo de Pacal.

8   Waldeck pasó más de un año en Palenque, parte de éste viviendo en una choza con una amante mestiza. Durante este tiempo hizo cantidad de dibujos que después publicó en Londres junto con un texto que los acompañaba.

9   John L. Stephens, *Incidents of Travel in Yucatán*, Dover Publications, 1963, p. 97.

10 De acuerdo con Michael D. Coe, este periodo va del 800 al 925 d. C. *The Maya*, p. 9.

11 Los itzáes fueron otra raza que invadió Yucatán y se cree que eran mayas mexicanizados de la región de Tabasco. Llegaron a la ciudad de Chichén, en ese entonces derruida, alrededor de 1224 d. C. Debido a que ellos también eran conducidos por un líder llamado Kukulkán (Quetzalcóatl), hay algo de confusión entre su influencia y la de los toltecas.

12 Fray Diego de Landa, *Yucatán Before and After the Conquest*, traducido por William Gates, Dover Publications, 1978, p. 10.

13 *Ibid.*, p. 11.

14 *Ibid.*, p. 89.

15 *Ibid.*, p. 60.

[16] En latitudes subtropicales hay dos días de cénit en el año, uno cuando el sol está viajando al norte y el otro cuando regresa al sur.

[17] José Díaz Bolio, *The Rattlesnake School*, p. 20.

Capítulo 6

[1] De hecho estaba equivocado a ese respecto. Como en todas partes, es invisible durante unos 70 días cada año debido a la proximidad del sol. Lo que debió querer decir es que en las regiones ecuatoriales Orion pasa casi directo encima de la cabeza.

[2] Las Pléyades, o Siete Hermanas, son parte de la constelación de Tauro y preceden a Orion en su salida. Un telescopio revela que son más de siete.

[3] José Díaz Bolio, *Why the Rattlesnake in Mayan Civilization*, Área Maya, 1988, pp. 52-53.

[4] De acuerdo con Coe, los itzáes fundaron Mayapán entre 1263 y 1283 d. C. Fue una ciudad fortificada en el oeste de la región central de Yucatán. Después de 1283 se convirtió en la ciudad dominante de la zona hasta que alrededor de 1441-1461 fue destruida después de una revuelta de mayas subordinados. Michael D. Coe, *The Maya*, pp. 155156.

[5] Fray Diego de Landa, *Yucatán Before and After the Conquest*, pp. 73-74.

[6] *Ibid.*, p. 74.

[7] *Ibid.*, p. 59.

[8] "...Itzamná, el Gran Iniciador, en una forma correspondiendo a Osiris." *Ibid.*, p. 143.

[9] Véase R. Bauval y A. Gilbert, *The Orion Mystery*, para una discusión completa.

[10] K. Taube, *Aztec and Maya Myths*, p. 73.

[11] José Díaz Bolio, *Guide to the Ruins ofChichen Itza*, p. 17.

[12] *Ibid.*, p. 38.

[13] *Why the Rattlesnake in Mayan Civilization*, p. 54.

[14] David H. Childress, *Lost Cities of North and Central America*, p. 139.

[15] K. Taube, *Aztec and Maya Myths*, pp. 39, 42.

[16] De acuerdo con Childress no es claro que Mitchell-Hedges encontrara el cráneo en Lubaantún; pudo haber sido una historia para encubrir sus orígenes reales. Algunos escritores han sugerido que en realidad es una reliquia de la Atlántida con 12 000 años de antigüedad.

Capítulo 7

[1] El sitio de este entierro se descubrió en 1993 y fue señalado a Adrián Gilbert por un guía de turistas en diciembre de 1994. Las piernas del hombre alto habían sido rotas y hay razón para sospechar que murió en forma violenta.

[2] Una isla pequeña en el Pacífico Sur, famosa por sus estatuas megalíticas extrañas de dioses de mirada fija y con los labios apretados.

[3] Barry Fell, *América B. C.*, pp. 318, 320.

[4] *Ibid.*, p. 319.

[5] *Ibid.*, p. 320.

[6] *Ibid.*, p. 100.

[7] *Ibid.*, pp. 316-317.

[8] *Ibid.*, p. 272.

[9] Para una discusión detallada de todas estas cuestiones, se sugiere consultar *The Orion Mystery*.

[10] Ambrosio Teodosio Macrobio, gramático, filósofo, procónsul de África y más tarde senador. Floreció durante los reinados de Honorio y Arcadio (395-423 d. C.) y escribió varios libros, principalmente sobre Virgilio y el calendario romano. También escribió dos libros de comentarios sobre el *Somnium Scipionis* (*El sueño de Escipión*) que se encuentra en *De República de Virgilio*.

[11] G. de Santillana y H. von Dechend, *Hamlet's Mili*, p. 243.

[12] *Ibid.*, p. 244.

Capítulo 8

[1] El término olmeca es en realidad un nombre inapropiado. Sería mejor llamar a esta cultura protomaya.

[2] Siguiendo su desciframiento de la Lápida de Palenque, Cotterell cree que las cabezas representan a Quetzalcóatl o al menos están asociadas con él.

[3] Véase José Díaz Bolio, *The Geometry of the Maya*, pp. 55-61.

[4] Véase Evan Hadingham, *Early Man and the Cosmos*, p. 179.

[5] Esto me lo dijo el guía que me mostró las ruinas en 1994.

[6] Los griegos, como muchos otros pueblos, tenían un mito del Diluvio. Su equivalente a Noé era llamado Deucalión.

[7] *Timaeus*, edición Penguin, p. 36.

[8] *Ibid.*, p. 37.

[9] *Ibid.*, pp. 37-38.

[10] *Ibid.*, p. 38.

[11] *V. gr.* A. Rosalie David, *The Egyptian Kingdoms*, Elsevier/Phaidon.

[12] Teseo fue el héroe que mató al Minotauro, una bestia temible que era mitad hombre, mitad toro y vivía dentro del Laberinto en la isla de Creta.

[13] John Michell, *Eccentric Lives and Peculiar Notions*, Thames & Hudson, p. 204.

[14] Ignatius Donnelly, *Atlantis the Antedüuvian World*, revisado por Egerton Sykes, Sidgwick & Jackson, 1970, p. 153.

[15] *Ibid.*, pp. 132-137.

[16] El descubridor de la primera figura de Chac Mool en Chichén Itzá y otro entusiasta de la Atlántida.

[17] *Ibid.*, p. 134.

[18] *Ibid.*

[19] *Ibid.*

[20] Otto Muck, *The Secret of Atlantis*, William Collins, 1978.

[21] Véase *Edgar Cayce on Atlantis*.

[22] *Ibid.*, p. 114.

[23] Parece que los pueblos de Mu y Oz provenían de México y Perú, respectivamente.

[24] *Ibid.*, p. 118.

Capítulo 9

[1] Nahui Ollin, el sol actual del movimiento, quien se creía que había nacido en Teotihuacan.

2 Los cuatro glifos también representan días en el *tonalámatl*: 4 Ehécatl, 4 Quíhuitl, 4 Atl, 4 Océlotl. Es claro que se relacionan con las cuatro direcciones, cuatro colores, cuatro elementos y otros conceptos relacionados con la idea del tresbolillo.

3 El C_{14} es producido por la transformación del N_{14}.

4 La vida media del C_{14} (el periodo que le toma descomponerse a la mitad de la cantidad original) es de 5 568 años (30 años).

5 Varias ciudades, tales como Teotihuacan y Monte Albán, muestran signos de haber sido abandonadas, enterradas sus pirámides y otros edificios sagrados en forma deliberada.

6 Publicado en 1988.

7 En esa época el lago de Texcoco de los aztecas todavía estaba lleno de agua. En la actualidad apenas queda algo de este cuerpo de agua en otro tiempo enorme y la ciudad de México se extiende sobre su lecho.

8 Immanuel Velikovsky, *Earth in Upheaval*, Pocket Books, Nueva York, 1977, pp. 124-125.

9 *Ibid.*, pp. 239-240.

Capitulo 10

1 Véase el capítulo 4.

2 Platón atribuye la fundación de la civilización atlante a Poseidón, el dios griego del mar. Su hijo mayor, Atlas, con Cleito, una mujer humana, se convirtió en el primer gobernante y dio su nombre a la Atlántida, al océano Atlántico y a las montañas Atlas. (Véase el diálogo *Critias* de Platón, clásicos Penguin, pp. 136-137.)

3 La causa de la inundación pudo ser una elevación del nivel del mar conforme los casquetes polares se retiraban al final de la última glaciación, y cubrió las tierras costeras bajas. En una escala más pequeña, el calentamiento global actual está amenazando con lo mismo a muchas islas del Pacífico.

4 Debe señalarse que la palabra raíz *huacan* significa "sagrado" en el sentido de ser bendecido con poder oculto. *Teoti-hua-can* significa "ciudad sagrada del dios".

5 *Edgar Cayce on Atlantis*, p. 90.

6   John Anthony West, *Serpent in the Sky*, y el documental para televisión *The Mystery of the Sphinx*.

7   Debido al movimiento precesional de la Tierra, todas las estrellas parecen pasar por un ciclo de 26 000 años, oscilando entre una posición norte extrema y una posición sur extrema en el cielo. Por tanto ir de un extremo al otro les toma unos 13 000 años.

8   *Edgar Cayce on Atlantis*, p. 111.

Apéndices

por Maurice Cotterell

Nota: El inicio del Calendario de la Cuenta Larga maya por lo general se toma como 3114 a. C. Esto se debe a que los astrónomos y otros no reconocen la fecha "0" a. C./d. C., sino que pasan directo del 1 a. C. al 1 d. C. Algunas autoridades, sin embargo, prefieren tomar en cuenta el año 0 y presentan las fechas a. C. con un dígito menos. Por tanto el 3114 a. C. se convierte en 3113 a. C. Tampoco hay un acuerdo absoluto sobre si el día inicial de la Cuenta Larga, 4 Ahau 8 Rumhú, es el 12 de agosto o el 10 de agosto.

1. Astrogenética

La astrogenética —el estudio científico de cómo influyen las fuerzas astronómicas en los ritmos biológicos y los factores genéticos— reúne varios hechos establecidos en forma científica para probar que las partículas solares pueden afectar la personalidad del individuo desde el momento de la concepción (*véase* capítulo 3, pp. 70-72).

De manera específica, se ha descubierto que los cambios en el campo magnético débil de la Tierra causan mutación genética en células que están en el proceso de mitosis —una forma de división celular que ocurre luego de la concepción—. Experimentos realizados bajo la dirección del doctor A. R. Lieboff del Instituto de Investigación Médica Naval, Bethesda, Maryland, en 1984, con células humanas llamadas fibroblastos, mostraron que las variaciones en el campo magnético ambiental afectaban la síntesis de DNA en las células. Esto significa que las células podrían sufrir una mutación cuando se les somete a campos magnéticos variables con intensidades por debajo de la del propio campo magnético de la Tierra.

En 1927 se estableció —a través del trabajo del doctor Johannes Lange en sus estudios sobre gemelos idénticos (monocigóticos) y no idénticos (dicigóticos)— que la personalidad (el aspecto global del "carácter") está relacionada de manera fundamental con la estructura genética. El cambio genético, como una mutación por variación de la intensidad del campo magnético local, puede ser responsable por tanto de rasgos de personalidad inesperados. O, dicho de otra manera, la personalidad depende de la composición e intensidad del campo magnético local en el momento de la concepción.

Esta conclusión se confirma con los estudios de extroversión/introversión realizados por el astrólogo Jeff Mayo y el profesor H. J. Eysenck, que dieron como resultado la gráfica de distribución de la personalidad fascinante vinculada con las fechas de nacimiento zodiacales (*véase* figura 11, p. 59). La conclusión forma además la base de la teoría de la astrogenética, la cual publiqué por primera vez en 1988.

Elementos de la teoría se exponen en el apéndice 2a.

2a. La astrogenética
y los 12 tipos astrológicos

Estudios sobre la radiación solar muestran que ésta cambia cada mes. También señalan que hay cuatro tipos diferentes de radiación, los cuales siguen uno al otro en una secuencia neta mensual. Esta secuencia de radiación solar corresponde en muchas formas a la visión cosmológica milenaria de que hay cuatro "elementos" primarios: fuego, tierra, aire y agua, los cuales de alguna manera dominan las disposiciones y estados de ánimo de las personas en una base mensual a lo largo del año, y corresponden a las 12 personalidades zodiacales distinguidas por los astrólogos.

La evidencia para la fluctuación "mensual" en la radiación solar es compleja, pero no difícil de entender.

El periodo rotatorio del sol en su ecuador es el equivalente a 26 días terrestres. Durante este periodo de 26 "días" la Tierra se mueve aproximadamente 26° a través de su órbita anual alrededor del sol y, debido a esto, desde un punto de referencia sobre la superficie de la Tierra la rotación del sol en realidad parece tomar 28 días terrestres.

Si los cuatro tipos diferentes de campo magnético ecuatorial solar se numeran del 1 al 4, y se dice que el 1 y el 3 son negativos y el 2 y el 4 positivos, significa que los cuatro campos son expuestos a la superficie de la Tierra por un tiempo igual cada 28 días —es decir, la Tierra se inunda con partículas solares de una polaridad que alterna entre negativo y positivo cada siete días.

Pero las regiones polares del sol rotan mucho más despacio —cada 37 días, en la superficie solar—. Esto significa que un

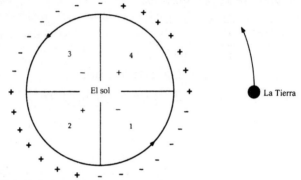

El sol rota enviando radiación magnética positiva y negativa hacia la Tierra, la cual recibe la radiación durante un periodo de 28 días (debido a que ella misma se mueve mientras el sol en realidad rota durante 26 días terrestres. Cada campo baña a la Tierra por una semana a la vez).

Figura Al

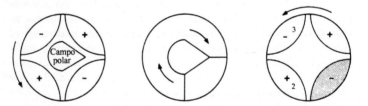

Vista plana del sol mostrando el campo magnético ecuatorial y el campo magnético polar. Ambos campos rotan, aunque el campo polar rota más despacio. El efecto de esto es que el campo polar pasa por un campo ecuatorial cada mes.

Figuras A2, A3, A4 Campos magnéticos ecuatorial y polar

observador parado sobre la Tierra ve al campo polar pasar a 90° del campo ecuatorial cada mes.

Conforme el polo choca con el campo ecuatorial perturba tanto al campo como a las emisiones de partículas de ese campo. Cada mes se afecta el campo ecuatorial siguiente. Si se numeran los cuatro campos (como arriba), se puede seguir la pista de la interacción resultante.

Campos posibles observados desde la Tierra

1⁻	2⁺	3⁻	4⁺	
/////	2⁺	3⁻	4⁺	Mes de emisión solar real 1
1⁻	/////	3⁻	4⁺	2
1⁻	2⁺	/////	4⁺	3
1⁻	2⁺	3⁻	/////	4

Figura A5

Durante el primer mes, el campo número 1 se neutraliza, así que sólo se observan los campos restantes.

El resultado es que durante el primer mes el campo número 1 es neutralizado. Esto significa que durante el mes 1 se observan el campo número 2 (que es positivo), el campo número 3 (que es negativo) y el campo número 4 (que es positivo). En la Tierra, por consiguiente, se recuperan del sol más partículas positivas que negativas durante el primer mes. Se puede decir que durante el primer mes la radiación global del sol es positiva. La radiación del mes siguiente es negativa debido a que se neutraliza el campo número 2, y así en forma sucesiva. La radiación de cada mes alterna en su polaridad y cada mes es puntuado por una secuencia de radiación codificada particular (ya sea 234,134,124 o 123). Después se repite el patrón de radiación. Por tanto, éste puede tabularse para un periodo de 12 meses:

	Número de mes	1	2	3	4	+/-
Número de mes	1		2	3	4	+
	2	1		3	4	-
	3	1	2		4	+
	4	1	2	3		-
Esto se repite luego	5		2	3	4	+
	6	1		3	4	-
	7	1	2		4	+
	8	1	2	3		-
y una vez más	9		2	3	4	+
	10	1		3	4	-
	11	1	2		4	+
	12	1	2	3		-

Figura A6

Y, en consecuencia, se ilustra como:

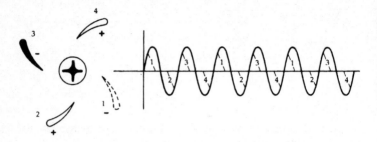

Durante el primer mes el número 1 es neutralizado y por consiguiente la radiación que deja el sol es positiva.
El segundo mes el campo número 2 es neutralizado y la radiación que deja el sol es negativa. etcétera.

Figura A 7 Salida de radiación mensual neta

Esta distribución concuerda con las declaraciones de los astrólogos de que los elementos/"personalidades" astrológicas correspondientes a los primeros cuatro meses del zodiaco se repiten más tarde en secuencia a lo largo del resto del año.

	Aries	Fuego (F)
	Tauro	Tierra fT)
	Géminis	Aire (A)
	Cáncer	Agua (Ag)
	Leo	F
	Virgo	T
	Libra	A
	Escorpión	Ag
y de nuevo	Sagitario	F
	Capricornio	T
	Acuario	A
	Piséis	Ag

Esto, por supuesto, puede representarse en forma diagramática:

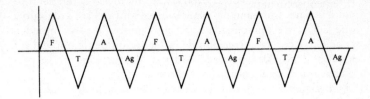

Figura A8

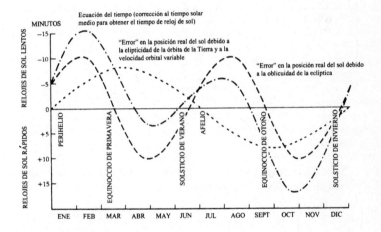

Curvas que muestran el tiempo ganado y perdido por el sol comparado con el movimiento uniforme alrededor del ecuador celeste del "sol medio" ficticio, debido a: 1) el movimiento no uniforme de la Tierra (la órbita de la Tierra es una elipse, no un círculo) y 2) la oblicuidad de la eclíptica (véase arriba). Cuando estos dos factores son agregados resulta la curva de la ecuación del tiempo; ésta es la corrección que debe hacerse al tiempo medio para dar el tiempo aparente (es decir, el reloj de sol o tiempo verdadero).

Figura A9

Aunque la distribución general es correcta, la amplitud de la forma de onda no concuerda con los datos de Mayo-Eysenck debido a que la radiación que sale del sol no es necesariamente

271

la misma que choca con la Tierra. La diferencia resulta del movimiento no uniforme del planeta alrededor del sol y debido a que la Tierra está inclinada en su eje. Ambos "errores" pueden conciliarse con la corrección de la "ecuación de tiempo del reloj de sol" necesaria para acomodar las fluctuaciones en las partículas que llegan emitidas por el sol.

Corrigiendo la gráfica de acuerdo con la salida de radiación solar idealizada se ve esto:

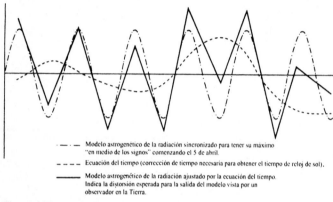

— · — Modelo astrogenético de la radiación sincronizado para tener su máximo "en medio de los signos" comenzando el 5 de abril.

– – – Ecuación del tiempo (corrección de tiempo necesaria para obtener el tiempo de reloj de sol).

——— Modelo astrogenético de la radiación ajustado por la ecuación del tiempo. Indica la distorsión esperada para la salida del modelo vista por un observador en la Tierra.

Figura A10

Sobre esta base se puede extrapolar el patrón de radiación que choca con la magnetosfera de la Tierra:

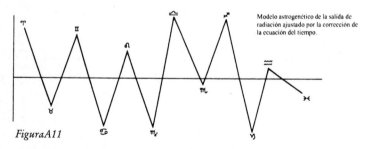

Modelo astrogenético de la salida de radiación ajustado por la corrección de la ecuación del tiempo.

FiguraA11

Esto se correlaciona bastante bien con los datos de las pruebas de personalidad de Mayo-Eysenck (*véase* capítulo 3, pp. 58-60).

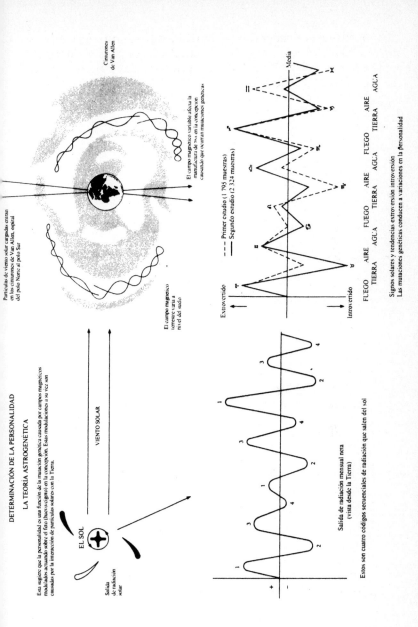

2b. Una racionalización científica de la astrología

Los tipos de personalidad que comparten el mismo código de radiación solar son afines, mientras que aquellos con códigos opuestos responden de manera desfavorable. No obstante, las fluctuaciones en los patrones de radiación solar causan que personas de signos zodiacales opuestos se atraigan.

La secuencia de radiación solar determina el momento natural del nacimiento en bebés nacidos a término (después de 275 días de gestación) y hace lo mismo también para aquellos que de hecho nacen prematuros o tardíos.

Una influencia más en la personalidad, aunque sólo en forma menor, es la posición de los planetas en el momento de la concepción. La posición de los planetas puede afectar además el momento del nacimiento.

Como se vio en el apéndice 2a (figuras A2, A3 y A4), el campo magnético ecuatorial del sol rota a una velocidad mayor que su campo magnético polar, un hecho que tiene una gran significación para la recepción de radiación solar en la Tierra. Esto puede mostrarse en forma diagramática (llamemos P al campo magnético polar del sol, E al campo ecuatorial, M a la Tierra receptora y digamos que todo comienza en el momento de alineación correspondiente al tiempo cero A):

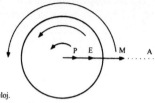

P, E y M rotan todos en sentido contrario a las manecillas del reloj.
A P le toma 37 días completar una revolución de 360°.
A E le toma 26 días completar una revolución de 360°.
A M le toma 365.25 días completar una revolución alrededor del sol.

Figura A12 P, E y M comienzan todos la rotación en el punto A en el momento cero

Debido a que la astrología se relaciona con "meses calendario", nuestro interés debe enfocarse en el periodo de 30.4375 días (365.25 dividido entre 12).

E se mueve 360 dividido entre 26 grados por día, es decir, 13.8461° por día.
E se mueve 360 dividido entre 37 grados por día, es decir, 9.7297° por día.
M se mueve 360 dividido entre 365.25 grados por día, es decir, 0.9856° por día.

Por consiguiente, después de 30.4375 días,
E se ha movido una revolución más 61.4423°.
P se ha movido sólo 296.1486°.
M se ha movido 30°.
Todos los movimientos son desde su punto de partida inicial, marcado por la letra "A" (0/360°).

Después de 30.4375 días (1 mes):
E se ha movido 360 + 61.44°
P se ha movido 296.148°
M se ha movido 30°

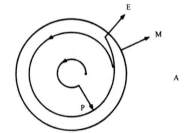

Figura A13

Con respecto al punto A, P parece haber "retrocedido" 63.8513°. Pero con respecto a E, P ha retrocedido 61.4423° + 63.8513°, es decir, 125.2936°.

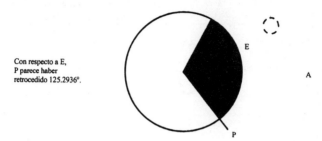

Con respecto a E,
P parece haber
retrocedido 125.2936°.

Figura A14

En relación con M (figura A 15), P parece haber retrocedido o "recorrido" sólo 93.8° de E. Éste es el efecto que nos interesa. Un observador estacionado en la Tierra vería recorrer a P 93.8° de E cada mes calendario.

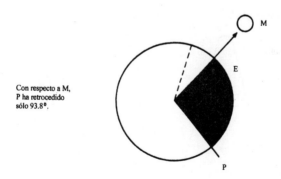

Con respecto a M,
P ha retrocedido
sólo 93.8°.

Figura A15

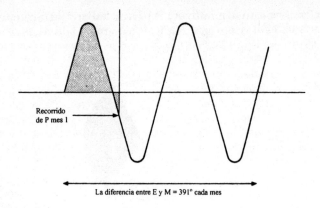

Recorrido
de P mes 1

La diferencia entre E y M = 391° cada mes

Figura A16

El total mensual que recorre E con respecto a M es 391.437°. Cada cuadrante del campo E es igual a 90°. De modo que 4.349 campos E recorren M en un mes. Por consiguiente, a cada campo E le toma 7 días, exactamente, recorrer M.

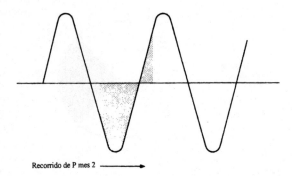

Recorrido de P mes 2 ⟶

Figura A17

Compare esto con la figura A18 que muestra la estructura sectorizada del viento solar, como lo descubrió la nave espacial Mariner n en 1962 y redefinido después por la nave espacial interplanetaria IMP1 en 1963.

Los efectos de P sobre la duración de los cuadrantes del campo E son evidentes ahora. Se ve con claridad que cada 7.5 días el sol emite partículas. Cada 7.5 días, con respecto a M, la polaridad de las partículas cambia. Se puede ver, del 1 al 4 de diciembre, el cuadrante de E reducido a causa de la mezcla de P y E. Para fines de diciembre este sector reducido se ha deslizado en sentido contrario a las manecillas del reloj, como se esperaría, a través del campo E. (En el mes siguiente, enero, este cuadrante adyacente será reducido en duración.)

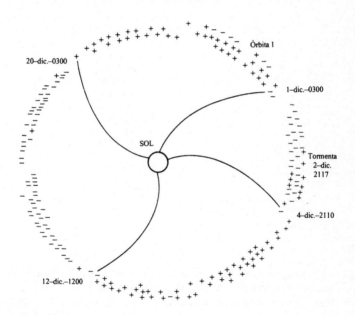

La estructura sectorizada del viento solar
(instantánea real 1-IMP 1963)

Figura A18

En los cálculos antes mencionados, las declinaciones del sol y de la Tierra se omitieron para simplificar la explicación. La variación en la velocidad de la Tierra alrededor del sol se excluyó también. (Debido a que la órbita de la Tierra es una elipse, su velocidad varía como una función de la proximidad al sol, como lo establecen las leyes de Kepler.) Estas omisiones han producido el error de.5 de día entre el cálculo y la observación (figura Al 8), *en un momento en el tiempo*. Durante un periodo largo, sin embargo, la duración promedio del cuadrante es de siete días.

Permítasenos nombrar las columnas de emisiones alternantes de la siguiente manera:

+	-	+	-		
4	3	2	1	y tabular los resultados	
4	3	2	.	= mes 1 Aries	+
4	3	.	1	= mes 2 Tauro	–
4	.	2	1	= mes 3 Géminis	+
.	3	2	1	= mes 4 Cáncer	–
4	3	2	.	= mes 5 Leo	+
4	3	.	1	= mes 6 Virgo	–
4	.	2	1	= mes 7 Libra	+
.	3	2	1	= mes 8 Escorpión	–
4	3	2	.	= mes 9 Sagitario	+
4	3	.	1	= mes 10 Capricornio	–
4	.	2	1	= mes 11 Acuario	+
.	3	2	1	= mes 12 Piscis	–

Figura A19

Tres signos comparten el código de emisión solar 234 (Fuego). Tres signos comparten el código de emisión solar 134 (Tierra). Tres signos comparten el código de emisión solar 124 (Aire). Tres signos comparten el código de emisión solar 123 (Agua).

Fuego y Aire son ambos positivos y armonizan juntos. Tierra y Agua son ambos negativos y armonizan juntos. Los positivos y negativos están sujetos a radiaciones solares de polaridad opuesta y por consiguiente tienen un efecto opuesto.

La dispersión de signos en una base mensual concuerda con el estudio de astropersonalidad de Mayo-Eysenck (*véase* capítulo 3, pp. 5860).

Analicemos ahora P (la posición del polo magnético del sol), E (la posición del ecuador del sol) y M (la posición de la Tierra) durante un periodo de 12 meses, desde el punto de vista de la procreación humana. Primero imaginemos que un espermatozoide entra en un óvulo el día 1, como se muestra:

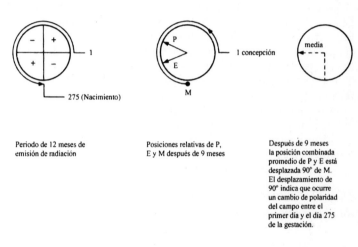

Periodo de 12 meses de emisión de radiación

Posiciones relativas de P, E y M después de 9 meses

Después de 9 meses la posición combinada promedio de P y E está desplazada 90° de M. El desplazamiento de 90° indica que ocurre un cambio de polaridad del campo entre el primer día y el día 275 de la gestación.

Figura A20

Durante tres meses el feto se sentirá cómodo dentro del útero (debido a que estará bajo la influencia de una secuencia de emisión positiva al ser concebido durante una secuencia de emisión positiva). Durante los meses 4, 5 y 6 el feto será bombardeado por radiación solar negativa, la cual produce ansiedad fetal, tensión e incomodidad. Pero el feto todavía está en las primeras etapas de su desarrollo. Su sistema glandular y cerebro (la región hipotalámica) no son capaces todavía de funcionar como sistemas. Durante los meses 7, 8 y 9 el feto es aliviado por radiación positiva. En el día 275 —calculado a partir del momento de la liberación del óvulo del ovario e incluyendo el periodo de siete días antes de que el óvulo se una a la pared uterina— el bombardeo de radiación solar cambia de nuevo a una secuencia negativa. El niño de nuevo siente incomodidad, ansiedad y tensión. Esta vez el feto reacciona produciendo hormonas que son transportadas por el torrente sanguíneo causando el inicio del parto en la madre. Poco después, la madre da a luz a un hijo "positivo".

En efecto, el feto elige su propio momento de nacimiento. Esto es de manera ideal cuando cesa el patrón de radiación que fue instrumental en su creación en el momento de la concepción (y que se repite durante los meses 6 a 9). El momento del nacimiento se relaciona por tanto con el momento de la concepción. Y de esta forma puede verse que los rasgos de personalidad determinados de manera ostensible, al decir de los astrólogos, por eventos en el momento del nacimiento se correlacionan con los que suceden en el momento de la concepción y que han surgido debido en parte o por completo a mutaciones genéticas concomitantes en ese momento.

¿Los planetas influyen en el feto de alguna manera al nacer?

Se ha visto cómo el feto "selecciona" su propio momento de nacimiento. Ese momento coincide con el primer ataque de partículas "extrañas" una vez que el feto ha alcanzado la madurez. El niño en realidad alcanza la madurez 266 días después de la implantación en el útero, es decir, 266 + 7 = 273 días. Por consiguiente, el nacimiento coincide con un rango dentro de los siete días de ese momento, dependiendo de las emisiones solares. Sin embargo, si ocurre una llamarada o "prominencia" solar sustancial en la superficie del sol, un estallido corto de radiación extraña puede causar un desencadenamiento prematuro o demorado del nacimiento. Considérese la figura A18 y nótese la tormenta magnética que comienza el 2 de diciembre a las 21:17 horas y dura hasta el 4 de diciembre a las 21:10. Este es el tipo de tormenta que podría causar un desencadenamiento prematuro o demorado del parto debido a la liberación de un estallido de radiación de polaridad "inapropiada".

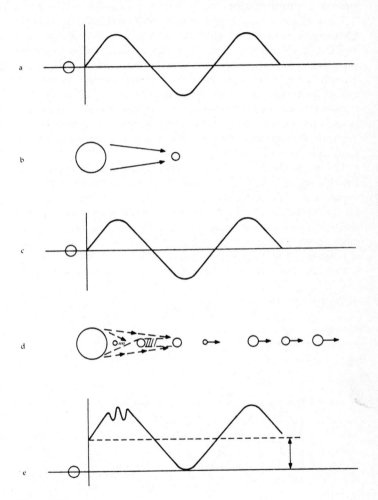

Figura A21

Estos estallidos están asociados con llamaradas y prominencias solares. Entonces surge la pregunta: ¿la atracción gravitacional de los planetas puede causar perturbaciones en la actividad solar que causen la erupción de llamaradas solares y/o la ocurrencia de prominencias?

La ciencia contemporánea no proporciona respuesta a esta interrogante. Además, si puede encontrarse una correlación entre aspectos planetarios y perturbaciones solares, también debería ser posible predecir una secuencia de tormentas y, por consiguiente, un estallido perturbador de radiación que es probable que afecte en forma adversa a una descendencia particular.

No está por completo fuera de los límites de la conjetura que, si una civilización más inteligente vivió alguna vez en la Tierra, cualquiera de dichas correlaciones se hayan conocido y manejado en la forma de astrología.

Un grado de varianza de la personalidad puede resultar de los efectos de la actividad planetaria en el momento de la concepción. En la figura A21 se muestra la onda solar "ideal" (a) en un momento en el tiempo. Sin ningún planeta en el modelo (V), esta misma onda (c) interactúa con la Tierra. En el caso de una configuración planetaria (d) los planetas interiores ajustan el plano focal del rayo (en la misma forma en que los electrodos son desviados en un tubo de rayos catódicos):

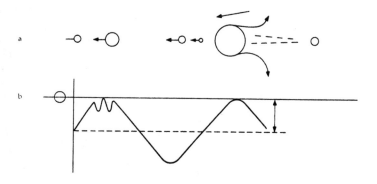

Figura A22

los planetas exteriores tienen la capacidad de acelerar las partículas en el rayo, aumentando por tanto la energía cinética transportada por las partículas. Así, conforme las partículas golpean la magnetosfera, el grado de modulación (la "tendencia absoluta") también debe variar. La forma de onda resultante (e) muestra la onda modulada en amplitud y el nivel de tendencia global incrementado.

La figura A22 muestra otra configuración con la magnitud del rayo atenuada. Esto significaría que los aspectos planetarios podrían afinar el patrón de onda solar (b), creando un patrón "único" que conduce a un grado de varianza de la personalidad dentro de cada signo del zodiaco.

3. Radiación solar y producción de hormonas en los humanos

Los mayas adoraban al sol como el dios de la fertilidad. Aquí se muestra cómo la radiación solar afecta la producción de hormonas de la fertilidad a tal grado que nos lleva a la conclusión de que la fertilidad humana de hecho depende de la radiación solar.

Existe evidencia que sirve para ¡lustrar que las mujeres, privadas de la radiación solar por un tiempo, experimentan cambios perturbadores en sus sistemas endocrinos. Esta perturbación a su vez afecta en forma grave la producción de la hormona "reguladora" melatonina y las hormonas de la fertilidad estrógeno y progesterona.

Al respecto hay un reporte en el *New Scientist* de junio de 1989 sobre la dependencia endocrina de la radiación solar. Stefania Follini, una diseñadora de interiores italiana, pasó cuatro meses en una cueva en Nuevo México. Científicos italianos observaron cómo respondía al aislamiento debido a sus implicaciones para los viajes espaciales. Sus días de vigilia duraban 35 horas y eran puntuados por periodos de sueño de unas 10 horas. Perdió 7.7 kilogramos y su ciclo menstrual se interrumpió. Follini creía que había pasado dos meses bajo tierra, no cuatro.

Tales efectos no deberían sorprendernos ahora, ya que hemos visto (en el apéndice 2) cómo la radiación del sol es responsable de la mutación de las células al momento de la concepción. Considérese ahora cómo afectaría del mismo modo la radiación solar al sistema endocrino de manera directa.

El doctor Ross Adey del Hospital Loma Linda, California, ha realizado investigaciones por más de 15 años sobre los efectos de los campos magnéticos en las células vivas. En un artículo científico publicado en 1987, "Cell membranes, Electromagnetic Fields and Intercellular Communication", explica cómo el efecto combinado de dos campos magnéticos, uno estático y el otro oscilatorio (parecidos a los campos de la Tierra y del sol), causan cambios en las "hormonas reguladoras" de varias criaturas vivientes:

Alrededor de 20 de las células pineales en pichones, conejillos de Indias y ratas, responde a cambios en la dirección e intensidad del campo magnético de la Tierra (Semm, 1983). La inversión experimental del componente horizontal del campo magnético de la Tierra disminuyó de manera significativa la síntesis y secreción de la hormona péptida melatonina, la cual influye en forma poderosa en los ritmos circadianos y también reduce la actividad en sus enzimas sintetizadoras (Waiker y cois., 1983).

Los resultados de Adey sugieren que la radiación del sol es responsable de la regulación biorrítmica de los organismos en todo momento después de la concepción.

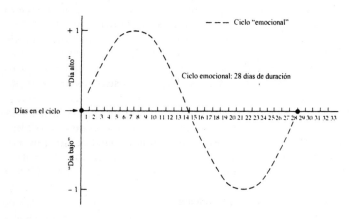

Figura A23

Esto a su vez sugiere que la secuencia de radiación de 28 días del sol es responsable del ciclo de biorritmo de 28 días dispuesto por el efecto de la modulación de las señales magnéticas sobre la hormona péptida melatonina.

Cualquier hipótesis relacionada con causas y efectos emocionales —o biorrítmicos— requiere una prueba rigurosa. Pero tales datos son muy difíciles de recopilar y/o comprobar.

En la búsqueda de vínculos entre la secuencia de radiación de 28 días del sol y la actividad hormonal se podría seleccionar otro grupo de hormonas —aquellas responsables de la fertilidad y la menstruación—, con las cuales probar nuestra hipótesis. Éstas son mucho más definidas, predecibles y entendidas.

Mecanismos de producción de la hormona de la fertilidad

El hipotálamo, una estructura pequeña en la base del cerebro, envía señales químicas por medio de vasos sanguíneos que lo conectan con la llamada "glándula maestra", la pituitaria. La pituitaria responde fabricando y liberando en el torrente sanguíneo dos hormonas proteicas: LH, la hormona luteinizante, y la FSH, la hormona estimulante del folículo, ambas esenciales para la liberación de espermatozoides u óvulos de las gónadas —los testículos en el hombre y los ovarios en las mujeres, respectivamente—. Las gónadas a su vez estimulan la producción de otras hormonas sexuales. Estas son esteroides: en el hombre testosterona y en la mujer estrógeno y progesterona. La producción de esteroides es parte de un proceso que incluye al hipotálamo y a la glándula pituitaria, que es un circuito cerrado. Las gónadas controlan el nivel general de hormona y detienen la producción, vía la pituitaria y el hipotálamo, cuando los niveles adecuados se han producido.

Esto se ilustra en la página siguiente:

La producción hormonal es un proceso en tres etapas en los hombres y en las mujeres. (A) Resumen del control hormonal de la función testicular. El hipotálamo envía señales químicas a la pituitaria, la cual responde produciendo FSH y LH, las cuales estimulan la liberación de espermatozoides y testosterona. Cuando la cantidad de testosterona alcanza un cierto nivel, el hipotálamo y la pituitaria detienen la producción de FSH y LH. (B) Resumen del control hormonal del desarrollo del óvulo y la secreción de estrógeno, el cual sigue el mismo patrón que en el hombre.

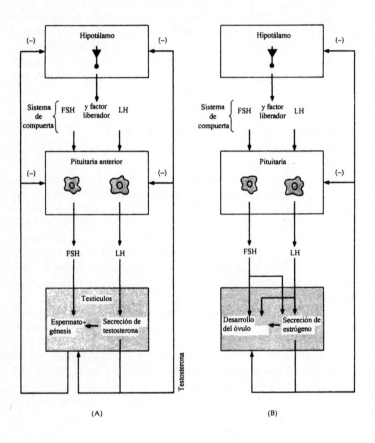

Figura A24

En el ciclo menstrual humano de 28 días, toma 14 hacer que un óvulo esté disponible para la fertilización, mientras que durante los siguientes 14 días el aparato reproductor se prepara la implantación y maduración del óvulo fertilizado. Si las radiaciones solares afectan el ciclo femenino, deberíamos ser capaces de mostrar a) alguna clase de correlación entre la generación de hormonas y la actividad solar y b) que la menstruación se altere en el caso de una alteración de la radiación solar.

La figura A25 muestra la producción de *FSH* y *LH*, estrógeno y progesterona, durante un ciclo menstrual en el que no ocurre la fertilización.

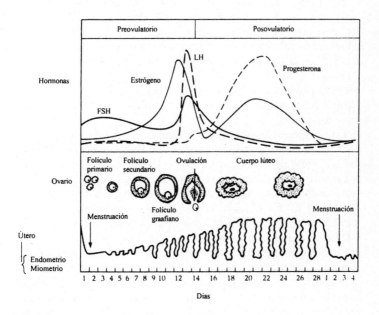

Figura A25

A primera vista, los niveles de producción de las hormonas de la fertilidad parecen tener poco en común en relación con un ciclo de 28 días. Lo que se debe recordar es que aunque la radiación solar desencadene el proceso, puede retrasarse antes de desencadenar otras funciones biológicas. Esta "histéresis" o demora no ayuda al análisis. Además, los efectos de un proceso no necesariamente dan lugar al otro; por ejemplo, pueden tener una relación inversa y conducir a la supresión. Mayores desencadenamientos pueden resultar de dos desencadenamientos anteriores que no en forma necesaria tienen firmas reconocibles. Una podría retrasarse no sólo en tiempo sino también en periodicidad. Un análisis mucho más separacional de los eventos se muestra en la figura A26.

La producción de FSH se puede grafícar contra el ciclo de radiación solar:

En la figura A27, la forma de onda (*b*) muestra que cuando el ciclo solar se coloca tangencial 40° a la producción de FSH puede verse con claridad una correlación durante los primeros dos cuadrantes del ciclo solar. Parece que la producción de FSH es desencadenada por la actividad del ciclo solar pero que le toma en realidad dos días más o menos comenzar. Una vez que empieza la producción de FSH, parece "seguir" el ciclo solar hasta el final del segundo cuadrante antes de parar y disminuir en forma exponencial.

En la figura A28, la FSH más la radiación solar de los cuadrantes 1 y 2 se vuelven aditivos entre los puntos A' y B'. En A' la radiación solar comienza a caer, como lo hace la FSH contra el eje y. Debido a que *tanto* la FSH como la radiación solar están descendiendo, esto da lugar a una disminución de la LH de B a A, entre A' y B'. En B' tanto la FSH como la radiación solar están aumentando, contra el eje y. Esto conduce a un incremento en la LH. La LH aumenta con rapidez en el punto C' y llega a su máximo en 14 días, parando y disminuyendo en forma exponencial al final del cuadrante 2.

Aunque la radiación solar desencadena un crecimiento exponencial en el estrógeno al comienzo del ciclo, el pulso masivo de la LH suprime la producción de estrógeno por su duración y sólo se recupera en forma gradual después de la supresión.

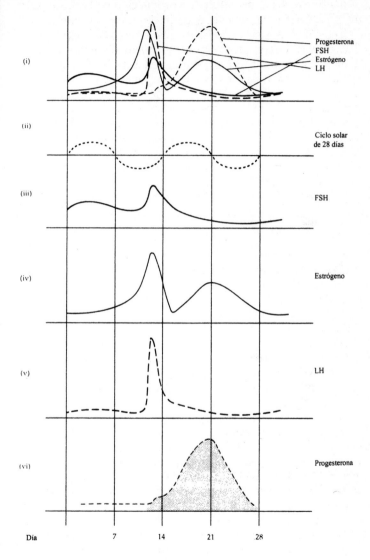

(i)

Progesterona
FSH
Estrógeno
LH

(ii)

Ciclo solar
de 28 días

(iii)

FSH

(iv)

Estrógeno

(v)

LH

(vi)

Progesterona

Dia 7 14 21 28

Figura A26 Análisis función por función de la actividad hormonal

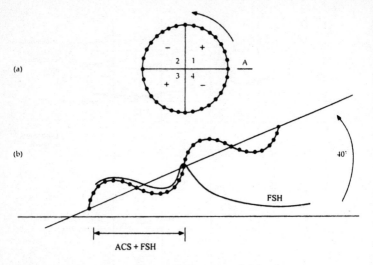

(a)

(b)

FSH

40°

ACS + FSH

Figura A27 Elevaciones y descensos de la FSH con el ciclo solar

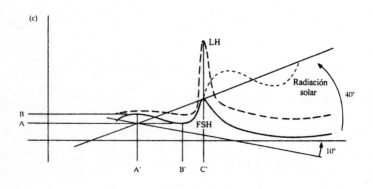

(c)

LH

Radiación solar

40°

B
A

FSH

A'   B' C'

10°

Figura A28 Producción de LH contra la radiación del ciclo solar

(d)

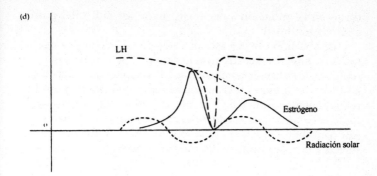

Figura A29 Producción de estrógeno contra la radiación del ciclo solar

Mientras tanto a la progesterona, inhibida por el incremento de estrógeno en el día 1, ahora se le permite incrementar, desencadenada por la radiación solar y en ausencia de estrógeno a través del efecto de la *LH* en el día 14. La progesterona incrementa con la actividad solar, llega a su máximo con el máximo de la radiación solar y sigue la disminución de la radiación solar antes de caer en forma exponencial hasta cero.

En conjunto ocurre una interacción muy compleja que traduce la actividad del ciclo solar en actividad hormonal. Estas hormonas determinan los niveles de fertilidad. Cualquier tras-

(e)

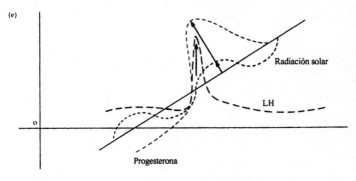

Figura A30 Producción de progesterona contra la radiación del ciclo solar

torno en la radiación solar trastornará por tanto del mismo modo la fertilidad.

Una objeción obvia a este mecanismo cuestiona por qué no todas las mujeres menstrúan al mismo tiempo en respuesta a un estímulo de radiación común del sol. Por supuesto, se debe a que no todas las mujeres fueron concebidas al mismo tiempo. Los relojes del biorritmo y de la fertilidad comienzan en el momento de la concepción. Puede esperarse que aquellas mujeres que son concebidas al mismo tiempo menstrúen al mismo tiempo, sujetas a factores ambientales modificadores.

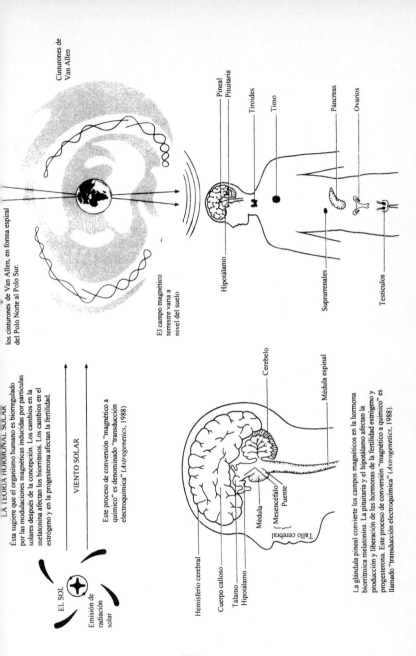

Cinturones de Van Allen

los cinturones de Van Allen, en forma espiral del Polo Norte al Polo Sur.

El campo magnético terrestre varía a nivel del suelo

LA TEORIA HORMONAL SOLAR

Ésta sugiere que el organismo humano es biorregulado por las modulaciones magnéticas inducidas por partículas solares después de la concepción. Los cambios en la melatonina afectan los biorritmos. Los cambios en el estrógeno y en la progesterona afectan la fertilidad.

VIENTO SOLAR

Este proceso de conversión "magnético a químico" es denominado "transducción electroquímica" (*Astrogenetics*, 1988)

EL SOL

Emisión de radiación solar

La glándula pineal convierte los campos magnéticos en la hormona biorrítmica melatonina. La pituitaria y el hipotálamo afectan la producción y liberación de las hormonas de la fertilidad estrógeno y progesterona. Este proceso de conversión "magnético a químico" es llamado "transducción electroquímica" (*Astrogenetics*, 1988).

Pineal
Pituitaria
Tiroides
Timo
Pancreas
Ovarios
Testículos
Suprarrenales
Hipotálamo

Hemisferio cerebral
Cuerpo calloso
Tálamo
Hipotálamo
Médula
Mesencéfalo
Puente
Tallo cerebral
Cerebelo
Médula espinal

4. El ciclo de las manchas solares

La superficie del sol es puntuada de vez en cuando por pequeñas manchas negras, la cantidad de las cuales fluctúa en un patrón cíclico que dura alrededor de 11.5 años terrestres. Las manchas son sintomáticas de la actividad electromagnética que se lleva a cabo en forma constante en lo profundo del sol.

El análisis de las manchas muestra que el campo magnético del sol, y sus efectos en el espacio local (la "capa neutral"), se invierte alrededor de cada 3 750 años, de modo que cinco inversiones magnéticas tienen lugar cada 18 139 años y a cada inversión le toma 374 años completarse de principio a fin.

En 1943, R. Woolf fue el primer observador occidental que sugirió la existencia de un patrón cíclico en la aparición y desaparición de las manchas solares en la superficie del sol. Estableció un periodo promedio de alrededor de 11.1 años.

Es la velocidad de rotación diferente de las capas exteriores del sol, de manera específica la diferencia entre las velocidades de rotación de los campos magnéticos polar y ecuatorial, la responsable sobre todo del ciclo de las manchas solares. Como se mostró en el capítulo 3 (pp. 6265), el campo polar se "enrolla" de modo gradual para formar un campo toroidal que varía en intensidad con la latitud. Las líneas magnéticas de fuerza se "enredan" con gases turbulentos debajo de la superficie del sol y estallan a través de la fotosfera, formando un par de manchas solares (*véase* figura A31 d y e).

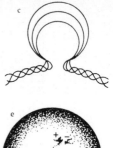

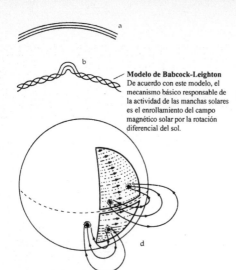

Modelo de Babcock-Leighton
De acuerdo con este modelo, el mecanismo básico responsable de la actividad de las manchas solares es el enrollamiento del campo magnético solar por la rotación diferencial del sol.

Las manchas solares parecen ser regiones en la superficie solar que han sido perforadas por rizos magnéticos del interior.

Figura A31

Año	Núm.	Año	Núm.	Año	Núm.	Año	Núm.	Año	Núm.
1851	64.5	1877	12.3	1903	24.4	1929	65.0	1955	38.0
1852	54.2	1878	3.4	1904	42.0	1930	35.7	1956	141.7
1853	39.0	1879	6.0	1905	63.5	1931	21.2	1957	190.2
1854	20.6	1880	32.3	1906	53.8	1932	11.1	1958	184.6
1855	6.7	1881	54.3	1907	62.0	1933	5.6	1959	159.0
1856	4.3	1882	59.7	1908	48.5	1934	8.7	1960	112.3
1857	22.8	1883	63.7	1909	43.9	1935	36.0	1961	53.9
1858	54.8	1884	63.5	1910	18.6	1936	79.7	1962	37.5
1859	93.8	1885	52.2	1911	5.7	1937	114.4	1963	27.9
1860	95.7	1886	25.4	1912	3.6	1938	109.6	1964	10.2
1861	77.2	1887	13.1	1913	1.4	1939	88.8	1965	15.1
1862	59.1	1888	6.8	1914	9.6	1940	67.8	1966	47.0
1863	44.0	1889	6.3	1915	47.4	1941	47.5	1967	93.8
1864	47.0	1890	7.1	1916	57.1	1942	30.6	1968	105.9
1865	30.5	1891	35.6	1917	103.9	1943	16.3	1969	105.5
1866	16.3	1892	73.0	1918	80.6	1944	9.6	1970	104.5
1867	7.3	1893	84.9	1919	63.6	1945	33.1	1971	66.6
1868	37.3	1894	78.0	1920	37.6	1946	92.5	1972	68.9
1869	73.9	1895	64.0	1921	26.1	1947	151.5	1973	38.0
1870	139.1	1896	41.8	1922	14.2	1948	136.2	1974	34.5
1871	111.12	1897	26.2	1923	5.8	1949	134.7	1975	15.5
1872	101.7	1898	26.7	1924	16.7	1950	83.9	1976	12.6
1873	66.3	1899	12.1	1925	44.3	1951	69.4	1977	27.5
1874	44.7	1900	9.5	1926	63.9	1952	31.5	1978	92.5
1875	17.1	1901	2.7	1927	69.0	1953	13.9	1979	155.4
1876	11.3	1902	5.0	1928	77.8	1954	4.4	1980	154.6

Figura A32 Medias anuales de Zurich de los números diarios relativos de manchas solares

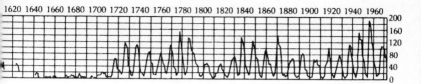

1620 1640 1660 1680 1700 1720 1740 1760 1780 1800 1820 1840 1860 1880 1900 1920 1940 1960

Figura A33 Los números y latitudes de las manchas solares han variado a lo largo de ocho ciclos completos entre 1874 y 1976

La cantidad de manchas contadas en forma visual en la superficie del sol ha variado cada año, pero puede detectarse con claridad un ciclo de manchas solares entre los datos. El ciclo alcanza su máximo cada 11.1 años. El ciclo más largo de un máximo a otro fue de 17.1 años (17881805) y el intervalo más corto fue de 7.3 años (1829.91837). De 1645 a 1715 no se registra ninguna mancha solar (el "mínimo de Maunder").

A menudo se dice que no se puede plantear la pregunta "¿cuál es la diferencia angular entre el campo magnético del sol y la Tierra?" debido a que somos incapaces, a primera vista, de cuantificar los campos con rotación diferencial en relación con la posición de la Tierra.

Pero *hay* un método para lograr esto, uno que he denominado "diferenciación rotacional". Puede ser explicado como sigue:

P (el campo magnético polar) rota una vez cada 37 días; E (el campo magnético ecuatorial) rota una vez cada 26 días. Llega un momento (después de 87.454545 días) en que E se "traslapa" o comienza a adelantar a P.

Por consiguiente, se está en posición de examinar el campo solar en relación con la Tierra a condición de que sólo se tomen mediciones cada 87.4545 días. Haciendo esto se están comparando sólo *dos* variables en cualquier momento dado: la posición combinada de P y E contra la posición de M.

Ahora se pueden introducir las siguientes cantidades en un programa de computadora: 37 (P), 26 (E) y 365.25 (M), y pedirle al programa que calcule las posiciones de éstas cada 87.4545 días. Es claro que, como se acaba de mencionar, P y E siempre estarán juntos cada 87.4545 días. Cuando se ha trazado la gráfica de P y E a intervalos de 87.4545 días y también se ha trazado la gráfica de M a intervalos de 87.4545 días, se puede restar una gráfica de la otra, lo que nos da la diferencia entre el campo magnético del sol y la Tierra. Se ve así:

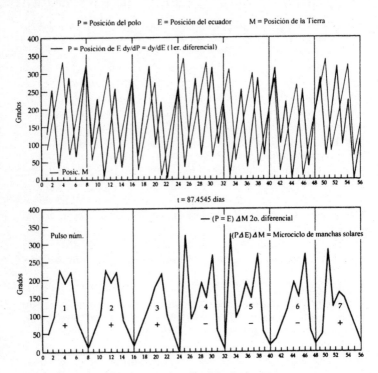

Figura A34 Los primeros siete microciclos del ciclo de 187 años

Analizando las formas de onda resultantes se puede observar que ocurren 97 ciclos diferentes que toman 781 periodos (bits); 781 bits de tiempo es 781 × 87.4545 68 302 días (187 años). Éste es un ciclo de manchas solares. Las formas de onda después del bit 781 son tan sólo repeticiones de las formas que ocurrieron al principio del ciclo de 187 años.

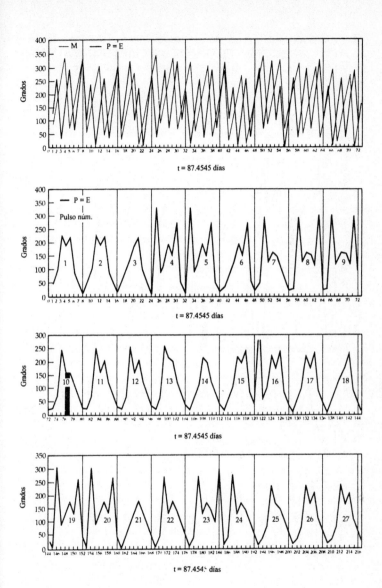

Figura A35 Un ciclo completo de 187 años (97 microciclos)

303

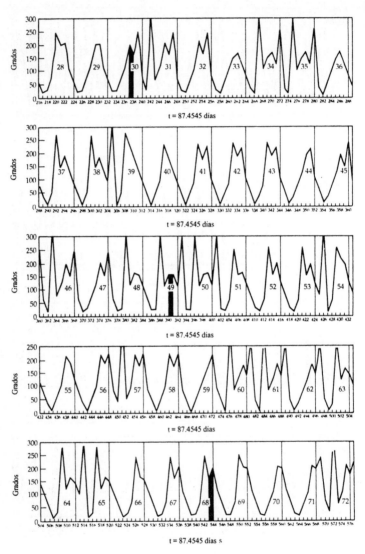

Figura A35 (continuación)

304

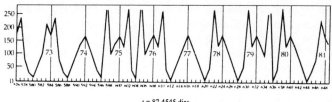

t = 87.4545 dias

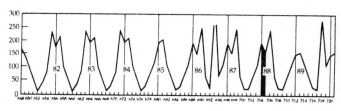

t = 87.4545 dias

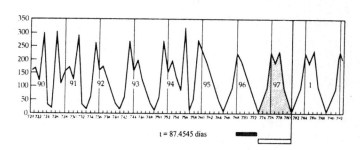

t = 87.4545 dias

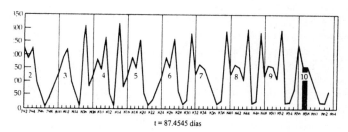

t = 87.4545 dias

Figura A35 (continuación)

305

Ya se ha mencionado, a partir de observaciones empíricas, que el dclo de manchas solares promedio asciende a alrededor de 11.1 años. Se señaló que 6 microciclos cada uno con una duración de 8 bits ascienden a 11.49299 años (48 × 87.454545 = 11.4929 años). Dado que 6 microciclos corresponden más de cerca al promedio, se puede plantear la hipótesis de que 6 microciclos ascienden a un ciclo de manchas solares "fundamental" (11.1 años promedio).

Superponiendo estos ciclos fundamentales de 11.4929 años a lo largo del ciclo de manchas solares de 187 años se deriva esto (los microciclos han sido polarizados para acomodar el ciclo fundamental hipotetizado):

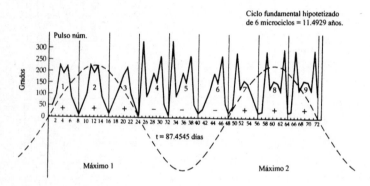

Figura A36

Por consiguiente, el ciclo de máximo a máximo es igual a 48 bits —es decir, 48 × 87.454545 días = 11.492999 años—. Éste es el periodo del ciclo solar fundamental idealizado hipotetizado.

A continuación, la observación cuidadosa de los 97 microciclos muestra que 92 de estos ciclos son en efecto de 8 microciclos de duración, pero los microciclos número 10, 30, 49, 68 y 88 son de 9 bits de duración (examínese la figura A34). Estos microciclos contienen un "bit de cambio" extra. Las posiciones de los bits de cambio pueden ser marcadas a lo largo del ciclo de manchas solares de 187 años:

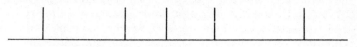

Figura A37 Bits de cambio

Estos bits de cambio, los cuales aparecen cinco veces durante el ciclo de 187 años, tienen el efecto de desviar, o "cambiar", todos los siguientes microciclos hacia adelante a lo largo del ciclo (*véase* página 301). Esto sugiere que el ciclo real tiene sólo 768 bits de largo pero es empujado hacia adelante 5 bits durante el intervalo de 187 años, hasta el bit 773.

Las posiciones del bit de cambio corresponden a las intersecciones de la capa neutral del sol (*véase* capítulo 3, pp. 72-74).

La capa neutral cambia por 8 bits (un microciclo) cada periodo de 187 años. Por tanto, los bits de cambio desvían la secuencia del microciclo. Para que un solo bit de cambio se modifique a través de 97 microciclos tomará 97 × 187 años = 18 139 años.

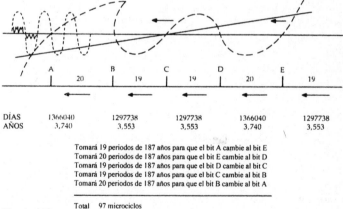

| DÍAS | 1366040 | 1297738 | 1297738 | 1366040 | 1297738 |
| AÑOS | 3,740 | 3,553 | 3,553 | 3,740 | 3,553 |

Tomará 19 periodos de 187 años para que el bit A cambie al bit E
Tomará 20 periodos de 187 años para que el bit E cambie al bit D
Tomará 19 periodos de 187 años para que el bit D cambie al bit C
Tomará 19 periodos de 187 años para que el bit C cambie al bit B
Tomará 20 periodos de 187 años para que el bit B cambie al bit A

Total   97 microciclos

Figura A38

En estos momentos la dirección del campo magnético, como se lee en la forma de onda de la deformación neutral, cambia de su dirección inicial, como se muestra.

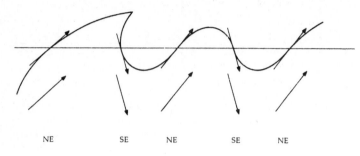

NE   SE   NE   SE   NE

Figura A39 Capa neutral mostrando la dirección del campo

En la figura A39, la dirección del campo de la capa neutral se muestra en la capa neutral. Debajo, para ilustrar la dirección inicial, las flechas congelan la dirección del campo con propósitos de comparación. Ahora se puede comparar la capa neutral cambiante con su dirección original.

Se acaba de ver cómo requiere 20 bits de cambio para que el bit de cambio E choque con el bit de cambio D. Durante este periodo de 1 366 040 días (3 740 años) la capa neutral invierte por completo su campo en comparación con su posición inicial. Esto se ilustra al comparar las formas de onda en dos momentos diferentes y al observar el cambio en la orientación de la flecha del campo congelada.

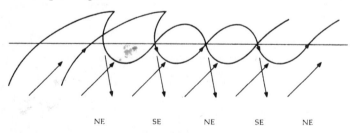

NE   SE   NE   SE   NE

La capa neutral cambia con respecto al ciclo fundamental cada 187 años. Por consiguiente, los bits de cambio cambian a lo largo de la secuencia de 97 microciclos. Conforme los bits de cambio chocan con la capa neutral del sol efectivamente cambian la dirección en comparación con su dirección de campo inicial (indicada por flechas).

Figura A40

Esto significa que las intersecciones de la capa neutral se invierten (cambian de dirección) cinco veces durante cada gran ciclo de 18 139 años. El campo magnético del sol cambia después de 3 740 años, de nuevo después de 3 553 años, una vez más después de 3 553 años, de nuevo después de 3 740 y por último por quinta vez después de 3 553 años durante el gran ciclo.

Por consiguiente, el ciclo de las manchas solares observado se elevará y disminuirá, siempre encima de la forma de onda de la capa neutral, y por tanto puede ser observado:

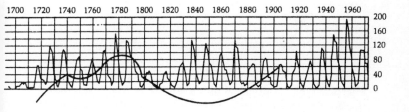

Figura A41 Capa neutral idealizada durante un ciclo de 187 años

Antes de continuar, es necesario entender cómo se invierte el campo solar (o en forma más precisa cambia de NE a SE).

Después de 1 366 040 días, el bit de cambio A se mueve a una posición nueva donde el bit de cambio B estuvo antes. ¿Esto significa que a medianoche del día 1 366 040 el campo se invertirá o dará una "voltereta"? La respuesta a esto es no.

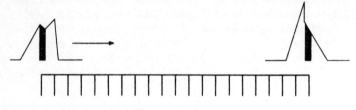

Posición original del microciclo que contiene el bit de cambio A

Posición original del microciclo que contiene el bit de cambio B

Cada división representa un microciclo

Figura A42

Tanto el microciclo que contiene al bit de cambio A como el microciclo que contiene al bit de cambio B cambian un microciclo cada 187 años (68 302 días). Desde el momento en que el microciclo que contiene al bit de cambio A "toca" al microciclo que contiene al bit de cambio B, los campos en efecto comienzan a encajar. El microciclo que contiene el bit de cambio A comienza a encajar en la posición previa del microciclo que contiene al bit de cambio B.

Figura A43

Toma 187 años desde que estos dos microciclos se "tocan" por primera vez hasta que descansan por completo uno encima del otro. Luego tomará otros 187 años para que se separen por completo otra vez. Por consiguiente, el tiempo de transición de la inversión sería de 2 × 187 = 374 años. Cualquier inversión del campo toca fondo por consiguiente después de 187 años del inicio de la inversión del campo.

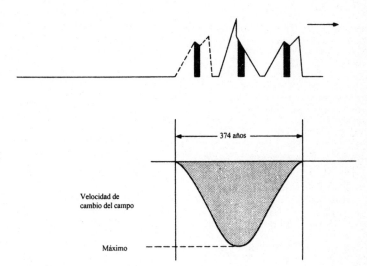

Figura A44

5. La declinación de los mayas

Tanto el campo magnético del sol como el campo magnético de las manchas solares se invirtieron alrededor de la época en que desaparecieron los mayas. La perturbación magnética combinada condujo a infertilidad y mutación genética en la Tierra, los efectos de lo cual fueron más graves en las regiones ecuatoriales. La actividad de las manchas solares causó una miniglaciación, en la cual la reducción resultante en el agua que se evaporó de los océanos llevó en forma directa a una sequía en las tierras mayas (*véase* capítulo 9, pp. 216217). Ésta fue la causa básica de la declinación de los mayas.

El efecto de la miniglaciación en los mayas

Brooks cita la declinación de los mayas como un ejemplo de evidencia para una variación amplia en la humedad global de los climas que prevalecían en latitudes tropicales entre el 600 y el 1100 d. C. (H. H. Lamb, *Climate, Past, Present and Future*). En la década de los setenta se demostró que la zona de las latitudes norteñas entre los 10° y 20° grados es susceptible a fluctuaciones marcadas en la humedad climática.

Otros autores han sospechado en forma similar que la civilización maya fue víctima de una sequía entre 790 y 810 d. C. Destaca el trabajo del doctor Sherret S. Chase, del Museo Botánico, en la Universidad de Harvard. Distinguió una preocupación maya por la lluvia (en la forma de adoración al dios de la lluvia Chaac). Se ha sugerido que la falta de lluvia en esta región, en especial en periodos secos, resulta ya sea de una falla del sistema pluvial ecuatorial (la zona de convergencia intertropical) para alcanzar el área en el curso de su migración estacional normal norte y sur (es decir, una falla monzónica) o al hacer solo una estancia reducida muy al norte del ecuador.

Los efectos del aumento del bombardeo de rayos cósmicos

Implícito en las estadísticas del apéndice 4 estaba el hecho de que el campo magnético del sol se invirtió (en relación con su dirección para los 3 740 años anteriores) entre el 440 y el 814 d. C., y que el bombardeo de rayos cósmicos a la magnetosfera de la Tierra durante este periodo de cambio —frente a la actividad anterior y subsecuente— se incrementó en gran medida. Los rayos cósmicos por lo general son dañinos para la vida en la Tierra; un aumento de ellos corresponde a un incremento en el daño causado a los organismos.

Las radiaciones ionizadas expulsan electrones de los átomos en la materia a través de la cual pasan, dejando a su paso átomos cargados positiva o negativamente. Estas radiaciones pueden ser absorbidas por el cuerpo a través de los pulmones (el aire que respiramos), los huesos, el elemento isotrópico estroncio absorbido en la comida o de forma directa de los rayos gamma o rayos X. Cuando estas radiaciones pasan por la materia, los átomos en su camino se excitan en resonancia con la frecuencia de la radiación. Los electrones se perturban tanto que son expulsados de una órbita estable normal más allá del núcleo o, en el extremo, son expulsados del átomo dejando atrás un átomo ionizado. Se sabe que los átomos ionizados son altamente reactivos desde el punto de vista químico.

Las moléculas dentro de una célula viva expuesta a radiaciones ionizadas están sujetas por tanto a cambios químicos, y tales cambios ocurren con mucha rapidez en el material genético DNA después de la absorción de energía, llevando a una mutación genética y a una deformidad física potencial.

Ahora bien, cualquier bombardeo aumentado de rayos cósmicos ocurre con efecto particular en las regiones ecuatoriales entre los 10° y 20° Norte y Sur debido a la incidencia perpendicular de los rayos en este punto con la superficie de la Tierra. Al mismo tiempo, el campo magnético del sol se invirtió por primera vez en 3 740 años, y esto quizá afectó a la magnetosfera de la Tierra, permitiendo una penetración aún mayor de los rayos cósmicos (*Royal Astronomical Atlas*: "Cuando el campo magnético de la Tierra sufre una inversión, la ausencia de una magnetosfera puede permitir que los rayos cósmicos entren a la atmósfera sin obstáculos...").

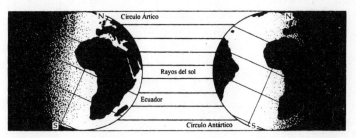

Figura A45 El bombardeo de rayos cósmicos afecta mas a las regiones ecuatoriales que a las regiones polares

"Los Danzantes"

En Monte Albán, cerca de Oaxaca (a unos 320 kilómetros de Palenque), hay una serie de relieves llamada "Los Danzantes", debido a que los arqueólogos imaginaron que la descripción extraña de posiciones humanas "deformadas" se relacionaba con contorsiones corporales relativas al movimiento y a la danza. Después de un examen más minucioso se puede ver que se trata de deformaciones, muchas de las cuales ocurren durante el nacimiento. (*Véase* figura A46.)

Predicción maya

Algo que intriga mucho sobre la declinación de los mayas, frente a todo lo demás, es que al parecer esperaban una inversión

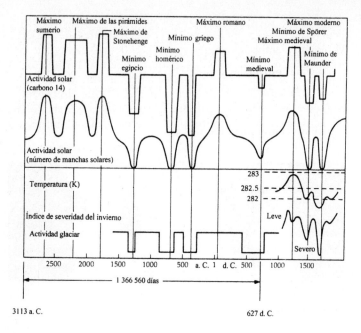

Máximo sumerio | Máximo de las pirámides | Máximo romano | Máximo moderno

Máximo de Stonehenge

Mínimo griego

Mínimo de Spörer

Máximo medieval

Mínimo egipcio

Mínimo homérico

Mínimo medieval

Mínimo de Maunder

Actividad solar (carbono 14)

Actividad solar (número de manchas solares)

Temperatura (K)

283
282.5
282

Índice de severidad del invierno

Leve

Actividad glaciar

Severo

2500   2000   1500   1000   500   a. C. 1   d. C. 500   1000   1500

1 366 560 días

3113 a. C.

627 d. C.

Figura A46

magnética solar durante ese nefasto periodo y quizá anticiparon los efectos de la inversión —incremento del bombardeo de los rayos solares y el consecuente aumento en la mortalidad infantil y, por último, la extinción.

En 1880 un bibliotecario de Dresde, Ernst Förstemann, anunció los resultados de muchos años de investigación sobre el significado de uno de los libros mayas de corteza sobrevivientes más antiguo, el *Códice Dresde* (nombrado así en honor de la biblioteca donde fue depositado). En el centro de los textos astronómicos, sugirió Förstemann, estaba la preocupación de los mayas con el ciclo de 260 días. Algunos han comentado que "esta cadena de días que se repite de manera interminable no guarda correspondencia con ningún ritmo celeste". Sin embargo, según nuestras observaciones, este ciclo se relaciona con la superposición de los campos magnéticos polar y ecuatorial del sol (apéndice 4). Pero el reconocimiento de este ciclo fue posible sólo usando información astronómica más reciente obtenida en los viajes espaciales y en investigaciones concomitantes. Así que, ¿cómo fue posible que los mayas entendieran la importancia, o existencia, de este ciclo que en sí mismo puede ser usado para calcular, al parecer, el momento (para los mayas) de la siguiente inversión magnética solar?

Förstemann notó que al menos "cinco" páginas completas en el *Códice Dresde* se refieren a las posiciones del planeta Venus. Otros han comentado que la característica más curiosa de los cuadros de Venus es el número de 1 366 560 días, al que se hace referencia como "la fecha de nacimiento de Venus", la cual se ha establecido como el 10 de agosto de 3113 a. C. En otra parte se señaló que este periodo de 1 366 560 días puede ser calculado con facilidad usando el ciclo de 260 días y, de modo curioso —y más importante—, si se cuentan 1 366 560 días hacia adelante desde el comienzo del calendario maya se llega al 627 d. C. —el centro exacto del cambio magnético solar que causó la declinación de los mayas.

El desciframiento de los números mayas (*véase* capítulo 2) muestra que había una observación acuciosa del planeta Venus para seguir de cerca los ciclos de las manchas solares, debido a que después de 20 de estos ciclos los mayas esperaban que se materializara la inversión, como sucedió.

Muchos han estudiado el sistema de numeración maya y a todos ha desconcertado. Como se ha visto, sin embargo, se puede descifrar con la inserción del ciclo de 260 días "faltante". Con la excepción se puede reconocer la regla. Al hacerlo así notamos que nueve de cada uno de los ciclos mayas ascienden al número de Venus, o de la inversión magnética, de 1 366 560 días. Del mismo modo, hay 620 inscripciones talladas en el templopirámide en Palenque (el lugar fúnebre del señor Pacal). ¿Cómo se ha de interpretar esto? Después de todo, es el número 260 el que es importante. Más aún, el desciframiento del sistema de numeración maya revela que ese sistema —como el babilónico— estaba basado en 360 (y a partir de esto se aprende que los mayas no sólo usaban el sistema decimal de base 10, sino también que la unidad de medida para la medición angular

317

era exactamente el mismo que usamos nosotros en la actualidad: 360). De modo que si se resta 260 de 620, ¿qué es lo que queda? 620 260 360; la base maya para el sistema de numeración. Así que si se "corrige" otra vez el error (un anagrama intencional) mostrando 620 (en lugar de 260), los mayas estaban indicando que sólo una persona que entendiera la importancia del 260 —junto con las ciencias necesarias de la astronomía, astrología, biología e ingeniería genética— podría descifrar el mensaje de los mayas, codificado en su arquitectura, su sistema de numeración y su arte.

Y aún más misterioso: codificaron toda la información contenida en este libro en un solo cuadro: la sorprendente Lápida de Palenque.

6. Catástrofe y destrucción

Cuando el campo magnético del sol cambia de dirección tiende a sacar a la Tierra de su eje. La inclinación de la Tierra está sujeta a terremotos, inundaciones, incendios y erupciones volcánicas.

El campo magnético del sol cambia cinco veces cada ciclo cósmico largo. Esta parecería ser la razón de que los mayas y otros creyeran que la Tierra había sido destruida cuatro veces en el pasado y que la destrucción al comienzo del siglo XXI en ésta, la quinta era del sol, seguiría el mismo camino.

Hace alrededor de 200 millones de años, todas las masas continentales reconocibles en la actualidad eran parte de una sola

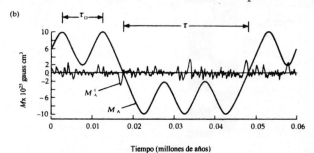

Modelo para las inversiones usado para derivar la función de distribución para las inversiones, τ_D es el periodo del campo bipolar y τ es la longitud de un intervalo de polaridad. Ocurre una inversión siempre que la cantidad M^i_A, la cual es una medida del campo no bipolar, se vuelve lo bastante grande en relación con el movimiento bipolar M_A. (Véase Olsson, 1970.)

Figura A47

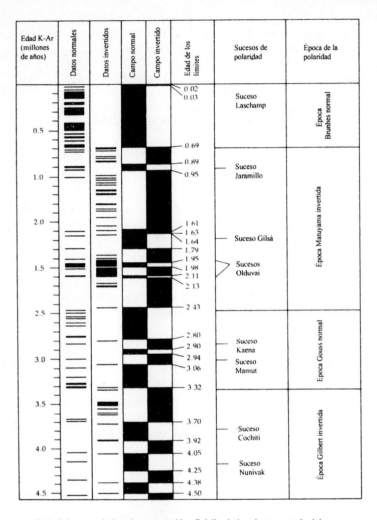

Edad K-Ar (millones de años)	Datos normales	Datos invertidos	Campo normal	Campo invertido	Edad de los límites	Sucesos de polaridad	Época de la polaridad
					0.02 / 0.03	Suceso Laschamp	Época Brunhes normal
0.5					0.69		
1.0					0.89 / 0.95	Suceso Jaramillo	Época Matuyama invertida
2.0					1.61 / 1.63 / 1.64	Suceso Gilsá	
1.5					1.79 / 1.95 / 1.98 / 2.11 / 2.13	Sucesos Olduvai	
2.5					2.43		
3.0					2.80 / 2.90 / 2.94 / 3.06	Suceso Kaena / Suceso Mamut	Época Gouss normal
3.5					3.32 / 3.70		Época Gilbert invertida
4.0					3.92 / 4.05 / 4.25	Suceso Cochiti / Suceso Nunivak	
4.5					4.38 / 4.50		

Escala de tiempo para las inversiones geomagnéticas. Cada línea horizontal corta muestra la edad determinada por fechamiento de potasio-argón. Los intervalos de polaridad normal están representados por las porciones sólidas de la columna de "campo normal" y los intervalos de polaridad invertida por las partes sólidas de la columna de "campo invertido". (Cox, 1969.)

Figura A48

masa continental gigante llamada ahora Pangea. Este es un concepto fundamental de lo que es ahora bien conocido como la teoría de la deriva continental, una teoría que fue planteada por Antonio Snider en 1858. Pero su defensor más importante probablemente fue Alfred Wegener quien, en 1915, publicó evidencias a partir de la geología, la climatología y la biología. Sus conclusiones fueron muy parecidas a las alcanzadas por la investigación actual —aunque estaba equivocado acerca de la velocidad de los acontecimientos.

Después de 20 millones de años, la masa continental gigante única había comenzado a dividirse en dos supercontinentes gigantes: Laurasia (que abarcaba la mayor parte de lo que ahora es América del Norte, Europa y Asia, menos el subcontinente indio) y Gondwana (que abarcaba América del Sur, África, la Antártida, Australasia y el subcontinente de India).

Además de estos cambios estrictamente físicos de la superficie de la Tierra, se ha establecido que el campo magnético de la Tierra se ha invertido en muchas ocasiones. Los modelos teóricos sugieren que una combinación de factores (que representan lo que algunos llaman un "escenario del peor de los casos") es responsable de tales inversiones magnéticas.

7. Números y sistemas
de conteo mayas

Se ha sugerido que los mayas usaban un sistema de conteo vigesimal (de base 20) donde cada nivel de operando excedía al siguiente nivel por un factor de 20:

Baktun	Katun	Tun	Uinal	Kin
144 000	7 200	360	20	1
Dias	Días	Días	Días	Días

Figura A49

Pero los periodos de conteo del ciclo maya, como se muestra
arriba, no están relacionados de manera vigesimal; 360 no es 20
veces la cifra uinal de 20, ya que ésta sería 400.

Del mismo modo, el Ciclo Calendárico maya de 52 "años"
concilia de forma ostensible el calendario maya de 260 días con
el año solar de 365 días, lo cual sería si la longitud del año solar
fuera de 365 días, pero no lo es. Tiene una duración de 365.25
días. Así, el ciclo calendárico, entonces, no encaja bien cada 52
años sino cada 52 años menos 52 x .25 periodos de día, es decir,
el ciclo calendárico asciende a 18 980 días y no a 18 993 días de
52 años solares.

No obstante, los jeroglíficos mayas pueden traducirse con
precisión, y en forma correcta, usando baktunes, katunes, tunes, uinales y kines. Pero tales traducciones desafían a la lógica racional. Se ha sugerido que los mayas eran de un intelecto
bajo y que aunque usaban el cero, no eran excepcionales en

otras cosas desde el punto de vista numérico y matemático. Pero, ¿es éste el caso? ¿El enfoque maya de los números podría haber sido en realidad un método simplificado del sistema decimal actual?

Examinemos esta posibilidad:

Periodos usados por los mayas

i) El sistema maya favorecía un mes que consistía en 20 *días*, cada uno de los cuales tenía su propio nombre, por ejemplo, "Imix".

ii) Cada día llevaba también un *número prefijo* que iba del *1* al *13*, por ejemplo, 6 Imix.

iii) La elección de estas dos secuencias significa que cualquier combinación particular número de día/nombre no podía repetirse hasta que las 260 combinaciones número de día/nombre (13 × 20) hubieran a su vez pasado.

El nombre maya para este *periodo de 260 días era Tzolkín*; sin embargo, los aztecas se referían a él como el *Tonalámatl*: el "año sagrado".

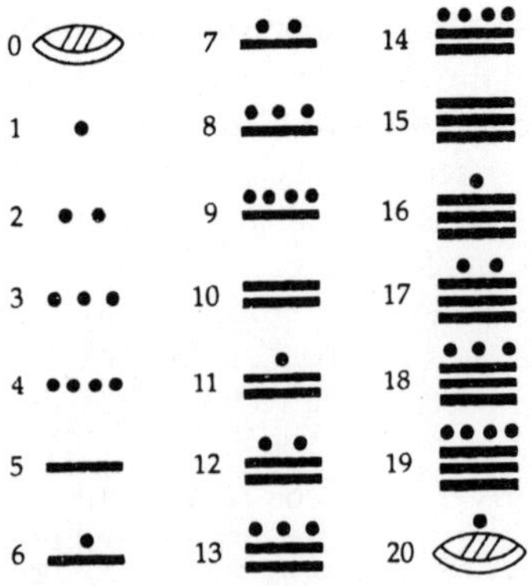

Figura A50 Números mayas: un punto representaba una unidad de 1, una barra representaba una unidad de 5

NOMBRES DE LOS DÍAS

Nombres mayas	Traducción
Imix	Dragón marino/Agua/Vino
Ik	Aire/Vida
Akbal	Noche
Kan	Maíz
Chicchan	Serpiente
Cimi	Muerte
Manik	Venado/Asimiento
Lamat	Conejo
Muluc	Lluvia
Oc	Perro
Chuen	Mono
Eb	Retama
Ben	Caña
Ix	Jaguar
Men	Pájaro/Aguila/Sabio
Cib	Búho/Buitre
Caban	Fuerza/Tierra
Eznab	Pedernal/Cuchillo
Cauac	Tormenta/Tun
Ahau	Señor

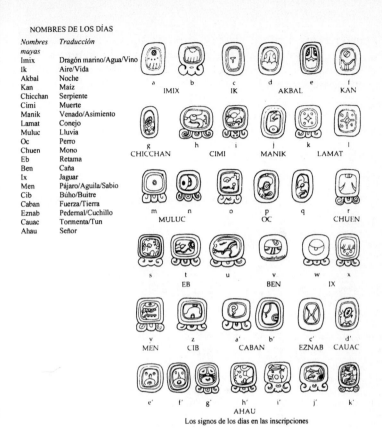

Los signos de los días en las inscripciones

Figura A51

Se observa que aunque este periodo de 260 días era de la mayor importancia, con relación a la profetización de los eventos y augurios para los mayas (en especial en el Códice), rara vez se representa en las inscripciones en los registros de periodos largos; en su lugar aparecen baktunes, katunes, tunes, uinales y kines. La importancia científica se presenta en la página 328, donde se señala que 260 días es el periodo solar más importante; un producto de las variables solares rotatorias de 37 y 26 días.

2-MANIK, 67^{avo.} día del ciclo de 260 días que comienza en 1-IMIX

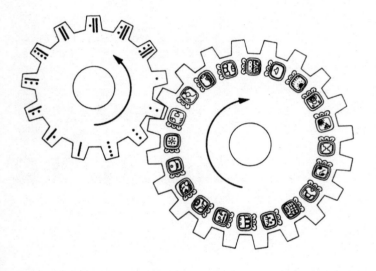

Figura A52

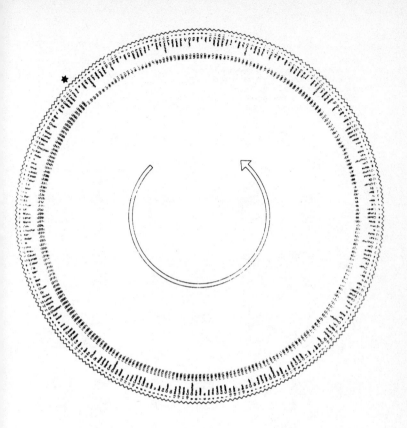

Figura A53 Rueda del Tonalamatl, mostrando la secuencia de los 260 días nombrados en forma diferente

Los nombres de los meses siempre tienen sus propios números coeficientes, tales como 4 Muan, 9 Pop, etcétera. Los números van de cero, o "asiento" del mes, a 19.

Números de los meses
8... 9... 10... II... 12... 13... 14... 15... 16... 17... 18... 19...
0... I... 2... 3... 4... 5... 6... 7... 8...

HAAB

El año de 365 días, o haab, estaba compuesto por 18 meses (uinales) de 20 días cada uno, para formar un año de 360 días (18 x 20 = 360). Cinco días "nefastos". llamados Uayeb, eran agregados para completar el año de 365 días.

Los nombres de los meses eran:

1 Pop	11 Zac
2 Uo	12 Ceh
3 Zip	13 Mac
4 Zotz	14 Kankin
5 Tzec	15 Muan
6 Xul	16 Pax
7 Yaxkin	17 Kayab
8 Mol	18 Cumhu
9 Chen	19 Uayeb (5 días)
10 Yax	

Cada uno tenía 20 días, excepto el último que sólo tenía 5.

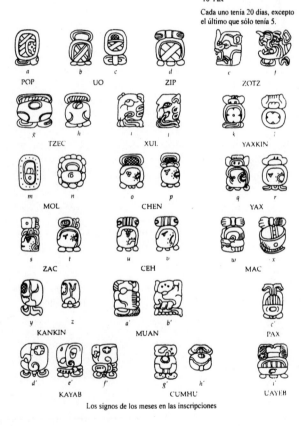

Los signos de los meses en las inscripciones

Figura A54

328

El Haab

El *Haab* era el periodo de 365 días para los mayas que se acercaba más a nuestro año solar moderno de 365.25 días.

El *Haab* estaba formado por dos periodos distintos:

Eltun   = 360 días
El xma kaba kin   = <u> 5 días</u> ("días sin nombre" nefastos)
                     365 *Haab* días mayas

En la actualidad se agrega un día a febrero cada cuatro años para mantener nuestro registro del tiempo con un periodo del año solar real. Por consiguiente, estos "años bisiestos" acomodan las 4 x.25 discrepancias anuales que se acumulan entre cada ajuste "bisiesto". No se sabe que los mayas usaran ningún ajuste bisiesto (ajuste intercalar).

El tun de 360 días facilitaba al menos la división en 18 meses mayas (de 20 días). Y esto significaba que cada día 361 comenzaba con el mismo nombre de día. Por consiguiente, los días nombrados nefastos en un periodo de 360 días llevaban el mismo nombre durante el siguiente periodo de 360 días; es decir, algunos nombres siempre eran afortunados y algunos siempre eran nefastos —a diferencia de nuestro calendario moderno, por ejemplo, donde un cumpleaños puede caer en martes este año, en lunes el año anterior y en miércoles el año siguiente—, era la "fortuna" y la "adversidad" las que interesaban a los mayas.

El Ciclo Calendárico: periodo de 18 980 días

Es claro que el periodo del "año sagrado" de 260 días y el *Haab* de 365 días se repetían en forma secuencial. Se podría decir con seguridad que volverían a comenzar en sus posiciones iniciales cada 260 × 365 días (más de 95 000 días) después de que lo hicieron. Pero en realidad volverían a principiar en sus posiciones iniciales antes de este tiempo. Puede encontrarse de la manera que sigue cuándo ocurre esta correspondencia:

Debido a que cada periodo de 20 días era "nombrado", y 20 se divide entre 360, se puede decir con seguridad que cada día 361 tiene el mismo nombre que en el día 360 del periodo precedente (como se mencionó antes). Pero el *Haab* duraba 365 días. Por consiguiente, se puede decir con seguridad que el día 366 llevará un nombre 5 lugares diferente que el periodo precedente de 365 días. Ahora, 20 también es divisible entre 5 (4 × 5 = 20). Puede mostrarse que, debido a esto, cualquier periodo de 365 días sólo puede comenzar con uno de 4 de los 20 días disponibles nombrados.

Se debe recordar además que 260 también puede ser dividido entre el número 5, y lo mismo sucede con 365. Para encontrar el periodo más corto de correspondencia rotatoria entre los periodos de 260 y 365 días, se necesita encontrar el mínimo común múltiplo:

$$\frac{260}{5} \times \frac{365}{5} \times \frac{5}{1} = 52 \times 73 \times 5 = 18\,980 \text{ días}$$

Cada 18 980 días los periodos de 260 días y 365 días reinician juntos. Éste es el *Ciclo Calendárico*.

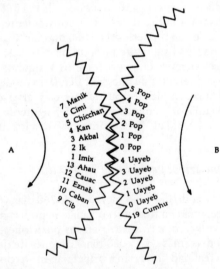

Diagrama que muestra la correspondencia de la rueda del tonalámatl de 260 días (A) y la rueda del haab de 365 posiciones (B); dando la combinación de los dos el Ciclo Calendárico, o periodo de 52 años.

Figura A 5 5 El Ciclo Calendárico: periodo de 18 980 días

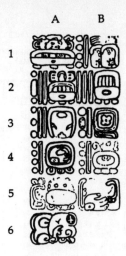

Figura A56

En qué dirección se deben leer los glifos

Las fechas mayas *por lo general* se leen a lo ancho y hacia abajo, en columnas de dos. En la siguiente figura se lee Al, luego Bl, luego se pasa a la siguiente línea, A2, B2, etcétera. La figura A57 muestra múltiples periodos del Ciclo Calendárico. El primer periodo es de 18 980 días. Los ciclos calendáricos subsecuentes se enlistan debajo. En la columna siguiente se halla la misma fecha como se encuentra en las esculturas y estelas mayas.

Por ejemplo, un Ciclo Calendárico puede ser factorizado como:

Cero	baktunes	2 katunes	12 tunes	13 uinales y cero kines	
o sea	(0×144 000)	(2×7 200)	(12×360)	(13×20)	(0×1)
o sea	0	2	12	13	0

Esto se escribe como 2.12.13.0. ¿Cualquier civilización inteligente habría usado un sistema de notación incómodo e ilógico como éste?

80 CICLOS CALENDÁRICOS EXPRESADOS
EN NOTACIÓN ARÁBIGA Y MAYA

Ciclos calendáricos	Días	Ciclos, etc.	Ciclos calendáricos	Días	Ciclos, etc.
1	18,980	2. 12. 13. 0	41	778,180	5. 8. 1. 11. 0
2	37,960	5. 5. 8. 0	42	797, 160	5. 10. 14. 6. 0
3	56,940	7. 18. 3. 0	43	816,140	5. 13. 7. 1. 0
4	75,920	10. 10. 16. 0	44	835,120	5. 15. 19. 14. 0
5	94,900	13. 3. 11. 0	45	854,100	5. 18. 12. 9. 0
6	113,880	15. 16. 6. 0	46	873,080	6. 1. 5. 4. 0
7	132,860	18. 9. 1. 0	47	892,060	6. 3. 17. 17. 0
8	151,840	1. 1. 1. 14. 0	48	911,040	6. 6. 10. 12. 0
9	170,820	1. 3. 14. 9. 0	49	930,020	6. 9. 3. 7. 0
10	189,800	1. 6. 7. 4. 0	50	949,000	6. 11. 16. 2. 0
11	208,780	1. 8. 19. 17. 0	51	967,980	6. 14. 8. 15. 0
12	227,760	1. 11. 12. 12. 0	52	986,960	6. 17. 1. 10. 0
13	246,740	1. 14. 5. 7. 0	53	1,005,940	6. 19. 14. 5. 0
14	265,720	1. 16. 18. 2. 0	54	1,024,920	7. 2. 7. 0. 0
15	284,700	1. 19. 10. 15. 0	55	1,043,900	7. 4. 19. 13. 0
16	303,680	2. 2. 3. 10. 0	56	1,062,880	7. 7. 12. 8. 0
17	322,660	2. 4. 16. 5. 0	57	1,081,860	7. 10. 5. 3. 0
18	341,640	2. 7. 9. 0. 0	58	1,100,840	7. 12. 17. 16. 0
19	360,620	2. 10. 1. 13. 0	59	1,119,820	7. 15. 10. 11. 0
20	379,600	2. 12. 14. 8. 0	60	1,138,800	7. 18. 3. 6. 0
21	398,580	2. 15. 7. 3. 0	61	1,157,780	8. 0. 16. 1. 0
22	417,560	2. 17. 19. 16. 0	62	1,176,760	8. 3. 8. 14. 0
23	436,540	3. 0. 12. 11. 0	63	1,195,740	8. 6. 1. 9. 0
24	455,520	3. 3. 5. 6. 0	64	1,214,720	8. 8. 14. 4. 0
25	474,500	3. 5. 18. 1. 0	65	1,233,700	8. 11. 6. 17. 0
26	493,480	3. 8. 10. 14. 0	66	1,252,680	8. 13. 19. 12. 0
27	512,460	3. 11. 3. 9. 0	67	1,271,660	8. 16. 12. 7. 0
28	531,440	3. 13. 16. 4. 0	68	1,290,640	8. 19. 5. 2. 0
29	550,420	3. 16. 8. 17. 0	69	1,309,620	9. 1. 17. 15. 0
30	569,400	3. 19. 1. 12. 0	70	1,328,600	9. 4. 10. 10. 0
31	588,380	4. 1. 14. 7. 0	71	1,347,580	9. 7. 3. 5. 0
32	607,360	4. 4. 7. 2. 0	72	1,366,560	9. 9. 16. 0. 0
33	626,340	4. 6. 19. 15. 0	73	1,385,540	9. 12. 8. 13. 0
34	645,320	4. 9. 12. 10. 0	74	1,404,520	9. 15. 1. 8. 0
35	664,300	4. 12. 5. 5. 0	75	1,423,500	9. 17. 14. 3. 0
36	683,280	4. 14. 18. 0. 0	76	1,442,480	10. 0. 6. 16. 0
37	702,260	4. 17. 10. 13. 0	77	1,461,460	10. 2. 19. 11. 0
38	721,240	5. 0. 3. 8. 0	78	1,480,440	10. 5. 12. 6. 0
39	740,220	5. 2. 16. 3. 0	79	1,499,420	10. 8. 5. 1. 0
40	759,200	5. 5. 8. 16. 0	80	1,518,400	10. 10. 17. 14. 0

Figura A57 Ciclos calendáricos expresados en notación arábiga y maya

Según mis cálculos, el ciclo de manchas solares es de 68 302 días y después de 20 periodos (20 × 68 302 = 1 366 040 días) el campo magnético de la capa neutral del sol se inclina. El campo magnético de la Tierra intenta realinear su eje magnético con el del sol y se inclina en su eje. En ese momento los polos magnéticos terrestres cambian su posición geoestacionaria. La destrucción cataclísmica tiene lugar en la Tierra por medio de actividad tectónica violenta, erupciones volcánicas, inundaciones y huracanes, como se cuenta en las historias en la Lápida de Palenque. Para los mayas era importante vigilar el progreso de este periodo de 68 302 días debido a que después de 20 de estos periodos seguiría la destrucción. Pero es improbable que la cuenta de un periodo tan largo, sin un conteo sensato (y calibración), sea exitosa. Más aún, ningún calibrador astronómico observable estaba disponible para usarlo en la vigilancia de estos periodos con exactitud. El calibrador astronómico más cercano es Venus, cuyo periodo rotatorio sideral asciende a 584 días. Ciento diecisiete pasadas de Venus en el cielo (117 × 584) ascienden a 68 328 días —los cuales, aunque no dan con exactitud un ciclo de manchas solares de 68 302 días, están muy cerca—. (Por supuesto que los 26 días extra agregados a la cifra correcta de 68 302 días necesitarían ser vigilados, almacenados, anticipados y usados para corregir el periodo total de cálculo. El periodo total, por ejemplo, ascendería a 1 366 560 en lugar de 1 366 040 días.) Así que era vital observar a Venus.

Así, para los mayas, el ciclo de manchas solares era de 68 302 + calibrador de Venus (26) = 68 328 × 20 = 1 366 560 días. He descubierto que el periodo de 1 366 560 días puede ser calculado en varias formas:

1) Por computadora,
2) usando el periodo de 260 días junto con el Ciclo Calendárico 18 980.
3) usando el sistema de ciclos mayas, katún, bakún, uinal, tun y *Tonalámatl* y vigilando el intervalo de Venus.

Cálculo del periodo cataclísmico usando la cifra de 260 días y el Ciclo Calendárico (método 2) (véase figura A 58)

Las regiones polares del sol rotan cada 37 días.

La región ecuatorial del sol rota cada 26 días.

Esto se conoce como "la rotación diferencial de los campos magnéticos polar y ecuatorial del sol".

P se mueve 360/37 (9.729729)° por día.

E se mueve 360/26 (13.84615)° por día.

Después de 260 días P ha dado 7.027027 revoluciones. Se ubica a 9.729729° frente a donde comenzó (*b*).

Después de 260 días E ha completado 10 revoluciones solares y se ubica a 0° (*b*).

El segundo periodo de 260 días comienza con P adelante de E por 9.729729729° (*b*).

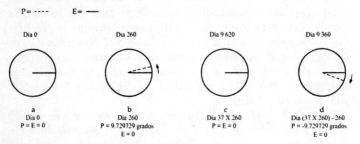

Figura A58

Se puede usar este error P:E de 260 días:
9.729729 es 1/37° de un círculo. Por consiguiente, se sabe que después de 37 errores (37 × 260) P y E deben estar juntos de nuevo en cero. Así P = E = 0 después de 37 × 260 días; es decir, 9 620 días (*c*).

Se podría restar 260 días de esta cifra y quedar 9.729729° detrás de E, por ejemplo, 9 620-260 = 9 360, E se encuentra en cero, P *se retrasa* de E por 9.729729° (*d*).

Se podría duplicar esta cifra (*e*) y saber que P se retrasa de E por 2 × 9.729729°; por ejemplo, después de 2 × 9 360 días (18 720) E = 0, P = –2 × 9.729729° (*e*).

Ahora se podrían sumar 260 días a esta nueva cifra, 18 720 + 260 (18 980), y saber que E = 0 y P se encuentra sólo a 1 × 9.729729° detrás de E.

Día 18 720

e
d x 2
E = 0; P = -2 x 9.729 grados

Día 18 980 (Ciclo Calendárico)

f
e + 260 = 18 980
E = 0; P = -9.729 grados

Figura A59

La figura A59 nos proporciona el Ciclo Calendárico usando sólo dos cifras: el 37 del polo solar y el 26 del ecuador solar.

Ahora se tiene esta situación:

g
f x 36 (68 3280) grados
E = 0; P = 9.729

h
(g x 2) - (2 x 260)
1 366 040
Periodo de destrucción

Figura A60

Este método debe contener un error de 520 días debido a los medios de cálculo y esto se ilustra como:

2 × 9.729729° para que P adelante a E. 2 × 260 =

$$520.1\ 366\ 560\ 520$$
$$= 36\ 920\ P$$
$$52\ 540\ E$$
$$3\ 740\ (Tierra)$$

(Recuérdese que el exceso de 520 facilita el uso de Venus como calibrador.)

i
g x 2 (1 366·560) grados
E = 0
P = 2 x 9.729729 grados

Figura A61

Requisitos de un sistema para vigilar el ciclo de manchas solares usando los ciclos mayas (método 3)

i)a   ciclo de manchas solares = 68 302 días
   20 de estos 68 302 = 1 366 040 = destrucción
i)b   117 intervalos de Venus de 584 días = 68 328 días
                    (26 días de más)
   20 de estos 68 328 = 1 366 560 (520 de más)

Por consiguiente, vigilar a Venus por 117 × 20 periodos de 584 días, recordando restar 520 días, quiere decir que la destrucción vendrá durante el último paso de Venus en esta serie.

ii)a   A fin de calibrar con Venus se debe asegurar que 117 aparece como factor en cualquier sistema de conteo.
ii)b   A fin de asegurar la sincronización con las variables solares se debe incluir 260 en cualquier sistema de conteo (260 días es el ciclo astronómico más importante, P/E).
ii)c   A fin de calcular el momento de la destrucción se deben contar 20 periodos de manchas solares.

iii) A fin de satisfacer ii)a, ii)b:

"Elevar" (multiplicar) 117 (pasos de Venus) por 2.22222
= 260

Coloca a Venus en términos de Tonalámatl

iv) A fin de satisfacer ii)c y acomodar iii:

En lugar de multiplicar por 20 (para obtener 20 periodos) ahora se debe multiplicar 50/0 por 20/2.22222 = 9.

	Baktun	Katun	Tun	Tonalámatl	Uinal	Kin
dias	144 000	7 200	360	260	20	1

Figura A62 Determinación de las duraciones del ciclo maya

Se sabe que las fechas inscritas en monumentos se ilustra con referencia al baktún, katún, tun y uinal y también al kin. (El *Tonalámatl*, el más importante, se omitió a propósito.)

Se necesita vigilar el periodo de 1 366 560 días. Se requiere de
un sistema de conteo para simplificar y acomodar esto.

Los mayas eligieron un sistema de base 360, que se relaciona
con grados angulares y facilita el reconocimiento de las variables rotatorias. Venus, el polo solar (P), el ecuador solar (E) y el
Mundo (M).

$$\frac{68\,328}{360} \times 360 \qquad\qquad = 68\,328$$

$$\frac{68\,328}{360} \times 360 \times 20 \qquad\qquad = 1\,366\,560 = \text{destrucción}$$

$$189.8 \times 360 \times 20 \qquad\qquad = 1\,366\,560$$

Factor del Ciclo Calendárico		Factor base/tun		Sistema de numeración	
189.8	×	360	×	(2.22222 × 9) = 1 366 560	

$(189.8 \times 2.22222 = 421.77) \times 360 \times 90 = 1\,366\,560$

Esto significa que 421.77777 ciclos de 360 días será un noveno de la cifra de destrucción requerida; por tanto, esto puede ser tabulado:

(400 × 360)	(20 × 360)	(1 × 360)	(.777777 × 360) i.e. 421.777 × 360			
= 144,000	7,200	360	280			
Baktun	Katun	Tun	Tonalamatl	Uinal		
= 144,000	7,200	360	260	20		Días
1	1	1	1	1	=	151,840
2	2	2	2	2	=	303,680
3	3	3	3	3	=	455,520
4	4	4	4	4	=	607,360
5	5	5	5	5	=	759,200
6	6	6	6	6	=	911,040
7	7	7	7	7	=	1,062,880
8	8	8	8	8	=	1,214,720
9	9	9	9	9	=	**1,366,560 = 9**
= 400 × 360 × 9	20 × 360 × 9	360 × 9	.7222 × 360 × 9	.0555 × 360 × 9		
= 360 × (400)	(20)	(1)	(.7777) × (9)		=	1,366,560
= 360 ×		421.77777777		× 9	=	1,366,560

Figura A63

Para revisar: restar 520.
  1 366 560 520 1 366 040 = un ciclo completo para
  52 540 revoluciones de E
  36 920 revoluciones de P
  3 740 revoluciones de M (la Tierra)

Por eso para los mayas el número 9 era muy importante. Nueve "Señores de la Noche" están pintados en los muros de la tumba en el Templo de las Inscripciones y aparecen nueve códigos a lo largo de cada lado de la Lápida de Palenque. Pero, ¿por qué el periodo de 260 días nunca se anotaba en las inscripciones? Es bastante claro que el cuadro anterior debe contener 260 días a fin de dar sentido a los ciclos mayas. Lo que aprendemos de la Lápida de Palenque es esto:

Lo más importante son las esquinas faltantes (véase apéndice 8); sin "encontrar" primero las esquinas fallantes la Lápida no puede ser descifrada.

338

El número más importante en el sistema de ciclos mayas (260) falta en los monumentos fechados (y la notación del Ciclo Calendárico expresada en éstos, figura A57). Más aún, se nota que sin la presencia del periodo de 260 días el sistema de conteo no tiene sentido.

Al no percatarse de esto, aquellos que tradujeron los ciclos mayas a pie juntillas, como se muestra en las páginas 325-326, malinterpretaron el intelecto maya. Este malentendido implica que los mayas estaban menos desarrollados desde el punto de vista intelectual que nosotros. Por consiguiente, sólo cuando nos volvamos tan desarrollados intelectualmente como los mayas, podemos siquiera comenzar a entender lo avanzados que estaban.

La cuenta larga

Se ha descifrado una cuenta larga que se extiende a 136 656 000 años (más de 374 000) y necesitamos establecer cómo podían distinguir los mayas cualquier fecha particular en este periodo.

Hasta ahora no he mencionado que los mayas usaban ciclos aún más largos que el baktún y el katún; por ejemplo, usaban el calabtún, de 57 600 000 días, y el kinchilitún, de 1 152 000 000. Esto plantea la interesante pregunta: ¿Por qué los mayas desearían referirse a periodos que se extendieran más allá del día de la destrucción? ¿Cómo podrían ser importantes si el mundo habría terminado?

Éste es otro ejemplo fino del humor y la inteligencia mayas y conduce a otro enigma intelectual: la mecánica de nuestro sistema de conteo de base 360 no se acomoda a duraciones de ciclo mayores de 144000 días, pero existen el calabtún y el kinchilitún. Se esperaría que éstos "encajaran" así:

Kinchilitún	Calabtún	Pictún	Baktún	Katún	Tun	Ton	Ui
1 152 000 000	57 600 000	2 880 000	144 000	7 200	360	260	20

Pero aquí nuestro sistema de numeración parece detenerse. Al parecer falla en repetirse después de que se ha alcanzado 1 366 560. Antes de continuar se necesita observar con mayor detenimiento las cualidades del número 9

339

1/9 =.111111111111	además	10/9=1.111111111111
2/9 =.222222222222		20/9 = 2.222222222222
3/9 =.333333333333		30/9=3.333333333333
4/9 =.444444444444		40/9 = 4.444444444444
5/9 =.555555555555		50/9 = 5.555555555555
6/9 =.666666666666		60/9 = 6.666666666666
7/9 =.777777777777		70/9 = 7.777777777777
8/9 =.888888888888		80/9 = 8.888888888888
9/9 =.999999999999		90/9 = 9.999999999999

Figura A64

Nótese que el número 9.999999999999 sólo usa un dígito: 9.

Nótese que el número 10 usa dos dígitos: 1 y 0, el doble de dígitos que el 9.

¿Podrían los mayas haber estado usando en realidad un sistema decimal de base 9 que era la *mitad* de complejo que el sistema decimal basado en el 10 actual? Se examinará esta cuestión, pero primero se verá lo que sucede cuando se prosigue el sistema de numeración del ciclo maya más allá de 1 366 560. Si se incrementa el tamaño del ciclo de 144 000 por 20 el sistema de conteo se interrumpe, por ejemplo:

2,880,000	144,000	7,200	360	260	20	
1	1	1	1	1	1	1 = 3,031,840.
.	.	.	.	.	.	
.	.	.	.	.	.	
9	9	9	9	9	9	9 = 27,286,560

Figura A65

De ninguna manera puede conducir esto a la Cuenta Larga de 100 periodos de destrucción, es decir, 136 656 000 días. ¿Qué se debe hacer para obtener la Cuenta Larga usando sólo ciclos más pequeños que 144 000 para que progrese la cuenta? (Pueden usarse ciclos de duración mayor para denotar un conjunto particular de días pero no para progresar periodos.)

como antes

	144,000	7,200	360	260	20		
	1	1	1	1	1	=	151,840
	2	2	2	2	2	=	303,680
	3	3	3	3	3		.
	4	4	4	4	4		.
	5	5	5	5	5		.
	6	6	6	6	6		.
	7	7	7	7	7		.
	8	8	8	8	8		.
	9	9	9	9	9	=	1,366,560
ahora...	10	10	10	10	10	=	1,518,400
y...	20	20	20	20	20	=	3,036,800
	30	30	30	30	30		.
	40	40	40	40	40		.
	50	50	50	50	50		.
	60	60	60	60	60		.
	70	70	70	70	70		.
	80	80	80	80	80		.
	90	90	90	90	90	=	13,665,600
ahora...	100	100	100	100	100	=	15,184,000
y...	200	200	200	200	200	=	30,368,000
	300	300	300	300	300		.
etc.	.	.	.	.	.		.
	900	900	900	900	900	=	136,656,000

Figura A66

Nótese que, en las columnas verticales, se pasa de 9,10 directo a 20, 30. Esto permite "saltar" el 11, manteniendo un sistema basado en 9. Lo mismo sucede otra vez más adelante: 90, 100 a 200, 300 "saltando" de nuevo el 110, manteniendo una secuencia vertical basada en 9 mientras se mantiene nuestro sistema de procesamiento de números hasta la Cuenta Larga y, si es necesario, más allá. Sólo al introducir estos "saltos y cambios" puede seguir siendo útil el sistema de numeración más allá de la cantidad de 1 366 560. Pero por supuesto los mayas no usaban el número 10 ni el número 100. ¿Qué estaban tratando de decirnos?

En el cuadro anterior se sustituye 9.999999 por 10 y se sustituye

2 × 9.999999 por 20

3 × 9.999999 por 30 etcétera.

del mismo modo se sustituye 99.999999 por 100 y se sustituye

2 × 99.999999 por 200

3 × 99.999999 por 300 etcétera.

Al hacer esto se supera la necesidad del 10 y el 100 respectivamente. Pero lo que se ve es que *el punto decimal comienza a moverse a lo largo de los 9*. Por consiguiente, al referirse a ciclos de longitudes mayores que aquellas que son requeridas los mayas estaban dejándonos un mensaje cifrado.

Los mayas usaban el punto decimal

En qué otra manera podría decirle a otra civilización que usted en realidad *usó* un punto decimal, porque a menos que usted sepa lo que *es* un punto decimal el concepto carece de significado. Así, los mayas fueron la primera civilización que usó el sistema aritmético con punto decimal *y que nos lo dijo*. Pero pasaron por grandes esfuerzos para no usar la notación decimal en los monumentos —por temor a que no tuviéramos la inteligencia para entenderla—. Y el mensaje de los mayas era demasiado importante para no entenderlo, de aquí una Cuenta Larga "innecesaria" de 100 periodos de destrucción.

Resumen del sistema de numeración

Los mayas deseaban comunicar los siguientes mensajes a civilizaciones posteriores:
i) La duración del ciclo de las manchas solares es de 68 302 días y puede calcularse usando el ciclo de 260 días que se deriva a su vez de las variables rotatorias solares P (polo) de 37 días y E (ecuatorial) de 26 días.
ii) Este ciclo puede seguirse usando al planeta Venus como un calibrador: 117 pasos siderales de Venus (117 × 584) 68 328 días.

iii) Después de 20 de estos periodos el campo magnético de la capa neutral deformada del sol cambia de dirección. El campo magnético de la Tierra intenta realinearse con esta nueva orientación magnética. La destrucción cataclísmica frecuenta a la Tierra.

iv) El hecho de que los mayas fueran más avanzados desde el punto de vista intelectual que las generaciones por venir necesitaba ser transmitido.

v) El hecho de que los mayas usaran un sistema de conteo decimal debía ser transmitido. Esto cumpliría con el iv) anterior.

vi) Puede usarse un "sistema de conteo" que sea irracional e ilógico de manera ostensible para comunicar estos hechos:

    a) El sistema de conteo debía ser "cíclico", permitiendo la referencia a la periodicidad cíclica de las variables en cuestión (Venus, la Tierra, el polo solar y el ecuador solar) y por consiguiente estar basada en 360 (grados).

    b) El sistema debía contener el número de pasos de Venus: 117.

    c) El sistema debía contener el ciclo de 260 días.

    d) El sistema *debía* interrumpirse después de que se había alcanzado la cifra importante de 1 366 560 días (a fin de enfatizar la importancia de este periodo).

    e) Los intentos para racionalizar el sistema más allá de 1 366 560 deben hacer referencias a ciclos que no son requeridos para el propósito de "vigilar" (pictún, calabtún, kinchilitún, etcétera) y duraciones (Cuenta Larga de 136 656 000) que son irrelevantes (debido a que cualquier periodo después de la destrucción es irrelevante).

    f) Esta contradicción, adoptada en é), debería exigir (demandar) un salto intelectual que requiere el uso de un sistema decimal —indicando que ellos conocían dicho sistema decimal.

De aquí la elección de duraciones del ciclo maya de periodos de 144 000, 7 200, 360, 260 y 20 días y la elección de los sistemas de conteo discutidos aquí. Los números trascienden a todas las lenguas.

Medición angular de los mayas

¿Los mayas dividían un círculo en 360 segmentos con propósitos de medición como lo hacemos en la actualidad? El sistema de conteo maya, como se ha visto, emplea 421.77 de estos círculos para su fundamento. Es claro que si se pueden proporcionar otros indicadores que justifiquen esto, entonces la premisa de los 360° será apoyada.

El Convento en Uxmal

En 1980, un equipo de la Universidad Colgate de los Estados Unidos, dirigido por el astrónomo Anthony Aveni y el arquitecto Horst Hartung, realizó un estudio arquitectónico de Uxmal, en el norte de Yucatán.

El Convento, llamado así debido a los cuatro edificios separados que se dirigen hacia adentro a un patio común (parecido a lo que se podría esperar encontrar dentro de un convento español), es uno de los arreglos más confusos de edificios en Uxmal. Cada uno ocupa un nivel diferente, en plataformas separadas, y cada uno tiene una cantidad diferente de puertas.

El estudio de Hartung reveló una yuxtaposición casi "ilógica" de los edificios. Señaló que las líneas que conectan ciertas puertas forman un conjunto doble de ejes que cruzan en ángulos rectos casi perfectos cerca del centro del patio. También notó que el muro en el ala este del Convento exhibía un patrón complejo de cruces y al contarlas, al parecer por primera vez, Hartung llegó al número de 584 cruces: el periodo de intervalo de Venus. Pero más allá de estas investigaciones eruditas se había hecho poco progreso en la interpretación de estas relaciones arquitectónicas complicadas, hasta ahora.

Hasta aquí, nuestras investigaciones sobre los mayas han contenido la instrucción "hacer perfecto lo que es "imperfecto". Las esquinas de la Lápida de Palenque, por ejemplo, eran imperfectas (*véase* apéndice 8). Por consiguiente, la instrucción inferida es "hacer perfecto lo que es imperfecto" o "encontrar las esquinas faltantes". Al buscar las esquinas pudimos descifrar la Lápida de Palenque.

Del mismo modo, el periodo de 260 días "faltaba" en las fechas inscritas en los monumentos. Una vez más era necesario "hacer perfecto lo que es imperfecto", y al insertar el ciclo de 260 días faltante en el sistema de conteo se pudo racionalizar el significado de por qué los mayas eligieron usar los ciclos que usaron.

Una vez más se estaba manejando información confusa, esta vez en la arquitectura del Convento en Uxmal. Como señaló Horst Hartung, "líneas que conectan ciertas puertas forman un conjunto doble de ejes que cruzan en ángulos rectos *casi perfectos*".

Primero se necesitan "interpretar" las mediciones en grados y minutos como mediciones *decimales* (*véase* figura A67), luego

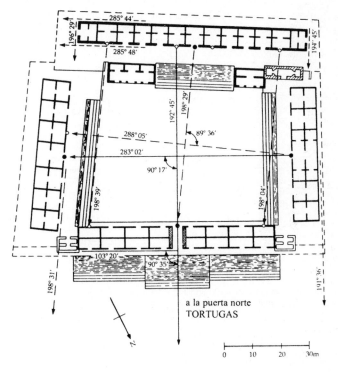

Figura A67 Estudio del Convento en Uxmal por Hartung. Nótense las relaciones geométricas entre los edificios

345

se puede restar la medición de 192.45° de la medición de 198.29° para llegar a 5.84° (en acuerdo perfecto con las 584 cruces en el muro [figura A69], que se relacionan con el intervalo importante de Venus —desplazado dos lugares decimales). Pero los ejes de las cruces no cruzan en ángulos rectos "perfectos". Para hacer perfecto lo que es imperfecto se debe girar hacia abajo la medición de 283.02° por 0.17°. Esto forma entonces un ángulo recto "perfecto" (X) con su vecino (*véase* figura A68).

A continuación se tiene que girar hacia arriba la medición de 288.05° por 0.64° de modo que ahora esta línea forme un ángulo recto con (Y), su vecino. Ahora la diferencia resultante entre 288.69 (288.05 + 0.64) y 282.85 (283.02 0.17) 5.84. Esto hace perfectos los dos ángulos rectos que separan a los ejes entre los edificios y nos dice que i) el número 584 es importante,

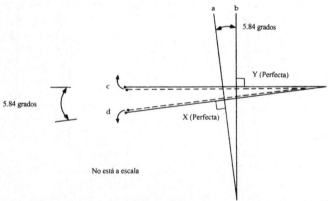

El estudio de Hartung muestra que la diferencia entre a) y b) es de 5.84 grados. Pero la diferencia entre c) y d) sólo es de 5.03 grados. Pero nótese que los ejes entre los dos conjuntos de medidas no están perfectamente a 90 grados. Al hacer de 90 grados al eje X y al hacer de 90 grados al eje Y, la diferencia entre las dos medidas extrañas c) y d) ahora se convierte en los deseados 5.84 grados, como en a) y b). Para que los mayas hayan arreglado esto debieron usar un sistema de 360 grados. En este sistema de 360 grados se basaba el sistema de conteo maya, donde 421.7777777777 ciclos de 360 = 1/9 del periodo de destrucción de 1 366 560 días. Y el número 9 era adorado por los mayas.

Figura A68

ii) los mayas usaban el sistema decimal y iii) los mayas usaban un sistema de 360° para la medición de ángulos.

Así se ve que la arquitectura, al igual que el sistema de numeración (117 intervalos de Venus 584 = 68 328 = 1 ciclo de manchas solares) y la escultura (la Lápida de Palenque) de los mayas proporcionan todos el mismo mensaje y cada uno apoya al otro, brindando un apoyo inequívoco para las interpretaciones descifradas de cada uno.

El ciclo de 1 872 000

El ciclo baktún dura 144 000 días. Trece de estos ciclos ascienden a 1 872 000 días, después de lo cual, si las profecías de los sacerdotes mayas son correctas, el ciclo terminará cuando la destrucción cataclísmica frecuente a la Tierra. Así que es necesario preguntarse sólo cómo se puede producir una catástrofe así y cuál es el significado del periodo de 1 872 000, en términos de ciclos de manchas solares y actividad magnética solar/terrestre concomitante. La sección sobre catastrofismo contra uniformismo (apéndice 6) yuxtapone la teoría catastrofista previa con la de la creencia mitológica de los mayas y otras civilizaciones. Aquí, entonces, nos interesa saber si un cambio en la dirección del campo magnético del sol afecta o no en alguna forma a la dirección o intensidad del campo geomagnético de la Tierra. Si lo hace, ¿es de alguna significación cataclísmica el periodo de 1 872 000?

Nuestro modelo de la actividad del ciclo de manchas solares en el apéndice 4 sugiere que después de 1 366 040 días el campo magnético del sol cambia, frente a la orientación de 1 366 040 días antes. Se señaló que el cambio representa 20 ciclos de cambio del periodo de manchas solares de 68 302.

En *números mayas*, se notó que usaban ciclos de 68 328 días (en lugar de 68 302), los cuales podían ser vigilados en forma conveniente con 117 revoluciones del planeta Venus (117 × 584 = 68 328) y que 20 de estos ciclos ascendían al supernúmero maya de 1 366 560 (frente a 1 366 040). Además, se señaló que el calendario maya comenzó en 3113 a. C. y que el cambio ocurrió alrededor del 627 d. C. ± 187 años (*véase* apéndice 4).

Se puede examinar el campo geomagnético de la Tierra; la figura A69 muestra con claridad que éste (*a*) cambia de manera solidaria con el del sol y (*b*) sugiere que la intensidad del campo de la Tierra es afectado en forma directa por el de la capa neutral del sol.

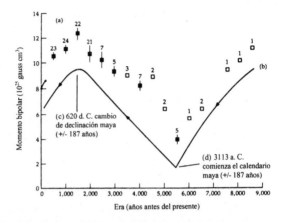

(a) Variaciones en el momento bipolar geomagnético. Los cambios durante los 130 años anteriores, determinados por mediciones de observatorio, se muestran en la barra oblicua de la izquierda. Otros valores fueron determinados paleomagnéticamente. El número de mediciones que fueron promediadas se muestra arriba de cada punto y el error estándar de la media está indicado por las líneas verticales.

(b) Muestra la dirección cambiante de la capa magnética neutral del sol. La dirección cambiante del campo se correlaciona de manera significativa con las intensidades del campo geomagnético a lo largo del mismo periodo, lo que sugiere que los cambios en el campo de la Tierra son influidos por la dirección del campo del sol.
Fuente: *Climate and Evolution*, Pearson tomado de Cox

Figura A69

Nuestro análisis de la capa neutral del sol muestra que los cálculos que cubren los últimos 3 740 años indican una inversión de la dirección de la capa neutral entre el 3113 a. C. y el 627 d. C. (ambos periodos ± 187 años). *Nota*: "antes del presente" por lo general se interpreta como "antes de 1952".

El ciclo de intensidad geomagnética de Cox/Bucha de 8 000 años significa que tienen lugar dos inversiones, durante ese periodo, frente al de una doble inversión teórica de la capa neutral solar de 2 × (3 740 ±187 años), o 7 854 años, lo cual, dado el nivel de confianza de los datos geomagnéticos y del carbono 14, significa que existe una correlación casi perfecta entre las variaciones calculadas de la capa neutral solar y la intensidad geomagnética durante un periodo histórico cronológico casi perfecto.

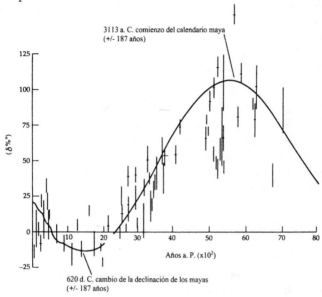

δ (%) graficado frente a la edad de los anillos de los árboles. La curva teórica asume una intensidad sinusoidal del campo geomagnético con un periodo de 8 000 años (Bucha, 1970).

Figura A70   Evidencia de apoyo tomada de Bucha, 1970

Significación del periodo de 1 872 000 días

Número maya   1 872 000
Número del cambio magnético maya   −1 366 560
                                            505 440 días

505 440 días 68 302 (número de las manchas solares real) = 7.40 ciclos de manchas solares.

De inmediato, esto sugiere que el número 1 872 000 es una fracción de un ciclo más grande, debido a que hay un número incompleto de manchas solares reales en el periodo y por consiguiente no puede representar un periodo de actividad del ciclo solar.

Para superar esto el recordatorio de.4 (contenido en el número 7.4) debe ser multiplicado por 5: 5 × 7.4 = 37 ciclos de manchas solares.

Por supuesto, 37 es un número solar fundamental (el ciclo polar asciende a 37 días).

Multiplicando 1 872 000 por 5 (para prescindir de la fracción) nos da:

$$1\ 872\ 000 \times 5 = 9\ 360\ 000 \text{ días}$$

¿Este es un ciclo? El examen de los números muestra que en este tiempo P = 9.729729 grados. E °= O y la Tierra no coincide con ninguno. A partir de los *números mayas* se sabe que si se agregan 260 días se pueden agregar 9.729729° a cualquier cantidad de días, por tanto:

$$9\ 360\ 000 + 260 = 9\ 360\ 260$$
$$P = 0$$
$$E = 0$$
$$M = 0$$

Este periodo, entonces, es otro Ciclo Grande mayor de actividad solar, de 25 627 años.

Periodo de precesión de 9 360 260 días

Este asciende a 137.0 ciclos de manchas solares. Con referencia a nuestro diagrama de la capa neutral deformada (figura A71) se puede observar lo siguiente:

Nota: Durante el primer ciclo de 68 302 días (1 ciclo de 187 años) los bits de cambio son generados y toman residencia dentro del ciclo. Después, 20 movimientos de bit de cambio (20 × 68 302 = 1 366 040) resulta en colisión del bit de cambio y cambio magnético solar.

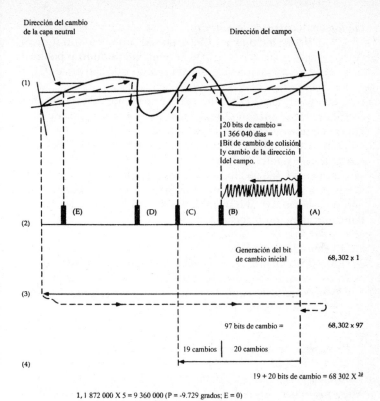

$$1, 1\ 872\ 000 \times 5 = 9\ 360\ 000\ (P = -9.729\ \text{grados};\ E = 0)$$
$$\frac{260}{360\ 260}\ (P = 0;\ E = 0;\ M = 0) \longrightarrow \text{Total}\quad 137$$

El gráfico (1) muestra la "dirección del cambio" de la "capa neutral" y la "dirección del campo".

El gráfico (2) muestra las posiciones de los bits de cambio causados por la interacción de la capa neutral con los ciclos fundamentales.

La secuencia de los bits de cambio es generada (al parecer) durante el primer ciclo de 68 302 días. Para que el bit de cambio (A) cambie a la posición del bit de cambio (B) tomará 20 cambios. En este momento la dirección del campo cambia en relación con su dirección de 1 366 040 días antes.

Gráfico (3): Para que el bit de cambio (A) cambie a través de las posiciones (B), (C), (D) y (E) y regrese a su posición original (A) tomará 97 cambios. Para que el bit de cambio (A) CONTINÚE cambiando (gráfico 4), tomará 20 cambios para chocar con (B) y otros 19 cambios para chocar con (C). Este total de 137 cambios ([1 original] + 97 + 37) asciende a 9 360 260 días ([5 x 1 872 000] + 260 días). En este momento P = E = M = 0 grados = 25 627 años. Por consiguiente, un ciclo maestro asciende al ciclo de precesión.

Figura A71

351

De nuevo, a partir de lo anterior,

9 360 260 días = 137.0 Cambios
$$\underline{-97} \text{ Máximo de cambios posibles}$$
40 Cambios

En otras palabras, si se cuentan 20 cambios, los bits de cambio colisionan. Si se cuentan 97 cambios, los bits de cambio completan un circuito y regresan a sus posiciones de cambio iniciales. Contando 40 cambios más se llega a la posición del bit de cambio de la capa neutral deformada (1 + 97 + 39 = 137). Al transmitir el número 1 366 560 los mayas nos introducen a la naturaleza cambiante de la capa neutral deformada y a las inversiones magnéticas solares. Así, al transmitir el número 1 872 000 los mayas llaman la atención respecto a:

i) El ciclo de precesión
ii) Que el momento de siete colisiones (cinco durante 97 cambios, seguido por dos durante los siguientes 39 cambios), después del comienzo del ciclo, es de alguna manera significativo, en términos de colisiones.

Precesión de los equinoccios

La Tierra gira sobre su eje mientras órbita alrededor del sol. Mientras lo hace los polos describen un arco en relación con las estrellas. Este comportamiento se conoce como "precesión" y toma alrededor de 26 000 años completar un ciclo. La cifra exacta es muy difícil de obtener debido a que se cree que el movimiento es el resultado de una combinación de influencias; el mayor efecto obedece a las influencias gravitacionales del sol y la luna. Por lo general se piensa que dura entre 25 800 y 26 000 años, pero pocas fuentes concuerdan en la duración, por ejemplo:

Lancaster, *Astronomy in Colour*	25 800 años
Guinness Book of Astronomy	25 920
Milne, *The Earth's Changing Climate*	25 780
Wiison (comp.) *The Book of Time, c.*	26 000
Atlas of Solar System (Royal As. Soc.)	No lo menciona

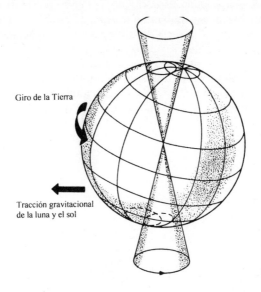

Giro de la Tierra

Tracción gravitacional
de la luna y el sol

*Figura A 72 Precesión del eje. La Tierra gira en un ángulo del plano de su ór-
bita alrededor del sol; su eje esta inclinado casi 23.5°. La atracción gravitacional del sol y la luna causa una fluctuación lenta. A los polos norte y sur les toma
casi 26 000 años completar un círculo*

Un misterio maya

¿Podrían los mayas, dada su preocupación por la destrucción cataclísmica, haber indicado que la séptima colisión que ocurrirá
después de 25 627 años es, de alguna forma, más significativa que
las demás? ¿O podría haber sido mucho más simple el mensaje?

Cuando desciframos el sistema de numeración maya notamos
que el sistema mismo plantea muchas interrogantes. Al responder aquellas cuestiones, por último nos dimos cuenta de que la
única manera de superar el enigma es usar un sistema con "punto decimal". Al cuestionarnos a nosotros mismos generamos
respuestas que conducen a la comprensión de que "no hay otra
forma de describir lo que es un punto decimal —a *alguien que*

no sabe lo que es un punto decimal—", siendo por tanto el mensaje final "los mayas usaban un sistema de punto decimal".

Del mismo modo, sería difícil transmitir el concepto de un cambio polar. Es necesario recordar que la ciencia ortodoxa apenas estaba comenzando a sugerir que la Tierra rotaba sobre su eje en el siglo XVI en Europa. De modo que quizá el punto completo del ciclo de 1 872 000 es para transmitir el mensaje del cambio polar o *la Tierra esta inclinada en su eje.*

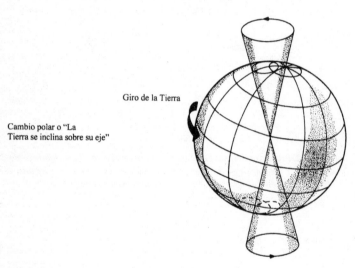

Giro de la Tierra

Cambio polar o "La
Tierra se inclina sobre su eje"

Figura A73

¿Podrían las otras colisiones tan sólo cambiar el campo magnético de la Tierra dando como resultado ciclos de infertilidad y mutaciones, mientras que la colisión del año 25627 resultaría en un cambio polar, denotado por una "inversión" de la capa neutral en ese tiempo? ¿O el mensaje era "el siguiente ciclo de 1 366 040 días será seguido por un cambio polar"?, y de ser así, ¿cuándo?

Dado que los relatos del *Códice Vaticano* y el Calendario de la Piedra del Sol azteca, y otros, hablan de los cinco periodos que ascienden a poco más o menos entre 23 000 y 25 000 anos, ¿podría el final del ciclo de 25 627 años haber ocurrido en realidad en 627 d. C.? Si ocurrió en 627 d. C., ¿el núcleo fundido de la Tierra se está remagnetizando despacio ahora hacia una dirección nueva de la capa neutral y podemos esperar, como consecuencia, un cambio polar en el año 2012?

El ciclo de 1 872 000 y el sistema de numeración maya

Antes se señaló que el ciclo de 1 872 000 se componía de cinco ciclos de baktún (5 × 144000). Una perspectiva alternativa es que el ciclo de 1 872 000 se compone de 360 × 260 × 20 " 1 872 000 y esto concuerda con el sistema de numeración maya de ciclos que se expuso antes. El ciclo de precesión, se señalo asciende a cinco de estos ciclos de 1 872 000; es decir, 360 × 260 × 100 = 9 360 000 días. La cifra de 260 días, multiplicada por el número de grados contenidos en 100 círculos, por conslgulente debe ascender a un valor de *un ciclo grande completo* ± 9.729729 erados y por supuesto lo hace.

Después de 9 360 000 días P = 252 972.9729729, la región polar del sol ha dado 252 972 revoluciones y .9729729 de una revolución; es decir, se encuentra a 350.27027027° (–9.729729°) como se predijo. Añadiendo 260 días a esta cifra la posición en que se encuentra P avanza 9.729729° significando que después de 9 360 260 días P completa 252 980 revoluciones exactas. Del mismo modo E da 360 010 revoluciones exactas y M, el Mundo, da 25 626 995 revoluciones (25 627 revoluciones exactas). Esto es lo más cerca que estarán las tres variables en comparación con el periodo del ciclo de manchas solares fundamental de 68 302 días; hay 137.0 periodos del ciclo de manchar solares durante este tiempo. Esto quiere decir que P = E = M capa neutral cada 25 627 años: el gran ciclo de tiempo de los mayas. Trabajando hacia atrás éste puede ser obtenido del sistema base de numeración maya.

360 × 260 × 100 360 × 26 000 = 9 360 000 (+260) = 9 360 260

De lo anterior:

P: 252 980 × 3   = 9 360 260
E: 360 010 × 26   = 9 360 260
M: 25 626.995 × 365.25 = 9 360 260

Si dividimos todo entre la base del sistema de numeración maya, 360, tendremos:

P: $\dfrac{252\,980}{360} \times 37 = 26\,000$

E: $\dfrac{360\,010}{360} \times 26 = 26\,000$

M: $\dfrac{25\,627}{360} \times 365.25 = 26\,000$

Por tanto el número base maya 360
Por tanto el número de años maya 260
Por tanto el sistema de numeración maya 360 × 260 × 20
Por tanto el cálculo de la precesión maya 360 × 260 × 20 × 5

El número maya de 1 359 540 días

La fecha de fundación esculpida en el Templo de la Cruz en Palenque es 1 359 540. ¿Qué significa este número?

Supernúmero maya   =   1366 560
Número del Templo de la Cruz   = 1 359 540
Diferencia   =   7 020

Este número significa poco en sí mismo, así que es necesario operar en él por 260, el número importante maya:

$$27 \times 260 \ (\text{días}) = 7\,020 \ \text{días}$$

y sabemos que después de 260 días P = 9.729729°.
Cambiando los días en grados:

$$27 \times 9.729° = 262.7°$$

Este número significa poco en sí mismo, así que es necesario operar en él por 260, el número importante maya; cambiando los grados en días:

$$262.7 \times 260 = 68\,302 = 1 \text{ Ciclo de Manchas Solares Real}$$

Esto aclara el hecho de que el supernúmero de 1 366 560 (cifra de colisión magnética solar maya) asciende a 20 ciclos de manchas solares mayas de 68 328 días, donde 68 328 es derivado usando a Venus como calibrador. La cifra 1 359 540 *corrige* esto para revelar la cifra calculada verdadera de 68 302 días y (después de 20 de éstas, 1 366 040 días) la cifra de colisión magnética solar verdadera.

La cifra 1 359 540 también transmite el mensaje "cambiar los días en grados y cambiar los grados en días"; y por tanto al no hacer "nada" (cambiar de días a grados y luego regresar los grados a días —un paso hacia adelante, un paso hacia atrás) se observa que se logra la solución. Si se recuerda, el desciframiento de la Lápida de Palenque fue posible por encontrar las esquinas que no faltaban. Este es el enigma de los mayas.

Números mayas: resumen

9 = Número mágico de los mayas. Todos los números relevantes están compuestos por 9 (excepto el número especial 260).

260 = Polo solar: operador diferencial del ecuador y "año" maya. Después de 260 días P = 9.729°, E = 0°.

360 = Base del sistema de numeración maya.

144 000, 7 200, 360, 260, 20 = Ciclos mayas que comprenden al sistema de numeración.

68 302 = Ciclo de manchas solares calculado por computadora.

68 328 = Ciclo de manchas solares rastreado por los mayas y calibrado usando a Venus.

1 366 040 = 20 ciclos de manchas solares = 1 colisión/cambio magnético solar (calculada por computadora).

1 366 560 = 20 ciclos de manchas solares mayas = 1 colisión/cambio magnético solar maya. Calculado multiplicando cada número del sistema de numeración por 9. Este es el "supernúmero" del *Códice Dresde*.

1 359 540 = Esculpido en el Templo de la Cruz, Palenque. Este número reconcilia los periodos calibrados de Venus de 68 328 y 1 366 560 con las versiones calculadas por computadora de 68 302 y 1 366 040.

1 152 000 y 57 600 000 = Usados para "agotar" e "interrumpir" el sistema de numeración.

136 656 000 100 periodos de colisiones/catástrofes de manchas solares. Modifica y, al hacerlo, extiende el sistema de numeración maya para acomodar el manejo de números más grandes (136 656 000) y al hacerlo supera la interrupción del sistema cuando se usa para ciclos más grandes que 144 000. Esto se logra recurriendo a un sistema de numeración modificado basado en el número 9 y en el punto decimal. Una prueba más de que los mayas usaban el sistema del punto decimal.

1 872 000 360 × 260 × 20.1 872 000 – 1 366 560 (supernúmero) = 505 440 = 7.4 ciclos de manchas solares. Esto indica que 1 872 000 representa sólo un quinto de un periodo mayor.

9 360 000 = 5 × 1 872 000 = 9.729729° menos de un Gran Ciclo Maya.

9 360 260 = P = E = M = Capa Neutral = 1 Gran Ciclo Maya = Ciclo de Precesión. La precesión es indicadora de la fluctuación/inclinación o cambio polar de la Tierra.

8. La sorprendente
Lápida de Palenque

Aunque se ha publicado por separado un libro de *The Amazing Lid of Palenque*, es importante entender cómo se logró el desciframiento, en primer lugar, debido a que su lógica, la cual se extiende a todo aquello en lo que creían los mayas, condujo a todos los demás descubrimientos sobre los mayas.

Lo primero que se nota acerca de la Lápida es la complejidad y la belleza del cuadro esculpido. Lo segundo es la plétora de símbolos y formas desconocidos y confusos esparcidos entre los diseños y motivos reconocibles con mayor facilidad. Dado que a lo largo de los años se han hecho muchas interpretaciones sobre el diseño, ninguna concluyeme, parece razonable sugerir que la Lápida podría contener mucha más información que la reconocida hasta ahora. En efecto, mi propia interpretación de la talla mostró escenas que describían actividad de las manchas solares, así como la manera en que dicha actividad podría afectar la fertilidad.

Este análisis de primer nivel produjo una interpretación del significado de la Lápida del todo diferente de las que se habían propuesto hasta la fecha.

Desciframiento de primer nivel

Esto implica la interpretación del diseño de la talla pero no incluye el desciframiento.

Interpretación: Narra las "cuatro" eras previas de la creación, como lo hacen la Piedra del Sol de los aztecas y otra literatura mesoamericana (pero plantea la cuestión de información faltante relacionada con la "quinta" era —la cual al parecer no se describió, *véase* texto principal).

La cuestión era, dado que la quinta fase del tiempo del Jaguar no estaba representada, ¿conjeturar esta primera interpretación?

Decidí, al menos por el momento, dejar a un lado esta explicación y regresar a la "oficial" que sugiere que la figura central reclinada era el ocupante de la tumba cayendo hacia alguna región "del más allá". Pero no existía ninguna evidencia que apoyara esta afirmación. Del mismo modo, la interpretación oficial sugería que el ocupante que cae estaba sentado encima de un "monstruo terrestre" pero, ¿qué es un monstruo terrestre?

Uno por uno, eliminé todos los postulados que se dan en la interpretación ortodoxa —es decir, todos excepto uno—. Al pie de la figura reclinada, como sostenían los arqueólogos, estaban representadas algunas "semillas de maíz". Examinándolas estuve de acuerdo en que en verdad había unas cuantas "marcas" y, dando el beneficio de la duda, decidí que por consiguiente a esta observación se le debía dar una atención especial.

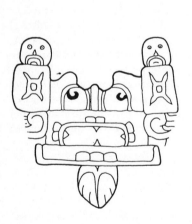 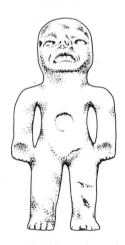

Figura A74(i) Tonatiuh, en la Lápida, flanqueado por dos bebés solares

Figura A74(ii) Escultura de un bebé solar, Teotihuacan c. 80 d. C.

Había leído antes, durante mis investigaciones sobre mitología maya, que el hogar del "maíz" era el hogar de las mujeres que morían durante el parto; el paraíso conocido como "Cincalco", que se encuentra en el oeste. Dado que las semillas estaban colocadas a los pies de la figura reclinada y hacia el lado de la izquierda (el oeste), ¿la figura reclinada podría en realidad representar a una mujer dando a luz, con las piernas abiertas?

En efecto, había otros cuatro paraísos mitológicos conocidos para los mayas; Tonatiuhcan se encontraba en el este y era el hogar del dios sol Tonatiuh. Este era el hogar de los que morían en la batalla y en los sacrificios. Tonatiuh ya había sido reconocido en la primera interpretación de las "cuatro eras anteriores". ¿Podría Tonatiuh tener un papel doble como indicador del paraíso Tonatiuhcan?

Examinando a Tonatiuh en el diseño de la Lápida noté que a cada lado de él estaban colocados dos "bebés solares", con bocas con expresión triste y el símbolo solar en sus estómagos. Una escultura bien conocida de estos bebés solares ha sido desenterrada en Teotihuacan y apoya esta afirmación.

Es más, se sabía de la existencia de un paraíso que era el destino de los bebés que morían al nacer. Este era "Tamoanchan", lo que sugería que la figura reclinada de arriba en efecto describía a una mujer dando a luz. En Tamoanchan crecía el Árbol de la lactancia que se decía tenía 400 000 pezones. Se decía que los bebés muertos iban a Tamoanchan y mamaban de los pezones del árbol y por ello obtenían la fuerza suficiente para reencarnar en la Tierra. Con esto en mente, la cruz central, con los puntos marcadores, podría representar al árbol de la lactancia con pezones.

Sólo faltaba encontrar dos paraísos: el primero, Tlalocan, era fácil de localizar en el sur como el hogar de Tláloc, el dios de la lluvia. Este ya había sido reconocido junto con Tonatiuh en las "cuatro eras anteriores". Se decía que vivía aquí con su esposa Chalchiuhtlicue, diosa del agua. El único paraíso fallante era, al parecer, Omeocan, el hogar de la primera pareja divina Ometéotl (el equivalente maya del Adán y Eva de los dioses, de quienes habían nacido todos los demás dioses). ¿Otra interpretación más de la figura reclinada central podría representar a una mitad de la pareja divina, Eva, por ejemplo?

Una vez más, una interpretación racional del significado de la información en la Lápida parecía quedar corta debido a que faltaba otra pieza, Adán.

Catalogué esta interpretación de los cuatro paraísos junto con la de las cuatro eras anteriores y comencé a buscar de nuevo otra interpretación posible de la talla.

Ahora comparé esta interpretación más reciente, con su preocupación por el nacimiento y la fertilidad, con mi propia investigación de las manchas solares y la infertilidad, para producir otra interpretación racional. ¿La cruz central podría representar al sol, con sus cuatro campos magnéticos? La cruz podría en efecto estar cubierta de "espirales" y puntos. ¿Podrían las "espirales" representar manchas solares y los puntos quizá cantidades de manchas solares, debido a que cada punto estaba acompañado por la mitad de una espiral?

La cruz es un símbolo del sol. Las espirales representan espirales magnéticas de las manchas solares (puntos negros que pueden verse en la superficie del sol). Los "puntos" y medias espirales que adornan la parte superior de la cruz representan los nueve ciclos completos de manchas solares y dos medios ciclos que tienen lugar durante la mitad de un gran periodo de manchas solares. Un periodo completo toma 1 366 560 días.

Historia de la destrucción

Después de 1 366 560 días terminará el ciclo de manchas solares. La fertilidad declinará. Los bebés nacerán muertos. Debido a los cambios del campo magnético del sol el campo magnético de la Tierra cambiará. El mundo termina debido a terremotos, inundaciones, incendios y huracanes.

Aquí se ve a una mujer en una tina de agua caliente abriendo sus piernas al sol para incrementar la fertilidad (*véase* lámina Al de la sección de láminas del apéndice). Los bebés muertos pueden verse descendiendo a Tamoanchan. El dios sol Tonatiuh es visto comiendo a las personas. Sólo le quedan unos cuantos dientes, lo que indica que ha "terminado de comer a la población". Es el final de la era. Una nueva comenzará.

Parecería que esta historia de la "destrucción cosmogónica" era una interpretación plausible. Sin embargo, había un problema: mi investigación había mostrado que después de 20 ciclos de manchas solares el campo magnético del sol se invertía, lo que daba como resultado un descenso en la fertilidad y un posible cambio polar. Pero aquí sólo podía contar diez puntos marcadores (nueve completos más dos mitades). Faltaba la mitad de los puntos.

Al parecer cada vez que llegaba a una interpretación racional fallaba debido a "información fallante".

Resumen de la interpretación del primer nivel de desciframiento

Al final del "primer nivel" de desciframiento eran evidentes los siguientes cabos sueltos: esta interpretación exigía más información respecto a i) la quinta era de la creación, ii) la pareja fallante de Ometéotl y iii) un indicador cuantitativo de actividad solar.

Sin esto la "interpretación" no necesariamente era eficaz y podía ser sólo cuestión de opinión o conjetura. Esto significaba que debía estar "escondida" más información dentro de la talla; pero, en esta etapa, el examen minucioso no producía ninguna pista más. Hasta este punto, la investigación del área que circunscribe al diseño central había sido desatendida. Ésta abarca un patrón de "códigos" que se encuentran alrededor de la superficie superior externa de la Lápida.

Segundo nivel de desciframiento

Parece extraordinario que nadie parezca haber cuestionado esta deficiencia antes de mi propio examen de la Lápida. ¿Por qué faltaban las esquinas? ¿Por qué esculpir una obra maestra tan exquisita y luego destrozar las esquinas? Después de todo, desafía a la creencia que se haya gastado tanto esfuerzo como el requerido para construir un templopirámide encima de un líder amado, sabiendo que las esquinas de la Lápida bajo la que

Figura A75 Lo primero que se nota es que faltan dos de las esquinas de la Tapa

está enterrado, que cubre la tumba del sacerdoterey, ha sido dañada. Pero tampoco podían haber sido "dañadas" las esquinas en forma accidental, con tal paridad simétrica.

La inferencia es que las esquinas habían sido eliminadas en forma deliberada por aquellos que esculpieron la Lápida y, más aún, que habían sido eliminadas por alguna razón muy importante. ¿Esta razón importante podría de alguna manera conducir a un "mecanismo de desciframiento" que pudiera acomodar las piezas fallantes del rompecabezas encontrado en las "interpretaciones" del desciframiento de primer nivel discutidas antes?

i) Ahora se daba prioridad a "encontrar" las piezas fallantes y reparar la muy amada Lápida. Para entender el paso siguiente es necesario comprender cómo operaba la mente de los mayas. Los mayas creían que cada parte del microcosmos era sólo una pieza del universo macrocósmico más grande. Cada individuo era del mismo modo una pieza idéntica de la creación. Esta interpretación se extendía al "yo" y así cada individuo era visto como una pieza pequeña de unidad que engendra la percepción de que "yo soy tú" y "tú eres yo". Esto se resumía más con su panteón de dioses que representaban las fuerzas opuestas de la naturaleza; tanto la naturaleza de la Tierra física como la naturaleza del hombre a lo largo del espectro de la dualidad de fuerzas opuestas, tales como el día y la noche y el nacimiento y la muerte. La noche se convertiría en día, tan seguro como que el día se debería convertir en noche. Lo bueno con el tiempo se convertiría en malo (a través del exceso), tan seguro como que lo malo se convertiría en bueno (después de la aversión al dolor y el sufrimiento).

Este entendimiento de la psique de los mayas proporcionó la siguiente clave del proceso de desciframiento. Si yo soy tú y tú eres yo, y si la noche se convierte en día y el día se convierte en noche, ¿quizá las esquinas fallantes no faltan en realidad? Y, por supuesto, si las esquinas no faltan en realidad, por consiguiente aún deben estar ahí.

ii) Las "esquinas fallantes" se habían llevado con ellas los patrones superpuestos de las esquinas. Un patrón de esquina faltante era fácil de extrapolar por dos razones. Primera, en vista de que consistía en una serie de puntos y círculos yuxtapuestos, la inferencia del patrón completo podía ser conjeturado con facilidad y, segunda, un patrón idéntico aparecía en otro recuadro del borde (el recuadro central del borde) a unos cuantos recuadros de distancia del código fallante.

Es una cuestión simple reparar la mitad de una cruz faltante; por ejemplo, un espejo sostenido sobre el eje de la cruz completaría la mitad fallante. Y así fue con la Lápida de Palenque. Pero el espejo no podía sostenerse lo bastante cerca

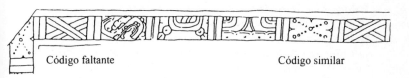

Código faltante   Código similar

Figura A76

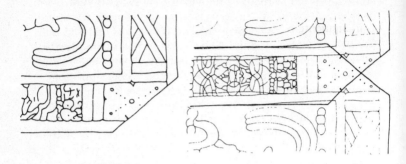

Esquina faltante que muestra
parte del patrón codificado,
una cruz formada con puntos
pero falta la mitad del patrón.

Usando una copia en acetato de
la talla pude restaurar el patrón.

Figura A77

de los puntos dañados para completar el patrón. La única manera de que pudiera completarse el patrón era hacer una fotocopia
en transparencia (acetato) de la Lápida y colocar el acetato encima de la esquina fallante. Por tanto, fue restaurado el patrón
completo. La esquina fallante fue reparada. La investigación
había producido una copia en acetato del diseño original de la
Lápida y, más aún, la esquina fallante sólo podía ser restituida
superponiendo el acetato encima del original. El segundo paso
en el proceso de desciframiento se había completado con éxito.

Tercer nivel de desciframiento

Aunque se había encontrado una esquina, la otra fallante no se reparó hasta que el acetato y el original fueron retirados un poco hasta que el segundo código de la esquina
fáltame se completó por sí solo. Cuando esto se hizo las
"espirales" en código completaron sus imágenes de espejo. Hecho esto, representaciones pequeñas podían verse
descendiendo por el borde. Los tres pasos implicados en el des-

ciframiento de los códigos del borde se muestran en la lámina A3.

El siguiente paso fue una búsqueda sistemática de representaciones en código más complejas en el borde. Se encontró un total de 26 a lo largo de los cuatro lados. Una muestra de algunos de los otros códigos complejos del borde descubiertos en la Lápida puede verse en la lámina 4 (p. 199).

Estos "indicadores de historias" nos dicen que cada una de ellas puede encontrarse también en la talla interior, cuando se usa el proceso de desciframiento. Sin embargo, aunque aparece la misma historia, es descrita en forma diferente.

Cuarto nivel de desciframiento

Quedaba claro que el diseño de la Lápida contenía más información oculta, debido a que las anomalías descubiertas en el nivel 1 todavía no habían sido resueltas, lo que sugería que el desciframiento aún no estaba completo. El borde fue estudiado de nuevo para encontrar algún otro "defecto" que pudiera ser reparado.

El siguiente defecto que se notó fue el de una marca o forma singular, unida a la nariz de un camafeo de un personaje del código del borde. Esto no era habitual. Por supuesto que podía reparar el defecto con un toque de pintura blanca —pero esto iría contra todas las reglas porque no se me había dado la instrucción de usar ninguna pintura—. Pero se me había dado un acetato. También se me había instruido que el acetato podía ser colocado encima del original y que las "imágenes de espejo" estaban dentro de las reglas del juego. Colocando la cabeza del camafeo junto con su imagen de espejo, la forma incongruente fue borrada del diseño. La representación compuesta mostraba sólo dos cabezas de camafeo con sus frentes y puntas de la nariz tocándose.

El defecto fue reparado una vez más. ¿Pero qué había aprendido en este paso? Nada, hasta ahora. Al observar el personaje central de la Lápida noté el mismo defecto en la nariz. La luz se había hecho, la instrucción contenida aquí era "coloca la forma sobre la nariz del personaje central de la Lápida junto

Figura A78

Figura A79

con la imagen de espejo de la forma sobre la nariz del personaje central del acetato".

El personaje central de la talla interna lleva una marca defectuosa sobre el caballete de la nariz. La instrucción contenida en el código del borde requiere la eliminación del defecto colocando un acetato encima del defecto.

Figura A80

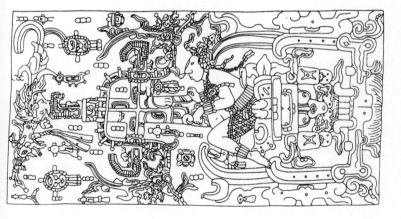

Figura A81

La talla interna

Hecho esto, podía verse con claridad un murciélago, el dios de la muerte de los mayas, volando hacia el observador encima del arreglo del acetato compuesto y alejándose del observador en la mitad inferior de la ilustración compuesta. (*Véase* lámina 5.)

El dios murciélago representaba la muerte para muchas culturas, desde los olmecas en adelante. La figura de jade de 25 piezas (*véase* figura A82) fue encontrada en una tumba en Monte Albán. Data de alrededor del 700 d. C.

Quinto nivel de desciframiento

Recordé que se había detectado un murciélago en el nivel dos de desciframiento, en los códigos compuestos del borde, y se hizo evidente que enlistaban las representaciones ocultas que podían encontrarse en el diseño interno de la Lápida. Había encontrado 26 códigos compuestos del borde, uno de los cuales era el murciélago. Este concillaba ahora con su contraparte en el interior de la Lápida. Por tanto quedaban 25 códigos compuestos del borde por conciliar con sus correspondientes representaciones en el interior de la Lápida. La búsqueda continuaba.

El siguiente código del borde que se unió fue otro par de cabezas de perfil una frente a la otra. La instrucción aquí era colocar los acetatos de modo que las caras de los dos personajes principales quedaran frente a frente. Se hizo evidente que había encontrado una de las piezas fallantes del rompecabezas del nivel 1. Había encontrado a la pareja faltante de la primera pareja creadora, que vivía en el paraíso de Ometéotl, a la que no había podido hallar durante mi interpretación de los paraísos. Esta orientación de la Pareja Creadora ascendía a tres escenas en la historia maya de la Creación (el equivalente de Adán y Eva) y esta historia condujo al descubrimiento de que el acetato podía ser movido (accionado) permitiendo por tanto mover las representaciones que se generaban, además de la representación estática compuesta del dios murciélago.

Figura A82 El dios murciélago

Además, se revelaron pronto 23 historias compuestas centrales y a su vez emparejadas y asociadas con sus correspondientes indicadores del código del borde. Uno de los más interesantes y complejos es el del señor Pacal muriendo.

El murciélago

Una serie de tres escenas que describen a un murciélago que se acerca se había detectado en el interior de la Lápida mientras se buscaban representaciones compuestas en el interior. (*Véanse* láminas A6 y A7.)

Aunque las escenas del "murciélago que se acerca" se reconocían, un código del borde "adicional" que concordaba con estas escenas no había sido detectado hasta ese momento, lo cual era curioso y planteaba la posibilidad de que estas escenas pudieran formar sólo una parte de una historia más grande que no se había detectado todavía. En efecto, quedaba una serie de códigos del borde que aún no había sido concillada con las representaciones en el interior de la Lápida y éstas se presentan en la lámina A6.

Haciendo una pausa, notamos que se encontraban dos cabezas de estuco en el piso de la tumba del señor Pacal. Es más, notamos diferencias entre las dos cabezas. La figura A83 muestra a Pacal como un hombre más joven con un peinado corto y sólo una oreja. La figura A84 muestra al señor Pacal con un peinado elevado y, de manera más correcta, con dos orejas. Éstas eran pistas adicionales para ayudar a encontrar la historia compleja del señor Pacal cuando moría; juntando las pistas la interpretación sería:

B iB iii:	Ver al hombre en la tumba (el hombre muerto)
B iv:	Buscar un pájaro en su cabeza
B v:	El pájaro es el dios sol (Tonatiuh o Quetzalcóatl)
B vi y cabezas de estuco:	Reponer primero las orejas en el código del borde (en ambos lados de la cabeza) y, examinando el cabello, ver el surgimiento de un pájaro.

Figura A83 Pacal joven con peinado corto y sin una oreja

Figura A84 Pacal con peinado alto y dos orejas

Siguiendo estas instrucciones, los acetatos del interior de la Lápida fueron colocados en el lugar donde las dos orejas descansaban en ambos lados del compuesto (donde se espera por lo normal encontrar las orejas humanas). A continuación, observando el peinado, los acetatos fueron rotados hasta que apareció un pequeño pájaro en la parte superior, justo en medio del compuesto donde podía verse el cabello en la figura A84. En su pico el pájaro lleva una cadena. De la cadena cuelga una concha —la marca de Quetzalcóatl, la serpiente emplumada—. (La concha representaba al viento y el pájaro que dominaba al viento.) Quetzalcóatl era el dios supremo de los mayas.

Coloreando con cuidado en el área debajo del pájaro se ve el surgimiento del rostro del hombre en la tumba, el señor Pacal. Cubriendo su boca descansa el murciélago posado de la sene del "murciélago que se acerca". El murciélago oscurece la parte inferior del rostro de Pacal.

Por consiguiente, este compuesto complejo se lee: "El dios de la muerte (el murciélago) se posó sobre Pacal y le quitó el aliento. Él renació como un pájaro quetzal bebé. Comenzó una vida nueva como Quetzalcóatl, el más alto de los dioses" (*véase* lámina A7).

El jaguar

Otra representación compuesta describe a un jaguar. Se dice que éste representa a la quinta era de la creación (*véase* lámina 6, p. 200).

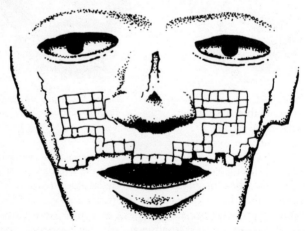

Figura A85 Cráneo con incrustaciones de turquesa mostrando la marca del murciélago de la muerte incrustada con concha marina. Teotihuacan

Colocado el marcador del código del borde central de cinco puntos encima de sí mismo podía verse la representación compuesta del "quinto sol" de "el jaguar", concillando el componente del quinto sol fallante en los datos del primer nivel del proceso de desciframiento presentados en las "cuatro eras anteriores". El jaguar era el quinto y actual sol de la creación.

Otro compuesto central mostró que "20 soles" (20 × 68 328 = 1 366 560 días) era la duración del ciclo de fertilidad/destrucción en la Tierra; aclarando por tanto todas las cuestiones planteadas en el nivel 1 de la interpretación. Es más, significa que los mayas estaban conscientes en forma aguda del ciclo de las manchas solares. Pero de estas cuatro capas de desciframiento quedaba un cabo suelto: de los 26 códigos del borde, sólo habían sido concillados 25, faltaba uno. Y así quedó la historia, por diez meses más.

Un día después de que visité a los editores, trataba de atar el cabo suelto restante que había estado molestándome durante casi un año. Colocando el centro principal (usado en el señor Pacal cuando moría) de nuevo encima de sí mismo, comencé a rotar despacio los dos acetatos. Por supuesto que había hecho esto antes y había localizado 25 historias en el interior de la Lápida, usando éste y otros centros de rotación. Pero esta vez en lugar de observar el interior de la Tapa, buscando una historia oculta, examiné de nuevo los códigos del borde. Conforme *rotaban* comencé a ver correspondencia con los *códigos del borde* mientras rotaban los acetatos y se entrelazaban.

En cada nodo de correspondencia podía descubrirse una historia. Había descubierto otra "capa" de códigos del borde —cada uno de los cuales requería el desciframiento de una historia correspondiente en el interior de la Lápida—, sólo que esta vez era más difícil. Cada nodo de códigos del borde contenía al menos dos escenas una encima de la otra, algunas visibles sólo cuando el par de acetatos eran rotados 180° en forma conjunta.

Aunque fueron detectadas 22 escenas más a partir de los nodos de simetría del código del borde compuesto rotacional, también se detectó una escena que correspondía con el código del borde fallante del nivel 4, conciliando por tanto el cabo suelto del nivel 4: la historia fallante (26°) del código del borde. Quedaba claro que los mayas usaron este código "pícaro" (26°) como un indicador de la existencia de una segunda capa en el mecanismo de desciframiento.

Con el tiempo estas nuevas historias fueron presentadas en un segundo libro titulado *The Amazing Lid of Palenque Volume 2*. Este contiene el mensaje "espiritual" principal de los mayas. Habla del significado de la vida y del "más allá", del purgatorio y la purificación, y de los ciclos de la destrucción en la Tierra.

En los primeros días había descifrado los bordes, pero sólo habían sido el "índice", o lista de contenido, de un libro. Luego descifré con éxito el libro mismo. Pero luego el "libro" resultó ser sólo un programa (en el sentido en que cuando se va al teatro el "programa" enlista a los actores y el argumento). Por último me percaté de que el volumen 1 sólo contenía una lista del reparto que aparecía en el volumen 2. El volumen 2 era la "representación" de los mayas. Un viaje increíble a la mente del hombre; un viaje de descubrimiento increíble. Y, debido a las capas implicadas en la estructura y lógica del mecanismo de desciframiento, cada uno de los actores aparece hasta seis veces con diversos vestuarios confiriendo legitimidad al proceso de desciframiento. Con tal redundancia incorporada no puede haber ambigüedad respecto a la intención de los mayas de transmitir información específica.

Pero, por supuesto, los dos volúmenes contienen 37 acetatos a todo color y más de 100 páginas a color. Y para *ver* las historias los acetatos deben poderse mover y colocarse encima de las ilustraciones —una pesadilla para un editor—. Sin embargo, a pesar de todos los obstáculos, han sido producidos a mano nueve ejemplares, cada uno con un costo de 625 libras (997 dólares). Estos han sido colocados en el Museo Británico en Londres, las bibliotecas de las Universidades de Oxford y Cambridge, la Biblioteca Nacional de Escocia, el Trinity College de Dublín y la Biblioteca Nacional de Gales. Editores de CD ROM están dispuestos a publicar los libros, para usuarios de computadora, y las negociaciones están en proceso ahora. Se espera que esto reduzca el precio a 20 libras (32 dólares) más o menos.

Desde el desciframiento de la Lápida de Palenque, he encontrado y descifrado otras esculturas mayas usando la misma técnica. Estas son la Máscara de Mosaico de Palenque, el Mural de Bonampak (Salón 1 del Templo de los Frescos), los dinteles 25 y 53 de Yaxchilán (Museo Británico, Londres). Todos se han publicado ya sea en ediciones limitadas o están en proceso de impresión en una serie específica sobre los "transformadores" mayas; éstos son artefactos que contienen mucha mayor información de lo que sugiere su valor nominal.

Debe señalarse que sin el desciframiento de la Lápida de Palenque las tremendas ganancias y descubrimientos en otras áreas relacionadas nunca se habrían realizado. El desciframiento de los números mayas, por ejemplo, nunca se hubiera logrado sin encontrar primero la clave "fallante" del número maya para insertarla en la secuencia del ciclo maya (*véase* la sección sobre números mayas). Las esquinas "clave" de la Lápida fueron eliminadas de manera que la talla fuera descifrada un día y el número "clave" 260 faltaba en forma deliberada de las fechas en las inscripciones por la misma razón. Sin este vínculo no podría haber conexión lógica entre el desciframiento ya fuera del código de la talla o del sistema de numeración. Del mismo modo, no existiría prueba para mostrar que los mayas entendían la duración del ciclo de las manchas solares, el vínculo entre la radiación solar y la fertilidad, o ciclos catastróficos, si ni la Lápida ni los números mayas se hubieran descifrado.

El Popol Vuh

El *Popol Vuh* (el libro sagrado), como es llamado, ya no puede verse más… El libro original, escrito hace mucho, existió, pero su vista está oculta del buscador y del pensador.

Así comienza el *Popol Vuh*, el "Libro Sagrado", perdido desde hace mucho, de los mayas quiché de Guatemala que es sin duda el ejemplo más reverenciado y distinguido de la literatura americana nativa que ha sobrevivido a los siglos.

No se sabe quién escribió, o recopiló, la versión original a la que se hace referencia como "perdida". Parece que una relación de ese original se escribió por primera vez en latín a mediados del siglo XVI, poco después de la conquista española, por un indio quiché que había aprendido a leer y escribir en ese lenguaje.

El manuscrito, que contiene una relación de la cosmogonía, mitología, tradiciones e historia de la tribu quiché de los mayas, fue encontrado en 1645, oculto en una iglesia por el padre Francisco Ximénez, un párroco de la aldea de Santo Tomás Chichicastenango, en las montañas de Guatemala (unos 320 kilómetros río arriba desde el sitio de Palenque), quien transcribió el documento de la lengua quiché al español.

En la versión al inglés, de Goetz y Morley, los traductores afirman que "parece dudoso que el antiguo libro quiché fuera un documento de forma determinada y composición literaria permanente". El padre Ximénez dice: "La verdad es que dicho libro nunca apareció o ha sido visto, y por tanto no se sabe si esta forma de escribir era por medio de pinturas, como las de México, o por cuerdas con nudos, como lo hacían los peruanos... o algún otro método".

El *Popol Vuh* era el libro de las profecías y el oráculo de los reyes y los señores —añade—, "...y los reyes sabían si habría guerra y todo estaba claro ante sus ojos; veían si habría muerte y hambre, si habría conflictos". Por tanto, era el libro del pasado, del presente y del futuro.

Como el *Popol Vuh* original, la Lápida de Palenque estaba oculta del buscador, debajo del Templo de las Inscripciones. Del misnio modo estaba oculta del pensador, y requirió ser descifrada para ser comprendida. Asimismo contiene profecías que hablan, por ejemplo, de la migración de los mexicas al valle de México (la historia de Quilaztli —la Garza Verde, por ejemplo), así como de los dioses de la guerra que los aztecas adoptarían a su debido tiempo. Estas descripciones, profecías y predicciones eran posibles porque quienes "escribieron" la Lápida de Palenque eran "dioses"; los primeros de la creación. Esto también se menciona en el *Popol Vuh*:

... estaban dotados de inteligencia; veían, y podían ver al instante a lo lejos, tenían éxito al ver, tenían éxito en saber todo lo que había en el Mundo. Cuando observaban, al instante veían todo a su alrededor y contemplaban a la vez el arco del cielo y la cara redonda de la Tierra. Las cosas ocultas (en la distancia) las veían todas, sin tener que moverse primero; de inmediato veían al Mundo, y así también, desde donde estaban lo veían. Grande era su sabiduría.

El logro intelectual de los mayas

No se sabe todavía cómo adquirieron los mayas su alto grado de conocimiento o sus capacidades espaciales muy desarrolladas. Que los tenían se ejemplifica por sus logros en astronomía, sistemas de conteo, arquitectura y escultura. De manera más específica, no se sabe si este conocimiento superior era común a todos los mayas del periodo clásico o sólo era de uno o de unos cuantos miembros de una élite sacerdotal gobernante. Muchos observadores han sugerido que existe evidencia de una estructura jerárquica en la sociedad maya y que en efecto eran sólo unos cuantos sacerdotes eruditos quienes ejercían las enseñanzas esotéricas.

No se sabe cómo lograron las capacidades espaciales para codificar la Lápida de Palenque. Pero se puede ver, con acetatos que se superponen como un sustituto para sus poderes espaciales, que las tenían. Los mayas se sometían a deformación craneal, o aplanamiento de la frente. La antropología ortodoxa ha sugerido que esto era tan sólo un capricho de moda, pero quizá permitió que el cerebro funcionara de manera mucho más efectiva.

En el apéndice sobre radiación solar y hormonas se señaló que la modulación de los campos magnéticos afecta al sistema endocrino y en consecuencia puede afectar el funcionamiento biorrítmico y la fertilidad del cuerpo.

En la cabeza del señor Pacal se observan algunos "objetos" que parecen flores de tres pétalos, colocados en forma estratégica en la cabeza. De la "flor" de la frente surge un patrón de líneas como fuente que se parece a las líneas magnéticas de fuerza y que cubre esa zona y la del lóbulo temporal.

Si examinamos las tres "flores" juntas (en el modelo de la cabeza tridimensional), se nota que las tres ocupan el mismo eje y están colocadas para chocar con la región pineal/hipota

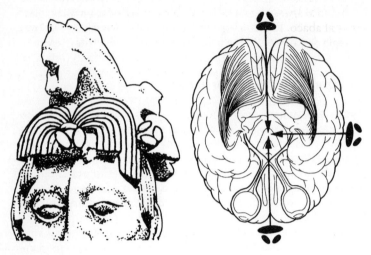

Figura A86   Figura A87

lámica central del cerebro, lo cual sugiere que estos objetos en forma de "flor" podrían ser de naturaleza magnética. ¿Permitiría esto que los hemisferios izquierdo y derecho funcionaran y se comunicaran de manera más efectiva, incrementando por tanto la eficiencia de operación del cerebro, de modo que la percepción fuera superior, por ejemplo, el uso en nuestro caso de superposiciones de acetato? ¿Este campo concentrado podría acomodar el almacenamiento de información en un neurohemisferio, el almacenamiento de la imagen de espejo en el otro hemisferio y el poder de procesamiento para superponer los contenidos de un hemisferio sobre los del otro, de forma parecida a un programa de computadora que almacena datos en memorias separadas para procesamiento independiente? ¿Y cómo movían los mayas los bloques de piedra, algunos con un peso de 30 toneladas, sin usar bestias de carga o la rueda?

Para responder esto es necesario entender la naturaleza del avance tecnológico, porque, como huellas en la arena, cada nueva ola de tecnología "se borra a sí misma". Tomemos como ejemplo al abaco. La tabla logarítmica (uso de exponentes) "borró" al abaco. La tabla logarítmica, a su vez, fue "borrada" por la regla de cálculo. La regla de cálculo por la calculadora electrónica, y así sucesivamente. Pronto el poste telegráfico (telefónico) será borrado, por completo, por el satélite geoestacionario, en el espacio.

Para generaciones futuras, después de una catástrofe de la escala del Diluvio, esto podría sugerir que nosotros en el siglo xx fuimos un pueblo con "tecnología muy baja, que ni siquiera usaba el teléfono". Por supuesto, esto no sería cierto. Y por consiguiente debemos observar de nuevo la forma en que "parecían" ser los mayas. Si no usaban la rueda podemos suponer que fueran mucho más avanzados que los humanos modernos, no menos, y que no tuvieran necesidad de ella durante su etapa de desarrollo. Es como si, en nuestra arrogancia, imagináramos a la tripulación de una nave espacial recurriendo a bicicletas (la rueda) para bajar de su nave espacial a la superficie de un planeta.

No es sorprendente, entonces, que la arqueología moderna, mientras se concentra en 99% de la población maya, percibe a una raza de salvajes, y que una visión alternativa de 1% la capte como una civilización muy desarrollada, para proporcionar una perspectiva por completo diferente tras un examen más minucioso. En otras palabras, "todos tienen la razón".

Cualquier cosa que no podamos entender acerca de los mayas, y otros misterios de la Tierra, es seguro que se debe a que no hemos alcanzado su etapa de desarrollo.

Glosario

Acotzintli: (azteca) Fruta silvestre comida durante la segunda era, según el *Códice Vaticano*.

Ahau Can: (maya) Gran señor serpiente.

Apachiohualiztli: (azteca) El Diluvio.

Azteca: Última tribu dominante de México antes de la llegada de los españoles.

Baktún: (maya) Periodo igual a 144 000 días.

Cabrillas: (español) Literalmente "cabras pequeñas", nombre para el grupo estelar de las Pléyades.

Camazotz: (maya) Murciélago que arranca la cabeza de Hunahpú en el *Popol Vuh*.

Canamayte: (híbrido) Patrón cuadrado en el dorso de la serpiente *Crotalus*.

Caracol: (español) Observatorio circular en Chichén Itzá.

Ceiba: (maya) Simboliza al Árbol de la Vida y a la Vía Láctea.

Chaac: (maya) Dios de la lluvia.

Chac Chel: (maya) Antigua diosa del agua.

Chac Mool (o Chacmool): Estatua de tipo misterioso encontrada en Yucatán.

Chalchiuhtlicue: (azteca) Diosa del agua.

Chan Bahlum: (maya) "Serpiente jaguar", hijo de Pacal, de Palenque.

Chañes: (maya) Nombre de los sacerdotes iniciados en el culto de la serpiente.

Chilam Balam: Sabio maya que se dice predijo la llegada de los españoles.

Coatlicue: (azteca) Diosa de la Tierra de apariencia espantosa.

Códice: (latín) Manuscrito, ya sea un libro de corteza o pergamino español antiguo.

Cortesiano: Parte del *Códice Tro-Cortesiano*.

Coyolxauhqui: Diosa azteca que puede representar a la Vía Láctea.

Crotalus durissus durissus: Tipo de serpiente de cascabel endémica de las tierras mayas.

Cu: Figura de un dios o santuario, posiblemente lo mismo que Chac Mool.

Ehécatl: (azteca) Dios del viento, aspecto de Quetzalcóatl, la segunda era en el Códice Vaticano.

Gavilla: (español) "Atado de mies", grupo de 52 años que forman un "siglo" azteca.

Hunahpú: (maya) Uno de los héroes gemelos en el *Popol Vuh*.

Itzáes: (maya) Pueblo belicoso que llegó tardíamente a Chichén Itzá.

Itzamná (Zamná): Cabeza del panteón maya, introductor de la civilización.

Katún: (maya) Periodo igual a 7 200 días.

Kin: (maya) Día.

Kukulkán (Cuculcán): (maya) "Serpiente emplumada", equivalente de Quetzalcóatl.

Matlactili: (azteca) Primer sol (era) de acuerdo con el *Códice Vaticano*.

Mixtéeos: Una tribu que habitaba el valle de Oaxaca.

Nachán-Can: (maya) Muchos creen que éste es el nombre original de Palenque.

Nahui Atl: (azteca) Cuarta era del *Códice Chimalpopoca*.

Nahui Ehécatl: (azteca) Segunda era del *Códice Chimalpopoca*.

Nahui Océlotl: (azteca) Primera era del *Códice Chimalpopoca*.

Nahui Ollin: (azteca) Quinta era del *Códice Chimalpopoca*.

Nahui Quiháhuitl: (azteca) Tercera era del *Códice Chimalpopoca*.

Nanahuatzin: (azteca) Dios anciano que se sacrificó para convertirse en el sol actual.

Olmecas: (azteca) Literalmente "pueblo del caucho", protomayas del Golfo de México.

Pacal: "Escudo de mano", señor de Palenque enterrado bajo la pirámide de las Inscripciones.

Polcan: (maya) "Cabeza de serpiente".

Popol Vuh: Épica de la Creación maya quiché.

Quetzalcóatl: (azteca) "Serpiente emplumada", iniciador de la civilización; un título.

Quiche: Rama lingüística y tribal de las tierras altas del pueblo maya.

Tecuciztécatl: (azteca) Dios arrogante que se convirtió en la luna.

Tenoch: Rey azteca que condujo a su pueblo desde el norte hasta el lago de Texcoco.

Teotihuacan: Ciudad fabulosa de pirámides que se encuentra 40 kilómetros al norte de la ciudad de México.

Tezcatlipoca: (azteca) "Espejo humeante", rival miIltarista de Quetzalcóatl.

Tláloc: (azteca) Dios de la lluvia, equivalente del maya Chaac.

Tleyquiyahuillo: (azteca) Tercera era de acuerdo con el *Códice Vaticano*.

Tolteca: Pueblo belicoso que dominó gran parte de México antes que los aztecas.

Tonalámatl: (azteca) Periodo de 260 días, equivalente al *Tzolkín* maya.

Tonatiuh: (azteca) Dios sol.

Troano: Parte del *Códice Tro-Cortesiano*.

Tun: (maya) Periodo de 360 días.

Tzabcan: (maya) "Serpiente de cascabel".

Tzincoacoc: (azteca) Tipo de fruta que se comía durante la tercera era.

Tzolkín: (maya) Periodo de 260 días, equivalente al *tonalámatl* azteca.

Tzonchichiltic: (azteca) "Cabello rojo", nombre de la tercera era en el *Códice Vaticano*.

Tzontlilac: (azteca) "Cabello negro", nombre de la cuarta era en el *Códice Vaticano*.

Uinal: (maya) Periodo de 20 días.

Votan: Introductor legendario de la civilización; quizá fue cartaginés.

Xbalanqué: (maya) Uno de los héroes gemelos en el *Popol Vuh*.

Xiuhmolpilli: (azteca) Festival del fuego al final del periodo de 52 años.

Zamná (Zamaná): Cabeza del panteón maya, introductor de la civilización.

Zapotecas: Tribu de Oaxaca que le quitó el poder a los olmecas en Monte Albán.

Bibliografía

Adamson, D., *The Ruins of Time*, BCA (G. Alien & Unwin), 1975.
Annequin, G., Baudry, J., De Gans, R. y Verbeek, Y., *Discovering of Famous Archaeological Sites*, Ferni, 1978.
Baudez, C. y Picasso, S., *Lost Cities of the Maya*, Thames & Hudson, 1992.
Benson-Gyles, A. y Sayer, C., *Of Gods & Men*, BBC TV, 1980.
Bernal, Dr. I., *Official Guide*, Oaxaca Valley, INAH-Salvat, 1985.
Calleja, R., Signoret, H. S. y Ahumada, A. T., *Official Cuide*, Palenque, INAH-Salvat, 1990.
Cayce, E. E., *Edgar Cayce on Atlantis*, Warner, 1968.
Childress, D. H., *Lost Cities of North & Central América*, Adventures Unlimited, 1992.
Clark, B. F. C., *The Genetic Code*, Edward Arnold, 1977.
Coe, M. D., *Breaking the Maya Code*, Penguin Books, 1994.
——, *The Maya*, Thames & Hudson, 1994.
Cotterell, M. M., *Astrogenetics*, Brooks Hill Robinson & Co., 1988.
——, *The Amazing Lid of Palenque*, 2 vols., Brooks Hill Perry & Co., 1994.
——, *The Mosaic Mask of Palenque*, Brooks Hill Perry & Co., 1995.
——, *The Mural of Bonampak*, Brooks Hill Perry & Co., 1995.
Darlington, C. D., *Genetics and Man*, Alien & Unwin, 1966.
Díaz Bolio, José, *The Rattlesnake School*, Área Maya, 1988.
——, *The Geometry ofthe Maya*, Área Maya, 1987.

Díaz Bolio, José, *Why the Rattlesnake in Mayan Civilization*, Área Maya, 1988.

Donnelly, I., *Atlantis the AnteDiluvian Worid*, Sidgwick & Jackson, 1950.

Evans, J., *Mind, Body & Electromagnetism*, Element, 1986.

Eysenck, H. J. y Nias, D. K., *Astrology, Science or Superstition*.

Fell, B., *América B. C.*, Pocket Books, 1976.

Fernández, A., *Pre-Hispanic Gods of México*, Panorama, 1987.

Fullard, H. (comp.), *Universal Atlas*, Philips, 1976.

Gates, W., *An Outline Dictionary of Maya Glyphs*, Dover, 1978.

Gendrop, P., *A Guide to Architecture in Ancient México*, Editorial Minutiae Mexicana, 1991.

Hadingham, E., *Early Man and the Cosmos*, Wm. Heinemann, 1983.

Hapgood, C., *Earth's Shifting Crust*, Philadelphia/Chílton, 1958.

Harrison, B., *Mysterious Regions*, Aldus Books, 1979.

Heyerdahl, T., *The Ra Expeditions*, George Alien & Unwin, 1971.

Hitching, F., *The World Atlas of Mysteries*, Wm. Collins & Son, 1978.

Ivanoff, P., *Monuments of Civilisation Maya*, Cassell, 1978.

Kemp, R., *Cell División & Heredity*, Edward Arnold, 1970.

Lamb, H. H., *Climate: Past, Present and Future*, Methuen & Co., 1977.

Lancaster Brown, P., *Astronomy in Colour*, Cox & Wyman Ltd., 1979.

Landa, D. de, *Relación de las cosas de Yucatán*, trad. de W. Gates, Dover, 1978.

Lawrence, C., *Cellular Radiobiology*, Edward Arnold, 1971.

Mayo, J., *Astrology*, Penguin, 1995.

McElhinny, M. W., *Palaeomagnetism and Plate Tectonics*, Cambridge, 1973.

Mitton, S. (comp.), Cambridge Encyclopaedia of Astronomy, Jonathan Cape, 1977.

Moore, P., *The Guinness Book of Astronomy*, Guinness, 1979.

Moore, P., Hunt, G., Nicolson, I. y Cattermole, P., *The Atlas of the Solar System*, Mitchell Beazley, 1984.

Morley, S. G., *An Introduction to Maya Hieroglyphs*, Dover Press, 1975.

Muck, O., *The Secret of Atlantis*, Collins, 1976.

Muñoz, J., *The Valley of Oaxaca*, Salvat, 1992.

Nicolson, I., *Gravity, Black Holes and the Universe*, David & Charles, 1980.

——, *The Sun*, Mitchell Beazley International, 1981.

Pearson, R., *Climate and Evolution*, Academic Press, 1978.

Platón, *The Timaeus*, Penguin Books, 1965.

Price, R. H., *Glickstein*, M. y Bailey, R. H., Principies of Psychology, CBS College, 1982.

Repetto, Tío B., Cárdenas, R. M., Suaste, B. Q. y Negron, T. G., *Official Guide North of Yucatán*, INAH-Salvat, 1988.

Rubio, A. B., *Official Guide, Uxmal*, INAH-Salvat, 1985.

Santillana, G. de y Dechend, H. von, *Hamlet's Milis*, Gambit, 1969.

Sten, M., *Códices of México*, Panorama, 1987.

Stephens, J. L., *Incidents of Travel in Yucatán*, 2 vols., Dover, 1963.

Taube, K., *Aztec & Maya Myths*, British Museum Press, 1993.

Tedlock, D. (trad.), *Popol Vuh*, Touchstone, 1985.

Tomkins, P., *Mysteries of the Mexican Pyramids*, Harper & Row, 1976.

Velikovsky, I., *Earth in Upheaval*, NY Pocket Books, 1977.

——, *Worids in Collision*, BCA, 1973.

Ward, R., *The Living Clocks*, Collins, 1972.

Westwood, J. (comp.), *The Atlas of Mysterious Places*, BCA, 1987.

White, J., *Pole Shift*, ARE Press, 1993.

Wilson, C. (comp.), *The Book of Time*, Westbridge Books, 1980.

Índice analítico

Las Profecías Mayas, de Maurice M. Cotterell y Adrian G. Gilbert
se terminó de imprimir en junio de 2010, en los talleres de
Litográfica Ingramex, S.A. de C.V. Centeno 162-1,
Col. Granjas Esmeralda, C.P. 09810, México, D.F.